MICHAELA KÜPPER

Wildwasserpolka

KOMPETENZ IN TEUFELS KÜCHE Wahrheit, Klarheit, Fairness – so lautet das Credo der privaten Ermittlerin Johanna Schiller. Doch auf dem Weg zum Ziel scheut sie sich nicht, auch andere Mittel einzusetzen. Ihre Klienten scheinen es mit der Wahrheit ebenfalls nicht allzu genau zu nehmen: Als die reiche Unternehmergattin Galina Waskovic sie bittet, wegen Verdachts der ehelichen Untreue gegen ihren Mann zu ermitteln, ahnt Johanna nicht, wie gefährlich der Auftrag in Wirklichkeit ist. Sie wird Zeugin eines angekündigten Doppelmordes, dessen Auftraggeber ausgerechnet der Gatte ihrer Klientin ist.

Kurz darauf entdeckt Johanna eine Leiche im Kofferraum ihres Wagens, und ihr wird klar: Sie steckt mittendrin in Teufels Küche. Statt wie bisher vor Stundenhotels herumzulungern, Chips zu futtern und Darjeeling zu schlürfen, flieht sie Hals über Kopf aus ihrer Heimatstadt Siegburg ins Siegtal. Doch ihre Verfolger sind ihr dicht auf den Fersen. Als Johanna über eine weitere Leiche stolpert, beschließt sie, den Spieß umzudrehen …

Michaela Küpper ist freie Autorin, Redakteurin und Lektorin. Sie wurde im niederrheinischen Alpen geboren und ist in Bonn aufgewachsen. In Marburg studierte sie Soziologie, Psychologie, Politik und Pädagogik. Heute lebt sie mit ihrer Familie in Königswinter am Rhein.

Nach zahlreichen Kinderbüchern und Kurzkrimis erscheint nun mit »Wildwasserpolka« ihr zweiter Krimi.

www.michaelakuepper.de

MICHAELA KÜPPER

Wildwasserpolka

Kriminalroman

GMEINER *Original*

Personen und Handlung sind frei erfunden.
Ähnlichkeiten mit lebenden oder toten Personen
sind rein zufällig und nicht beabsichtigt.

Besuchen Sie uns im Internet:
www.gmeiner-verlag.de

Im Ehnried 5, 88605 Meßkirch
Telefon 07575/2095-0
info@gmeiner-verlag.de

1. Auflage 2013

Lektorat: Katja Ernst
Herstellung: Mirjam Hecht
Umschlaggestaltung: U.O.R.G. Lutz Eberle, Stuttgart
unter Verwendung eines Fotos von: © studio cm – Fotolia.com
Druck: GGP Media GmbH, Pößneck
Printed in Germany
ISBN 978-3-8392-1431-2

Für Lothar

Anzeige

WAHRHEIT. KLARHEIT. FAIRNESS

- Haben Sie den Eindruck, dass man Ihr Vertrauen missbraucht?
- Fürchten Sie, dass jemand Ihnen gegenüber unaufrichtig ist?
- Fühlen Sie sich hintergangen?
- Erhalten Sie nicht, was Ihnen zusteht?
- Wurden Sie bestohlen?
- Vermissen Sie eine Ihnen nahestehende Person oder ein lieb gewonnenes Tier?
- Werden Sie bedrängt oder gar erpresst?
- Haben Sie Liebeskummer?

Wir garantieren Diskretion, Professionalität und psychologisches Feingefühl. Gerne vereinbaren wir mit Ihnen ein kostenloses, unverbindliches Beratungsgespräch.

Detektivbüro Johanna Schiller –
Die Kompetenzagentur
Frankfurter Straße, 53721 Siegburg
www.KompetenzagenturSchiller.de

Observation – Personensuche – Beweissicherung – Identitätsprüfung

1

Und wie wir eben Menschen sind, wir schlafen sämtlich auf Vulkanen.

Johann Wolfgang von Goethe

Er sitzt in einem der beiden Loungesessel am Fenster, keine drei Schritte entfernt. Gespreizte Knie, aufgeknöpfter Hemdkragen, die Hände lässig auf den Armlehnen ruhend.

»Du weißt ja«, sagt er in sanftem Ton, »wer nicht hören kann …« Gedankenverloren, beinahe zärtlich streicht er über die glatte Lederhaut, um ihr plötzlich einen Schlag zu versetzen. Sein Kinn ruckt nach oben. »Ich habe jetzt genug von unserem Dr. No – und vor allem von seinen beiden Freunden. Schalte sie aus, so schnell wie möglich.«

Im selben Moment klatscht mir etwas in den Nacken. Eiskalt. Ich japse nach Luft, will mir an den Hals greifen, doch ich darf mich nicht bewegen: Unter mir gähnt der Abgrund, unmittelbar vor mir Waskovic.

Nein, der gähnt nicht, sondern dreht den Kopf und blickt hellwach zum Fenster hinüber. Genau in meine Richtung. »War da was?«, fragt er.

Der Dicke tritt vor und drückt seine Nase gegen die Scheibe. Ich kann mich nur aus seinem Blickfeld retten, indem ich mich an den eisernen Stäben des Balkongeländers nach unten rutschen lasse. Es tut höllisch weh, und jetzt hänge ich höchst unkomfortabel auf Bodenhöhe des Balkons, die Stäbe fest mit den Armen umschlossen, mit gut und gern sechs Metern Luft zwischen meinen Füßen und der Grasnarbe.

Schräg über mir klebt der Dicke am Fenster: voluminöses Doppelkinn, kleine, huschende Äuglein, salatblattgroße Ohrmuscheln, von dunklem Stoppelhaar umrahmt. Eine Augenweide ist er wirklich nicht, und er sollte sich niemals – wirklich niemals – aus der Froschperspektive fotografieren lassen.

Falls er nach unten schaut, ist es aus, denke ich, dann wird er mich entdecken.

»Es taut wie verrückt«, höre ich ihn sagen. »Wahrscheinlich ist was vom Dach runtergekommen.«

Sein Gesicht verschwindet wieder. Gerade rechtzeitig, denn mir splittern fast die Ellbogen, länger kann ich mich in dieser Position nicht halten. Mir bleibt nichts übrig, als mich vollends hängen zu lassen. Meine Arme werden lang wie Besenstiele, die Beine rudern wild in der Luft. Endlich finde ich irgendwo Halt, kann mich ein Stück hochziehen, mein Gewicht abstützen, Luft holen, mich für einen Augenblick sortieren.

Ja, ich lebe noch. Es war nur ein fetter Tauwassertropfen, der mich getroffen hat. Nein, Waskovic hat mich nicht entdeckt, über mein Headset höre ich ihn drinnen munter weiterplaudern. Auch dem Dicken kann ich jetzt nicht mehr ins Auge stechen, die Reflexion der Tischleuchte verhindert den Blick nach draußen.

Ja, ganz richtig, er hat soeben den Befehl erhalten, zwei Menschen zu töten. Und ich habe es gehört. Grund genug, mich subito aus dem Staub zu machen.

Im Schutz der Dunkelheit ziehe ich mich am Geländer herauf und versuche, den Nachbarbalkon zu erreichen – aufgepasst! Auf keinen Fall möchte ich den beiden ins

Blickfeld geraten. Ich höre, wie die Minibar geöffnet und wieder geschlossen wird, direkt darauf ein angenehmes Gurgeln, Flüssigkeit, die in ein Glas plätschert – nicht viel, es muss was Hartes sein. Der Dicke räuspert sich, bedankt sich artig.

»Auf die Zukunft!«, sagt Waskovic, mit leicht ironischem Unterton, der dennoch erkennen lässt, dass er nicht wirklich etwas zu befürchten hat. Ich höre seinen Atem, Schluckgeräusche. Er muss ganz nah bei dem Mahagonisekretär stehen, unter dem sich der Papierkorb mit der Wanze befindet.

»Sie wissen ja, dass Sie sich auf mich verlassen können«, schleimt der Dicke und räuspert sich erneut.

»Daran habe ich nicht den geringsten Zweifel, mein lieber Ernst.« Dann Schweigen, sie widmen sich offenbar ihren Drinks.

Als ich schon fast drüben bin, sagt Waskovic noch etwas, ohne große Betonung, fast nebenbei, aber so deutlich, als spräche er direkt in mein Ohr. Er sagt: »Pass mir ein bisschen auf Galina auf. Allmählich fängt sie an, mir lästig zu werden.«

Und mit diesem schlichten Nachwort sollte das Theater erst richtig losgehen.

2

Greife nicht in ein fallendes Messer.

Börsenweisheit

Die Geschichte hat allerdings ein Vorspiel, und das begann ungefähr drei Wochen zuvor, an jenem Tag, an dem mich die Kaulquappe zum ersten Mal aufsuchte.

Ich saß gerade am Küchentisch und studierte Mr. Q's Secrets, den englischsprachigen Bestellkatalog für modische Nachtsichtbrillen, Kugelschreiber mit eingebauten Miniaturkameras, Kunstblumengestecke mit integrierten Abhörgeräten und zahlreiche weitere Verrücktheiten, als mich meine Türklingel mit ihrem wohlbekannten Fanfarenstoß aufschreckte – jenes Signal, alles stehen und liegen zu lassen und hinüber in den Anbau zu hechten, in dem mein Büro untergebracht ist. Dort angekommen, mäßigte ich mein Tempo und schritt bedächtig zur Eingangstür, um der potenziellen Kundschaft zu öffnen.

Die potenzielle Kundschaft kam in Gestalt einer durchgestylten Lady undefinierbaren Alters: langes helles Haar, Pelzkrägelchen, weiße Stiefel mit Absätzen wie Schaschlikspieße. Sie studierte angestrengt die Messingtafel neben der Tür, als gelte es, den Hippokratischen Eid in altgriechischer Originalversion zu entziffern, dabei stehen lediglich drei Worte darauf: ›Wahrheit. Klarheit. Fairness.‹ Mein Credo in allen Lebenslagen, sozusagen. Ihres nicht, wie ich jetzt weiß – kein Wunder, dass sie dran zu knabbern hatte.

»Frau Schiller? Johanna Schiller?«

»Die bin ich.« Ich bat sie herein und forderte sie auf, sich zu setzen. Später war ich unschlüssig, ob ich meiner spontanen Eingebung, sie ›Kaulquappe‹ zu nennen, folgen oder ihr lieber den Decknamen ›Donatella‹ verpassen sollte, nach dieser blond-brutzeligen Versace-Schwester, blieb dann aber bei meiner ersten Idee. Doch eins nach dem anderen.

Ich fragte also, was ich für sie tun könne, und sie berichtete von gewissen ehelichen Zwistigkeiten – das heißt, bevor sie damit herausrückte, saß sie eine zähe Minute lang kerzengerade vor mir und sagte gar nichts. Solch bockiges Schamschweigen kann mich allerdings nicht schrecken. Ich nehme meine Therapeutenhaltung ein: bequeme, nicht allzu lässige Sitzposition und den speziellen Gesichtsausdruck aufsetzen, den ich mir in langjähriger Übung erarbeitet habe – eine Mischung aus professioneller Anteilnahme, sachlicher Distanziertheit und diesem gewissen Blick, der erahnen lässt, dass mir nichts Menschliches fremd ist. Mit dieser Miene relativiere ich den ersten Eindruck, den die meisten von mir haben, ich verschaffe mir sozusagen ein größeres geistiges Gewicht. Und ich bringe meine Kunden damit gewöhnlich zum Sprechen, die Kaulquappe bildete da keine Ausnahme.

Es war die übliche Geschichte – ich sollte ihren Ehemann der Untreue überführen. Allerdings war sie bereit, dafür eine solch unanständige Summe zu zahlen, dass ich sofort hätte stutzig werden müssen. Bei jedem weiblichen Wesen schlägt die sparsame Hausfrau durch, wenn sie für den Beweis ihrer eigenen Niederlage auch noch Geld auf den Tisch legen soll. Zwar verhandelt nicht jede knallhart über meinen Stundensatz, gewöhnlich erkundigt sie sich jedoch danach. Die Kaulquappe dagegen versäumte es nicht allein, sich zu erkundigen, sondern nannte von sich aus eine Anzahlungssumme, die viel zu hoch war, und schob gleich noch einen Umschlag über den Tisch.

»Normalerweise habe ich einen festen Stundensatz«, erklärte ich und gab mir Mühe, das Kuvert zu ignorieren. »Hinzu kommen gewisse Extras, die im Vorfeld zu klären sind. Wir setzen einen Dienstleistungsvertrag auf, dann …«

Sie wolle keine Extras klären, fiel sie mir ins Wort und bedachte mich mit einem strengen Blick aus ihren gelblichen Hexenaugen, die so gar nicht zum Rest ihrer Erscheinung passten. Klarheit über die Angelegenheiten ihres Mannes wolle sie. Weiter nichts.

Und ich wollte den Auftrag, weiter nichts. Mein Portemonnaie wollte ihn. Nicht dass die Geschäfte schlecht liefen, aber sie liefen auch nicht gerade gut. Vor meinem geistigen Auge materialisierte sich bereits seit einigen Wochen das Interieur der Kaufhof-Miederwarenabteilung, im rhythmischen Wechsel mit der Parfümerie. Bebrillte ältere Herren beim Klauen feiner Damenunterwäsche festzunageln, ist einfach nicht mein Ding. Noch schlimmer sind allerdings die wabernden Duftwolken, in die sich junge Mädchen hüllen, bevor sie teure Wässerchen in ihren Handtaschen verschwinden lassen. Penetrante Gerüche lösen bei mir unweigerlich einen Migräneanfall aus. Kurz gesagt: Mich als Kaufhausdetektivin zu verdingen, ist so ziemlich das letzte meiner Karriereziele, das ich allerdings gerade mal wieder auf ziemlich hartem Kurs ansteuerte. Und plötzlich hockte die Kaulquappe vor mir und versprach, sich in einen Frosch mit einer fetten Goldkugel zu verwandeln. Wer könnte da widerstehen?

Ich jedenfalls nicht. Innerlich scharrte ich bereits mit den Hufen wie ein Rennpferd, bereit, sofort loszustürmen; ein schöner Batzen Geld ist noch immer das beste Dopingmittel. Leider auch der häufigste Grund, Fehler zu begehen – und diesen Auftrag anzunehmen, war ganz entschieden einer, aber hinterher ist man bekanntlich schlauer.

Normalerweise bearbeite ich derlei Aufträge nicht allein, sondern ziehe meine zauberhafte Assistentin Denise hinzu. Denise vereint alle Eigenschaften einer guten Observantin in sich, außerdem hat sie ein hervorragendes Personengedächtnis und kann Berichte ohne orthografische Mängel verfassen. Sie ist wirklich gut. Seit der Geburt ihrer Tochter steht sie allerdings lediglich für dringliche Sonderaufgaben zur Verfügung, wobei ihre Definition einer dringlichen Sonderaufgabe recht eigenwillig ausfällt. Sollte beispielsweise Robbie Williams in der Stadt weilen und ein Fan dessen langjährige Tagebuchaufzeichnungen geklaut haben, wäre sie gern bereit, zu helfen, erklärte sie unlängst. Vorausgesetzt natürlich, Robbie würde sich an uns wenden.

Leider weilt Robbie Williams nie in Siegburg, und ob er ein Tagebuch führt, ist fraglich. Der letzte große Star, der sich hierher verirrte, war Kevin Costner, aber nicht in seiner Eigenschaft als Tänzer mit dem Wolf, sondern als Hobbybarde, und ich bin nach wie vor unentschlossen, wer besser singen kann: er oder ich.

Neben Denise gehört auch Herbert zu meinem Team, ein mit allen Wassern gewaschener Expolizist und Frührentner mit exzellenten Beziehungen. Leider hat er seit Wochen Rücken und kommt kaum aus seinem Fernsehsessel hoch.

Andererseits kriegt man Seitensprünge auch gut allein hin, überlegte ich. Dazu bedarf es in der Regel weder eines Superhirns noch eines Linienbusses voller Observanten. Und in dem Moment, in dem ich mich entschied, der Kaulquappe gar nicht erst von meinem Dreamteam zu berichten, sagte sie: »Ich möchte bitten, dass das hier unter uns bleibt.«

»Selbstverständlich!«

»Ich meine damit, dass Sie allein arbeiten sollten.«

»Warum das denn?«, entfuhr es mir.

»Eine Vertrauensfrage. Mein Mann ist eine bekannte Größe, und ich möchte nicht mehr Personen in die Angelegenheit hineinziehen als nötig.«

»Eine Observation allein durchzuführen, ist unprofessionell!«, widersprach ich, weil ich mir prinzipiell ungern etwas vorschreiben lasse. »Verstehen Sie doch: Es müssen gewisse Vorermittlungen durchgeführt werden, man muss Ihren Mann beschatten, es gibt womöglich weitere Zielpersonen, die im Auge behalten werden müssen, und von all dem darf selbstverständlich niemand etwas merken. Das ist allein nicht leicht zu bewerkstelligen.«

»Jemanden beim Fremdgehen zu erwischen, kann wohl nicht so schwer sein«, meinte die Kaulquappe abschätzig und setzte hinzu: »Entweder Sie machen es allein oder gar nicht.« Doch dann merkte sie offenbar, dass sie nicht nur mit der Peitsche knallen, sondern mir auch ein bisschen Zucker geben musste, und schwenkte um. »Selbstverständlich hätte ich mich an eine große Detektei wenden können, aber ich wollte es gern … persönlicher. Ich wollte Sie«, schmeichelte sie mir und rang sich sogar ein Lächeln ab. »Immerhin haben Sie sich einen gewissen Ruf erarbeitet.«

Hört, hört, einen gewissen Ruf! Fragte sich jedoch, was für einen. Danach fragte ich allerdings nicht, sondern wollte wissen, ob sie selbst bereits aktiv geworden sei. Kunden, die sich als Sherlock Holmes betätigt haben, bevor sie eine Detektei einschalten, haben die Sache meist dermaßen versaut, dass auch professionelle Arbeit zum Scheitern verurteilt ist. Und jeden Schuh will man sich dann doch nicht anziehen.

Aber die Kaulquappe beteuerte ernsthaft, in dieser Richtung nichts unternommen zu haben. »Da verlasse ich mich völlig auf Ihr professionelles Auge.«

Also gut. »Eine Frage habe ich allerdings noch. Nehmen Sie sie nicht persönlich, ich stelle sie in derartigen Fällen immer«, erklärte ich, und das entsprach sogar der Wahrheit, denn sie gehört standardmäßig zu dem für meinen Beruf unerlässlichen psychologischen Feingefühl.

»Nur zu«, ermunterte mich die Kaulquappe.

Ich schaute in ihre gelben Augen: »Sind Sie sicher, dass Sie die Wahrheit wissen wollen?«, fragte ich ernst. »Ich meine, ist Treue für Sie entscheidend? Bedenken Sie: Niemand ist hundertprozentig glücklich in einer Ehe, dafür sind wir Menschen nun mal nicht gemacht. Ich bin selbst verheiratet, ich weiß, wovon ich rede. Irgendwann kommt unweigerlich der Punkt, an dem einem das Gras auf der anderen Seite des Zaunes grüner erscheint. Vielleicht sollte man dann einfach mal naschen. Oder den anderen naschen lassen – meinen Sie nicht? Ich verlange keine Antwort, es soll nur ein Gedankenanstoß sein. Man muss die Wahrheit ertragen können, das ist alles, was ich zu bedenken gebe. Aber Sie scheinen sich ja bereits entschieden zu haben.«

»Sonst wäre ich nicht hier«, gab die Kaulquappe kurz angebunden zurück. »Alles, was ich will, ist Bescheid zu wissen, und zwar so genau wie möglich.«

»In Ordnung«, stimmte ich zu und hatte damit für meinen Geschmack genug psychologisches Feingefühl bewiesen.

»Dann haben wir uns ja verstanden.«

»Ich denke schon.«

»Aber kommen Sie mir nicht mit Busserl-Serien vom Firmenparkplatz.«

»Wie bitte?«

»Na, keine Sekretärinnen-Begrüßungsgeschichten – Küsschen links, Küsschen rechts, und tralala.«

Aha. Tralala. Es klingt merkwürdig, wenn diese weichen Silbenwellen mit jenem harten, trockenen Akzent vorgetragen werden, der der Kaulquappe eigen ist.

Wie schnell sie ihre anfängliche Verstocktheit überwunden hatte! Keine Busserl also, die Hüllen mussten fallen. Vermutlich erhoffte sie sich von den nackten Tatsachen irgendwelche strategischen Vorteile, doch sie äußerte sich nicht weiter dazu, und ich fragte nicht danach. Hinzu kam, dass ich grundsätzlich ein Problem mit gut betuchten älteren Herren habe, die sich als taufrisches Gemüse verkaufen, ihre reifen Ehefrauen hingegen behandeln wie schimmliges Obst. Die Kaulquappe tat offensichtlich einiges dafür, um knackig zu bleiben, da hatte sie etwas Respekt verdient. Wenn sie den nicht mehr bekäme, sollte sie doch für sich rausschlagen, was sie kriegen könnte. Sollte sie ihrem Gatten ordentlich in den Hintern treten. Und mich ordentlich bezahlen.

»Ich zahle sehr gut«, bekräftigte sie wie aufs Stichwort. »Dafür verlange ich allerdings gute Arbeit. Bilder, Videos, Tondokumente – alles, was möglich ist.«

»Sie wissen, dass das unter Umständen illegal ist?«, wandte ich ein. »Dieses Material hat juristisch keinerlei Relevanz, und Tonaufnahmen sind schlichtweg verboten.«

Sie zuckte die Achseln. »Wo kein Kläger, da kein Richter. Ich beabsichtige nicht, ein Gericht hinzuzuziehen.«

»Okay, das mag sein. Aber ich laufe Gefahr, mich strafbar zu machen.«

Statt zu antworten, betrachtete sie eingehend den Umschlag auf dem Tisch. Ich konnte nicht anders, als es ihr gleichzutun.

Im Weiteren gestaltete sich unsere Zusammenarbeit harmonisch. Die Kaulquappe füllte meinen Fragebogen über die Lebensumstände ihres Mannes gewissenhaft aus und schickte mir ein paar Fotos des Gatten per E-Mail. Ich erledigte meinen Teil der Arbeit und erhielt bald ein rundes Bild meiner Zielperson: Bert Waskovic, 52 Jahre alt, gebürtig in Waldbröl. Ein Holzhändler aus dem Bergischen Land, seinem Aussehen und Auftreten nach eher Investmentbanker als Hinterwäldler.

Als Verwaltungssitz seines Unternehmens dient eine schicke Gründerzeitvilla nahe des Alten Friedhofs in Eitorf, in der zudem die hill & valley GmbH residiert, die sich vorwiegend auf Auslandsgeschäfte konzentriert und deren Vorsitz Waskovic ebenfalls führt. Doch all das interessierte mich nur am Rande, ich hatte es schließlich auf sein Privatleben abgesehen. Auch dazu hatte die Kaulquappe nicht mit Informationen gegeizt und meinen Fragebogen sogar mit einigen zusätzlichen Anmerkungen versehen. So erfuhr ich beispielsweise, dass ihr Gatte einen Hang zur Pedanterie hat und ein Kontrollfreak ist, was sich mit meiner physiognomischen Gesichtsanalyse deckte. Außerdem erfuhr ich, dass er nie vor Mitternacht ins Bett geht, sich als Einschlafhilfe ein Glas Single Malt Whisky gönnt und eine Schwäche für Torten aller Art hat.

Bestens instruiert machte ich mich also an die Arbeit, und – was soll ich sagen? Unser Feinschmecker gönnt sich nicht ein, sondern gleich zwei Sahneschnittchen: die Kleinere geht in Richtung Buttercremetorte, die Größere erinnert an Schwarzwälder Kirsch. Ihre Namen: Chantal Schuster und Vanessa Behrendt.

Chantals Aura verrät Gedankenlosigkeit und Daseinsfreude, gepaart mit einer ausgeprägten Genusssucht und dem Bedürfnis nach Harmonie. Bei der Behrendt widersprechen sich eine gewisse Askese und der Hang zum Luxus, Zielstrebigkeit und Faulheit – sie ist also leidensfähig, strengt sich jedoch nur ungern an.

Beide Damen verfügen über viel Freizeit und einen illustren Freundeskreis, der sich aus Türstehern, Kampfhundbesitzern und Gebrauchtwagenhändlern zusammensetzt – nicht gerade die Klientel, mit der Waskovic sich sonst zu umgeben pflegt. Vorzugsweise hält er sich nämlich auf dem Golfplatz auf, wie die Kaulquappe mir mitteilte, doch seine Liebe zum Sport scheint nicht so ausgeprägt zu sein, wie sie vermutet, denn während sie ihn beim Einlochen auf Gut Heckenhof wähnt, lümmelt er meist in ganz anderen Ecken herum. Ich fand heraus, dass er sich ungefähr ein- bis zweimal pro Woche mit seinen Gespielinnen traf. An jenem Montag, gut drei Wochen, nachdem die Kaulquappe in meinem Büro aufgetaucht war, lag wie üblich eine Reservierung in der Rheinperle vor, einem kleinen Hotel vor den Toren Kölns, das mit seinen schmiedeeisernen Balkonen zur Rheinseite hin wie geschaffen für Einblicke aller Art ist.

An jenem besagten Abend wollte ich Waskovic heimlich zu seinem amourösen Stelldichein begleiten und meinen Auftrag damit abschließen: Ich im Verborgenen auf dem Balkon, er in flagranti in der Nobelsuite. Ein paar aussagekräftige Bilder untermalt von O-Ton-Einspielungen, und die Beweislage wäre komplett – so der Plan.

Mein Equipment im Gepäck, eilte ich Waskovic ins Hotel voraus, nahm ein Zimmer neben dem seinen in Beschlag und brachte mich in Stellung. In derlei Fällen ist es gut, der Igel und nicht der Hase zu sein, und ich konnte mein Glück kaum fassen, als ich die Balkontür weit geöffnet vorfand. Offenbar wollte man noch einmal ordentlich durchlüften, bevor der Gast eintraf. Also schlüpfte ich hinein und steuerte den schwarzen Papierkorb unter dem Schreibsekretär an der Wand an. Ich klebte die ebenfalls schwarze, selbsthaftende Wanze hinein, eine Errungenschaft von Mr. Q's Secrets, und wieder ab nach draußen. Wenige Sekunden später kam ein Zimmermädchen, um die Balkontür zu schließen, blickte dabei allerdings so verträumt drein, dass sie wohl nicht einmal einen Elefanten im Handstand auf dem Balkon bemerkt hätte. Soweit alles bestens. Bis dahin jedenfalls.

Doch dann entpuppte sich das vermeintliche Schäferstündlein unversehens als waschechter Männerabend – kurz, aber heftig –, statt der langbeinigen Schönen tauchte der kurze Dicke mit der Ernie-Frisur auf, und zum krönenden Abschluss dieser Verwechslungstragödie textete Waskovic mir den Auftragsmord aufs Band. Oder vielmehr zwei Morde, denn es waren zwei Personen, die ausgeschaltet werden sollten. Bert Waskovic schien in allen Lebenslagen eine Vorliebe für Paarungen zu haben.

Offenbar ging es um zwei Angestellte seiner Firma – Thomas und Stefan mit Namen –, die irgendeinen Deal an ihm vorbei gemacht hatten. Der Dialog war ziemlich kryptisch, und die genauen Zusammenhänge erschlossen sich mir nicht, der Dicke hingegen schien keinerlei Verständnisschwierigkeiten zu haben. Waskovic blieb ruhig, während er die Sachlage erörterte, als spräche er von zwei uneinsichtigen Schülern, die man zu ihrem eigenen Besten von der Klassenfahrt heimschicken wollte. Auch Salatohr-Ernie wirkte so gefasst, als nähme er den Auftrag zum Brötchenholen entgegen, er nickte immerzu, und als er fertig war mit Nicken, ging Waskovics Daumen runter.

»Ich habe jetzt genug von unserem Dr. No – und vor allem von seinen beiden Freunden«, resümierte er. »Schalte sie aus, so schnell wie möglich.«

Der Dicke blähte die Nasenlöcher. Mir klatschte ein Tautropfen in den Nacken. Kurz darauf Waskovics Nachsatz: »Pass mir ein bisschen auf Galina auf.«

Genau. Genau das habe ich auch getan, oder gemeint, es tun zu müssen: nämlich aufzupassen, auf seine Frau. Auf Galina, die Kaulquappe. Schließlich ist sie meine Klientin, und Klienten gegenüber hat man eine gewisse Fürsorgepflicht, insbesondere, wenn deren Ehemänner mit dem Gedanken spielen, sie auszuschalten. Es ging nicht länger um irgendwelche feuchtfröhlichen Matratzenspielchen, sondern um Mord. Und wenn herauskäme, dass die Kaulquappe mich auf ihren Mann angesetzt hat, wäre sie in höchster Gefahr; Waskovic hatte deutlich genug ausgesprochen, wie überdrüssig er ihrer ohnehin war.

Was mir selbst blühen könnte, daran mochte ich gar nicht denken. Aber ich tat es unweigerlich.

Tief durchatmen. Ruhe bewahren. Nachdenken.

Was nun? Mein erster Reflex ist, schnurstracks zur Polizei zu laufen. Doch was soll ich der erzählen? Meine O-Ton-Aufnahme ist schlicht und einfach illegal.

Gut, ich bräuchte sie nicht vorzuspielen. Ich könnte sagen, ich hätte die Unterhaltung mit angehört. Das wäre nur noch relativ illegal, dann hätte ich allerdings absolut keine Beweise – und die sind in dieser Angelegenheit zwingend notwendig.

Im besten Fall würde ich mich lächerlich machen und in Erklärungsnöte geraten; im schlimmsten eine Menge Ärger bekommen und womöglich mein Geschäft ruinieren. Deutlich klingen mir noch Richter Bernhards Worte im Ohr; jenes echt kölsche Urgestein vom Siegburger Amtsgericht, bei dem man nie sicher ist, ob er eine Büttenrede hält oder ein Urteil spricht. Wenn man sich ein bisschen reingehört hat, ahnt man allerdings doch, in welche Richtung es geht, und bei unserer letzten Unterredung hatte er recht eindeutige Worte gefunden.

»Junge Frau, diesmal habe ich ein Auge zujedrückt, aber nächstes Mal versteh ich keinen Spaß mehr. Also wäre et jut, wenn et kein nächstes Mal jäbe. Habe ich mich klar ausjedrückt?«

Ja, er hatte sich klar ausgedrückt. Beim nächsten Mal wäre ich reif, hieß das. Hintergrund der Geschichte war, dass ich einer Zielperson einen GPS-Sender ans Auto geklemmt hatte. Ein Kunde hatte mich beauftragt, einen seiner Mitarbeiter ins Visier zu nehmen, der seit Monaten krankfeierte. Der Kunde hatte besagten Mitarbeiter im Verdacht, in Wahrheit heimlich zu arbeiten, und ich sollte der Sache nachgehen. Da Denise gerade entbunden hatte und Herbert an einem anderen Fall dran war, entschied ich mich für die Kurz-und-schmerzlos-Version in Sachen Ermittlung und brachte das GPS zum Einsatz. So fand ich schnell heraus, dass die Zielperson einen recht beachtlichen Aktionsradius hatte, was schon einmal verdächtig war. Von da an war es nur ein kleiner Schritt zu der Erkenntnis, dass besagter Mitarbeiter private Häuslebauer in der ganzen Region ansteuerte, um ihnen bei der Verlegung der Elektrik auszuhelfen. Schwarz, versteht sich. Und trotz seiner zerrütteten Nerven.

Der umtriebige Kranke erhielt eine fristlose Kündigung, focht diese jedoch an, unter anderem, weil sein Anwalt die Observation für unrechtmäßig hielt, und ich wurde als Zeugin vor Gericht geladen. Nichts Ungewöhnliches, wie überhaupt der Fall nicht ungewöhnlich war. Die Beweislast war erdrückend, und die Zielperson verdiente die Kündigung durchaus, das sah auch Richter Bernhard so. Nicht einverstanden war er hingegen mit meiner Ermittlungsmethode gewesen, die zwar für das Verfahren keine direkte Relevanz gehabt hatte, da die entscheidenden Fakten auf anderem Wege gewonnen worden waren – ich hatte das GPS-Gerät schließlich entfernt, war der Zielperson hinterhergefahren und hatte sie auf zwei Baustellen in Aktion fotografiert –, hinter verschlossenen Türen hatte Bernhard mir jedoch einen Warnschuss erteilt. Beim nächsten Mal würde mir womöglich ein Ermittlungsverfahren wegen ›vorsätzlich unbefugt erhobener personenbezogener Daten‹ drohen, wie es so schön heißt. Die Rechtslage ist in diesem Fall nicht eindeutig, doch sollte man mich deswegen drankriegen, kann ich einpacken. Geradezu ideale

Voraussetzungen also, um mit meiner Wanzen-Nummer aufzuwarten. Zumal es nicht einmal eine Leiche gibt – oder noch nicht gibt. Man würde Waskovic keine Unrechtmäßigkeiten vorwerfen können. Aber mir.

Während ich aus meinem Hotelzimmer zu meinem Wagen flüchte, den ich ein paar Straßen weiter in der Nähe des Rheinufers geparkt habe, schießen mir all diese Überlegungen durch den Kopf, allerdings nicht wohlgeordnet und sortiert, sondern in einer Art chaotischer, Blitze zuckender Ursuppenversion. Meine Konzentration leidet außerdem darunter, dass Ernie und Bert in meinem Ohr gerade lebhaft über den möglichen Ausgang eines Spiels der Windecker Kicker debattieren.

Ich steige in meinen Mondeo und muss all meinen Mut zusammenkratzen, um den Anweisungen des Navis zu folgen: Zielrichtung Kaulquappe, zum Heim der Waskovics – direkt in die Höhle des Löwen sozusagen. Trotz meiner weichen Knie scheint mir das Risiko kalkulierbar, der Löwe weilt ja noch in seiner Hotelsuite, wo er sich nach getaner Arbeit ohne Zweifel seinen Brennpunktplaymates widmen wird. Sein Date steht nach wie vor, mit eigenen Augen habe ich die Behrendt eintreffen und in der Hotelbar abtauchen sehen. Ich war einfach nur zu früh dort, verdammt!

Ernie verlässt gerade das Hotelzimmer, als ich auf die L 269 abbiege. Kurz vor der Autobahnauffahrt klopft es, und ich höre Waskovic die Tür öffnen.

»Tut mir leid, Engelchen«, schnurrt er. »Manchmal bin ich nicht Herr über meine Zeit.«

»Macht nichts, ich habe mich angeregt mit dem Barkeeper unterhalten«, antwortet die Behrendt. Exakter: Eine Frauenstimme, die ich für die der Behrendt halte.

»Na, na! Hat er dir schöne Augen gemacht?«

»Sind wir hier, um über den Barkeeper zu reden?«

Schallendes Lachen. »Nein, Engelchen, uns fällt bestimmt noch etwas Besseres ein.«

Dann ein paar Takte Coldplay, die mir inzwischen gut vertraut sind – Waskovics Handy.

»Ja?«

-

»Und das sagst du jetzt erst?«

-

»Ich habe verstanden.«

Stille.

»Ärger?« Erneut die Frauenstimme.

Sie wiederholt ihre Frage.

»Wie? Nein, nein, alles bestens.« Ich höre Waskovic im Zimmer umhergehen. »Jetzt trinken wir erst mal was.« Seine Stimme kommt näher. »Herrje, wie ich diese kleinen Fläschchen hasse! Willst du vielleicht …«

In dem Moment knallt es so heftig, als hätte in meinem Ohr gerade ein Düsenjäger die Schallmauer durchbrochen. Ich verreiße das Lenkrad und krache um ein Haar gegen die Leitplanke.

Du meine Güte! Die Flasche, die Waskovic offensichtlich soeben entsorgt hat, mag zwar klein gewesen sein, ihr Gewicht hat allerdings voll und ganz ausgereicht, meine Wanze in die ewigen Jagdgründe zu schicken.

Was auch immer Waskovic von nun an tut, es wird ohne meine akustische Begleitung geschehen.

3

Der dich betrügt, ist nahe bei dir.

Aus Uganda

Die Kaulquappe erwartet mich bereits, als ich in Eitorf eintreffe; ich habe sie angerufen und über mein Kommen informiert. Stumm, ohne eine Miene zu verziehen, ohne das geringste Zeichen von Überraschung oder gar Entsetzen lauscht sie dem Gesprächsmitschnitt, den ich ihr vorspiele, bis ich die Aufnahme unmittelbar nach dem Mordauftrag stoppe.

»Haben Sie davon gewusst?«, frage ich in einer Schärfe, die mir angesichts der Sachlage geboten erscheint.

»Um Himmels willen, nein!« Sie hebt abwehrend die Hände. »Aus den geschäftlichen Angelegenheiten meines Mannes halte ich mich heraus.«

Geschäftliche Angelegenheiten? Soll das ein Witz sein? Wohl kaum, ihr fehlt jeglicher Sarkasmus in der Stimme. Und jegliche Bestürzung. Mein Gott, diese Frau kann ihre Dummheit nicht einmal auf ihre Haarfarbe schieben, denn die ist ohne Zweifel noch weniger echt als ihre mit Glitzersteinchen gespickten Fingernägel. Kein Wunder, dass sie Waskovic zum Hals raushängt.

»Es geht um Menschenleben.« Ich sehe ihr ernst ins Gesicht. »Wir können nicht so tun, als wüssten wir von nichts.«

Sie beginnt, sich in einer Art Endlosschleife eine Haarsträhne um den Finger zu wickeln.

»Wir müssen zur Polizei«, präzisiere ich und gebe ihr einen Moment Zeit, damit sie mit dem Denken nachkommt. Ein paar Mal klimpert sie mit ihren falschen Wimpern und ist plötzlich hellwach.

»Was wollen Sie der Polizei erzählen?«, fragt sie mit hartem Zungenschlag. »Dass mein Mann ein geschäftliches Gespräch mit einem seiner engsten Mitarbeiter geführt hat?«

»Bei dem es darum ging, zwei weitere Mitarbeiter umzubringen. Genau.«

Sie lacht auf. »Ich bitte Sie! Bert ist eben a bisserl derb g'worden, weil er empört war und wütend. Weiter nichts.«

Empört und wütend g'worden ist gerade noch jemand. »A bisserl derb?«, fauche ich. Mein unverdauter Schrecken schlägt in Aggressivität um. »Sagen Sie, warum geben Sie sich eigentlich manchmal so bajuwarisch, Frau Waskovic? Ihre Heimat liegt doch sicher weiter östlich.« Ohne Zweifel, mir gehen gerade die Pferde durch, aber das passiert mir immer, wenn sich ein gewisser Dialekt mit überheblicher Ignoranz paart. Mein erster Chef, Fisimatenten-Brandl, von Brandl & Kuhnert, einer der angeblich renommiertesten deutschen Detekteien, hat mich in dieser Hinsicht fürs Leben versaut.

»Ich wüsste nicht, was das hier zur Sache tut«, schmollt die Kaulquappe, und sie hat völlig recht. »Aber es stimmt, ich stamme aus der Ukraine. Mein Deutschlehrer kam allerdings aus Garmisch.«

Welch haarsträubende Diskussion habe ich da angezettelt! »Sorry, ich war unverschämt. Lassen wir das und kommen zum Thema zurück: Was Ihren Mann betrifft: In meinen Ohren klang er weder wütend noch empört, sondern einfach nur kaltblütig.«

»Ach was, Sie kennen ihn eben nicht!« Die Kaulquappe wirft demonstrativ ihr Haar zurück. »Bert weiß sich zu beherrschen, aber unter der Oberfläche brodelt es, da kocht sein Temperament. Wenn er gereizt ist, sagt er gern einmal unschöne Dinge.«

»Und erteilt gern unschöne Aufträge«, füge ich hinzu, wofür ich einen tadelnden Blick ernte.

»Der Mann, mit dem er gesprochen hat, ist Ernst Kemper, die rechte Hand meines Mannes, falls Sie das noch nicht selbst herausgefunden haben«, erklärt die Waskovic gereizt. »Er ist diplomierter Betriebswirt oder Bankkaufmann oder was auch immer – jedenfalls kein Killer.«

»Als diplomierter Killer wird er sich auch kaum beworben haben«, wende ich ein, sie lässt sich jedoch nicht beirren.

»Kemper trägt Personalverantwortung«, fährt sie fort, »das heißt, er hat Konsequenzen zu ziehen, wenn der Laden nicht läuft. Und der Laden ist, was die beiden Herren betrifft, offenbar nicht gelaufen. Ich kann Ihnen die Zusammenhänge nicht genau erklären, wie gesagt, aus den geschäftlichen Dingen halte ich mich heraus, es hört sich allerdings sehr danach an, als hätten diese Mitarbeiter meinen Mann hintergangen und ihre Vertrauensstellung missbraucht. Folglich hat Kemper dafür zu sorgen, dass sie nicht weiter in die Geschäftsprozesse integriert werden. Er wirft sie raus aus dem System. Er schaltet sie ab, schaltet sie aus – was auch immer. Das heißt allerdings noch lange nicht, dass er sie umbringt!«

»Genau das habe ich allerdings herausgehört.«

Erneut schüttelt Galina den Kopf, mit resignierter Miene, als sei jedes ihrer Worte verschwendet gewesen, da bei mir ohnehin Hopfen und Malz verloren sei. »Was sollen denn diese Mafiosi-Theorien, Frau Schiller? Wir sind hier nicht auf Sizilien! Mein Mann handelt mit Holz, nicht mit Waffen. Aber laufen Sie ruhig zur Polizei mit Ihrem Mitschnitt, wenn Sie es für Ihre Pflicht halten.« Ihre Hand vollführt eine fahrige Geste, als sei ihr das alles einfach nur lästig, doch nach einer kurzen Pause fügt sie hinzu: »Sie sollten allerdings nicht davon ausgehen, dass mein Mann sich das bieten lassen wird. Private Gespräche aufzuzeichnen, ist illegal, das sagten Sie selbst.« In ihrer Stimme liegt plötzlich neue Kraft. »Sollten Sie ihn trotzdem irgendwelchen falschen Verdächtigungen aussetzen, kassieren Sie garantiert eine Strafanzeige; fleißige Anwälte hat mein Mann genug.« Sie beugt sich vor und fixiert mich mit ihren gelben Hexenaugen. »Und ich sage Ihnen gleich, wie die Sache ausgehen wird: Sie können Ihren Laden dichtmachen. So wird es enden.«

Ich suche nach einer Erwiderung, doch mir will keine einfallen. Zugegeben: Mir wächst die Sache über den Kopf. In welchen Schlamassel habe ich mich da nur reingeritten!

»Wissen Sie, welche Schwierigkeiten es derzeit in der Firma gibt?«, beharre ich in dem Bemühen, einen Rest Professionalität zu wahren. »Besondere Vorkommnisse, Umbrüche, Neuerungen?«

»Nein.«

»Sie können mir nichts über die aktuelle Lage des Unternehmens sagen?«

»Nein. Ich sagte doch: Aus den geschäftlichen Angelegenheiten halte ich mich heraus!«

Soll ich das glauben? Worüber reden die Waskovics denn beim Abendbrot? Nur über ihre Maledivenreisen? Und warum, zum Kuckuck, wirkt die Waskovic viel geschäftstüchtiger, als sie sich gibt? Hat sie womöglich ihre Berufung nicht erkannt, oder ignoriert sie sie einfach?

Wenn ich es mir recht überlege, kann von Ignoranz allerdings gerade keine Rede sein. Sie legt sich vielmehr unheimlich ins Zeug, ihrem Bert die Flecken von der Weste zu reiben. Und ich habe sie unterschätzt. Eindeutig. Ich habe ihre gelben Augen nicht ernst genug genommen, mich von all der Schminke und dem falschen Flitter blenden lassen, hinter dem sie ihren Verstand verbirgt. Ich bin auf einen der ältesten Tricks der weiblichen Welt reingefallen.

»Wie erklären Sie sich, dass Ihr Mann mit Kemper nicht in seinem Büro, sondern außer Haus gesprochen hat?«, nehme ich einen neuen Anlauf, in dem festen Willen, mich nicht unterkriegen zu lassen.

Die Kaulquappe zieht eine Augenbraue in die Höhe, als sei meine Frage höchst absonderlich und kaum der Mühe wert, darüber nachzudenken, ringt sich dann schließlich doch zu einer Antwort durch. »Ganz einfach«, erklärt sie. »Bert hatte einen Termin in Köln, der ziemlich lange dauern sollte, wie er mir zuvor sagte. Anschließend wollte er wohl nicht extra ins Büro fahren und hat Kemper ins Hotel bestellt, da es offensichtlich dringliche Angelegenheiten zu klären gab.«

»Gut. Aber warum ins Hotel, warum nicht beispielsweise zu Ihnen nach Hause?« Ich denke an das riesige Himmelbett im Hotelzimmer. Nicht gerade eine alltägliche Umgebung für Dienstgespräche.

Wieder zuckt die Augenbraue, diesmal braucht meine Klientin jedoch keine Bedenkzeit, um mich anzufahren: »Diese Frage sollten eigentlich *Sie* mir beantworten, Frau Schiller!«

Nein, ich werde mich nicht provozieren lassen. »Warum wollten Sie Tondokumente?«, bohre ich weiter. »Fotos hätten schließlich als Beweismittel gereicht.«

Das habe sie mir alles bereits bei der Auftragsvergabe erklärt, schnappt sie. Sie habe wissen wollen, ob sich ihr Ehemann lediglich amüsiere oder ob er ernsthafte Absichten hege, und da würden Fotos allein nun einmal nicht weiterhelfen. »Ich wollte die ganze Wahrheit wissen«, resümiert sie, jetzt wieder leidlich gefasst, und setzt nach einer kurzen Pause hinzu: »Ich will nicht, dass mein Mann schlauer ist als ich, okay?«

Okay, das Anliegen ist nachvollziehbar, und ich bringe durchaus Verständnis dafür auf, trotzdem will sich meine Unruhe nicht legen. Die Kaulquappe sieht es mir an.

»Ich wiederhole nochmals: Mein Mann sagt unschöne Dinge und hat oft einen rauen Ton am Leib, aber er ist kein Mörder.«

»Na gut«, lenke ich ein. »Vielleicht hören Sie sich erst noch diese unschönen Worte an, den eigentlichen Grund, weshalb ich gekommen bin.« Ich spiele ihr den Rest der Aufnahme vor, die entscheidenden beiden Sätze, die ihre Person betreffen.

»Was sagen Sie dazu?« Ich kann meinen Triumph kaum verbergen, doch zu meiner Überraschung zuckt sie nur ungerührt die Achseln. »Zwischen meinem Mann und mir steht es momentan nicht zum Besten, wie Sie wissen. Er hat sich über mich geärgert, weiter nichts.«

»Er lässt Sie beschatten!«, entfährt es mir.

»Na und? Ich ihn doch auch!«

Schon wieder ein Tor für die Kaulquappe, dieses ganze Spiel droht vollkommen aus dem Ruder zu laufen. Aber noch will ich mich nicht geschlagen geben.

»Ich dachte, dieser Kemper ist Personalchef«, sage ich. »Aber Sie gehören doch gar nicht zum Personal. Oder liegt seine Aufgabe womöglich darin, das Personal anzuheuern, das sich um Sie kümmern soll?«

»Sie stellen Fragen! Woher soll ich das wissen?«

»Sie sollten die Angelegenheit nicht auf die leichte Schulter nehmen«, beharre ich. »Womöglich wird Ihr Mann bald wieder a bisserl derb – und dann lässt er *Sie* ausschalten, Frau Waskovic.«

»I wo!« Sie lacht auf, und ihre prallen Lippen spannen sich bedenklich. »Um mich brauchen Sie sich nicht zu sorgen!«

Also gut. Dann werde ich damit aufhören. Auf der Stelle. Game over. »Ich schließe daraus, dass Sie mich nicht zur Polizei begleiten werden?«

»Zur Polizei? Nein, Frau Schiller, ich werde nicht zur Polizei gehen. Und wenn Sie auch nur einen Funken Verstand haben, werden Sie das genauso wenig tun. Sagten Sie nicht, Sie haben Familie? Denken Sie an Ihre Verantwortung!«

»Das lassen Sie mal meine Sorge sein, Frau Waskovic. Ich gehe davon aus, dass Sie unsere Zusammenarbeit als beendet betrachten?«

»Das scheint mir in der Tat das Beste zu sein«, stimmt die Kaulquappe zu. »Zumal Sie Ihrer Aufgabe nicht nachgekommen sind.«

»Wie bitte?« Ich fahre aus dem Sessel hoch.

»Sie hatten einen klaren Arbeitsauftrag, stattdessen tischen sie mir Klatschgeschichten aus dem Firmennähkästchen auf! Sie sollten mir sagen, mit wem sich mein Mann im Hotel trifft – und kommen mir mit dem dicken Kemper. Darum hatte ich Sie nicht gebeten!«

»Nein, das hatten Sie nicht, aber ich bin kein Wunschautomat!«, empöre ich mich. »Das heißt – Moment mal, da haben wir doch noch was!« Ich lasse den Magnetverschluss meiner Handtasche aufschnappen, ziehe einen Stapel Fotos heraus und knalle sie auf den Tisch: Obenauf liegen Waskovic und die kleine Blonde, die sich gerade auf Zehenspitzen zu ihm hochreckt, ein Bein anmutig abgewinkelt und ihn aufs Kinn küsst, während er seine Hände gemütlich auf ihrem Hintern platziert hat. Darunter Waskovic und die Brünette, die gerade Victoria-Beckham-like seinem BMW entsteigt: Man sieht deutlich ihren Slip unterm Röckchen.

Die Kaulquappe greift nach den Fotos und begutachtet sie mit Kennerblick, als gelte es, das schönste Motiv für eine Klatschillustrierte auszusuchen. Unvermittelt schiebt sie die Bilder beiseite und steht auf.

»Sie bekommen Ihr restliches Honorar.«

›Das können Sie sich sonst wohin schieben!‹, rutscht es mir beinahe heraus, doch ich kann mich gerade noch beherrschen. Sie holt eine Geldkassette hinter der protzig-geschmacklosen Hausbar hervor und zählt zehn 200-Euro-Scheine auf den Tisch.

»Reicht das vorerst? Mehr habe ich leider nicht im Haus.«

Mehr habe ich leider nicht mal auf meinem Sparkonto, aber das sage ich nicht, sondern schnappe mir die Scheine und erkläre, ich würde ihr eine Quittung zukommen lassen. Man soll mir schließlich keine Schwarzarbeit vorwerfen können.

»Schicken Sie mir bloß keine Rechnung ins Haus«, witzelt sie, und ich frage mich plötzlich, ob sie sich nicht schon die ganze Zeit über heimlich amüsiert hat. Nur weiß ich verdammt noch mal nicht, worüber. »Bemühen Sie sich nicht, ich finde allein heraus.«

Die Kaulquappe glaubt mir offenbar nicht und begleitet mich zur Hintertür, durch die ich auch hereingekommen bin. Von hier aus gelangt man über eine großzügige Terrasse in den Park, dem sich unmittelbar der Wald anschließt.

»Vielen Dank, dass Sie mich so schnell informiert haben«, meint sie brav zum Abschied, offenbar ist ihr doch an einer versöhnlichen Trennung gelegen.

»Seien Sie vorsichtig«, mahne ich. »Im Zweifelsfall sollten Sie sofort die Polizei einschalten. Und mich auf jeden Fall benachrichtigen.«

»Selbstverständlich«, sagt sie. »Mir kommt kein Wort über unser Gespräch über die Lippen, schon gar nicht gegenüber meinem Mann. Und sollte mir der leiseste Zweifel kommen, mache ich alles genau so, wie Sie es mir geraten haben.«

Wer's glaubt, wird selig.

Ratlos und verwirrt, mit dem unklaren Gefühl, in die Pfanne gehauen worden zu sein, verlasse ich ihr Haus, durchquere die Parkanlage, quetsche mich durch die Koniferenhecke und schlage mich durchs Unterholz. Auf der Kuppe des bewaldeten Hügels treffe ich auf einen Forstweg, der auf das Feld hinausführt, an dessen Rand mein Mondeo parkt. Ein letzter Sonnenstrahl hat sich im Seitenspiegel verfangen und lässt ihn aufblitzen wie einen Fingerzeig Gottes – der bei dieser Geschichte aber wohl kaum seine Hand im Spiel haben dürfte.

Sorgfältig taste ich Kotflügel und Stoßstangen ab und halte es in Anbetracht der Umstände für ratsam, einen

Blick auf den Unterboden zu werfen. Mit einer Plastiktüte unter dem Rücken und einer leistungsfähigen Mag-Lite in der Hand, die ich für Zweifelsfälle aller Art im Handschuhfach aufbewahre, rutsche ich unter den Wagen, kann jedoch nichts Auffälliges entdecken. Der Vollständigkeit halber schaue ich obendrein in den Motorraum, finde aber auch dort nichts. Schließlich steige ich ein und fahre los. Auch mein Mobifinder, ein Detektor für GSM-Funksignale, ortet während der Fahrt nichts, das auf ein verborgenes Standorterkennungsmodul deutet. Immerhin in diesem Punkt kann ich also einigermaßen beruhigt sein. Höchste Zeit, über meine eigene, reichlich prekäre Lage nachzudenken.

Mag die Kaulquappe behaupten, was sie will, mag sie ihren Ehemann noch so sehr in Schutz nehmen, die Situation ist und bleibt gefährlich – vor allem für mich. Schließlich bin ich Zeugin eines Mordkomplotts geworden, und man weiß ja aus dem Fernsehen, wohin das führen kann.

Wie zum Teufel ist das Verhalten der Kaulquappe zu erklären? Stecken die Waskovics unter einer Decke? Ist diese Frau an den Machenschaften ihres Mannes beteiligt? Dann hätte sie wohl kaum einen Detektiv engagiert. Nein, sie kann nichts gewusst haben. Es muss diese verquere Art Treue sein, die manche Frauen sogar an Vergewaltiger und Kindsmörder kettet. Soll der Göttergatte doch die ganze Welt ausrotten, Hauptsache, er geht nicht fremd – oder plant zumindest keine neue Ehe.

Aber auch diese Variante erscheint mir wenig wahrscheinlich, die Kaulquappe wirkte zu gefasst, als sie die Fotos der Mädchen sah.

Oder reichen ihr genau diese Bilder, um ihn unter Druck zu setzen? Hat sie deshalb alles andere von sich gewiesen? Ich werde einfach nicht schlau aus dieser Geschichte. Vor allem quält mich die Frage, ob ich nicht bereits verbrannt bin, ob Waskovic mich nicht seinerseits beschatten lässt, schließlich ist er ein Profi in jeder Beziehung, wie ich nun weiß, ob es ums Fremdvögeln geht oder um Mord. Und mit Sicherheit ist er nicht scharf auf eine Zeugin.

Vielleicht ist er längst hinter mir her, vielleicht lässt er mich in diesem Augenblick verfolgen. Dass ich keinen Peilsender oder dergleichen an meinem Wagen gefunden habe, muss nichts besagen. Es ist kein Geheimnis, wo ich wohne. Und womöglich hat es sich Salatohr-Ernie bereits auf unserer Gästecouch bequem gemacht.

4

Der Feind geht um und suchet, wo er sich einen fange.

Clemens Brentano

Zuhause ist alles dunkel. Ich stelle den Wagen im Hof ab und betrete das Haus durch den Hintereingang, gerüstet mit meiner Mag-Lite-Stablampe. Bereit, jeden x-beliebigen Fremden niederzuknüppeln, wage ich mich durch die Küche in die angrenzenden Räume vor, schalte überall das Licht ein und sehe mich misstrauisch um. Alles sieht normal aus. Am Unheimlichsten ist mir der Keller, dort steht allerdings das Bier, weshalb ich wohl oder übel in den sauren Apfel beißen muss. Nachdem ich heldenhaft zwei Flaschen erobert habe, ohne dass mich Ernie von hinten überwältigt und niedergestreckt hat, deponiere ich das Honorar der Kaulquappe zwischen den Seiten der Grimmschen Märchen, gehe rüber in mein Büro und fahre den Rechner hoch. Ich google Familie Waskovic, entdecke allerdings nicht viel, was ich nicht bereits weiß.

Die Kaulquappe finde ich auf einem Foto vom Weihnachtsbasar der Kirchengemeinde wieder sowie auf dem Gruppenbild der Jahresabschlussfeier des Eitorfer Tennisclubs. Einem Onlinebeitrag des Rhein-Sieg-Anzeigers entnehme ich außerdem, dass sie mal Schönheitskönigin von Saporischschja gewesen ist, und ich frage mich, ob sie da unten alle solche Hexenaugen haben. In dem Artikel ging es eigentlich um eine Spendenaktion für hungernde Zirkustiere, die die Kaulquappe unterstützte, und bei der Gelegenheit nutzte der Redakteur die Chance, auf ihre von exotischem Glanz angehauchte Vergangenheit hinzuweisen.

Über Waskovic selbst finde ich eine Menge. Er ist nicht nur ein überaus erfolgreicher Unternehmer, sondern zudem ein aktiver Umweltschützer. Als Mitglied zahlreicher Gremien und Verbände setzt er sich für eine nachhaltige Forstwirtschaft ein und geht selbst mit gutem Beispiel voran: Die Waskovic Holz GmbH handelt vorrangig mit regionalen Erzeugnissen, die außerdem strenge Umweltstandards erfüllen. Außerdem wirbt Waskovic unermüdlich für entsprechende freiwillige Selbstverpflichtungen der privaten Waldbesitzer, wie mehreren Interviews und Artikeln in diversen Fachorganen zu entnehmen ist. Die hill & valley GmbH, deren Geschäfte sich auf den Import von Edelhölzern konzentrieren, hat sich ebenfalls die Wahrung der Natur und die Einhaltung ökologischer und sozialer Standards auf die Fahnen geschrieben. In einem Aufsatz eines Fachmagazins, in dem das Unternehmen porträtiert wird, finde ich ein Foto, das Waskovic mit einem malaysischen Waldbauern zeigt. Waskovic hat dem ihm kaum bis ans Kinn reichenden Männlein freundschaftlich den Arm um die Schulter gelegt, und beide strahlen um die Wette in die Kamera. Was mir unweigerlich dazu einfällt, sind sepiabraune Relikte aus der Kolonialzeit. Auf diesen Aufnahmen hat der Kolonialherr allerdings gewöhnlich nicht die Hand auf der Schulter, sondern den Fuß auf dem Kopf des Objekts seines Heldentums platziert. Derartige Assoziationen beruhen wohl vor allem auf meiner tendenziösen Voreingenommenheit gegenüber Waskovic und sind in keiner Weise relevant für das, was gerade passiert.

Was ich sonst noch über den Typen finde, ist nichts Neues, und es hellt meine Stimmung nicht gerade auf: Waskovic ist Duzfreund der lokalpolitischen Prominenz aller Couleur, ein Mann, mit dem man gern gesehen wird. Außerdem ist er Mitglied und Mäzen zahlreicher Kultur- und Sportvereine und als großzügiger Veranstaltungssponsor in der Region nicht mehr wegzudenken. Einem wie ihm pisst man nicht ans Bein. Also ein Verbrecher, wie er im Buche steht.

Na prima.

Ich versuche es mit diesem gewissen Thomas und seinem Kollegen Stefan – die beiden Mitarbeiter, die auf der Abschussliste stehen. Ein Stefan Salzmann arbeitet im Rechnungswesen der Waskovic Holz GmbH. Er ist bei Facebook registriert und sieht für einen Buchhalter gefährlich verwegen aus, aber aus seiner Freundschaftsliste lassen sich nicht ohne Weiteres mafiöse Verstrickungen ableiten. Außerdem ist er Mitglied der ›Holzhacker-Buben‹, ein Kegelklub, wie ich der vereinseigenen Website entnehme. Die gibt es tatsächlich, auch wenn sie jeglicher technischen wie designerischen Finesse entbehrt und wortwörtlich aus einer einzigen Seite besteht. Offenbar hat hier jemand mit dem Basteln angefangen und wenig später festgestellt, dass es sinnvollere Freizeitbeschäftigungen gibt.

Nachdem ich es geschafft habe, das ›Kleiner Feigling‹-Werbefenster kleinzukriegen, werde ich mit einer Namensliste der Mitglieder belohnt, die sich vorrangig aus der Waskovic'schen Belegschaft zu rekrutieren scheint. Außerdem gibt es ein Gruppenfoto, auf dem alle Mitwirkenden Entenmasken tragen. So schlecht kann das Betriebsklima ja nicht sein, denke ich übellaunig. Von Mordaufträgen gegen unliebsame Mitarbeiter mal abgesehen.

Auch ein entenschnabeliger Thomas Müller mit Baseball-Cap gehört den Holzhackern an. Auf der Firmenwebsite der hill & valley GmbH wird er als Diplom-Betriebswirt geführt, zuständig für ›international management & foreign sales‹, was ich mir als eine Art Import-Export zusammenreime. Vor meinem inneren Auge ist dieser Begriff untrennbar mit heruntergekommenen Ladenlokalen verknüpft, in denen Klorollen-Barbies in orientalischen Hochzeitskleidern, Springmesser und Micro-Musikanlagen feilgeboten werden, was mit Holzhandel herzlich wenig zu tun hat, aber meine Kenntnisse dieses Gewerbes sind nun wirklich nicht besonders ausgeprägt. Mehr erfahre ich nicht über meine Zielperson, was allerdings nicht etwa an einem Mangel an Informationen liegt, sondern am genauen Gegenteil: Im Internet existieren schätzungsweise 36 Millionen Thomas Müllers.

Okay, entscheide ich, machen wir mit Ernst Kemper weiter, ebenfalls Kegelklubmitglied. Er ist tatsächlich Personalchef, wie die Kaulquappe sagte. Irgendwo in den Tiefen des Netzes stoße ich auf ein Foto, das ihn zeigen könnte, bin mir aber nicht sicher. Das Bild ist unscharf, und die Person, die ihm ähnlich sieht, steht zu weit weg. Hinzu kommt, dass ein Schwarm riesiger blauer Falter die Sicht nimmt. Ich stoße einen tiefen Seufzer aus. Selbst wenn die Person Kemper wäre, was würde es mir nützen? Tatsächlich scheinen alle drei Herren geradezu auffällig unbeschriebene Blätter in der großen, sonst so geschwätzigen Welt des World Wide Web zu sein.

Was, wenn die Kaulquappe tatsächlich recht behielte, wenn sich Waskovic einfach nur unfein auszudrücken pflegte? Vielleicht gehört ein gewisser Holzhändler-Jargon zur Firmenkultur. ›Meyer, wenn die Akte nicht bis elf Uhr auf meinem Tisch liegt, werden Sie eliminiert. – Klimmek, wenn ich Sie noch ein Mal rauchend auf dem Herrenklo erwische, können Sie Ihre Kippe demnächst mit den Füßen festhalten. – Frau Schröder, noch einmal zu spät am Arbeitsplatz und Ernie hilft Ihnen ein bisschen beim Frischmachen – sagt Ihnen der Begriff »Eistauchen« etwas?‹

Ich schnappe mir mein Smartphone und höre mir erneut jene entscheidenden Sätze an, die im Hotelzimmer gefallen sind. Danach lausche ich ihnen nochmals. Und nochmals. Und wieder komme ich zu dem eindeutigen Schluss: Ich habe richtig gehört, Waskovic hat genau das gemeint, was er gesagt hat. Und umgekehrt.

Er hat den Befehl zum Töten gegeben, da beißt die Maus keinen Faden ab.

Es ist fast ein Uhr, als ich den Rechner runterfahre und mich in den Besuchersessel fallen lasse, den ich sonst gern für ein kurzes Powernapping um die Mittagszeit nutze.

Selbst wenn Waskovic nichts von meiner Existenz weiß, überlege ich, wenn ich von diesem Moment an still und stumm in meinem Sessel hocken bleibe und nie wieder den Mund öffne, ich muss immer damit rechnen, dass er irgendwann von meinem Auftrag erfährt. Zumal nicht klar ist, welche Rolle die Kaulquappe eigentlich spielt. Womöglich kommt es irgendwann zwischen den beiden zum offenen Streit wegen seiner Liebschaften, ein Wort gibt das andere, und schon bin ich im Spiel. Wenn ich nichts unternehme, kann ich mich nie wieder völlig sicher fühlen, mein Leben wäre nicht mehr das alte.

Also doch lieber zur Polizeiwache rüberfahren und die Karten auf den Tisch legen? Darauf hoffen, dass sie genug in der Hand haben, um Waskovic festzunageln, bevor er Unheil stiftet? Womöglich steht er längst auf irgendeiner schwarzen Liste.

Aber selbst wenn sie ihn festnageln könnten – wovon realistisch gesehen nicht auszugehen ist –, ein Mann wie er hat sicher noch mehr helfende Hände fürs Grobe in petto. Neben Salatohr-Ernie wird es den ein oder anderen Knollnasen-Grobi geben, der irgendwo im Hinterhalt lauert. Ich befände mich nach wie vor in akuter Gefahr. Und nicht nur ich.

Die Alternative heißt Zeugenschutzprogramm, was ähnlich verlockend klingt wie Alcatraz.

Mutter, Vater, Kind nach Hintertupfingen verbannen? Mein Mann wird mich umbringen. Aber besser Markus versucht es als Waskovic, denke ich. Ich werde ihm den sauren Wein einschenken und er wird ihn schlucken müssen, samt Kröte sozusagen. Oder vielmehr samt Kaulquappe. Ob er will oder nicht.

Nach einem weiteren Bier steht fest: Wir müssen reden. Und zur Polizei gehen. In genau dieser Reihenfolge – und zwar bald. Auch auf die Gefahr hin, dass ein Richter Bernhard mir den Kopf abreißt und dass es meine ohnehin zweifelhafte Karriere kostet.

Doch ich wage nicht, Markus zu wecken. Er ist mit unserem Sohn Yannick zu Irene gefahren, der Düsseldorfer Oma, und ich bin einigermaßen erleichtert darüber, dass die beiden in diesen dunklen Stunden nicht zu Hause sind. Außerdem würde Irene sofort Wind von der Sache bekommen, wenn ich um diese Zeit anriefe, vermutlich hätte ich sie gleich persönlich am Handy.

Mitten in der Nacht bei den dreien aufzukreuzen, liefe auf dasselbe hinaus.

Ich entscheide, zu warten. Markus und Yannick werden in wenigen Stunden zurück sein; es ist ausgemacht, dass ich sie vormittags vom Bahnhof abhole. Anschließend werde ich direttamente zur nächsten Polizeiwache kutschieren, so mein Plan. Und dann werden wir sehen.

Das Gescheiteste, was ich bis dahin tun kann, ist ins Bett zu gehen, erschöpft und angeschickert, wie ich bin. Doch unverhofft erhebt sich zwischen mir und dem Traumland mein Gewissen wie ein unüberwindliches Riesengebirge. Kann ich zulassen, dass Müller und Salzmann dran glauben müssen?

Auch ein Mord bedarf einer gewissen Planung, wenn

er kein Kamikazeunternehmen werden soll, versuche ich mich zu beruhigen. Unwahrscheinlich, dass der dicke Ernie sofort losrennen, zur nächtlichen Stunde an Müller und Salzmanns Türen klingeln und losballern wird. Sicher hat Ernie längst seinen wohlverdienten Feierabend eingeläutet, und auch Bert Waskovic ist über Nacht beschäftigt. Hoffe ich zumindest. Sicher bin ich mir nicht.

Also gebe ich mich geschlagen. Sagte ich bereits, dass es sehr viele Leute gibt, die Thomas Müller heißen? Jeder kennt einen Thomas Müller. Soll ich die etwa alle aus dem Bett klingeln und rausfinden, wer der Richtige von ihnen ist? Besser, ich konzentriere mich auf Stefan Salzmann. Unter diesem Namen gibt es nur einen Eintrag mit Eitorfer Adresse, der einzige überhaupt in der Region. Nach einigem Zögern verlasse ich das Büro und gehe ins Wohnhaus rüber. Ich öffne eine Flasche Marillenschnaps, die, mit Geschenkband versehen, seit ungefähr drei Jahren im Küchenschrank reift, und genehmige mir einen großen Schluck, bevor ich Salzmanns Nummer wähle.

Freizeichen. Endlos das Freizeichen.

Hört Salzmann das Telefon nicht? Ist er nicht daheim? Oder ist er schon tot?

»Ja?« Die Stimme klingt kehlig und verschlafen.

»Spreche ich mit Herrn Salzmann? Stefan Salzmann?«

»Wissen Sie, wie spät es ist?«

»Ja, aber es ist wichtig.«

»Was wollen Sie? Und wer sind Sie überhaupt?«

»Herr Salzmann, mir ist nicht bis ins Detail bekannt, was sie so treiben, aber von jetzt an sollten Sie sehr vorsichtig sein. Am besten, Sie packen Ihre Sachen und verschwinden. Für immer.«

»Wie?«

»Es geht um Leben und Tod, haben Sie verstanden?«

»Nein. Was soll denn …?«

»Das gilt auch für Ihren Freund Müller. Richten Sie ihm das bitte aus. *Bitte!* Mehr kann ich nicht für Sie tun.«

Klick. Ende des Gesprächs. Der Mohr hat seine Schuldigkeit getan, der Mohr kann schlafen gehen. Oder vielmehr wanken, denn der Fußboden scheint plötzlich ziemlich holprig zu sein. Ich falle ins Bett, und während mir diverse Formulierungsversuche durch den Kopf kreisen, wie ich Markus die ganze Geschichte möglichst schonend beibringen kann, schlafe ich ein.

Als ich aufwache, ist ein neblig-grauer Morgen hereingebrochen. Und ich lebe noch.

Vielleicht bin ich mit einem blauen Auge davongekommen. Hätte Waskovic meine Anwesenheit auf dem Hotelbalkon bemerkt, hätte er Salatohr-Ernie sicher angewiesen, mich ebenfalls sofort ›auszuschalten‹ – auf welche Art und Weise auch immer. Aber bisher hat mich niemand im Waskovic'schen Privatpark erschlagen, im Eitorfer Wald erschossen oder auf einsamer Landstraße mit dem Auto abgedrängt. Und niemand hat mir einen nächtlichen Besuch abgestattet.

Ich entscheide, dass es gut für mich aussieht, koche eine Kanne Tee und pule eine Handvoll Rosinen zum Knabbern aus der Müslipackung. Mehrmals versuche ich, Markus auf dem Handy anzurufen, erhalte jedoch nur die Nachricht, dass er nicht zu erreichen sei. Offenbar sitzen die beiden schon wie geplant im Zug und haben keinen Empfang; mir bleibt noch eine gute Stunde Zeit.

Ich dusche und ziehe mir etwas Polizeitaugliches an, trinke zwei Tassen Tee, laufe die Straße hinunter zum Bäcker und kaufe sechs Laugenbrezeln.

20 Minuten später erreiche ich den Bahnhof, stelle den Mondeo auf einem der ungeteerten Parkplätze gegenüber dem ICE-Bahnhof ab und nehme die Treppe hinauf zu den Gleisen, wo ich warte.

Der Zug kommt, aber ohne Yannick und Markus. Unter Markus' Handynummer herrscht nach wie vor Funkstille. Augenblicklich werde ich nervös – oder vielmehr noch nervöser, als ich ohnehin bin, seit ich den Balkon eines gewissen Hotelzimmers betreten habe. Wie wird Markus die Geschichte aufnehmen?

Ich weiß nicht, mit welchem der späteren Züge er und Yannick eintreffen werden, und hier oben pfeift ein eiskalter Wind. So ist die Welt: Da wartet man auf Hightech-Wunder und friert sich dabei ganz urtümlich den Arsch ab. Für mich ist das allerdings keine Option, ich neige zu Blasenentzündungen, wenn ich eine gewisse Betriebstemperatur unterschreite. Außerdem habe ich Hunger. Stresshunger. Brezelhunger.

Ich gehe die Treppe hinunter, überquere die Straße und erreiche gerade den Parkplatz, als ein Mann wild gestikulierend auf mich zugerannt kommt.

»Hallo!« Er stoppt schwer atmend vor mir. »Haben Sie ein Handy?«

»Nein«, lüge ich. »Ich glaube, ich hab's zu Hause vergessen.«

»Bitte, da vorn – ein Unfall.« Er deutet vage in Richtung Straße. »Da liegt ein kleines Mädchen, ist mit dem Fahrrad gestürzt, wie's aussieht.« Er beugt sich vor und stützt seine Hände auf den Oberschenkeln ab.

Ich mustere den Mann. Er trägt eine hautenge dunkelblaue Läufermontur, hat ein sportlich gerötetes Gesicht und ehrliche Schweißperlen auf der Stirn. »Bitte … Kann ich …? Können Sie den Notarzt rufen?«, hechelt er.

Herrje. Ausgerechnet ein Kind! Ich zücke mein Smartphone und reiche es ihm. Ein Griff – und der Typ sprintet los.

Zuerst sieht es aus, als hätte ich eine Chance, ihn einzuholen, ich bin recht schnell, wenn's sein muss. Dieser Kerl ist allerdings mindestens Kreismeister im Dauersprint. Als wir die Parkgarage passiert haben, vergrößert sich der Abstand zwischen uns rapide, am Kreisel vor der Unterführung gebe ich auf. Drei scharfe Atemzüge, und der Typ ist verschwunden.

Fluchend und mit höllischem Seitenstechen trete ich den Rückweg an. Ohne mein Smartphone. Mein zweites Gehirn.

Das soll jedoch längst nicht alles gewesen sein.

Als ich zurück zu meinem Wagen komme, sehe ich, dass der Kofferraum nicht ganz geschlossen ist.

Wieso zum Kuckuck ist die Heckklappe offen? Ich bin mir sicher, dass eben noch alles seine Richtigkeit hatte. Was nur bedeuten kann, dass sich jemand an meinem Wagen zu schaffen gemacht hat. Na prima, jetzt ist mein Nachtsichtgerät futsch. Dafür gibt's auf dem Flohmarkt sicher noch 20 Euro.

Ich öffne die Heckklappe und fahre entsetzt zurück. Es wurde nichts herausgenommen. Sondern hineingelegt. In meinem Kofferraum liegt eine Leiche. Richtig: eine Leiche. Sie ist männlich, dunkelhaarig, hager und weder groß noch klein – soweit sich das beurteilen lässt, wenn jemand zusammengefaltet, mit dem Gesicht nach unten, im Kofferraum liegt. Einwandfrei beurteilen lässt sich dagegen das saubere Einschussloch im Rücken. Damit erschöpft sich aber auch schon mein Urteilsvermögen, ebenso wie das Stehvermögen meiner Beine. Ich schaffe es gerade noch, die Heckklappe zuzuschlagen, und muss mich darauf abstützen, um nicht in die Knie zu gehen.

Tief durchatmen. Ruhe bewahren. Nachdenken.

Vermutlich handelt es sich um einen der beiden Brüder im Geiste, die auf Waskovics Anweisung hin das Zeitliche segnen sollten. Der Haarfarbe nach zu urteilen müsste es der Buchhalter sein, jener Stefan Salzmann, mit dem ich in der vergangenen Nacht gesprochen habe. Aber genau weiß ich es nicht, vielleicht hat Waskovic einfach jemanden auf der Straße abknallen lassen, bloß um mir einen Schrecken einzujagen. Was ihm gelungen ist, so oder so. Denn, dass der Holzhändler dahintersteckt, daran zweifle ich keine Sekunde.

Und der Tote spricht eine beredte Sprache: *Waskovic weiß, dass ich weiß*. Ich stehe nicht mehr nur mit dem Rücken zur Wand, ich habe mir zudem die Flucht nach vorn verbaut.

Aus der Jägerin Johanna ist eine Gejagte geworden. Statt gemütlich vor Stundenhotels herumzulungern, Chips zu futtern und Darjeeling zu schlürfen, habe ich mich in Teufels Küche gebracht, um mich bei lebendigem Leib am Spieß grillen zu lassen.

Während ich versuche, mir über die Tragweite dieser Erkenntnis bewusst zu werden, klingelt in der Nähe ein Telefon – nicht meines, das habe ich ja nun nicht mehr. Ich zucke zusammen.

Das Schellen erinnert an Apparate aus dem vergangenen Jahrhundert und scheint seinem dumpfen Klang nach tatsächlich aus jenen Zeiten herüberzudringen. Doch es kommt nicht aus der Vergangenheit, sondern aus dem Kofferraum meines Wagens.

Ich lasse es läuten.

Nein, ich werde nicht rangehen.

Das Klingeln hört auf.

Na also.

Und es beginnt von vorn. Ich gebe mich geschlagen. Dicht neben der Leiche entdecke ich ein großes postgelbes Seniorenhandy und gehe ran.

»Na endlich!« Waskovic. Die Stimme erkenne ich sofort.

»Wie ich sehe, hast du meinen Gruß erhalten«, meint er mit öliger Onkelstimme; einer schönen Stimme, um objektiv zu sein: satt und warm wie ein Tasse heiße Schokolade. Bei nervösem Magen kann einem davon allerdings schlecht werden.

»Mit wem spreche ich?«

»Mäuschen, nun lass mal die Mätzchen! Ich denke doch, dass du mit mir ins Geschäft kommen willst.«

»Entschuldigen Sie, aber warum sollte ich das wollen?«

»Engelchen, du musst nichts wollen. Wenn wir ein bisschen schieben, ist für dich auch noch Platz im Kofferraum!«

Ich schlucke. Meine Kehle ist zugeschnürt, sodass ich kaum einen Ton herausbekomme. »Was wollen Sie?«, bringe ich schließlich hervor.

»Nur ein Pläuschchen halten, aber nicht am Telefon. Gehen wir ein Stückchen spazieren. In Eitorf vielleicht – oder wäre dir ein bisschen Abwechslung lieber?«

Er weiß, wo ich gestern Abend gewesen bin. Er hat die ganze Zeit über gewusst, wo ich bin!

»Hören Sie, ich glaube, da liegen ein paar Missverständnisse vor«, stammele ich. Und das Größte liegt in meinem Kofferraum, denke ich, sage es allerdings nicht, sondern: »Mich interessieren Ihre Geschäfte nicht. Ich rede nicht darüber, verstehen Sie?«

»Aber mit meiner Frau hast du geredet, oder? Hat sie dir nicht einen gewissen Auftrag erteilt? Und sie hatte einige nette Details zu berichten!«

Da ist er, der Moment der Wahrheit – und Klarheit. Nur von Fairness keine Spur. Die Kaulquappe ist zur falschen Schlange mutiert.

Schlagartig wird mir bewusst, welch fataler Fehler es gewesen ist, mein Wissen preiszugeben. Und alles wegen dieses sentimentalen Frauensolidaritätsquatsches! Ich hätte zuerst an die Männer denken müssen – an meine eigenen. An meine Familie, die mich braucht. Jetzt ist es zu spät.

»Das war etwas anderes«, behaupte ich, ohne selbst recht zu wissen, was ich damit meine. Das heißt, ich weiß natürlich, worum es mir geht, aber nicht, wie ich ihm das klarmachen soll. »Ich interessiere mich nur für Bettgeschichten«, starte ich einen spontanen Erklärungsversuch, worauf er in schallendes Gelächter ausbricht.

»Engelchen, darüber können wir reden! Ich bin für alles offen.«

»Nein, nein, ich meine Ehebruch, Ladendiebstahl, notorisches Blaumachen und solche Sachen …«

»Ein seltsames Hobby.«

»Ich würde es nicht unbedingt Hobby nennen. Jeder muss schließlich von irgendwas leben, immerhin habe ich

Familie und …« Im selben Moment würde ich mir am liebsten die Zunge abbeißen. Womöglich wusste er noch gar nichts von Markus und Yannick! Wie konnte ich sie nur in diese Sache reinziehen?

»Hör zu!«, fährt Waskovic dazwischen, meiner Stotterei offenbar überdrüssig. »Wenn du deine Familie noch eine Weile behalten willst, tust du, was ich sage, verstanden? Wenn nicht, reitest du geradewegs in den Sonnenuntergang.«

Ich antworte nicht.

»Wir treffen uns in einer halben Stunde hinter dem Mondorfer Yachthafen. Und nimm das Handy mit.«

Mein zögerliches »Okay« wartet er gar nicht erst ab.

5

Lächelnde Feinde sind die unversöhnlichsten.

Otto von Leixner

Die Fahrt dauert eine halbe Stunde, vor Troisdorf gab es einen kurzen Stau wegen eines Auffahrunfalls.

Ich parke beim Hafenschlösschen, nicht weit entfernt von der Stelle, an der ich meinen Wagen gestern Abend abgestellt hatte – Waskovic hat sich offenbar nicht weit wegbequemt.

Ich bin einigermaßen froh, nicht die Einzige zu sein, die an diesem Montagvormittag am Rheinufer unterwegs ist, doch zugleich beunruhigt mich das auch: Ein verschwiegenes Plätzchen sieht anders aus – und darauf hat Waskovic es schließlich angelegt, oder etwa nicht?

Mit dem gelben Hundeknochen versuche ich, Markus zu erreichen, aber er geht nicht an sein Handy. Zögernd mache ich mich auf den Weg in Richtung Yachthafen.

Der Nebel hat sich inzwischen gänzlich verzogen, ein strahlend blauer Himmel wölbt sich über den Pappeln, die Sonne glitzert auf den Wellen, und friedlich träumend schaukeln Boote vor sich hin. Ein schöner Tag. Ein schöner Tag zum Sterben.

Während ich das Hafenbecken umrunde, suche ich jeden Winkel mit den Augen ab, kann Waskovic jedoch nirgendwo entdecken. Ein älteres Ehepaar kommt mir entgegen, eine junge Frau mit einem grauschnäuzigen Hund, zwei Teenager in Trainingsklamotten. Ich nehme jedes einzelne Boot ins Visier – nichts.

›Hinter dem Yachthafen‹, das kann alles Mögliche bedeuten. Ich gehe weiter und gelange auf das Eiländchen, die Landzunge zwischen Hafen und Siegmündung. Ich spähe in das Wäldchen zu meiner Linken, folge der Wegschleife zurück in Richtung Yachthafen, entscheide mich um und renne quer über die Wiese, auf die andere Seite der Landzunge. Ich umrunde die Grillhütte, nichts. Der Boden ist weich vom vielen Regen und dem Schmelzwasser des Hagelschauers, der gestern ein heftiges Aprilgewitter begleitete. Im Nu heften sich Erdklumpen an meine Sohlen. Ich stapfe weiter und erreiche die Mündung der Sieg. Genau hier habe ich einmal illegale Angler überführt, was keine große Kunst gewesen ist. Der örtliche Angelverein hatte mich beauftragt, der vermuteten Räuberei nachzugehen, und ich hatte nicht viel mehr tun müssen, als mich nach Anbruch der Dunkelheit auf mein Klappstühlchen ins Gebüsch zu setzen und auf die Diebe zu warten, die das Aufsteigen der Lachse vom Rhein in die Sieg nutzen wollten, um Beute zu machen. Sie kamen tatsächlich, und als der erste Fisch gefangen war, hatte ich gemütlich die Polizei gerufen, das war's.

In diesem Augenblick empfinde ich es hier alles andere als gemütlich. Immer wieder sehe ich mich um, doch hier ist niemand; von Waskovic keine Spur. Erneut macht sich der gelbe Knochen bemerkbar.

»Ja?!«

»Bist du schon da, Schätzchen?«

»Ich suche Sie!«

»Tja, es scheint mir doch besser, wir sind völlig ungestört.«

Klar, wenn ich jemanden abknallen wollte, würde ich mir auch ein anderes Plätzchen suchen. Warum hat er das allerdings nicht gleich getan? Warum hat er mich hierher gelotst? Etwa nur, um mich in die Irre zu führen?

»Wir treffen uns an der Siegfähre«, befiehlt Waskovic. »Mach dich auf den Weg.«

Ich gehorche, renne zurück über die Wiese, am Wäldchen vorbei, ums Hafenbecken, zum Wagen. Ich fahre los, bin in wenigen Minuten drüben, parke, gelange an der Gaststätte vorbei ans Ufer, schaue mich um.

Still ist es hier, abgesehen vom Rauschen der L 269 gleich nebenan. Die Treidelfähre dümpelt vor sich hin, kein Mensch ist zu sehen. Im Sommer ist hier der Teufel los: Spaziergänger, Radfahrer, Ausflügler, alle wollen sich auf diese romantische Art übersetzen lassen, anstatt wenige hundert Meter weiter über die Brücke zu latschen. ›Fährmann, hol über …‹

Doch um diese Jahreszeit hält die Fähre ihren Winterschlaf, und auch das Gasthaus ist geschlossen. Hier ist niemand. Ich gehe ein paar Schritte am Ufer entlang, bleibe stehen. Schon wieder der Hundeknochen.

»Da bist du ja!«

Erschrocken fahre ich herum, kann aber niemanden entdecken. »Wo sind Sie?«

»Schau doch mal rüber!«

Am anderen Ufer, keine 50 Meter entfernt, entdecke ich eine Gestalt. Sie tritt hinter dem Gebüsch am Bootssteg hervor, kommt näher und steht nun allein und gut sichtbar am Wasser. Kein Zweifel: Es ist Waskovic.

Er zieht etwas unter seiner Jacke hervor und beginnt damit zu winken; ein schlaffer brauner Arm schnellt auf und ab. Im selben Moment schreie ich auf. Das Rülpsmonster! Er hat das einarmige Rülpsmonster an sich gebracht, unser Wappentier, unser Familienmaskottchen! Eine Kreuzung aus Affe, Teddybär und Zombie, ein seltsames Geschöpf, von dem keiner weiß, wie es zu uns gelangt ist. Eines Tages war es da und hat all die niedlichen, pädagogisch wertvollen Schmusetiere aus dem Kinderbettchen geboxt, und weil es zu allem Überfluss unfeine Geräusche machen kann, haben wir es ›das Rülpsmonster‹ getauft. Anfangs hatte es noch beide Arme, doch auch seine spätere Behinderung konnte Yannicks heißer Liebe keinen Abbruch tun. Ohne sein Rülpsmonster tut er keinen Schritt vor die Tür. Wie zum Teufel kommt Waskovic …?!

Der lässt das Stofftier gerade wieder unter seinem Mantel verschwinden, und trotz der Entfernung glaube ich, ein deutliches Grinsen ausmachen zu können.

»Willst du nicht wissen, wen ich noch getroffen habe?«, fragt er ins Handy.

Nein, ich will es nicht wissen. Auf keinen Fall. Nicht jetzt und nicht später. Niemals. Never. Jamais.

Der Boden beginnt zu schwanken, das Ufer bewegt sich, gleich werde ich fallen, fallen …

»Ich bedaure, dass sich dein Sohn gerade ein bisschen einsam fühlen muss«, spricht Waskovic freundlich in meinen Albtraum hinein. »Aber dein Mann ist ja bei ihm, da hat er etwas Trost.«

»Scheißkerl! Was hast du mit Yannick gemacht?«

»Na, na! Ich darf doch bitten – sonst …« Er zieht das Rülpsmonster hervor und macht eine Geste, als schneide er ihm die Gurgel durch. Sein Lachen dringt gleich doppelt zu mir herüber – von der anderen Uferseite und durchs Handy.

»Halt! Stopp!«, flehe ich. Was soll ich tun? Schwimmen? Bei sechs Grad Außentemperatur? Die Fähre von der Kette lösen und übersetzen? Keine Chance – ich bin nicht Hulk. Meine Synapsen sprühen Funken, doch mehr als ein Kurzschluss kommt dabei nicht heraus.

»… sie konnten zusammen nicht kommen, das Wasser war viel zu tief …« In meiner Panik stürze ich mich bis zu den Knien in die Fluten.

»Nicht doch!«, ruft Waskovic herüber. »Mach keine Dummheiten!«

Er hat recht. Ich käme allenfalls tot drüben an.

Wenn ich jetzt losrennen würde, zu meinem Wagen, so schnell wie möglich über die Brücke, auf die andere Seite, hinter ihm her … Ich wate aus dem Wasser, schaue mich notgedrungen nach ihm um und sehe, dass er sein Handy ans Ohr hält.

»Mach dir keine Mühe«, sagt er, »deine beiden Schätzchen sind nicht hier, Ehrenwort! Geh einen Kaffee trinken und etwas essen, damit du bei Kräften bleibst. Du wirst noch einiges zu erledigen haben. Ich melde mich.«

»Halt!«, rufe ich. »Bitte – ist Yannick okay? Und Markus? Kann ich mit ihnen sprechen? Was kann ich tun? So sagen Sie doch etwas!«

»Immer mit der Ruhe, Schätzchen, lass ihnen doch ein bisschen Spaß! Für dich habe ich mir in der Zwischenzeit auch etwas Nettes ausgedacht. Wie hast du dich neulich noch so schön über unsere Gegend geäußert? Dass du dort nicht tot überm Zaun hängen willst?«

Fieberhaft überlege ich, wo und wann ich das gesagt haben könnte. Richtig, auf dem matschigen Feldweg in der Nähe seiner Villa. Während ich auf die Kaulquappe wartete und mir Kuhscheiße von der Schuhsohle kratzte. Und mit dem Handy mit Markus quatschte.

»Tja, mein Täubchen, du merkst, auch ich halte gelegentlich Augen und Ohren offen!«

»Wo ist Yannick?«, schreie ich über das Wasser. Doch er hebt nur die Arme, mit offenen Handflächen, als wolle er sagen, Gott allein kennt die Antwort – und Gott, das ist nach seinem Verständnis zweifellos er. Er wendet sich ab und verschwindet zwischen den Bäumen.

»Und was ist mit der Leiche?«, rufe ich ihm hinterher, aber zu spät. Plötzlich ist da ein Opa, begleitet von einer Art Dackelterrier. Keine Ahnung, wo er herkommt. Er betrachtet mich stirnrunzelnd, geht weiter, schaut sich einmal nach mir um, bleibt dann seelenruhig stehen und wartet, bis der Hund fertig gepinkelt hat.

Ich renne los, zurück zu meinem Wagen. Inzwischen parkt ein weiteres Fahrzeug dort, ein junger Mann mit Strickmütze und Trillerpfeife steht wenige Meter entfernt und wartet offensichtlich auf seinen Labradorwelpen. Er tritt eilig beiseite, als ich den Rückwärtsgang reinjage und mit quietschenden Reifen davonschieße, unter den mächtigen Betonpfeilern hindurch, durch die Auenlandschaft, über die Brücke, auf die andere Seite des Flusses. Mit einer Vollbremsung stoppe ich auf dem dortigen Parkplatz, springe aus dem Wagen und falle der Länge nach in eine Pfütze. Ein stechender Schmerz in meinem Knie raubt mir für einen Augenblick den Atem. Ich rappele mich auf, ignoriere das Pochen und renne ins Flusstal hinunter, zwischen den Brückenpfeilern hindurch zurück in Richtung Siegufer. Schnaufend gelange ich zum Fähranleger und an die Stelle, an der Waskovic vor nicht einmal zehn Minuten gestanden hat. Aber zehn Minuten können verdammt lang sein: Kein Waskovic, kein Yannick. Nichts.

Es ist sinnlos, hier nach ihnen zu suchen. Diese ganze Aktion ist sinnlos. Ich humpele zu meinem Wagen zurück, werfe mich auf den Fahrersitz und dresche auf das Lenkrad ein. »Eins schwöre ich dir, Waskovic!«, schreie ich in den Fahrgastraum. »Ich werde dich in Stücke reißen, dich zerschmettern und zertreten, wenn du meiner Familie auch nur ein Haar krümmst! Ich werde dich scheibchenweise einfrieren, durch den Fleischwolf drehen und im Tierheim verfüttern, ich werde …«

Wer sagt eigentlich, dass er Markus und Yannick tatsächlich hat? Wie sollte er sie so schnell in seine Gewalt gebracht haben – über Nacht, sozusagen, denn mehr Zeit hat er ja nicht gehabt? Und warum sollte er ein solches Risiko eingehen? Die Geschichte würde schnell auffliegen, er wäre geliefert … Nein, durch eine Entführung hätte er eindeutig nichts gewonnen. Das Wagnis kann er nicht eingehen.

Erneut wähle ich Markus' Nummer. Diesmal nimmt jemand das Gespräch entgegen, und dieser Jemand ist Waskovic.

»Hallo, Engelchen!«, lacht er. Und schon ist die Verbindung wieder unterbrochen.

Jeder Dummkopf weiß, dass Einzelkämpfer in Entführungsfällen keine Chance haben. Gleichgültig für wie schlecht man die Arbeit der Polizei halten mag, beim Kidnapping ist man ohne sie noch schlechter dran. Das gilt sogar dann, wenn die Entführer ausdrücklich davor gewarnt haben, die Behörden einzuschalten, und wenn sie mitbekommen, dass man es trotzdem getan hat.

»Werden Sie mit einer Entführung konfrontiert, ist das Einschalten der staatlichen Sicherheitsorgane unabdingbar«, hat man uns während der Ausbildung eingebläut. Die Frage ist also nicht, ob ich mich an jemanden wenden soll, sondern an wen. Am besten an jemanden, der mich kennt – allein wegen der Leiche in meinem Kofferraum. Falsche Verdächtigungen und Missverständnisse wären so ziemlich das Letzte, was ich jetzt brauchen könnte. Also zurück nach Siegburg. Mit einigen der Beamten bin ich per Du, zu ihnen habe ich Vertrauen – und sie zu mir.

Während der Fahrt versuche ich, Herbert zu erreichen. Bisher hatte ich ihn außen vor gelassen, weil ich mir keine Moralpredigten über Einsätze am Rande der Legalität anhören wollte, aber mittlerweile ist die Sachlage eine andere. Ich brauche jede Unterstützung, die ich kriegen kann.

Leider ist Herberts Handy abgeschaltet, und auch unter der Festnetznummer erreiche ich niemanden. Bei Denise versuche ich es erst gar nicht. Ich heiße schließlich nicht Robbie Williams.

»Kann ich Ihnen helfen?«, fragt mich ein junger Polizist auf der Wache, den ich nicht kenne. Seine Augenfarbe lässt sich als leitungswasserblau beschreiben, die Haarfarbe: fussig. Als Kontrastprogramm zu seiner Jugend und den zahlreichen Sommersprossen trägt er einen besonders strengen Bullenbart. Kann ich so jemandem vertrauen?

»Nein«, antworte ich. »Das heißt, doch, Sie können mir sagen, ob Geringer da ist.«

»Peter Geringer? Der ist leider nicht hier.«

»Verena Schulze vielleicht?«

»Hat heute Urlaub. Aber vielleicht kann ich Ihnen …«

»Was ist mit Geringer, wann kommt der wieder?«

»Bitte, Frau … Ich denke nicht, dass …«

»Entschuldigen Sie, Johanna Schiller mein Name, Detektei Schiller. Ich habe schon x-mal mit Geringer zusammengearbeitet und muss ihn dringend sprechen!«

»Da werden Sie wohl ein halbes Jahr warten müssen.«

»Wie jetzt? Ist ihm was passiert?«

»Bandscheibenvorfall.«

Verdammt! Ist denn alle Welt nur noch mit Krücken unterwegs?

»Wenn ich Ihnen also helfen kann …«

Für ein ausgedehnteres Vorspiel habe ich keine Zeit und beschließe daher, die Kombination von Sommersprossen und Bullenbart doch in Ordnung zu finden. »Meine Familie wurde entführt«, kläre ich den Rotschopf auf. »Mein Mann und mein Sohn. Außerdem hat mir jemand …«

Der gelbe Knochen macht sich bemerkbar. Ein instinktiver Griff in die Brusttasche meiner Jacke, in der ich sonst mein Smartphone verstaue, aber das habe ich ja nicht mehr. Wegen seiner Größe muss ich das gelbe Ding in einer meiner Seitentaschen deponieren. Ich fische es heraus, nehme den Anruf an und halte es mir ans Ohr. »Ja?«

»Meine liebe Johanna!«

Ich bedeute dem Polizeiküken, mitzuhören. Bei dem gelben Ungetüm, das zwölf lichtschaltergroße Tasten hat, ist eine Lautsprecherfunktion zwar nicht vorgesehen, allerdings auch nicht notwendig. Mit ein bisschen Konzentration lässt sich das Gespräch aus einem Kilometer Entfernung mitverfolgen.

»Johanna, wo stecken Sie nur?«

»Ich stecke bei der Polizei.«

»Ach, Kind! Ich weiß zwar nicht genau, was Sie vermuten, aber ich bin mir sicher, es liegt ein großes Missverständnis vor!«

»Missverständnis? Du Drecksau!«

»Johanna, so beruhigen Sie sich doch! Brauchen Sie Hilfe? Haben Sie Ihre Tabletten bei sich?«

»Tabletten? Was für Tabletten?«

»Ganz ruhig, Johanna! Vielleicht fahren Sie besser nach Hause und ruhen …«

»Waskovic, du verdammtes Arschloch!«

»… sich ein bisschen aus. Fahren Sie heim zu Ihrer Familie, die macht sich sicher Sorgen …«

»Meine Familie? Markus und Yannick sind zu Hause?!«

»Bitte, keine Panik, Johanna. Allen geht es bestens!«

Bin ich diejenige, die das Gespräch beendet hat, oder war es Waskovic? Ich starre den gelben Knochen an und bemerke irgendwann, dass der Blick des Rothaarigen ebenfalls auf den Riesentasten haftet.

»Das ist nicht meins«, stottere ich. »Dieser Waskovic hat mir mein Smartphone geklaut, das heißt, er hat es klauen lassen, und stattdessen lag das Ding hier in meinem Kofferraum.«

Der Rotschopf nickt mit besorgtem Gesichtsausdruck. »Eine Entführung hat es aber nicht gegeben?«

»Nein, Gott sei Dank nicht. Das heißt, ich …«

»Können wir Sie irgendwo hinbringen?«

Ja, in die nächste Klapse bitte, denke ich, und ich sehe dem Rothaarigen an, dass ihm dasselbe Ziel vorschwebt. Kein Wunder: Ich halte noch immer das gelbe Ungetüm in Händen, um meine Schuhe hat sich eine Pfütze gebildet, die Jeans ist klatschnass und hat matschige braune Knie. Ich wage nicht, mir vorzustellen, wie mein Gesicht aussieht.

Soll ich jetzt noch auf die Leiche in meinem Kofferraum hinweisen? Dann werde ich allerdings nicht mehr als harmlose Irre durchgehen und komme garantiert nicht so schnell wieder an die frische Luft.

Also Klappe halten. Abhauen. Nach Hause, zu meiner Familie. Bitte, lieber Gott! Lass Yannick und Markus dort sein.

6

Der Flüchtige hat einen Weg, der Verfolger hundert.
Unbekannt

Die Hoffnung stirbt bekanntlich zuletzt. Kaum bin ich durch die Hintertür in unser Haus gestolpert, siecht sie schlagartig dahin. Es ist zu still. Viel zu still. Wider besseres Wissen schreie ich nach Mann und Kind – und bekomme keine Antwort.

Vor Enttäuschung knalle ich meine Stirn gegen die Küchentür, wieder und wieder, bis ich den Schmerz nicht mehr aushalte. Mir das Hirn zu Mus zu schlagen, ergibt keinen Sinn. Wenn die beiden noch leben, brauchen sie mich, und zwar im Vollbesitz meiner geistigen Kräfte.

Ich werde noch einmal die Polizei benachrichtigen müssen, und dieses Mal werde ich sie herbestellen. Gerade will ich den Notruf in das Festnetztelefon tippen, da klingelt es. Hastig gehe ich ran.

»Mama? Hallo, Mama!«, ruft Yannick fröhlich.

Mir bleibt die Luft weg. »Hallo, Schatz, wo bist du?«

»Ich habe ein Lichtschwert bekommen, das leuchtet im Dunkeln!«

Vor Erleichterung knicken mir die Knie ein. Ich setze mich auf den Fußboden. »Das ist ja super! Geht es dir gut?«

»Es kann auch Geräusche machen, willst du mal hören?«

Ein Knattern und Jaulen erreicht mein Ohr: Nie habe

ich Lieblicheres vernommen. »Wirklich toll, mein Schatz! Ist alles in Ordnung mit euch?«

Das Lichtschwert knattert weiter.

»Jojo?«

»Markus! Was ist los, wo steckt ihr?«

»Wir sind noch in Düsseldorf.«

»Alles okay? Geht's euch gut?«

»Wir sind okay, aber du klingst völlig durch den Wind.«

»Ich habe mir Sorgen gemacht!«

»Dachtest du, uns hätte jemand gekidnappt?«, meint Markus. Er kann ja nicht ahnen, wie nah er der Wahrheit kommt.

»Warum habt ihr euch nicht gemeldet?«

»Wir haben's ein paar Mal probiert, aber du bist nicht ans Handy gegangen.«

»Nein, ich …«

»War ein ganz schönes Durcheinander hier. Jemand hat meinen Rucksack geklaut, und das hat uns erst mal ziemlich ausgebremst.«

»Jemand hat deinen Rucksack geklaut?«

»Ja, heute Morgen am Bahnhof, kurz bevor wir in den Zug steigen wollten. Da kommt ein Typ angerannt und meint, es wäre ein Unfall passiert, ich solle den Rettungswagen rufen, er habe kein Handy dabei. Als ich den Notruf wählen will, schnappt er sich das Handy und reißt mir auch gleich den Rucksack von der Schulter. War alles drin: Brieftasche, Knete, Papiere, Hausschlüssel …«

»… und das Rülpsmonster«, ergänze ich tonlos.

»Woher weißt du das?«, wundert sich Markus.

»Nur eine böse Ahnung, wegen des Lichtschwerts«, behaupte ich. »Und den Rucksack hast du nicht zurückbekommen?«

»Ach was! Wir waren zwar bei der Polizei, aber was soll die schon machen.«

»Kommt so bald wie möglich nach Hause, okay? Ich hatte wirklich Angst.«

»Hey, du weißt doch: Unkraut vergeht nicht.«

»Hast du Geld?«

»Glücklicherweise habe ich noch 20 Euro in der Tasche, sonst müssten wir schwarzfahren. Ich denke, wir sind in einer Stunde da.«

»Gut, ich hole euch ab.«

»Okay.«

»Markus, ich …«

»Yannick! Lauf nicht so nah an der Straße, du siehst doch, dass hier Autos fahren! Sorry, Jojo, was war?«

»Ich wollte nur sagen, dass es sein kann, dass …«

»Yannick, lässt du den Blödsinn! Gleich nehme ich dir das Ding weg! Hör mal, Jojo, lass uns später reden. Ich habe hier gerade ein Autoritätsproblem.«

»Okay. Es ist nur …« Weiter komme ich nicht.

Yannick lebt, das ist die Hauptsache. Meine Männer sind nicht entführt worden. Ich lege den Kopf auf die Knie und heule vor Erleichterung. Erst als ich mich einigermaßen wieder gefangen habe, realisiere ich, wie erbärmlich ich friere. Wenn ich nicht bald aus den nassen Sachen komme, hole ich mir den Tod.

Ich ziehe mich aus, springe unter die Dusche und stelle das Wasser so heiß, wie ich es gerade noch aushalte, ohne Verbrühungen davonzutragen. Als ich in Markus' Bademantel schlüpfe, macht sich wieder mal der Knochen bemerkbar. Barfuß renne ich zurück in die Küche, zerre mein altes Diktiergerät aus einer Schublade und schalte es ein. Anschließend nehme ich das Gespräch entgegen.

»Sagte ich nicht, ich bin kein Unmensch?«, witzelt Waskovic. »Ich hätte dir auch ein Kinderöhrchen in einer Streichholzschachtel schicken können, aber das ist nicht mein Stil.«

»Nein, Ihr Stil ist es eher, anderen Leuten ausgewachsene Leichen in den Kofferraum zu legen!«, fahre ich ihn an.

»Es handelt sich übrigens um Herrn Müller«, klärt Waskovic mich ungerührt auf. »Thomas Helge Müller.«

So genau wollte ich das gar nicht wissen.

»Geschockt?«, erkundigt sich Waskovic, doch ich antworte nicht. Soll er ruhig weiterquasseln. »Du wirst ein schönes Plätzchen für Müller suchen«, fährt er im Plauderton fort.

»Wie bitte?«

»Ich erwähnte bereits, dass ich eine nette Beschäftigung für dich gefunden habe. Du wirst Herrn Müller anständig unter die Erde bringen.«

»Ich bin kein Bestattungsinstitut«, antworte ich mit gespielter Fassung.

»Mäuschen, ich dachte eigentlich, du wärst schneller von Begriff. Wenn du eine Chance willst, musst du sie dir verdienen, kapiert? Du wirst sofort ein paar Sachen zusammenpacken und dich auf den Weg machen, und zwar, bevor deine Familie zurück ist. Geh davon aus, dass es etwas dauern kann, also pack dir frische Schlüpfer ein. Du brauchst dir übrigens nicht die Mühe zu machen, meinen Aufenthaltsort auszukundschaften: Ich rufe vom Büro aus an oder von Zuhause. Ach, und störe mich bitte nicht über Mittag, da gehe ich mit unserem Landtagsabgeordneten essen.«

»Dann mal guten Appetit!«, fauche ich. »Lassen Sie es sich ordentlich schmecken, solange Sie Gelegenheit dazu haben. Im Knast soll die Küche ja nicht so berühmt sein. In der Zwischenzeit gehe ich noch mal zu meinen Kollegen von der Polizei, und dieses Mal werde ich ernst genommen, da können Sie Gift drauf nehmen! Ich brauche ihnen nur den Mitschnitt hier rüberzuschicken.«

»Natürlich kannst du zur Polizei laufen«, meint er mit falschem Wohlwollen. »Das wäre allerdings ein Schuldeingeständnis.«

»Tja, damit werde ich leben müssen. Vermutlich gibt's Ärger wegen meiner Abhörmethoden, aber mein Vergehen relativiert sich doch beträchtlich angesichts der Schandtaten, die man Ihnen zur Last legen wird.«

»Mädchen, ich glaube, wir haben uns noch immer nicht verstanden. Du hast deinen Job bislang recht ordentlich gemacht, aber im Moment bist du leider schwer von Begriff.«

»Das macht nichts, weil ich ab sofort nämlich andere denken lasse«, kontere ich. »Mein Job ist hiermit beendet.«

»Ich glaube, du begreifst gar nichts. Mir ist ein Mitarbeiter abhandengekommen, der fehlt ganz plötzlich. Und genau so plötzlich fehlen 2,5 Millionen Euro. Das ist umso erstaunlicher, als du eigentlich die Aufgabe hattest, besagten Mitarbeiter im Auge zu behalten, den guten Herrn Müller. Aber jetzt …«

»Was reden Sie da? Ich kenne diesen Müller nicht einmal.«

»Ach nein? Wer soll dir das glauben, der Weihnachtsmann?«

»Ich weiß nicht, wer da in meinem Kofferraum liegt!«, schreie ich.

»Lügen haben kurze Beine, Engelchen. Unser nordeuropäisches Bleichgesicht soll zwar versucht haben, einen auf rassigen Spanier zu machen, wie ich höre. Aber ich bitte dich: Davon hast du dich doch nicht täuschen lassen!«

Ich verstehe nur noch Bahnhof.

»Geh und wirf einen Blick in dein Büro, vielleicht fällt dann der Groschen«, schlägt Waskovic vor. »Aber beeil dich, viel Zeit bleibt dir nicht. Sieh zu, dass du dich aus dem Staub machst!«

Viel Zeit bleibt mir tatsächlich nicht, bald wird meine kleine Familie am Bahnhof eintreffen, und ich werde uns alle unter behördlichen Schutz stellen lassen. Also renne ich rüber ins Büro, um die Akte Waskovic und meinen Laptop zu holen.

In dem Moment, als ich die Tür öffne, ist mir klar, dass irgendetwas nicht stimmt. Die Brücke fehlt: der blaue Teppich zwischen Schreibtisch, Sessel und Tür. Und im Regal klafft eine Lücke, dort, wo die Akte gestanden hat. Nicht dass in dem Regal nicht noch weitere Lücken klaffen würden, doch ich bin ein ordentlicher Mensch, und mir fällt sofort auf, wenn jemand Hand an meine ureigene Ordnung gelegt hat. Das Auffälligste ist allerdings der Geruch, es riecht nach … Ich brauche einen Moment, um darauf zu kommen. Jetzt weiß ich's: Es riecht nach Möbelpolitur. Außerdem liegt ein Fax auf meiner Tastatur, das gestern Nacht noch nicht dort gelegen hat.

Ich nehme das Blatt in die Hand und erstarre: Es ist die Kopie einer Leistungsvereinbarung, getroffen zwischen der Detektei Schiller und der hill & valley GmbH, Eitorf, vor ungefähr zweieinhalb Monaten unterzeichnet von Bert Waskovic – und von mir. Hastig überfliege ich die Zeilen. Grund des Auftrags ist offenbar die Veruntreuung von Geldern durch Firmenmitarbeiter, meine Detektei soll einem Anfangsverdacht nachgehen und ihn gegebenenfalls verifizieren.

Was, zum Teufel, hat das zu bedeuten? Und wie kommt das Fax auf meinen Schreibtisch? Ich will Waskovic danach fragen, doch er hat das Gespräch beendet. In höchster Alarmbereitschaft schaue ich mich um: Auf den ersten Blick gibt es keine Anzeichen für einen Einbruch.

Der Rucksack!, fällt es mir siedend heiß ein. Markus' gestohlener Rucksack mitsamt Papieren, Bargeld … und dem Hausschlüssel. Irgendjemand von der Sesamstraßen-Gang muss hier gewesen sein, während ich mir in Bergheim nasse Füße geholt habe.

Dann merke ich, dass mein Laptop hochgefahren ist. Der Bildschirmschoner ist aktiviert, und über den Monitor läuft ein Spruchband. ›Unsterblich allein ist der Tod!‹

Sehr poetisch. Und durchaus Angst einflößend. Ich betätige willkürlich eine Taste, um den Bildschirm zu aktivieren. Sie ist merkwürdig klebrig.

Der Mediaplayer ist geöffnet und zeigt eine Datei an, die den Namen ›Bye bye, Schatzi‹ trägt; eine Videobotschaft. Na toll. Mit reichlich unguten Gefühlen starte ich den Film. Was ich zu sehen bekomme, lässt mir alles Blut aus dem Gesicht weichen.

Thomas H. Müller. Wasserwellen-Tom. Tom und Thomas, ein und dieselbe Person! Was heißt das schon, versuche ich mich zu beruhigen. Nur, weil ich ihn mal besucht habe … Mit seinen Geschäften habe ich nichts zu tun. Ich habe überhaupt nichts mit ihm zu tun – bis auf den unbedeutenden Umstand, dass angeblich er es ist, der tot in meinem Kofferraum liegt.

Kann das stimmen? Ich rufe mir jenen flüchtigen Augenblick ins Gedächtnis, in dem ich die Heckklappe meines Wagens öffnete und in den Kofferraum sah. Das Erste, was ich wahrgenommen habe, war die Einschusswunde im Rücken – im Rücken!, das Fieseste, Feigste, Ekelhafteste, was man sich vorstellen kann. Dann die Statur, weder groß noch klein; unauffällig, absolut unauffällig. Genau wie Wasserwellen-Tom. Der ist allerdings aschblond, und der Mann im Kofferraum hat tiefschwarzes Haar. Es kann nicht sein!, stelle ich aufatmend fest, doch in diesem Moment kommt mir in den Sinn, was Waskovic eben gesagt, ich aber nicht verstanden habe: ›Unser nordeuropäisches Bleichgesicht hat einen auf rassiger Spanier gemacht‹, oder so ähnlich. Sollte heißen, dass sein Opfer sich das Haar schwarz gefärbt hat. Bingo.

Ist mir nicht an diesem Mann, der da zusammengekrümmt und mit dem Gesicht nach unten in meinem Wagen liegt, irgendetwas bekannt vorgekommen? Zum bewussten Erkennen hat es nicht gereicht, die Haarfarbe hat mich zu sehr irregeführt, und ich habe partout nicht über den Toten nachdenken wollen. Aber da ist eine unbestimmte Ahnung gewesen, ein vages Gefühl, das ich allerdings sofort verdrängt habe. Wenn schon ein Toter im Kofferraum, dann bitte schön nicht auch noch einen, den man kennt.

Ich spule das Band meines Diktiergeräts zurück und höre mir Waskovics Aussage erneut an. ›Unser nordeuropäisches Bleichgesicht soll zwar versucht haben, einen auf rassigen Spanier zu machen, wie ich höre …‹ Seiner Ausdrucksweise nach hat er sich nicht persönlich vom Ergebnis der Färbeaktion überzeugt, sondern lediglich davon gehört. Sie musste also jüngeren, wenn nicht gar allerjüngsten Datums sein. Ein Mann wie Tom ist damit sicher nicht irgendeinem idiotischen Modetrend gefolgt, die Aktion scheint eher aus der Not heraus geboren zu sein, oder es handelte sich um eine strategische Maßnahme. Hat Tom geahnt, was auf ihn zukam? Hat er sich absetzen und sein Äußeres deswegen verändern wollen? Hat er vielleicht erst am gestrigen Abend, oder sogar in der Nacht, nachdem Salzmann ihn gewarnt hatte, zum Färbemittel gegriffen?

Aber vielleicht ist auch alles eine Lüge. Lügt Waskovic nicht wie gedruckt?

Mit dem Mut der Verzweiflung stürme ich nach draußen und reiße den Kofferraumdeckel auf. Ich strecke die Hand aus, drücke gegen eine kalte Schulter, die zurückweicht und das Gesicht im Halbprofil erkennen lässt. Keine Frage: Er ist es. Wasserwellen-Tom. Thomas Müller.

Ich schließe den Kofferraum, wanke zurück ins Büro, in die winzige Küche, um mir ein Glas Wasser zu holen. Auf der Spülablage stehen zwei Sektgläser. Offenbar sind sie benutzt worden, denn neben dem Abfalleimer steht eine leere Flasche Schampus.

Ich versuche, die Situation zu erfassen, zu begreifen, was hier vorgefallen ist, doch es will mir nicht gelingen. Kein Wunder. Kein Wunder bei dem Gestank hier drinnen. Was ich jetzt dringend brauche, ist frische Luft. Ich gehe zum Fenster, reiße es weit auf. In dem Moment, in dem ich mich umwende, zischt ein greller Lichtball an meinem Kopf vorbei, im nächsten Moment ein Geräusch, als hauche ein Feuer speiender Drache ein Strohdach an. Wuuusch! Mein Laptop steht in Flammen, dann brennt mein ganzer Schreibtisch. Wuuusch! Das Feuer greift auf die Regale über.

Brandbeschleuniger!, jagt es mir durch den Kopf; Möbelpolitur ist ein zuverlässiger Brandbeschleuniger.

Draußen ein Schatten. Ich stürme ins Freie, sehe gerade noch, wie eine Gestalt über die Hinterhofmauer springt. Sie hat die alte Hundehütte als Rampe genutzt, die in diesem Moment krachend zusammenbricht. Hoffentlich hat er Dick und Doof nicht zerquetscht, denke ich unwillkürlich, Yannicks Meerschweinchen, die darin hausen.

Ohne Leiter komme ich nicht über die Mauer, keine Chance also, dem Brandstifter zu folgen.

Das Haus! Hinter dem geöffneten Fenster meines Büros züngeln die Flammen. Bald wird das Inferno nicht mehr aufzuhalten sein. Ich stürze ins Wohnhaus, reiße den Feuerlöscher unter der Treppe von der Wand, renne zurück ins Büro. Aktenschrank, Unterlagen: alles brennt. Als ich einen Schaumteppich auf den Schreibtisch niedergehen lasse, entdecke ich einen Schuh darunter, einen schwarzen Herrenschuh.

Und in dieser Sekunde weiß ich es. In der Sekunde, in der ich, den Schuh in der Hand, in den qualmenden Überresten meines Büros stehe, weiß ich alles.

Bis gestern Abend hat Wasserwellen-Tom diesen Schuh getragen – nun ist er tot, erschossen in der vergangenen Nacht, verfrachtet in den Kofferraum meines Wagens. Und sein Mörder bin – ich.

Panik ergreift mich, peitscht wie ein Stromschlag durch meinen Körper, peitscht mich voran, in die Flucht.

Ich zerre meinen Wanderrucksack aus dem Schrank, mein Notfallgepäck für dringliche, unvorhergesehene

Einsätze, stürme aus dem Haus, auf den Hof hinaus, über den sich eine Qualmwolke wie eine Nebelbank gelegt hat. Ich werfe meine Tasche auf den Rücksitz des Mondeo, springe auf den Fahrersitz. Der Schlüssel steckt. Ich starte den Motor, knalle den Rückwärtsgang rein und fege vom Hof.

Weg hier, raus aus der Schusslinie. Ich biege in die Frankfurter Straße ein und trete das Gaspedal durch – was keine gute Idee im Stadtverkehr ist, schon gar nicht, wenn man die Polizei quasi zum Nachbarn hat. Wenn ich angehalten werde, ist die Sache gelaufen, also Fuß vom Gas! Vor Anspannung beiße ich mir beinahe die Lippen blutig.

Am ›Spukhaus‹, wie Yannick es getauft hat, einem mächtigen, spitzgiebeligen Backsteinbau, der in die Kreuzung hineinzuragen scheint, biege ich ab. Ein letzter Blick hoch zur Abtei Michaelsberg, dem Wahrzeichen der Stadt. Über 800 Jahre lang haben die Benediktinermönche von dort oben aus auf uns Siegburger aufgepasst, jetzt sind sie weg. Den Schrecken haben wir noch immer nicht verdaut. Kein Wunder, dass alles schiefläuft.

Ich fahre entlang der Siegauen in Richtung Seligenthal und steuere die Wahnbachtalsperre an. Womöglich nicht die schlauste Idee, bereits nach wenigen Kilometern wieder anzuhalten, aber es ist die stillste Ecke, die mir auf die Schnelle einfällt, und ich brauche einen Platz, um meine Ausrüstung anzupassen.

Auf dem einsamen Waldsträßchen, das oberhalb der Klosterkirche zur Talsperre führt, fahre ich rechts ran, lehne mich zurück und schließe für einen Moment die Augen. Es ist verrückt, diese ganze Geschichte ist total verrückt.

Tief durchatmen. Ruhe bewahren. Nachdenken.

Langsam beruhigt sich mein Puls, meine Hände hören auf zu zittern.

Also gut.

Ich steige aus, öffne meinen Notfallrucksack und hole die falschen Nummernschilder heraus. Nicht hundertprozentig legal, ich weiß, aber höchst effektiv. Per Magnethalter klemme ich die neuen Kennzeichen auf die alten – von jetzt an bin ich als Bonnerin unterwegs. Ich schlüpfe in meine Anstreichermontur, eine weiße, farbbeschmierte Latzhose, kombiniert mit einer Basecap, die die Haare verbirgt. Vermutlich nicht die beste Tarnung mitten im Wald, aber warum sollte die Malergesellin nicht während der Mittagspause vor den tumben Scherzen ihrer männlichen Kollegen geflüchtet sein? Überhaupt sind solche Überlegungen müßig, es kommt kein Mensch. Und ich habe andere Sorgen.

Leider kann ich die selbstklebende Handwerkerwerbung nicht am Wagen anbringen, denn die befindet sich im Kofferraum unter der Gummimatte, und auf ihr liegt Thomas Müller. Mein Verstand weigert sich, ihn Tom zu nennen, bei jenem Namen, unter dem ich ihn kannte; unter dem er mich auf die Massageliege in seinen Keller …

Stopp! Wasserwellen-Tom hat nichts mit diesem kriminellen Typen hier zu tun, vielmehr: Ich habe nichts mit ihm zu tun. Er ist mir fremd, völlig unbekannt, also werde ich es bei ›Herrn Müller‹ belassen.

Es erscheint mir alles irreal, eine Leiche im Kofferraum ist so ziemlich das Irrealste, was man sich vorstellen kann, und dennoch ist Müller auf sehr reale Weise tot. Ein schönes Plätzchen soll ich für ihn suchen, hat Waskovic gemeint. Pah!

Eine Sekunde lang erwäge ich, ihn einfach im Wald liegen zu lassen. Nicht besonders pietätvoll, jedoch allemal pietätvoller als tot in einem Kofferraum zu verschimmeln. Ich könnte Müller gleich hier in die Nähe des Franziskanerwegs betten, auf dem die Mönche einst das Tal hinaufgewandert sind. Ein schönes Plätzchen, in der Tat. Doch es würde vermutlich keine halbe Stunde dauern, bis der erste Hund ihn erschnüffelt hätte. Und sicher hat Ernie den toten Müller in meinen blauen Büroteppich eingewickelt, bevor er ihn in meinen Wagen hievte, um ihn von oben bis unten mit meiner DNA zu pudern – falls ihm nicht noch Kreativeres eingefallen ist.

Was also tun? Ein Blick auf die Uhr: zehn nach eins. Markus und Yannick müssten inzwischen zu Hause sein. Ein Zuhause, das sie reichlich lädiert vorfinden werden. Verdammt, Waskovic! War es wirklich nötig, unsere Bude abzufackeln?

Aber zumindest leben meine beiden Männer noch und sind nicht entführt worden. Sie sind okay, ihnen geht es gut. Und ich muss mich nun um dringende Angelegenheiten kümmern.

Müller. Zuerst muss ich diesen Müller loswerden. Wenn ich ihn nicht mehr in meinem Kofferraum spazieren fahre, kann niemand einfach behaupten, ich hätte ihn umgebracht. Ich muss es so geschickt anstellen, dass man ihn nicht findet – vorerst zumindest nicht. Dann wäre er offiziell gar nicht tot, sondern lediglich verschwunden. Durchgebrannt.

Wenn die Sache irgendwann ausgestanden ist, kann ich immer noch mit der Wahrheit herausrücken. Ich habe zwar keinen blassen Schimmer, wie ich diese Geschichte jemals aufklären soll, aber alles schön der

Reihe nach. Nochmals: Durchatmen. Ruhe bewahren. Nachdenken.

Ich steige in den Wagen, nehme eine Brezel aus der Bäckereitüte, die nach wie vor auf dem Beifahrersitz liegt, und beiße herzhaft hinein. Ich lasse das Seitenfenster herunter und hänge einen Arm aus dem Fenster. Die Brezel lege ich aufs Armaturenbrett, nehme einen Schluck Mineralwasser aus der Flasche und drehe bedächtig den Plastikverschluss zu. Noch zwei Bissen und der Spaziergänger hat meinen Wagen passiert, ohne sonderlich Notiz von mir genommen zu haben. Als er außer Sicht ist, wische ich meine Finger hastig an meiner Malermontur ab, starte den Motor und wende.

In Hennef steuere ich den nächstgelegenen Baumarkt an, um einen Klappspaten zu kaufen. Mir ist alles andere als wohl dabei, doch ohne Arbeitsgeräte wird es nun einmal nicht gehen. Dicke Handschuhe, eine Plane, ein Seil. Zur Tarnung kaufe ich noch eine Palette Stiefmütterchen und lege als Nervenfutter eine Tüte Weingummi dazu. Apropos Futter: Wenn ich eine Weile durchhalten will, brauche ich Proviant, also sprinte ich noch in den Discounter gegenüber und werfe alles, was sich ungekocht verzehren lässt, in meinen Einkaufswagen. Ich dränge mich unauffällig an der Kasse vor, packe meine Einkäufe in den Mondeo und fahre weiter in Richtung Pampa.

Der Köln-Bonner-Raum und die quirlige Rheinschiene einschließlich sämtlicher Autobahnen sind für mich tabu. Lieber viel Natur und Waldeinsamkeit, eine Gegend weitab vom Schuss, in der die Uhren langsamer ticken. Eigentlich eine Gegend, wie sie auch Waskovic bevorzugt, eine Gegend wie Eitorf.

Nichts da! Ich werde den Teufel tun und ausgerechnet Eitorf ansteuern, also schlage ich die Route in Richtung Westerwald ein. Die Wälder der Leuscheid erscheinen mir ebenfalls geeignet für eine Beisetzung in aller Stille.

Nach ungefähr 40 Minuten erreiche ich Weyerbusch, biege ab in Richtung Waldbröl und passiere bald den waldreichen Höhenzug oberhalb der Sieg, der sein Pendant auf der gegenüberliegenden Flussseite findet: Hier der bewaldete Höhenrücken der Leuscheid, dort spiegelbildlich das Nutscheid, beide mit Artikeln versehen, die nicht nur Deutschlehrer ins Grübeln bringen.

Ich fahre ein Stück durch den Wald, biege in einen Wirtschaftsweg ein, rolle ein paar Meter weiter und parke an einer Stelle, die von der Straße her kaum einsehbar ist. Hier entledige ich mich der weißen Latzhose und schlüpfe in Jeans und meine Outdoorjacke. Ich greife mir den Klappspaten, folge dem Weg ein Stück und schlage mich in die Büsche. Während ich gehe, versuche ich abzuschätzen, wie weit ich einen Toten allein transportieren kann. An der entsprechenden Stelle bleibe ich stehen und schaue mich um: Zwischen zwei mächtigen Buchen sind mehrere Äste niedergegangen, die relativ frisch wirken, womöglich hat der Schnee im letzten Winter sie gebrochen. Ich zerre die Äste beiseite, so gut es geht, und beginne, darunter zu graben. Wenn ich Müller erst verbuddelt habe, werde ich das Gezweig wieder darüber legen.

Nach den ersten Spatenstichen steigt mir ein intensiver Geruch nach Erde und verrottendem Laub in die Nase, der eine beruhigende Wirkung auf mich hat. Totes Laub – der Lavendel nordischer Mittelgebirge. Nicht mehr lang, und ich habe es geschafft. Vielleicht nicht gleich, vielleicht erst heute Nacht. Aber dann habe ich es hinter mir.

Anfangs geht die Arbeit leicht von der Hand, problemlos wühle ich mich durch Blätter und Humus, doch bald wird der Boden lehmiger, das Graben anstrengender. Nach ungefähr 20 Zentimetern Aushubtiefe steht mir der Schweiß auf der Stirn, und mein lädiertes Knie beginnt wieder zu schmerzen. Bei 30 entledige ich mich meiner Jacke und muss eine kurze Pause einlegen. Wenige Zentimeter weiter stoße ich auf ein Geflecht mächtiger Wurzeln. Verdammt! Wenn ich nicht tiefer komme, guckt ja noch Müllers Nase raus. Nach einigem Gezerre und Gehacke stoße ich auf eine Gesteinsschicht und gebe auf. Die Mühe ist umsonst gewesen.

Ich beschließe, es einige Meter weiter erneut zu versuchen, beschränke mich, aus Schaden klug geworden, allerdings vorerst auf eine kleinflächige Probegrabung. Bald stoße ich auch hier auf Wurzeln und Gestein. Es ist zwecklos. Da denkt man, es müsste einfach sein, jemanden auf Nimmerwiedersehen im Wald verschwinden zu lassen, aber weit gefehlt!

Deprimiert kämpfe ich mich durchs Gebüsch zurück zu meinem Wagen, klopfe mir die Erdklumpen von den Stiefeln, steige ein und fahre weiter. Nach einer Weile habe ich die Bergkuppe passiert, es geht langsam abwärts. Rechts entdecke ich einen Hinweis auf den Wanderparkplatz ›Blauer Stein‹.

Ist das nicht ein Basaltkrater? Ich glaube, schon einmal davon gehört zu haben, bin mir allerdings nicht sicher. Krater klingt gut. Ich setze den Blinker und folge dem Schild.

7

Sich verstecken heißt nicht sich in Sicherheit bringen.
Lateinische Weisheit

Der Blaue Stein ist nicht blau. Und von einem Krater, wie ich ihn mir vorstelle – einem mächtigen, nicht einsehbaren, alles verschlingenden Loch –, kann schon gar keine Rede sein.

Was ich vor mir sehe, ist eine Art Senke, von teils meterhohen, kerzengerade aufragenden Basaltsäulen umgeben. Parallel zu dieser Senke verläuft ein Weg das sanft ansteigende Gelände hinauf, zu einem winzigen Plateau, das wiederum in den Wald führt.

Rundum krallen sich Baumwurzeln eindrucksvoll an den Fels, die Erde darüber: kaum krumendick. Ein Wunder, dass hier überhaupt Bäume wachsen. Und noch eins ist klar: Mit einem Klappspaten kommt man an diesem Ort nicht weit beziehungsweise tief. Müller hier loswerden? Genauso gut hätte ich ihn zu Dick und Doof in die Hundehütte legen können.

Eine Weile schleiche ich auf dem Gelände herum, entdecke allerdings keine geeignete Stelle, um eine Leiche zu verstecken. Ich kehre um und gehe zurück zur Grillhütte am Anfang des Wegs, der zum Basaltkrater abzweigt. Hier gibt es eine große Feuerstelle, doch für eine Feuerbestattung müsste ich vermutlich die komplette Hütte abfackeln, die zudem nass ist. Außerdem wäre ein Brand in dieser exponierten Lage vermutlich selbst in Siegen zu sehen. Ganz zu schweigen davon, dass ich von Bränden vorerst genug habe.

Ich weiß nicht weiter und sinke auf eine Bank in der offenen Hütte. Mein Blick schweift über die zahllosen Hügelketten, die dahinjagenden Wolken, den nicht enden wollenden Himmel. Tief durchatmen. Entspannen. Einen Moment abschalten.

Das wäre mir tatsächlich beinahe gelungen, hätte sich zwischen mich und das Om nicht der tote Müller geschoben. Bald wird es dunkel, und ich werde im Mondeo übernachten müssen – es wäre nicht das erste Mal und schreckt mich eigentlich nicht, allerdings habe ich meinen Schlafplatz nie zuvor mit einer Leiche geteilt. Und ich habe nicht vor, das jemals zu tun. Dann lieber Knast.

Also weiter. Ich raffe mich auf und folge dem Feldweg mit dem Panoramablick noch ein Stück, um bei nächster Gelegenheit abzubiegen, zurück in Richtung Wald.

Und schließlich finde ich ihn, den Platz, an dem Müller gut aufgehoben ist. Wenn ich erst rehabilitiert bin, werde ich ihm ein würdiges Begräbnis in geweihter Erde nicht vorenthalten, sage ich mir, fürs Erste ist die Stelle jedoch genau richtig: Hier, in der Abgeschiedenheit, zwischen Waldrand und Feldern, hat ein gesamter Reitstall seine Hinterlassenschaften entsorgt. Vor mir türmt sich ein riesiger Haufen Mist auf – oder vielmehr eine Gebirgskette aus Misthaufen.

Pferdemist trocknet krümelig und locker, ich erinnere mich, wie meine Oma ihn früher in ihre Rosenbeete eingearbeitet hat. Hier werde ich gut graben können, und der Mistgeruch wird später hoffentlich neugierige Hundenasen ablenken. Nach Anbruch der Dunkelheit werde ich meinen Spaten holen.

Natürlich habe ich Skrupel, aber ein Typ, der sich auf

heimliche Geschäfte mit Waskovic einlässt, kann nicht erwarten, auf Rosen gebettet zu werden, während Himmelschöre jubilieren, rede ich mir ein. Ich wandere entlang des Waldrands zu meinem Wagen zurück, den ich auf dem Wanderparkplatz geparkt habe. Einige hohe Laubbäume und ein Grüppchen dicht beieinander stehender, halbhoher Nadelbäume trennen ihn von der schmalen Zufahrtsstraße, die zu einer Handvoll Häuser führt. Außer meinem parkt nur ein weiterer Wagen dort, ein älterer Audi mit Altenkirchener Kennzeichen. Der Lkw-Anhänger, den jemand hier abgestellt hat, stand schon bei meiner Ankunft da, ebenso wie der alte, offensichtlich nicht mehr fahrtüchtige Trabi mit offener Haube.

Niemand zu sehen. Soll ich sofort loslegen?, überlege ich. Doch was ist, wenn es dem Bauern einfällt, kurz vor Feierabend noch eine Mistfuhre wegzubringen?

Also Geduld. Wieder denke ich an Markus und Yannick. Sie machen sich bestimmt Sorgen um mich, ich müsste mich bei ihnen melden. In meinem Rucksack befindet sich ein Handy für den Notfall, das auf Denises ahnungslose Großmutter angemeldet ist – sorry, Oma Gerda! –, trotzdem erscheint es mir ratsam, es nicht für einen Anruf bei meiner Familie zu benutzen. Womöglich interessiert sich die Polizei bald für meine heimische Telefongesprächsliste, und dort sollte die Nummer gar nicht erst auftauchen. Ich seufze tief. Geduld. Wir alle brauchen Geduld.

Mit Wasser aus der Thermoskanne, Instantpulver und viel Zucker rühre ich mir eine Tasse Kaffee an. Ein guter Darjeeling ist mir nachmittags lieber, aber einen Teebeutel in kaltem, abgestandenem Leitungswasser auszupressen, bringt nichts. Essen muss ich auch langsam mal wieder, also greife ich mir eine Brezel aus der Tüte und denke kauend nach: Wann und wo ist Müller in meinen Kofferraum geraten? Auf dem belebten Parkplatz vor dem Siegburger-ICE-Bahnhof unbemerkt Leichen in Autos zu schmuggeln, halte ich für unmöglich. Die Angelegenheit muss demnach bereits in der Nacht erledigt worden sein, sozusagen vor meiner Haustür, in unserem Hinterhof. Während ich schlief.

Waskovic hatte folglich sehr schnell gehandelt – oder vielmehr handeln lassen. Und bereits vor der Hotelzimmergeschichte hat er von mir gewusst.

Offen bleibt, ob er auch zwingend darüber im Bilde gewesen sein muss, dass ich ihm ins Hotel gefolgt bin. Fast alles spricht dafür, wie mir scheint. Dagegen spricht lediglich, dass ich noch lebe.

Warum, zum Kuckuck, hat er mich nicht auch gleich ausgeschaltet? Auf eine Leiche mehr oder weniger wäre es sicher nicht angekommen …

Vielleicht hat er meinen Umtrieben anfangs keine große Bedeutung beigemessen, überlege ich, er hat schließlich zunächst nichts unternommen, mein Treiben zu unterbinden. Hätte er mich ernst genommen, hätte er sicher zu verhindern gewusst, dass ich Zeugin des Mordauftrags wurde. Ist es möglich, dass er erst durch die Kaulquappe von meiner Aktion auf dem Hotelzimmerbalkon erfahren hat? Ja, das ist möglich. Wenn auch nicht wahrscheinlich. Denn spätestens zu dem Zeitpunkt, als er erfuhr, dass ich Tom kannte, jenen Thomas Müller, der für ihn arbeitete, müssen bei ihm sämtliche Alarmglocken geschrillt haben. Allerdings bin ich nicht erst seit gestern im Geschäft, soll heißen: Wenn ich mich irgendwo an ein Balkongitter hänge, sorge ich dafür, dass mich niemand dabei sieht. Ich hatte die Eventualitäten berücksichtigt und gewisse Vorkehrungen getroffen, hatte meinen Wagen und mein Outfit gewechselt und bereits am Mittag unter falschem Namen im Hotel eingecheckt. Möglicherweise haben mich Waskovics Schnüffler also aus den Augen verloren.

Mal angenommen, es war so: Ich habe sie an der Nase herumgeführt, und Waskovic wurde tatsächlich erst durch die Kaulquappe über meine Abhöraktion ins Bild gesetzt: Kann er so schnell reagiert haben? Wohl kaum. Einen Notfallplan mit einem derart komplizierten Timing auszuhecken – den Vertrag zu fälschen, mich von A nach B zu lotsen, den Einbruch und die gezielten Diebstähle begehen zu lassen und so weiter –, das ist nicht in einer einzigen Nacht möglich.

Fassen wir also zusammen: Waskovic hat bereits länger von mir gewusst, er hat gewusst, dass die Kaulquappe mich engagiert hatte und dass ich vor einiger Zeit Kontakt zu jenem Mann hatte, der mit ihm in seltsame Geschäfte verstrickt war. Welche genauen Schlüsse Waskovic daraus gezogen hat, weiß ich nicht, Fakt ist, er hat die Morde nicht ad hoc, aus einer spontanen Laune heraus, in Auftrag gegeben. Zuvor muss er sie zumindest erwogen haben, und er hatte bereits ein Szenario entwickelt für den Fall, dass sie durchgeführt würden.

Hatte er mir in dieser Szenerie bereits die Rolle der Totengräberin zugesprochen? Oder – noch schlimmer – wollte er mir von Anfang an den Mord in die Schuhe schieben?

Mir wird übel, und ich lege den Rest der Brezel beiseite. Ich steige aus dem Wagen, atme kühle, klare Luft, rolle die Schultern. Nachdem ich mich versichert habe, dass ich allein bin, schlüpfe ich in meine Regenkombi und hole den Klappspaten heraus.

Einen Trecker hört man von Weitem; sollte einer kommen, wird mir genug Zeit bleiben, um mich aus dem Staub zu machen.

Noch einmal wandere ich in Richtung Blauer Stein, diesmal direkt durch den Wald beziehungsweise am Waldrand entlang, dem Basaltkrater-Rundweg in umgekehrter Richtung folgend. Ein Spaziergänger mit zwei quirligen kleinen Hunden kommt mir entgegen, und ich verberge eilig den Klappspaten unter meiner Jacke. Bald passiere ich die rückwärtige Seite des Kraters, folge weiter einem Trampelpfad, auf den ich heute Nachmittag gestoßen bin, nachdem ich die Misthaufen entdeckt hatte.

Die Dämmerung kriecht bereits herauf, eine dichte Wolkendecke hat sich vor die Sonne geschoben und lässt selbst das zarte Grün ringsum grau aussehen. Bald wird es dunkel sein. Das ist gut.

Ich streife mir Plastiktüten über meine Doc Martens und fixiere sie mit Klebeband an meiner Hose, nicht nur wegen möglicher Fußabdrücke, sondern auch, um meine Schuhe zu schonen.

Das Graben geht gut von der Hand. Der Platz, den ich gewählt habe, liegt etwa in der Mitte des Mistgebirges, hier wird niemand rein zufällig hindurchspazieren.

Der oberirdische Teil ist schnell abgetragen, und darunter hat sich bereits Humus gebildet, der ebenfalls gut wegzuschaufeln ist. Selbstverständlich komme ich ins Schwitzen, gerate jedoch nicht an den Rand der Verzweiflung wie heute Nachmittag in der Leuscheid.

Als ich fertig bin, ist die Nacht bereits hereingebrochen wie ein unheimliches Tier. Es regnet leicht, aber beständig aus einem pechschwarzen Himmel, hin und wieder fährt eine schwache Windböe durch die Baumkronen.

Geduld! Vor zehn Uhr abends werde ich Müller nicht herschaffen können, da muss vielleicht der ein oder andere Hund noch raus.

Ich wandere zurück zu meinem Wagen und fahre ein Stück. Niemand soll misstrauisch werden, weil der Mondeo nach Einbruch der Dunkelheit auf dem Wanderparkplatz steht. Ziellos kurve ich durch die Gegend und halte nach einem Plätzchen Ausschau, an dem ich später die Nacht verbringen kann. Einfach nach Hause zu fahren, erscheint mir zu riskant. Ich will meine Familie nicht durch meine Anwesenheit in Gefahr bringen, und keinesfalls möchte ich der Polizei begegnen. Aber einen Schlafplatz zu finden, ist auf dem Land nicht so leicht, wie es scheint. In Wald und auf Wiesen abgestellte Fahrzeuge erregen immer Aufmerksamkeit, wohingegen man in den Dörfern damit rechnen muss, dass die Bewohner jedes Nummernschild kennen – und stutzig werden, wenn dort ein fremder Wagen über Nacht steht.

Wohin also? In der Dunkelheit ist die Situation noch schwerer einzuschätzen, als ich dachte, und so kehre ich nach einer halben Stunde um und entscheide mich für eine kleine Freifläche am Ortsrand des Dorfes Leuscheid. Hier, hinter den letzten Häusern, hoffe ich, ungestört bis zum Tagesanbruch parken zu können. Um zehn nach zehn steuere ich erneut den Blauen Stein an, schalte nach dem Abbiegen von der Schnellstraße das Licht aus und rolle im Schritttempo auf den

Wanderparkplatz zu. Der Audi, der vorhin hier stand, ist fort, Anhänger und Trabi stehen unverändert an Ort und Stelle.

Ich ziehe die Arbeitshandschuhe an, breite die Plane aus dem Baumarkt auf dem Boden aus und öffne den Kofferraum. Jetzt heißt es beherzt anpacken: Augen zu und durch. Da ich möglichst wenig von Müller zu Gesicht bekommen will, nehme ich den Spruch wörtlich und angele blind nach seinen Beinen. Es klappt nicht, weshalb ich gezwungen bin, mich an seinem Körper entlangzutasten, was noch schlimmer ist. Also Augen auf und dem Schrecken ins Gesicht gesehen.

Ich schaue auf den toten Mann, auf sein feines schwarzes Haar, das im kalten Licht der Kofferraumleuchte glänzt, und prompt wird mir derart übel, dass ich mich übergeben muss. Es dauert eine Weile, bis das Zittern nachlässt und ich wieder einigermaßen bei Kräften bin.

Nein, so schaffe ich es nicht. Ich opfere eine meiner beiden Decken aus dem Fahrgastraum, die ich dort deponiert habe, weil es bei langwierigen Observationen verdammt kalt werden kann, und werfe sie Tom über. Halt! Nicht Tom. Das hier ist Thomas Helge Müller, ein Import-Export-Heini, ein Kerl mit verbrecherischen Neigungen; einer, den ich nicht kannte.

Ich fasse nach Müllers Beinen unter der Decke, ziehe, und bald hängen seine Füße aus dem Kofferraum heraus – mit nur einem Schuh. Ich zerre weiter, und der Körper rutscht ein Stück nach vorn. Plötzlich verkantet sich Müllers Hintern. Mein Gott, dieser Kerl ist schwerer, als er aussieht. Oder ich bin schwächer, als ich dachte.

Doch ich gebe nicht auf und endlich gelingt es mir. Müller plumpst aus dem Wagen direkt auf die Plane. Ich rolle ihn darin ein, winde ein Seil um ihn und zurre alles fest. Fertig. Es kann losgehen.

Ich packe Müller an den Fußgelenken und schleife ihn in Richtung Wald. Obwohl der Weg halbwegs eben ist, schlägt er dauernd mit dem Kopf auf. Nachdem ich links in Richtung Krater abgebogen bin, wird es noch schlimmer, ständig bleibt er irgendwo hängen. Ich bin schon versucht, ihn in einen Schuppen auf der Wiese hinter dem Wald zu zerren, aber dort sind allerlei Gerätschaften abgestellt, und falls der Bauer morgen zum Werkeln vorbeikommt, wird er direkt über Müller stolpern. Also keine Schwäche vortäuschen und weiter geradeaus.

Die Angelegenheit bleibt mühselig, ich kämpfe gegen die immer wieder aufwallende Übelkeit, und alle paar Meter muss ich stehen bleiben, um zu Atem zu kommen. Die Nacht hat tausend Augen, ihre Blicke prickeln auf meiner Haut. Mehr als einmal fahre ich herum, weil ich das deutliche Gefühl habe, angestarrt zu werden. Als ich auf Höhe des Kraterrands bin, wird es leichter. Der Weg führt von hieran bergab. Es kommt mir dennoch wie eine Ewigkeit vor, bis ich Müller an Ort und Stelle befördert habe. Der Schweiß rinnt mir den Rücken hinab, mein Atem geht stoßweise. Ich brauche eine Verschnaufpause. Wie spät ist es mittlerweile? Instinktiv will ich nach meinem Handy greifen, doch daran erfreut sich ja nun der Sprintkreismeister, und den gelben Knochen habe ich im Wagen gelassen. Meinem Gefühl nach muss es längst Mitternacht sein.

In der Grube hat es während meiner Abwesenheit einen kleinen Erdrutsch gegeben. Ich lasse Müller einen Moment liegen und hole den Klappspaten, den ich in der Nähe zwischen Brombeerranken versteckt habe. Zumindest dieses Malheur ist rasch beseitigt. Nur noch wenige Minuten, und ich kann das grauenvollste Kapitel meines Lebens unter ein paar Schaufeln Mist begraben.

Nach wie vor regnet es leicht. Mir rutscht die Kapuze vom Kopf, Wassertropfen rinnen meine Schläfen hinab in die Mundwinkel, ich kann den Regen schmecken. Das frische Nass tut gut, trotzdem streife ich mir eilig wieder die Kapuze über und schleife Müller zur Grube.

In dem Moment, als ich mich bücke, um ihn hineinrollen zu lassen, durchzuckt ein Blitz die Dunkelheit. Dann noch einer. Und noch einer.

Mein erschrockener Aufschrei gellt durch die Nacht und erzeugt ein fernes Echo. Erneut flammt ein Lichtblitz auf, der mich so stark blendet, dass ich einige Sekunden lang gar nichts sehe. Umso deutlicher höre ich dafür ein Lachen, hell und hämisch.

Ich bin fotografiert worden. Jemand hat mich dabei abgelichtet, wie ich Thomas Müller unter einem Misthaufen verscharre!

Game over. Finito. Jetzt ist alles aus.

Nein, zum Kuckuck, das ist es nicht! So leicht kriegt ihr mich nicht dran! Ich stürze los, in jene Richtung, aus der das Lachen kam, erkenne nun in etwa 15 Meter Entfernung eine gedrungene Gestalt. Ein Lichtstrahl blitzt auf und blendet mich, ich stolpere blind weiter, falle, rappele mich hoch. Jetzt schwenkt der Lichtkegel in die entgegengesetzte Richtung, weg von mir. Mein Verfolger macht sich aus dem Staub. Er hat nicht damit gerechnet, dass ich ihm folgen würde, ich merke es an der winzigen Verzögerung, mit der er die Flucht antritt, an seinem unsicheren Lauf. Doch jetzt hat der Kerl kapiert, dass es mir ernst ist, und macht Tempo.

Ich muss ihn kriegen, ich muss das Schwein kriegen!

Verzweiflung und Wut treiben mich an, aber da ist noch mehr. In diesem Moment bin ich nicht länger Gejagte, ich bin Jägerin. Mein Killerinstinkt hat mich gepackt.

Die flüchtende Gestalt ist eindeutig ein Mann: nicht gerade groß, allerdings kompakt, mit breitem Kreuz. Er rennt über den mir bekannten Trampelpfad, der unweit einer Viehweide durch den Wald führt. Der Lichtkegel wippt rhythmisch auf und ab – wahrscheinlich trägt er eine Stirnlampe. Da stolpert er, gerät ins Straucheln. Ich hole auf. Gleich habe ich ihn! Noch drei Meter, zwei. Aber ehe ich ihn fassen kann, schlage ich der Länge nach hin. Ich bin an derselben Wurzel hängengeblieben, die ihn fast zu Fall gebracht hätte. Als ich mich hochrappele, durchfährt wieder dieser stechende Schmerz mein rechtes Knie.

Ich will weiterstürmen, doch es dauert einen Moment, bis ich das Bein belasten kann.

Mein Widersacher hat die Zeit genutzt und sich tiefer in den Wald geschlagen. Wie ein großes Tier bricht er durchs Unterholz, der Lichtkegel tanzt wild auf und ab.

Ich kann Boden gutmachen, bis er sich umdreht und mich das Licht wieder so stark blendet, dass ich nichts mehr sehe. Dann erlischt es plötzlich. Der Kerl hat seine Lampe ausgeschaltet.

Er weiß es also nicht. Er weiß nichts von dem Nachtsichtgerät, das ich trage, seit ich mit dem toten Müller aufgebrochen bin; unter der Kapuze meiner Regenjacke wird es ihm entgangen sein, was allerdings nicht gerade für seine Sehkraft spricht, denn das Ding steht wie ein überdimensioniertes Horn von meinem Kopf ab. Das gute alte Fero 51 von der Bundeswehr, das Beste, was es gibt. Statt des originalen scheinwerfergroßen IR-Strahlers habe ich das Gerät mit einem Laserluchs-Aufheller versehen, der für meine Zwecke dienlicher und vor allem leichter ist. Was nicht heißt, dass die Sache kein Gewicht hätte. Eine Spezialanfertigung aus meiner Werkstatt ist die Kopfhalterung, die es mir ermöglicht, die Hände frei zu haben. Zumindest zeitweise, denn annähernd zwei Kilo balanciert man nicht stundenlang auf der Nase herum. Und man sieht damit auch nicht gerade aus wie eine Audrey Hepburn mit Sonnenbrille. Egal. Hauptsache, Ernie denkt, ich sehe ihn nicht.

Aber ich sehe ihn. Und ich hole auf. Gerade schlägt er einen Haken, zurück in Richtung Trampelpfad. Für einen Moment verliere ich ihn aus den Augen, und plötzlich stehe ich auf der rückwärtigen Seite des Basaltkraters, sehe vor mir eine Buche, deren mächtiges Wurzelwerk sich pittoresk an den nackten Fels krallt.

Wo ist der Typ?

Ich spähe in Richtung Krater: nichts. In die entgegengesetzte Richtung, zur Viehweide hin: nichts. Ich wende mich halb rückwärts, und in diesem Moment springt er mich an wie ein Raubtier. Wir stürzen zu Boden. Ich schaffe es gerade noch, mich auf den Rücken zu wälzen, doch das nützt mir nicht viel, denn schon sitzt Ernie rittlings auf mir und hält meine Handgelenke umklammert. Sein Gesicht schimmert grünlich, ohne feste Konturen. An seinem Hals baumelt eine Kamera.

»Du Biest!«, keucht er. »Glaubst wohl, du kannst mich mit diesem albernen Ding reinlegen, was?« Sein heißer Atem riecht nach Milch. Eine neuerliche Welle von Übelkeit steigt in mir auf, auch deshalb, weil er mit seinem gesamten Gewicht auf meinem Magen hockt. Ich bekomme kaum Luft, versuche, mich unter ihm herauszuwinden, ihn mit angezogenen Knien im Kreuz zu treffen, doch ich habe keine Chance. Jetzt lässt er eines meiner Handgelenke los, um mir meine Nachtsichtbrille herunterzureißen. Meine Faust schießt nach vorn, doch er weicht aus, sodass ich nicht seine Nase, sondern das Jochbein treffe. Er grapscht nach meiner Hand, allerdings nicht schnell genug, und ich bekomme sein Bürstenhaar zu fassen, das sich gar nicht borstig, sondern seltsam weich anfühlt – man könnte einen Puderpinsel daraus machen. Und genau das versuche ich gerade: Es gibt kaum ein effektiveres Abwehrmittel als an den Haare zu ziehen, das wissen wir Frauen seit der Steinzeit.

Salatohr-Ernie jault auf, und ich kann mich von ihm befreien. Mit einem Sprung bin ich wieder auf den Beinen und stoße ihn um, sodass er nun rücklings auf dem Boden liegt. Ich klemme seinen Kopf zwischen meine Doc Martens und drücke mit aller Kraft zu. Er stöhnt, greift nach meinen Fußgelenken, will mich loswerden, doch bevor es ihm gelingt, beuge ich mich nach vorn und schnappe nach der Kamera, die auf seinem Bauch liegt. Der Halsriemen will nicht nachgeben, und ich zerre daran, bis er aus seiner Verankerung reißt.

Jetzt hat Ernie meinen rechten Fuß erwischt. Mit dem linken trete ich ihm auf die Hand und brate ihm zur Dreingabe eins mit dem Klappspaten über. Er stöhnt auf und bleibt bewegungslos liegen.

Und nun? Was mache ich mit dem Kerl?

Ich könnte ihn zwingen, mit mir zur nächsten Polizeiwache zu fahren und auszusagen, überlege ich. Fragt sich nur, ob mir das helfen würde.

Was wird er schon erzählen? Dass er mich dabei beobachtet hat, wie ich versucht habe, eine Leiche zu vergraben. Dass der Tote vermutlich ein Mitarbeiter von hill & valley ist, und zwar jener Mitarbeiter, den man in Verdacht hat, Firmengelder veruntreut zu haben. Dass ich beauftragt worden bin, der Geschichte nachzugehen, es allerdings offenbar vorgezogen habe, mit besagtem Mitarbeiter gemeinsame Sache zu machen. Dass ich den Gemeinschaftsgedanken jedoch offensichtlich aufgegeben habe, als es ans Teilen des Geldes ging. Dass ich meinen Compagnon kurzerhand umgebracht habe. All diese Vermutungen basieren natürlich auf einer hinreichenden Anzahl von Verdachtsmomenten, die Ernie dazu veranlasst haben, mir nachzuspüren.

Na prima! Ich habe nichts gegen ihn in der Hand, er hingegen stünde bald unter Polizeischutz und könnte seine Theorie durch einen einfachen Gang zum Misthaufen gleich mit Fakten untermauern. Wer braucht da noch Beweisfotos?

Ernie beginnt, sich zu regen, und ich trete ihm nochmals fest auf die Hand, halte ihn mit dem Klappspaten in Schach und klemme seinen Kopf erneut zwischen meinen Füßen ein.

Was, wenn ich ihn als Geisel nehme, wenn ich Waskovic meinerseits zu erpressen versuche? Leider dürfte die beiden keine romantische Liebesgeschichte verbinden, und Waskovic hat bewiesen, dass er bereit ist, über Leichen zu gehen – sicher auch über die von Ernie. Nein, ein Druckmittel ist der Typ bestimmt nicht.

Lange kann ich ihn nicht mehr mit meinen Füßen in Schach halten, denn meine Kräfte lassen nach. Ernie hingegen ist wieder munter und zerrt an meinen Beinen, sodass ich umzufallen drohe. Keine Zeit zum Philosophieren, ich muss handeln. Ich ziehe ihm ein weiteres Mal eins mit dem Spaten über, schlage allerdings nicht fest genug zu. Es gelingt ihm, sich ein Stück herumzuwälzen, und plötzlich lässt er meine Fußgelenke los. Eine Hand fährt unter seinen Körper, dann hoch in die Senkrechte. Ein metallischer Lichtreflex. Er hat eine Waffe. Er hat eine Waffe auf mich gerichtet!

Ein Blitzlicht flammt auf, ich habe auf den Auslöser der Kamera gedrückt.

»Miststück!«, zischt Ernie. »Geh weg!«

Ich lockere meine Beinstellung, und er springt auf die Füße, erstaunlich behände für einen schweren Mann wie ihn. Augenblicklich renne ich los.

»Stehen bleiben!«

Ohne mein Nachtsichtgerät bin ich beinahe blind in dieser mondlosen Nacht, aber Ernie ergeht es ebenso. Also laufe ich weiter, die Senke hinunter.

»Bleib stehen, sonst knallt's!«

Er klingt, als sei es ihm Ernst. ›Aus Spaß wurde Ernst‹, fällt mir ein uralter Witz meines Opas ein, weil Ernst doch Kempers Vorname ist und weil mir in heiklen Situationen die unpassendsten Dinge einfallen. Wann ich den letzten guten Sex hatte, zum Beispiel. Oder welche Kinderkrankheit bei Yannick noch aussteht. Dass ich Marmelade kochen wollte. Oder Erdbeeren pflücken gehen. Große, pralle, tiefrote, zuckersüße Erdbeeren.

Ich bremse abrupt ab, strauchele, lasse mich zu Boden fallen.

»Steh auf!«

Ich stöhne.

»Steh schon auf!«

Ich stöhne lauter.

»Nun mach endlich, oder ich …«

»Mein Fuß! Ich bin mit dem Fuß umgeknickt.«

»Ist mir scheißegal. Komm her und gib mir die Kamera!«

Ich rappele mich auf, den Apparat in einer Hand, wende mich zu Ernie um und setze mich humpelnd in Bewegung.

»Gib her!« Er reißt mir die Kamera aus der Hand, und ich weiche langsam zurück. Ernie sieht sich suchend um, fixiert mich wieder, bückt sich und hebt seine Stirnlampe auf, die er während unseres Kampfes verloren hat. Plötzlich Licht in der Dunkelheit, er hat sich die Lampe über den Schädel gestreift. Über sein Gesicht läuft etwas – Blut.

»Bleib, wo du bist!«

Ich stehe auf dem schmalen Weg, der aus dem Krater hinausführt, eine Felswand im Rücken. Mit erhobener Waffe kommt Ernie auf mich zu, schiebt sich an mir vorbei, und als ich schon fast zu hoffen wage, dass er mich einfach unbehelligt zurücklässt, trifft mich ein dumpfer Schlag am Hinterkopf. Der Vorhang fällt, ich sacke ohnmächtig zu Boden.

8

Wer nichts beweisen kann, hat auch kein Recht zu klagen.
Molière

Irgendwann lande ich wieder auf dem Fahrersitz meines Mondeo. Meine Hände sind voller Blasen und mein Knie schmerzt, ich weiß schon nicht mehr, ob von dem Sturz auf dem Parkplatz am Siegufer oder von dem über die Baumwurzel.

Ist diese Kombination von höllischem Brummschädel und flauem Gefühl im Magen bloß ein Stresssymptom oder Anzeichen einer Gehirnerschütterung? Ich kann mich zu keiner Entscheidung durchringen, doch das Ergebnis ist ohnehin einerlei, da mir Waskovic kaum drei Tage Bettruhe und eine fürsorgliche Krankenschwester gönnen wird.

Vorsichtig taste ich meinen Hinterkopf ab, spüre eine dicke Beule dort, wo mich der Schlag mit der Waffe getroffen hat. Sie zieht sich bis zu der kleinen fleischigen Wulst zwischen Genick und Schädel, wo sie in eine verhärtete Stelle von der ungefähren Größe einer Büroklammer mündet.

Ich greife nach meinem Rucksack, der auf dem Rücksitz liegt, und krame eine 600er Ibuprofen hervor, die ich mit einem Schluck Wasser hinunterspüle. So. Das wird mir hoffentlich helfen. Und es muss reichen.

Ich öffne das Handschuhfach und hole meine Canon heraus – fast das gleiche Modell, das Ernie hat. Ein Griff in die Hosentasche meiner Regenkluft, und ich halte die Speicherkarte in Händen. Flink tausche ich die Karten aus, schalte die Kamera ein und muss lächeln, trotz der Schmerzen und meiner flatternden Nerven.

Ich habe ihn reingelegt. Er hat meinen verknacksten Fuß nicht als Ablenkungsmanöver erkannt.

Das erste Bild zeigt dunklen Waldboden und Buschwerk, und oben rechts, neben einem grellen Lichtreflex, ein Stück von Ernie. Der Kopf ist halb abgeschnitten und durch die Nähe verzerrt, aber deutlich identifizierbar – ebenso deutlich wie die Waffe, die er in seiner Hand hält, ein futuristisch aussehendes Ding, kurz und gedrungen, mit abgerundeten Kanten. Keine Ahnung, welches Modell das ist.

Ich klicke rückwärts weiter. Ein Misthaufen und viel schwarzer Himmel, beides diagonal im Bild. Das nächste Motiv zeigt einen Zombie mit abgefahrener Brille, der versucht, eine Leiche in ein Loch zu rollen. Offenbar merkt er jedoch, dass er beobachtet wird, denn er wendet sein Gesicht direkt in Richtung Kamera.

Noch ein Zombie-Foto, noch eins, und noch eins. Keine Frage, das bin ich.

Auf der nächsten Aufnahme ist ein Haufen Männer um einen Tisch zu sehen, die sich gegenseitig zuprosten. Auf den ersten Blick erkenne ich keinen von ihnen. Der Zweite von rechts könnte der verwegene Buchhalter sein. Wie hieß er noch gleich? Salzmann. Stefan Salzmann. Der Mann neben ihm wendet sich gerade von der Kamera ab, sodass ich sein Gesicht nicht sehen kann, doch die Statur, die Kopfform, das feine, aschblonde Haar … Ich klicke weiter. Der Blonde schaut weiterhin in die andere Richtung, zum Kopfende des Tisches.

Vom nächsten Bild grinst mir Ernie entgegen. Er sitzt jetzt in der Runde und hat seinen Arm kumpelhaft um den Blonden gelegt. Kein Zweifel: Es ist Tom. Thomas Müller. Er sieht ziemlich besoffen aus – und verdammt lebendig.

Was ist das hier? Der Stammtisch der Sesamstraßen-Gang oder eine Sauftour der Holzhacker-Buben? Oder sind beide Cliquen identisch? Auf der Suche nach dem Sprintkreismeister betrachte ich die Männer am Tisch genauer. Er ist nicht unter ihnen, und ich entdecke auch keine weiteren bekannten Gesichter.

Ich klicke mich wieder nach vorn und lösche die Nachtaufnahmen, Bild für Bild. Nur den Schnappschuss, der Ernie mit der Waffe zeigt, entferne ich nicht.

Ich starte meinen Wagen und steuere den Schlafplatz an, den ich mir vor Stunden ausgeguckt habe. Kaum habe ich den Motor abgestellt, überrollt mich die Müdigkeit wie eine Flutwelle, und ich schlafe auf der Stelle ein.

Als ich aufwache, dämmert es bereits. Die Uhr auf dem Armaturenbrett zeigt Viertel vor sechs an. Keine Polizei, kein Salatohr-Ernie – für einen Moment hege ich die vage Hoffnung, alles geträumt zu haben. Aber läge ich dann im Nirgendwo auf meinem Fahrersitz? Wohl kaum. Und mit Sicherheit hätte ich keinen Toten im Kofferraum.

Meinen verschiedenen Bekannten habe ich nämlich zurück in meinen Wagen geschafft, noch in der Nacht, unmittelbar nach meinem Intermezzo mit Ernie.

Kaum zu glauben, ich habe meinen Schwur gebrochen und es getan: Ich habe direkt neben einem Toten geschlafen. Vielleicht nicht unmittelbar neben ihm – zumindest jedenfalls im selben Fahrzeug.

Die Übelkeit grüßt wie eine alte Bekannte. Ich schließe noch einmal die Augen und registriere, dass es im Wagen nach Pferdemist stinkt. Kein Wunder, auf der Rücksitzbank liegt die Regenkombi, die ich in der vergangenen Nacht getragen habe.

Ich lasse das Seitenfenster herunter. Die hereinströmende Luft ist feucht und kühl, aber nicht mehr eisig. Es soll warm werden in den nächsten Tagen – und bald wird hier auch noch etwas anderes riechen.

So geht es nicht weiter. Wenn ich diesen Müller nicht schnellstens loswerde, drehe ich durch.

Die einsame Leuscheid hat sich leider als vollkommen ungeeignet für meine Pläne erwiesen, deshalb beschließe ich, den Höhenrücken hinter mir zu lassen und mein Glück anderswo zu suchen. Ich biege auf die Schnellstraße in Richtung Rosbach ein, hinunter zur Sieg. Nach kurzer Fahrt blicke ich auf das Flusstal hinab, das im konturlosen Grau des beginnenden Morgens unter mir liegt. Ich rolle abwärts, passiere ein kleines Industriegebiet, eine Brücke über den Fluss. Ich kurve durch einen Kreisel, folge der Straße parallel zur Sieg in Richtung Schladern, stets auf der Suche nach einem ruhigen Plätzchen.

Nicht dass hier der Bär los wäre. Aber die Sieg ist nicht gerade der Mississippi, wie ich mir eingestehen muss – hier verschwindet nichts und niemand so schnell auf Nimmerwiedersehen …

Bald führt die Straße weg vom Fluss. Ständig den Rückspiegel im Auge behaltend, folge ich ihr, gelange nach Altwindeck, lande irgendwann vor dem Heimatmuseum. Im Schritttempo rolle ich weiter, die schmale Straße hinauf in Richtung Burg. Ich passiere mehrere

Häuser und Gärten, gelange zu einer kleinen Wassermühle, einem Relikt aus der Märchenzeit: schwarz-weißes Fachwerk, von Birken umrahmt; das mächtige, hölzerne Schaufelrad dreht sich im Schneckentempo.

Oberhalb der Mühle, parallel zur Straße, findet sich ein von hohen Bäumen gesäumter Teich. Alte Zeiten, linde Trauer – die Szenerie atmet eine jahrhundertealte Melancholie, und doch ... Ich kann mich nicht an sie erinnern, weder an die Mühle noch an den Teich. Allerdings liegt mein letzter Besuch der Burg Windeck gut und gern 15 Jahre zurück und es ist möglich, dass mir dieser Flecken einfach nicht im Gedächtnis haften geblieben ist.

Ich fahre ein Stück weiter, halte am Straßenrand und gehe zu Fuß zurück in Richtung Mühle. Auf der Weide dahinter schnattert eine Gruppe Gänse, ansonsten ist es still, sehr still. Stille Wasser sind tief – und so schwarz wie die vergangene Nacht. Okay, hier könnte es gehen.

Ich will mir die Sache näher ansehen, gehe über den schmalen Streifen Wiese auf den Teich zu, betrete einen Plankensteg – und rutsche prompt aus. Das Holz ist aalglatt. Fluchend rapple ich mich auf, setze meine Schritte vorsichtiger, folge ein Stück einem von Wildschweinen aufgewühlten Trampelpfad, der ums Wasser führt. Im diesigen Morgenlicht blitzt etwas leuchtend Blaues auf – ein Eisvogel schießt durch die Luft. Mit einem langen Birkenast stochere ich im trüben Nass herum, versuche, die Wassertiefe auszuloten. Ein Teil des Stockes bricht ab und geht unter. Dann eben nicht.

Ich kehre zurück zu meinem Wagen und fahre weiter, zur Burg hinauf, halte auf einer Freifläche unterhalb der Burganlage, denke einen Augenblick nach und stelle den Motor ab. Auf dem Beifahrersitz neben mir liegt die Kühltüte, in der ich meine gestrigen Einkäufe verstaut habe: ein Milchkarton, Margarine, abgepackte Salami. Ich leere die Tüte, greife sie mir und steige aus. Auch hier kein Mensch zu sehen. Wenige Meter entfernt befindet sich eine kleine Baustelle, die zu dieser Uhrzeit verwaist ist. Möglicherweise nicht allein zu dieser Uhrzeit, möglicherweise für 100 Jahre, denke ich. Die Baustelle, die Mühle, der Teich, die Straße, die Burganlage –, alles scheint in einen tiefen Dornröschenschlaf gefallen zu sein, und es würde mich nicht wundern, dort oben irgendwo auf den geohrfeigten Küchenjungen zu treffen. Aber mich wundert ohnehin nichts mehr.

Ich schlüpfe unter dem Absperrband hindurch und gehe zu einem Haufen Pflastersteine, die hier offenbar verlegt werden sollen – wann auch immer. So viele Steine wie möglich fülle ich in die Tüte, fasse sie von unten, damit sie nicht reißt und schleppe sie zum Wagen zurück. Mit dem Seil, das ich gestern gekauft habe, schlinge ich einen Knoten um die Tüte und deponiere sie auf dem Rücksitz. Anschließend ziehe ich Schuhe und Jeans aus und schlüpfe in meine stinkende Regenhose. Ich klaue noch schnell eine gut zwei Meter lange Holzlatte von der Baustelle und verfrachte sie in den Mondeo. Dann starte ich den Motor, wende, lasse den Wagen zurück in Richtung Teich rollen. Ich halte am Straßenrand, steige aus, erblicke keine Menschenseele.

Jetzt oder nie.

Eilig öffne ich die Kofferraumklappe und bugsiere den zur Mumie verschnürten Müller heraus, hieve ächzend die Tüte mit den Steinen aus dem Wagen, schleppe sie an den Rand des Teiches, meide die Planken. Anschließend schleife ich die Mumie heran, hole die Holzlatte und schlinge das andere Ende des Seils, mit dem die Tüte verschnürt ist, um die Füße der Mumie.

Barfuß springe ich in das schwarze Wasser, das sofort in meine Regenhose dringt. Die Brühe ist eiskalt und reicht mir bis zu den Oberschenkeln. Fast noch unangenehmer ist allerdings der sumpfige Morast, der mich augenblicklich bis zu den Knöcheln verschlingt. Kaum habe ich einen Fuß befreit, sinkt der andere noch tiefer ein. Ich versuche, den Modder zu ignorieren, ergreife die Mumie von der Kopfseite her, zerre sie ins Wasser, wo sie unentschlossen auf der Wasseroberfläche zu treiben beginnt. Mit der Holzlatte, die ich wie eine Art Wanderstock benutze, arbeite ich mich in Richtung Teichmitte vor. Es geht nur im Schneckentempo voran, das Wasser wird zunächst kaum tiefer, bis ich plötzlich bis über die Hüften einsinke. Meine Füße verlieren sich in einer Masse, die sich anfühlt wie Zement – unmittelbar, bevor er fest wird. Panik ergreift mich. Was, wenn mich dieses schwarze Loch einfach einsaugt, wenn es mich bei lebendigem Leib verschlingt? Doch so weit muss es nicht kommen; allein die Vorstellung, dass mich die Ekelpampe festhält, dass ich mit der Mumie im Schlepptau auf Hilfe warten muss, ist Horror pur. Adrenalin peitscht durch meine Adern, ich beginne, hektisch zu zerren, lasse versehentlich die Holzlatte los, greife nach ihr, kann sie nicht mehr erreichen.

Stopp! Wer in einen Sumpf gerät, muss vor allem eines: Ruhe bewahren. Und er sollte zusehen, dass er sein Gewicht verlagert, auf ein Brett zum Beispiel oder auf einen Rucksack, den er sich unter die Brust klemmt, wie ich aus den Survival-Dokus im Herrenprogramm weiß, in denen sich Exmarines durch die Wildnis schlagen. Schade, dass ich kein Brett bei mir habe, auch keinen Rucksack – der liegt im Wagen –, nur eine schwimmende Mumie …

Tatsächlich: Ich bekomme ein Bein frei, schließlich auch das zweite, spüre festeren Grund, kriege die Holzlatte zu fassen. Marines, ich danke euch! Ihr habt wirklich was drauf.

Ein paar Schritte weiter und das Wasser wird tief, die Latte ragt kaum noch heraus. Ich lasse die Mumie, die durch das Seil mit der am Ufer liegenden Kühltüte verbunden ist, wie eine Boje treiben und kämpfe mich zum Ufer zurück. Ich zerre die Tüte ins Wasser und wate erneut in Richtung Teichmitte, wobei ich einen Bogen um die schlimmste Modderstelle mache. Ich wuchte die Tüte auf das Mumienpaket und platziere sie mittig darauf. Luftblasen steigen auf, die Leiche sinkt. Ich ergreife die Holzlatte und gebe dem Ganzen einen Stoß in noch tiefere Gefilde. Mit einem großen Blubb verschwindet Müller unter der Wasseroberfläche.

Erst nachdem ich meinen Wagen erreicht habe, wage ich einen Blick zurück: Still und starr ruht der See, als wäre nichts gewesen. Dornröschen schläft weiter.

Ich rupfe den Stiefmütterchen, die ich gestern im Baumarkt gekauft habe, die Köpfe ab und kehre zum Ufer zurück. Andächtig lasse ich die Blüten ins Wasser segeln und spreche ein stummes Gebet. Finde deinen Frieden, Thomas Müller. Tom. Werde eins mit dem Universum. Und tauche bitte nicht so schnell wieder auf.

Okay. Nichts wie weg hier!

Ich sprinte zu meinem Wagen, werfe mich hinters Lenkrad und mache mich aus dem Staub – mit den vorgeschriebenen Tempo 30, um nicht doch noch Aufmerksamkeit zu erregen.

Ich durchquere Altwindeck, lasse das Dorf hinter mir und halte auf freiem Feld an der Landstraße. Ein Blick auf die Uhr: Die ganze Aktion hat keine halbe Stunde gedauert, auch wenn es gefühlte zwei Stunden waren. Gut gemacht! Ich drehe die Heizung auf und das Gebläse auf Anschlag, schäle mich aus meinen nassen Sachen, rubble mich mit der zweiten Decke, die ich im Wagen habe, trocken. Eilig schlüpfe ich in Jeans und Pullover, ziehe meine Jacke über, breite die Decke über mir aus und rolle mich schlotternd auf dem Sitz zusammen.

Kaum zu fassen, ich habe es geschafft. Müller ist weg! Am helllichten Tag – nun ja, sind wir bescheiden und sagen: bei Tagesanbruch – ist es mir gelungen, unbemerkt einen Toten in einem Teich zu versenken. Das ist verrückt. Komplett verrückt.

Aber manchmal werden gerade die größten Verrücktheiten wahr, weil niemand mit ihnen rechnet.

9

Man muss die Tatsachen kennen, bevor man sie verdrehen kann.

Mark Twain

Ich liege auf einem samtbezogenen Diwan, träge, beinahe unfähig, mich zu rühren. Die Atmosphäre ist wattig, Licht und Musik: alles gedämpft. Ein wohliger Nebel umhüllt mich, mein Körper scheint schwerelos. Ich strecke die Hand aus, führe die Wasserpfeife zum Mund, will noch tiefer abtauchen ins Vergessen, doch das Schrillen eines Telefons hindert mich daran. Unerbittlich fräst es sich an die Oberfläche meines Bewusstseins und zwingt mich schließlich, die Augen zu öffnen.

Zu meinem großen Bedauern finde ich mich nicht auf einem orientalischen Sofa, sondern auf dem Rücksitz meines Wagens wieder, den ich mit einem halben Fläschchen Duftöl der Note ›Marokkanische Nächte‹ präpariert habe, um den Pferdemief zu vertreiben. Vorn auf dem Beifahrersitz schrillt der gelbe Knochen.

Ich angele ihn mir und blaffe in den Hörer: »Waskovic, wenn Sie mich drankriegen wollen, müssen Sie früher aufstehen.« Angriff ist noch immer die beste Verteidigung.

»Wie kommst du darauf, dass ich dich drankriegen will, Engelchen?«, fragt er aufgeräumt.

»Sie haben mir Ernie auf den Hals gehetzt, da ist die Vermutung naheliegend.«

»Wer ist Ernie?«

»Das ist der kleine Dicke mit der Sesamstraßenfrisur. Er hat eine ausgesprochen hässliche Visage und Salatblattohren. Klingelt's?«

Ich höre Waskovic amüsiert schnauben. »Ernst wäre ziemlich gekränkt, wenn er hören würde, wie du über ihn sprichst.«

»Warum hat er mir aufgelauert?«

»Auflauern! Wer spricht denn von Auflauern!« Waskovic spielt den Entrüsteten. »Wir wollten lediglich ein paar Fotos von dir schießen – damit du deine Abenteuertour in guter Erinnerung behältst.«

»Okay, Waskovic, Sie haben mich reingelegt, nach Strich und Faden verarscht! Sagen mir, ich soll die Leiche wegschaffen, um nicht unter Mordverdacht zu geraten, und knipsen mich dann dabei, wie ich sie beseitige. Wirklich clever! Leider hat's mit der Ausführung gehapert. Ich glaube, Ihr Ernie ist einfach nicht genug auf Zack, um mir beizukommen.«

»Du bist wirklich ein bisschen hart mit ihm ins Gericht gegangen!«, findet Waskovic. »Er sieht aus, als hätte er gegen Mike Tyson geboxt.«

»Ich bin Tysons Schwester, wussten Sie das nicht?«

Jetzt lacht er offen. »Herzchen, ich mag Leute mit Humor!«

»Was Sie nicht sagen. Ist das der Grund, weshalb Sie mich nicht auch gleich abgemurkst haben? Oder mich der Bullerei ans Messer geliefert haben, wo es angeblich so einfach für Sie wäre? Warum der Zirkus, Waskovic?«

»Was für ernste Themen am frühen Morgen, Schätzchen!«

»Ich habe die schlimmsten Stunden meines Lebens hinter mir, da vergisst man schon mal die Etikette«, sage ich und stoße die Wagentür auf, um frische Luft hereinzulassen. »Also?«

»Denk dran, die Spielregeln bestimme immer noch ich, Engelchen! Aber die Sache ist einfach: Dein Tod würde keinen guten Eindruck machen, lebendig bist du viel nützlicher. Müller ist verschwunden, ebenso ein beträchtlicher Batzen Geld. Du solltest Müller auf die Finger gucken, hast dich stattdessen mit ihm zusammengetan. Ihr habt das Geld eingesteckt und euch gemeinsam aus dem Staub gemacht. Nun – die Geschichte ist doch hübsch!«

Und sie ist ziemlich identisch mit der, die ich mir letzte Nacht ausgemalt habe, denke ich.

»Außerdem bleibt sie spannend«, fährt Waskovic fort. »Vielleicht kommt irgendwann heraus, dass ihr euch doch nicht wirklich grün wart. Vielleicht hatte sich euer Techtelmechtel bereits erledigt, bevor du untergetaucht bist, und zwar drastisch erledigt: Du hast Müller umgebracht, um die Kohle für dich allein zu haben.«

»Aha. Und diesen Mist soll jemand glauben?«

»Glauben? Hier geht es nicht um Glaubensfragen, Liebchen, hier bist du selbst deines Glückes Schmied. Es kommt ausschließlich darauf an, was du draus machst. Wenn du verschwindest – bitte schön, als Schnüfflerin kennst du sicher nützliche Tricks, um abzutauchen. Wenn ihr beide verschollen bleibt – bestens, dann muss es wohl Liebe gewesen sein und es ist davon auszugehen, dass ihr Turteltäubchen beschlossen habt, euch mit eurem Geld auf eine sonnige Insel abzusetzen.«

»Wie romantisch! Und meine Familie habe ich einfach sitzen lassen, oder wie?«

»Das wäre schließlich nicht das erste Mal«, kontert Waskovic prompt. »Schon vergessen, Supermami?«

Mir bleibt die Luft weg. Genauso gut hätte er mir in den Bauch boxen können. Woher weiß dieser Scheißkerl so verdammt gut Bescheid über mich?

»Es … es war eine Krise«, stottere ich. »Ich war … Ich hatte …« Mir fehlen die Worte. Moment! Vor diesem Schwein brauche ich mich bestimmt nicht zu rechtfertigen. »Die Sache geht Sie einen Dreck an!«

»Du hast damit angefangen!«, meint Waskovic ungerührt.

»Woher haben Sie diesen ganzen Mist?«, frage ich gegen meinen Willen, unfähig, mich von dem Thema zu lösen.

»Ein alter Trick der Personaler«, gibt sich Waskovic auskunftsfreudig. »Anruf beim ehemaligen Arbeitgeber genügt. Und stell dir vor, ich hatte die alte Frau Stegemeier gleich selbst am Apparat! Ich würde dich gern einstellen, habe ich ihr gesagt, aber da du in den letzten Jahren selbstständig warst, hätte ich leider kein Gefühl dafür, wie du dich im Angestelltenverhältnis machst. Mir seien gewisse Dinge zu Ohren gekommen, die, nun ja, eher gegen eine Anstellung sprächen, mit der Gerüchteküche sei das allerdings so eine Sache. Und siehe da! Frau Stegemeier entpuppt sich als eine richtige Klatschtante. Sie ist dir gut gewogen und freut sich, dass die kleine Familie wieder zusammengefunden hat, und sie würde dich jederzeit wieder einstellen. Rührend, nicht wahr? Doch wo waren wir? Richtig, bei deinem Freund Müller. Wie gesagt, wenn ihr beide nie mehr auftaucht: gut. Wenn jemand ihn morgen irgendwo im Straßengraben findet, war die Liebe offensichtlich doch nicht so groß. Dann wird die Polizei Jagd auf dich machen. Und ob sie dich schnappt oder nicht: Sie wird mehr als genug Beweise dafür finden, dass du deinen Compagnon aus dem Weg geräumt hast!«

»Ach ja? Welche denn? Einen gefakten Dienstleistungsvertrag?«

»Glaub mir einfach, Liebchen«, meint Waskovic gelassen. »Und denke daran: Wenn du einen auf Superwoman machst, fackeln wir nicht lang und du kannst gleich ein Doppelgrab ausheben, verstanden? Du weißt ja: ›Unsterblich allein ist der Tod‹.«

»Jetzt werden Sie mal nicht sentimental, Waskovic! Das ist peinlich vor den Jungs von der Polizei, die hören nämlich gerade mit.«

»Was du nicht sagst!«, meint Waskovic mit gespieltem Schrecken. »Ich glaube kaum, dass die Polizei dich auf einen Acker in Windeck zum Verhör einbestellt.«

»Ich befinde mich nicht auf einem Acker in Windeck.«

»Ach nein? Willst du mir erzählen, du hättest im Pariser Ritz eingecheckt?« Er lacht lauthals auf. »Wusstest du eigentlich, dass die putzige kleine Wassermühle und der Teich unterhalb der Burg nicht echt sind? Das heißt, echt schon, aber nicht authentisch. Die Mühle stand ursprünglich anderswo und der Teich wurde künstlich angelegt. Kaum zu glauben, was? Tja, du siehst, ich bin im Bilde.

»Ich weiß nicht, wovon Sie reden.«

»Das weißt du nicht? Hast du nicht heute Morgen eine kleine Burgbesichtigung unternommen?«

»Nein.«

»Aus der Ferne ist gut lügen, Schätzchen. Aber denk dran: Egal, in welchem Loch du dich verkriechst, ich weiß, wo du steckst. Big brother is watching you, babe!«

»Leck mich!«

»Engelchen, du bist vulgär. In gewissen Situationen habe ich das allerdings ganz gern. Und nun sag schon: Was hast du mit Müller angestellt?«

»Das werde ich Ihnen sicher nicht auf die Nase binden!«

»Gut, sehr gut. So gefällst du mir! Mach ein Geheimnis draus, das niemand lüften wird. Mach aus *dir* ein Geheimnis!«

»Wissen Sie was, Waskovic? Rutschen Sie mir den Buckel runter! Ich brauche niemanden, der mir am Seniorentelefon erklärt, wo der Hase lang läuft.« Und mit diesen markigen Worten beende ich das Gespräch.

Was wollte er eigentlich?, frage ich mich, während ich die Handbremse löse und das linke Vorderrad über den gelben Knochen rollen lasse. Er wollte mir unmissverständlich klarmachen, dass er mich in der Hand hat, obwohl die nächtliche Fotosession misslungen ist. Dass er nach wie vor am längeren Hebel sitzt. Und dass er mich am Leben lässt, weil ich nützlich für ihn bin – solange ich sein Spiel mitspiele. Okay, das wird nicht gelogen sein, denn hätte er Ernie den Auftrag erteilt, mich umzubringen, hätte ich jetzt keine Riesenbeule am Hinterkopf, sondern ein Loch im Rücken wie Müller. Ich wäre tot.

Was nicht zwangsläufig heißt, dass ich nicht irgendwann in den nächsten Tagen dran glauben muss. Wenn ich die Mission erfüllt habe, die er mir aufgetragen hat. Wenn er sich sicher sein kann, dass ich Müller sauber eingesargt habe.

Merkwürdig. Er weiß, wo ich bin, aber nicht, was ich tue. Das heißt, ich bin offenbar nicht ständig unter Beobachtung, trotzdem kennt er meine Koordinaten. Möglich, dass er meine jetzige Position über den gelben Knochen geortet hat. Gestern Nachmittag in der Leuscheid hatte ich das Ding vorsichtshalber ausgeschaltet, und ich hatte sogar die Akkus entfernt. Ich habe es erst wieder in Betrieb genommen, nachdem ich Müller im Dorfteich versenkt und Altwindeck verlassen hatte. Trotzdem hat Ernie mich am Blauen Stein gefunden, trotzdem weiß Waskovic, dass ich mich in der Nähe der Burg Windeck aufgehalten habe. Er hat mir also einen Peilsender untergejubelt – ganz, wie ich es befürchtet habe.

Warum, zum Teufel, hat mein Jammer nicht funktioniert? Das ist meine neueste Errungenschaft von Mr. Q's Secrets: Eine Art Störsender für diverse Sendefrequenzen, der gegen eine unerwünschte Ortung schützen soll und hierzulande illegal ist, aber fragt etwa einer wie Waskovic nach Legalität? Die Frage erübrigt sich ohnehin, denn das Ding funktioniert offenbar nicht. Auch mein mobifinder schweigt. Er ortet GSM-Signale, wie sie Handys normalerweise versenden, aber womöglich trickst Waskovic auch hier. Anzunehmen, dass sein Gerät intelligente Module besitzt, die die GSM-Komponenten abschalten, sobald sie eine Standortbestimmung vorgenommen haben. Vielleicht überträgt Waskovics Handy mit einem anderen Standard wie beispielsweise UMTS, für die mein mobi ungeeignet ist. Ich habe zwar immer einen kleinen Scanner dabei, der einfache Sender lokalisieren kann, doch wenn Waskovic sich ein anständiges Spionage-Equipment zugelegt hat, ist ihm kaum beizukommen. In derlei Verdachtsfällen hilft einzig ein Sweep, ein kompletter Check des Wagens. Dumm nur, dass man dafür eine Hebebühne und Koffer voller hoch technisierter Geräte benötigt.

Sind wir mal nicht zu anspruchsvoll, sage ich mir. Lassen wir das mit den Koffern, verzichten auf die Hebebühne und versuchen unser Glück mit einem wachen Auge und gesundem Menschenverstand. Schauen wir noch einmal genauer nach. Ich streife meine stinkende Regenkombi über und mache mich an die Arbeit.

In der Abschlussprüfung des Praxismoduls ›Observationstechnik‹ am Recklinghäuser Lehrinstitut für private Ermittlungen, der besten Detektivschule Europas, mussten wir innerhalb von jeweils drei Minuten ein Tracking-System an diversen Fahrzeugtypen anbringen. Keine leichte Aufgabe, denn der schönste Sender nützt nichts, wenn er sofort entdeckt wird, weil er offen sichtbar ist. Oder wenn er keine Signale empfängt, weil er an einer ungünstigen Stelle positioniert ist beziehungsweise die Antenne zu nah an einer bereits vorhandenen montiert wurde. Oder auch wenn er in Spritzwasser ersäuft, nicht vor übermäßiger Hitze geschützt ist oder nach drei Minuten Fahrt auf die Straße fällt. Es gibt ein kompliziertes Zusammenspiel von Fahrzeugtyp, Ausstattung, geeigneten Haftflächen, Empfangspegel, Abschattung durch bestimmte Materialien und so weiter, das es zu kennen und zu beachten gilt. Das gilt nicht allein für denjenigen, der das Gerät anbringt, sondern ebenfalls für den, der danach sucht. Folglich für mich und für die Person, die mir das Ding untergejubelt hat.

Ich schnappe mir eine Fußmatte, rutsche unter den Mondeo und prüfe den Unterboden, anschließend die Stoßfänger und die Radläufe – Fehlanzeige. Ich nehme alle erreichbaren Stellen unter die Lupe, die für eine temporäre Anbringung infrage kommen, finde jedoch nichts. Also forsche ich nach einem möglicherweise fest eingebauten System. Einen Festeinbau nimmt man nicht mal so eben vor, dafür müssen selbst geübte Leute mindestens zwei Stunden veranschlagen, doch wer weiß, wie lange mich das Ding schon ausspioniert und welcher Crack sich in einer langen Nacht ein Zubrot verdient hat.

Ich taste hinter das Handschuhfach, wo viel Platz für allerlei Zeugs ist, kann aber nichts entdecken. Ich öffne die Motorhaube und suche nahe der Batterie und im Wischwasserbehälter nach einer möglicherweise dort angebrachten Antenne, ich entferne Elemente der Türverkleidung – nichts. Es ist zwecklos, muss ich mir eingestehen, ohne Bühne und technische Geräte bin ich aufgeschmissen.

Frustriert lasse ich mich auf den Fahrersitz fallen. Waskovic, ich hasse dich! Er hat mich am Wickel, ob es mir passt oder nicht.

›Das wäre schließlich nicht das erste Mal. Schon vergessen, Supermami?‹ Der Satz schießt mir wie ein Pingpongball durch den Sinn, überall aneckend, jeden klaren Gedankengang torpedierend. Dieser Satz – er hat mich härter getroffen als alles andere, was er über mich gesagt hat.

Woher in Gottes Namen hat er derart viele Informationen über mich? Sicher nicht aus den Gelben Seiten. Gut, *eine* Quelle hat er mir verraten, er hat von dem Gespräch mit Frau Stegemeier erzählt, der Chefin des Möbelhauses Stegemeier, in dem ich früher als Kaufhausdetektivin gejobbt habe. Doch das erklärt nicht den Rest. Den Rest namens Müller. Da muss ein Profi am Werk gewesen sein, und wer weiß, wie lang der schon an mir dran ist …

Sollte es möglich sein, dass mir jemand bereits seit Jahren auf die Finger guckt? Nun mach mal halblang, ermahne ich mich. Das erscheint mir nun wirklich zu weit hergeholt. Viel wahrscheinlicher ist, dass meine Bekanntschaft mit Thomas Müller den Ausschlag für die Entscheidung gegeben hat, mich genauer unter die Lupe zu nehmen. Allerdings kannte ich Müller die längste Zeit nur flüchtig, meine Hausbesuche bei ihm fanden erst statt, nachdem die Kaulquappe mich bereits ins Rennen geschickt hatte. Waskovic ließ mich also vermutlich erst ausspionieren, nachdem er von der Auftragsvergabe seiner Gattin an mich erfahren hatte.

Wen wird er wohl auf mich gehetzt haben, überlege ich: die Schnitzlers aus Bonn, das flinke Wiesel aus Betzdorf, den Kölner Klüngel? Im Kopf gehe ich die gesamte Konkurrenz durch, doch nein, Waskovic wird sich nicht unnötig in Gefahr begeben und jemanden engagiert haben, der nicht in irgendeiner Form mit ihm unter einer Decke steckt. Eher ist davon auszugehen, dass er sich seine eigenen Gewächse herangezogen hat. Vielleicht hat der Sprintkreismeister mich observiert. Vielleicht, kommt es mir in den Sinn, hat Müller gar selbst geplaudert? Vielleicht hat ihn Waskovic auf mich angesprochen? Vielleicht hat Müller tatsächlich von mir erzählt? Und Waskovic hat ihm geglaubt – oder auch nicht. Er hatte Müller ja ohnehin auf dem Kieker.

Doch warum sollte Müller von mir erzählt haben? Wurde er vor seinem Tod erpresst? Oder gar gefoltert?

Hilfe! Momentan ist das alles ohnehin reine Spekulation und hilft mir nicht weiter. Was im Augenblick zählt, ist dieser verdammte Peilsender, den ich nicht finde. Was jetzt zählt, ist das Wohlergehen meiner Familie.

Ich muss mit Markus sprechen, unbedingt.

10

Einen Fehler durch eine Lüge zu verdecken heißt, einen Flecken durch ein Loch zu ersetzen.

Aristoteles

Ein Königreich für einen Bahnhof! Einen, von dem man möglichst schnell möglichst weit weg kommt. Mein Ziel ist der gut zehn Kilometer entfernte Bahnhof Herchen, der außerhalb der eigentlichen Ortschaft liegt und viel von Pendlern genutzt wird. Während der Fahrt schalte ich den Lokalsender ein, um zu erfahren, ob die Medien schon über die Angelegenheit berichten. Doch bei Radio Bonn/Rhein-Sieg geht es mal wieder um das geheimnisvolle Geräusch, das die geneigte Hörerschaft erraten soll.

»Yvonne, du weißt, der Jackpot steht bei 26.660 Euro. 26.660 Euro! Damit lässt sich etwas anfangen, nicht wahr? Und diese 26.660 Euro gehören dir, wenn du uns sagen kannst, was du gleich hörst. Achtung, hier kommt das geheimnisvolle Geräusch!«

Es ploppt irgendwie.

»Nun, Yvonne? Was meinst du? Kannst du uns sagen, was das ist?«

»Ein Ei?«, antwortet Yvonne ängstlich. »Ich meine ein Ei, das aufgeschlagen wird?«

Leider war's kein Ei, und meine Nerven halten weiteren Rateversuchen momentan nicht Stand, weshalb ich die Fahrt ohne akustische Untermalung fortsetze. In

Herchen angekommen, steuere ich den großen Parkplatz neben dem Bahnhofsgebäude an, fahre ganz durch, am Umspannwerk vorbei, auf die dahinter befindliche Freifläche, die nur von den Gleisen her einsehbar ist.

Ich halte an, steige aus, gehe zu Fuß zurück zu der Telefonzelle auf der anderen Seite des mächtigen Backsteinbaus.

Schon nach dem zweiten Klingeln geht Markus ran. Er klingt außer Atem.

»Hallo! Ich bin's.«

»Aha, Frau Schiller ist eingefallen, dass sie ja noch Familie hat!«

»Es tut mir leid, Markus.« Unwillkürlich schießen mir Tränen in die Augen.

»Es tut dir leid!« Er schnaubt verächtlich.

»Ich stecke ziemlich in der Klemme.«

»Das haben wir gemerkt. Und darüber hast du uns anscheinend vergessen.«

»Nein, das habe ich nicht!«

»Wolltest du uns nicht vom Bahnhof abholen?«

»Es ist etwas dazwischengekommen, ich …«

»Ja, allerdings ist dir was dazwischengekommen! Du musstest ja erst unsere Bude abfackeln lassen!«

»Hey, du glaubst doch nicht etwa …«

»Ich kann's einfach nicht fassen, Johanna!«, fällt er mir ins Wort, und dass er mich Johanna nennt, lässt nichts Gutes ahnen.

»Lass mich versuchen, die Sache zu erklären!«, flehe ich, obwohl ich nicht den geringsten Schimmer habe, wie ich das Geschehene auch nur halbwegs nachvollziehbar schildern soll. »Es war diese letzte Observationsgeschichte, ich …«

»Dass du mein Vertrauen derart ausnutzt! Und dann hast du auch noch die Frechheit, zu behaupten, du müsstest bis tief in die Nacht arbeiten!«

Langsam komme ich nicht mehr mit. »Wovon redest du?«

»Wovon ich rede? Tu doch nicht so! Erst dachte ich, du wärst überfallen worden, jemand hätte dir etwas angetan und den Brand absichtlich gelegt. Verdammt, ich war fast irre vor Sorge!« Markus holt tief Luft. »Bis ich die Gläser entdeckt habe. Und die Bilder.«

Bilder? »Welche Bilder?«

»Die Fotos im Briefkasten.«

»Ich weiß nicht, wovon du sprichst. Was waren das für Bilder?«

»Was waren das für Bilder!«, äfft er mich nach. »Fotos von dir und diesem Scheißtypen waren das! Verfluchte Hacke, Johanna! Kaum drehe ich dir den Rücken zu, steigst du mit dem nächstbesten Kerl in die Kiste!«

Langsam dämmert es mir. »Es gibt keinen nächstbesten Kerl, Markus«, erkläre ich ruhig.

»Ach nein? Vielleicht keinen nächstbesten, dafür endlich mal einen, mit dem du die große Kohle machen kannst«, meint Markus sarkastisch. »Dumm nur, dass seine Frau damit nicht einverstanden ist. Und dass die entschieden mehr Temperament hat als ich!«

»Welche Frau?«

»*Seine* Frau, die von deinem Stecher! Die, die euch Feuer unterm Hintern gemacht hat.«

»Wer ist das?«, frage ich irritiert. »Hast du sie gesehen?«

»Gesehen? Nein, ich habe sie nicht gesehen. Aber sie hat ja wohl ein deutliches Zeichen gesetzt. Und weißt du was? Ich bin ihr dankbar dafür. Dankbar, dass sie mich aufgeklärt hat, dass ich es schwarz auf weiß habe, was du für ein Mensch bist!«

»Du hast überhaupt nichts schwarz auf weiß, nichts jedenfalls, was irgendwie Bestand hätte. Ich …«

»Hör auf! Ich kann den Mist nicht mehr hören!«

»Aber es gibt keinen anderen Mann. Ich schwör's!«

»Deine Schwüre kannst du dir sonst wohin stecken!«

»Bilder können täuschen, man kann sie fälschen!«, stammele ich. »Das weißt du doch!«

Stille.

»Bitte, Markus! Ich lüge nicht!«

»Es wäre nicht das erste Mal«, erklärt er eisig.

Nein, das wäre es nicht. Wahrheit, Klarheit, Fairness, ha, ha! Wer einmal lügt … Ich überlege krampfhaft, was ich sagen, wie ich mich erklären soll, doch es will mir nichts einfallen. Wie auch? Wenn man sich aus dem Staub machen muss, weil jemand einem einen Mord andichten will, und der eigene Mann aber davon ausgeht, man habe ihn wegen einer anderen Liebschaft verlassen – eine Annahme, zu der er durchaus Berechtigung hat, weil es nicht das erste Mal wäre –, dann fallen die Worte schwer.

»Nachher kommt ein Typ von der Versicherung«, durchkreuzt Markus mein Schweigen, das er ohne Zweifel missversteht. »Ich wollte nicht, dass deine Eskapaden die Runde machen. Sag deinem Kerl also, er soll sich neue Schuhe kaufen. Seine habe ich in den Müll gehauen, und die Tonne haben sie eben abgeholt.

»Du hast was?!«

»Ich habe nach der Party aufgeräumt, kapiert? Alles weggeworfen: deine beschissene Gläsersammlung, die Schampusflasche, den Schuh, den er im Eifer des Gefechts verloren hat. Wenn ich nur daran denke, dass er …« Markus spricht den Satz nicht zu Ende. Die folgende Stille ist schlimmer auszuhalten als seine Wut.

»Es war so … Als wir nach Hause kamen …« Alle Bitterkeit ist aus seiner Stimme gewichen, er klingt nur noch verzweifelt. »Ich habe sogar nachgesehen, ob er nicht noch irgendwo im Kleiderschrank steckt. Kannst du dir das vorstellen, Johanna?«

Nein, Markus. Ich könnte vielleicht. Aber ich will nicht.

»Wie heißt noch gleich dieser Typ von der Polizei?«, fragt er plötzlich aufgekratzt. »Der, der dich im Einkaufswagen nach Hause gefahren hat, weil du nicht mehr laufen konntest?«

»Geringer, Peter Geringer«, antworte ich kleinlaut. »Aber für Bettartistik ist der momentan kaum zu gebrauchen, der hat einen Bandscheibenvorfall«, versuche ich zu scherzen. Mein Gott, wie kann ich in dieser Situation auch noch blöde Witze machen? »So hör doch, du musst mir vertrauen! Es war nicht so, wie du denkst, und auch wenn es noch härter kommt, ich …«

»Noch härter?«, brüllt er. »Wie hart soll es denn noch kommen? Bist du jetzt völlig durchgeknallt, oder was?«

»Das sind ein bisschen viele Fragen auf einmal«, sage ich matt.

»Ja, genau, das sind ein paar Fragen zu viel! Du hast den Bogen endgültig überspannt, Johanna, du hast alles kaputt gemacht! Immer machst du alles kaputt, du bescheuerte Kuh!«

Man kann nicht behaupten, dass unser Telefonat zielführend gewesen wäre. Ich habe Markus gegen mich aufgebracht, statt ihn zu beruhigen, und ich weiß nicht, wie es meinem Kind geht. Unserem Kind. Was mag Yannick wohl denken? Der Brand muss ein Schock für ihn gewesen sein, und dann ist die Mama plötzlich nicht mehr da … Vor Schmerz und Sehnsucht beiße ich mir in die Hand.

Positiv denken, befehle ich mir. Welche Informationen habe ich aus dem Gespräch gewonnen? Gar keine, zum Teufel! Ich will mich nur noch irgendwo verkriechen und heulen, mich gehen lassen, vor Selbstmitleid zerfließen – für diesen Luxus fehlt mir allerdings die Zeit.

Also, noch einmal: Was weiß ich alles? Punkt eins: Markus glaubt, ich habe ihn betrogen und bin womöglich mit jemandem durchgebrannt. Den Brandanschlag wertet er als Racheakt einer eifersüchtigen Ehefrau. Das ist traurig, sehr traurig. Aber so traurig nun auch wieder nicht, denn wenn die Wahrheit irgendwann auf den Tisch kommt, wird er seinen Irrtum einsehen und mir verzeihen. Vorausgesetzt, sie kommt irgendwann auf den Tisch. Doch daran kann ich arbeiten.

Punkt zwei: Er hat nichts davon gesagt, dass die Polizei im Spiel ist, dass sie mich als Tatverdächtige betrachtet, für welche Straftat auch immer. Wenn dies der Fall wäre, hätte er sicher nicht versäumt, es mir unter die Nase zu reiben. Das heißt, sofern er davon wüsste. Wenn sich die Polizei allerdings bereits für mich interessieren würde, hätte sie ihm sicher einige unangenehme Fragen gestellt. Und die hätte er mir in seinem Hass garantiert nicht verschwiegen.

Woraus sich Punkt drei ergibt: Momentan scheint niemand in ernsthafter Sorge um mich zu sein. Niemand zerbricht sich den Kopf darüber, wo ich stecke, was ich in meiner derzeitigen Lage als positiv zu bewerten ist. Noch kann ich mich frei bewegen.

Punkt vier betrifft den Schuh, den ich unter meinem Schreibtisch gefunden habe. Ich hatte ihn in der Hand, um ihn mitzunehmen, muss ihn aber in der Eile verloren haben – und Markus hat ihn gefunden; Thomas Müllers Schuh. Mein Magen krampft sich unwillkürlich zusammen. Ich sehe den toten Tom in meinem Kofferraum vor mir, die schwimmende Mumie im Teich, die Bilderserie von der Sauftour, die wahrscheinlich seine letzte war … Schluss damit!

Warum diese Inszenierung in unserem Haus?, zwinge ich mich, mich zu fragen, und die Antwort fällt ausnahmsweise nicht schwer: Man wollte mir eine heiße Nacht andichten, eine Affäre, die mit einem Mord geendet hat – oder auch nicht, je nachdem, wie es gerade passt. Jojo Schiller, die Geliebte eines Betrügers. Und eine Kriminelle.

Irgendwie billig, das Ganze, mehr als billig. Haben ihm die Brennpunktplaymates als real existierende Vorlage gedient, oder war ich womöglich selbst diejenige, die Waskovic zu dieser Rollengestaltung inspiriert hat? Immerhin scheint er bestens über meine Vergangenheit im Bilde zu sein.

Wenn sein Plan also war, einen Keil zwischen meine Familie und mich zu treiben, hat er hervorragend funktioniert. Wenn der Plan allerdings darauf abzielte, Beweise dafür zu schaffen, dass Müller in der Mordnacht bei mir gewesen ist, ist er in die Hose gegangen – wie schon die nächtliche Fotoaktion. Markus hat Waskovic einen Strich durch die Rechnung gemacht, er hat nicht etwa die Polizei benachrichtigt, sondern stillschweigend aufgeräumt. Er hat den Schuh und die Sektflasche einfach weggeworfen, die Gläser weggeräumt. In unserem Haus gibt es keine Spuren mehr von Müller. Wer danach sucht, wird nichts finden.

Unter Punkt fünf kann ich folglich festhalten, dass auch bei Waskovic nicht alles hundertprozentig rund läuft. Ganz so cool, wie er sich gibt, ist er ohnehin nicht, sonst hätte er es kaum nötig, mir jede Anweisung persönlich vorzubeten. Er tut es, weil er mich unter Druck setzen will, weil er den Druck aufrechterhalten will. Weil er angreifbar ist. Ja, auch Waskovic ist angreifbar!

Wenn ich ihn also drankriegen, wenn ich mich irgendwie aus dieser Sache hinausmanövrieren will, muss ich sehen, wie ich ihn zu fassen bekomme. Gegebenenfalls muss ich mir Zugang zu seiner Eitorfer Villa, zu seinem Büro, zu Salzmann verschaffen – sofern der noch lebt. Das heißt, ich muss in der Nähe bleiben, ich darf mich nicht absetzen.

Aber ich werde dafür sorgen, dass es aussieht, als hätte ich es getan.

11

Wenn dein Pferd tot ist, steig ab.

Indianische Weisheit

So bitter die Wahrheit auch ist, ich muss ihr ins Auge sehen: Waskovic kann mich nach wie vor orten, also habe ich ihn weiterhin mit an Bord. Und sollte die Polizei in Kürze auf die Idee kommen, Verkehrskontrollen durchzuführen, überprüft sie garantiert jeden roten Mondeo. Ergo: Mein Wagen muss weg.

Aus zwei Gründen bietet es sich an, ihn gleich am Bahnhof stehen zu lassen: Jeder wird vermuten, dass ich in einen der Züge gestiegen bin, denn von hier aus gibt es eine gute Anbindung nach Rheinland-Pfalz und weiter nach Siegen, sowie, in der anderen Richtung, nach Siegburg, Köln, Aachen und so weiter. Niemand kann wissen, wohin es mich gerade treibt …

Außerdem habe ich ziemlich kreativ geparkt: In der hintersten Ecke des Bahnhofs, hinter dem Umspannwerk, an einer Stelle, die lediglich von den Bahngleisen aus einsehbar ist. Vielleicht dauert es deshalb sogar ein paar Tage, ehe man auf den Wagen aufmerksam wird. In jedem Fall gewinne ich Zeit.

Also dann. Ich gehe zu meinem Wagen zurück und beginne, umzupacken. Im Rucksack lasse ich nur das Nötigste.

Ich nehme die Palette gerupfter Stiefmütterchen vom Rücksitz und deponiere sie zusammen mit dem Klappspaten im Kofferraum. Ich löse die falschen Nummernschilder und stopfe sie in meinen Rucksack. Anschließend setze ich meine Katy-Perry-Perücke auf und schiebe mir eine Sonnenbrille ins Haar. Meinen Schal wickle ich mir um den Hals, schlüpfe in meine Outdoorjacke, schultere meinen Rucksack und mache mich auf den Weg. Als ich auf Höhe des Bahnsteigs angelangt bin, steht dort gerade ein Zug. Ich lasse ihn ohne mich abfahren.

›Tue das Unerwartete! Wähle die Option, die andere nicht wählen würden‹ – eine Empfehlung des Recklinghäuser Lehrinstitut für private Ermittlungen, die ich in verfeinerter Variation immer wieder gern aufgreife. ›Entscheide dich für die Option, von der die anderen nicht annehmen, dass du sie wählen würdest‹, lautet meine Devise.

Während ich die Straße entlang in Richtung Herchen wandere, setzt ein feiner Nieselregen ein. Der Fußweg führt über eine breite Eisenbahnbrücke und am Siegufer entlang; die Strecke zieht sich. Ich gelange in ein ländliches Wohnviertel, beschließe aber, bis in den Ortskern vorzudringen. Was ich jetzt dringend brauche, ist Koffein, und zwar in flüssiger Form und möglichst heiß.

Erneut passiere ich eine Brücke, entdecke kurz dahinter das Schild ›Kurparkcafé‹. Klingt nach schwatzhaften Omas mit schlechten Augen, die nicht mehr so genau hinschauen, und nach einer anständigen Tasse Kaffee. Ich kann nicht widerstehen.

Gerade tritt ein Mann im weißen Hemd aus der Eingangstür, die Zigarette griffbereit. Ergebnislos tastet er seine Taschen ab; ich erbarme mich und gebe ihm Feuer.

Zum Dank sagt er etwas, das ich nicht verstehe, und hält mir die Tür auf.

Ich betrete einen behaglich wirkenden Flur, in dem Kerzen brennen. Eine dunkelhaarige Bedienung kommt mir entgegen, grüßt freundlich und führt mich in den Speiseraum. Wo ich plüschigen Schick aus den 70ern des vergangenen Jahrhunderts erwartet hatte, treffe ich auf ein frisches, modernes Ambiente mit Stil. Die schwatzhaften Omas hingegen sind hier reichlich vertreten, und sie alle tragen Schwarz. Eine Beerdigungsgesellschaft. Ausgerechnet!

»Dort hinten ist noch ein Platz frei!« Die Dunkelhaarige deutet auf einen der langen Tische, an dem bereits einige Damen und ein einzelner Herr sitzen.

»Einen anderen Raum gibt es nicht?«, wage ich zu fragen. Sie betrachtet mich genauer, und endlich scheint es ihr zu dämmern: dunkle Brille, dunkler Schal, dunkle Jacke. Und dazu klobige, verdreckte Wanderschuhe. »Sie gehören nicht dazu?«

Wie man's nimmt, möchte ich antworten. Schließlich habe ich heute auch schon einem Begräbnis beigewohnt. Zwar handelte es sich eher um eine Art Seebestattung, aber Beerdigung bleibt Beerdigung, und gegen einen kleinen Totenschmaus hätte ich nun wahrlich nichts einzuwenden. Der größte Schrecken ist inzwischen verdaut, und jetzt habe ich einen Mordshunger.

»Nein, ich gehöre nicht dazu«, bedauere ich.

»Tut mir leid, wir haben heute eine geschlossene Gesellschaft.«

»Und Sie hätten nicht ein winziges Tässchen Kaffee für mich übrig?« Ich probiere es mit einem treuherzigen Augenaufschlag. Zwar könnte ich mich kaum auffälliger verhalten, um dieser Frau im Gedächtnis zu bleiben, doch bei der Vorstellung, das koffeinhaltige Granulat in meinem Rucksack lutschen zu müssen, packt mich die schiere Verzweiflung.

Sie spürt offenbar meine Not und gibt sich einen Ruck. »Kommen Sie!«

Ich werde in eine Art Separee geführt, einen winzigen Raum mit zwei Tischen, in dem ich der einzige Gast bin. Dankbar ziehe ich mir einen Stuhl heran.

»Sind Sie gewandert?«, fragt mich meine Gastgeberin.

Wandern klingt gut, denke ich und nicke; es lässt auf eine zünftige, ehrliche, harmlose Zeitgenossin schließen, die sich ihren Kaffee und ihr Stückchen Kuchen redlich verdient hat.

»Gefällt Ihnen der Natursteig?«

Ich gehe davon aus, dass sie den neuen Wanderweg entlang der Sieg meint. »Der hat's ganz schön in sich!«, behaupte ich aufs Geratewohl und denke dabei an die beträchtlichen Steigungen beidseitig des Flussufers, die für diesen Landschaftsabschnitt charakteristisch sind. »Aber die Natur: einmalig!«, beeile ich mich hinzuzufügen. Es ist nie verkehrt, jemandem zu sagen, dass er sich eine schöne Gegend zum Leben ausgesucht hat. Die Frau stimmt mir strahlend zu und erkundigt sich, ob ich etwas essen möchte.

»Sehr gern. Ich nehme, was Sie haben.«

»Das müssen Sie wohl«, meint sie lächelnd und geht.

Prompt kommt der Kaffee, dazu ein belegtes Brötchen und eine Rosinenschnecke. Perfekt.

›Vergangenheit ist Geschichte, Zukunft ist Geheimnis, aber jeder Augenblick ist ein Geschenk‹, steht in Riesenlettern an der Wand geschrieben. Nun, so manchen

Augenblick könnte ich mir schenken, und auf zukünftige Geheimnisse bin ich ebenfalls nicht scharf, aber in eben diesem Moment erfasst mich eine angenehme körperliche Schwere, ich fühle mich seltsam gelöst. Zum ersten Mal seit mehr als 36 Stunden.

Das Gefühl verfliegt schnell, vermutlich haben meine Adrenalinspeicher die Pause genutzt, um ordentlich vollzutanken. Ich greife ins Außenfach des Rucksacks und ziehe mein Notfallhandy heraus. Es ist ein uraltes Ding, das längst durch ein internetfähiges Smartphone ersetzt werden sollte. Sollte. Wie sein Name schon sagt, ist es für absolute Notfälle gedacht, falls ich beispielsweise fürchten muss, mein Handy wird von finsteren Mächten abgehört, oder ich während eines Einsatzes in Lebensgefahr gerate und mir keine andere Möglichkeit der Kontaktaufnahme bleibt. Gebraucht habe ich es allerdings erst ein oder zwei Mal, wenn ich mich recht entsinne, und das nicht unmittelbar im Angesicht des Todes, sondern weil ich vergessen hatte, den Akku meines Smartphones aufzuladen.

Aus Sicherheitsgründen hatte ich darauf verzichtet, Markus mit dem Notfallhandy anzurufen. An der Anruferliste von Yannicks Kita dürfte die Polizei allerdings kein großes Interesse haben.

»Hallo, Claudia! Hier ist Jojo.« Claudia ist die Kita-Leiterin und recht gut mit den Angelegenheiten der Familie Schiller vertraut. »Claudia, ich muss leider den Termin für das Entwicklungsgespräch morgen absagen, ich habe zu viel zu tun.«

»Okay, macht nichts«, meint Claudia fröhlich. »Markus wird ja kommen.«

»Markus kommt?«

»Ja, das sagte er heute Morgen, als er Yannick gebracht hat.«

Na, der hat Nerven! Die Bude steht in Flammen, die Frau ist abgehauen oder kriminell geworden oder beides und er geht brav zum Entwicklungsgespräch!

»Aha, sehr gut«, behaupte ich. »Weißt du, ich bin nicht Zuhause und erreiche ihn derzeit nicht. Deshalb …«

»Aber das mit dem Brand weißt du doch, oder?«

»Ja, ja, natürlich«, beeile ich mich zu sagen. »Claudia, könntest du mir bitte einen großen Gefallen tun?«

»Okay.«

»Ich bin auf einer Fortbildung und kann gleich nicht mehr telefonieren. Richtest du Markus bitte etwas aus, wenn er Yannick abholen kommt?«

»Klar. Kein Problem.«

»Sag ihm, man hätte mir gestern Abend meine Handtasche geklaut, mit Handy und Haustürschlüssel. Das mit den Schlüsseln ist wirklich wichtig!«

»Soll er das Schloss austauschen lassen?«

»Genau. Sag ihm bitte, dass er das unbedingt tun soll!«

»Okaaaay.« Sie zieht das Wort in die Länge wie einen Kaugummi. »Ich schreibe es mir gerade auf.«

Gut. Dann schreib dazu, dass ich mit niemandem gevögelt habe, schon gar nicht bei uns zu Hause, und dass Markus sich verdammt noch mal mit Yannick vom Acker machen soll, bis dieser stockfinstere Albtraum ein Ende hat.

»Danke«, sage ich schlicht.

»Ihr seid im Moment ja richtig vom Pech verfolgt«, stellt Claudia zutreffend fest.

»Wem sagst du das.«

»Ich werde es Markus sofort ausrichten, wenn er kommt.«

Okay. Das ist genau das, was ich wollte.

Ich hoffe, Claudia hält ihr Versprechen, aber gewöhnlich kann man sich auf sie verlassen. Und hoffentlich zählt Markus zwei und zwei zusammen und merkt, dass das mit den Schlüsseln gelogen ist, und zwar bewusst fantasielos gelogen, um ihm zu signalisieren, dass jemand im Haus war. Dass es nicht so war, wie es den Anschein hat.

Dass ich die Wahrheit gesagt habe.

Dass ich dieses Mal die Wahrheit gesagt habe.

Es ist kein Geheimnis, dass ich eine Zeit lang einen ›zweiten Wohnsitz‹ hatte, wie es so schön heißt. Im Klartext bedeutet das, ich bin ausgezogen, als Yannick noch ein Baby war. Eine Geschichte, für die mich viele angefeindet haben, am meisten ich mich selbst.

Das Drama hat nicht erst mit der Geburt angefangen. Schon in der Schwangerschaft habe ich gemerkt, dass etwas nicht stimmte. Kein medizinisches Problem, sondern ein mentales, ich fühlte mich ausgeliefert: meinem Körper, dem wachsenden kleinen Wesen, dem Schicksal gegenüber. Warte ab, hieß es, wenn das Kind da ist, gibt sich das von allein. Ich wartete ab, das Kind kam, und es gab sich nicht. Die Katastrophe war da.

Die medizinische Definition für mein desolates Befinden lautete postnatale Depression, doch mir schien es nicht wie eine momentane Befindlichkeit, ein ungünstiger Aggregatzustand meines Gefühlslebens, der sich bald ändern würde. Es war keine Frage von Krankheit oder

Gesundheit, es war mein *Leben*, mein Gefühl für dieses Leben, das aus den Fugen geriet.

Im Rückblick erkenne ich mein Unvermögen, mir helfen zu lassen, mein unfaires Verhalten denen gegenüber, die es versucht haben. Markus gegenüber. Damals bemerkte ich es nicht. Nach außen hin sah es aus, als bekäme ich die Sache allmählich in den Griff, aber dem war nicht so. Ich bekam nichts in den Griff, und die Beziehung zwischen Markus und mir verschlechterte sich dramatisch.

»Was bist du nur für eine Frau?«, schrie er mich eines Tages an, als Yannick weinte und ich ihm das Kind in die Arme drückte, kurz davor, ebenfalls in Tränen auszubrechen, weil ich nichts als Hilflosigkeit empfand, vollkommene Hilflosigkeit.

Ja, was war ich für eine Frau? War ich überhaupt eine? Die Antwort gab ich mir kurz darauf selbst, indem ich eine Affäre mit Alex anfing. So eine Frau war ich.

Ich könnte die Sache jetzt auf meine ausgeprägte seelische Schieflage schieben, will mich jedoch nicht rausreden. Es war nicht schön, es war nicht fair, zumal Alex ein alter Kumpel von Markus war, aber herrje! Sie waren weder Brüder noch beste Freunde, und ich habe Markus immer gesagt: Ich kann nicht hundert Jahre lang mit dir verheiratet sein und allein Augen für dich haben. Körperliche Treue ist doch bloß die Verleugnung von Bedürfnissen. Und Markus hat mir recht gegeben, er hat allem zugestimmt – allerdings rein auf theoretischer Ebene, wie ich später merken sollte, und lange vor unserem Super-GAU als frisch gebackene Eltern.

Ich litt, Markus litt – unter mir, unter uns, unter der Geschichte mit Alex. Also packte ich meine Klamotten und nistete mich mit dem Baby in einem winzigen Apartment am Michaelsberg ein, das ein entfernter Bekannter für sechs Monate untervermietete, und nahm meine langweilige Arbeit im Möbelhaus Stegemeier wieder auf. Eine Kinderfrau versorgte Yannick, bis Markus ihn gegen zwei Uhr nachmittags abholte. Gegen halb sieben brachte er unseren Sohn zur Kinderfrau zurück, wo ich ihn nach Feierabend in Empfang nahm. So ging es eine ganze Weile: Arbeit, Kind, meine Treffen mit Alex. Doch Markus fehlte mir, und allmählich lief es wieder besser zwischen uns, was ohne Zweifel daran lag, dass ich meine Affäre mit Alex an den Nagel hängte. Gelegenheitsliebhaber halten sich nicht lange frisch, wenn sie nachts von Babygeschrei um den Schlaf gebracht werden.

Irgendwann waren wir wieder zusammen, Markus und ich – verheiratet waren wir ohnehin noch –, und als ich das Apartment nach einem halben Jahr aufgeben musste, zog ich nach Hause zurück.

Wahrheit, Klarheit, Fairness – ich habe nie einen Hehl daraus gemacht, was ich so treibe, bis ich begriff, dass Markus damit überfordert war. Darum habe ich irgendwann begonnen, ihm Lügen aufzutischen. Hinter die er dann doch kam. Ein Fehler, ich weiß. Mit katastrophalen Folgen.

Ich bestelle mir noch eine heiße Milch mit Honig und eine weitere Rosinenschnecke. Wenn ich die intus habe, muss es weitergehen, ich brauche dringend einen neuen Wagen. Sofort denke ich wieder an Denise, die mir normalerweise in derlei Angelegenheiten zur Seite steht – soll heißen in beruflichen Angelegenheiten, aber das hier hat mit unserem beruflichen Alltag herzlich wenig zu tun. Außerdem darf ich sie in die Sache nicht mit reinreißen. Auf gar keinen Fall.

Ich brauche also einen Wagen. Doch woher nehmen, wenn nicht stehlen? Nirgends, da bleibt nur Diebstahl.

Im Café habe ich mir einen eleganten, knielangen Mantel vom Haken genommen, in dem ich mich fühle wie eine Bankangestellte auf dem Weg zur Arbeit. Schade, um dieses Outfit perfekt zu machen, bräuchte ich noch schicke Treter und ein Handtäschchen, keinen Sack auf dem Rücken. Na ja, man kann nicht alles haben.

Ich nehme die Perücke ab und ziehe mir eine eng anliegende Beanie über den Kopf. Ich krame mein Schminktäschchen hervor und pudere mein Gesicht im Farbton ›wachsbleich‹. Die Lippen male ich mir blutrot und bin eine andere. Eine, die beispielsweise Autos klaut. Nur stehen davon in Herchen leider nicht allzu viele herum; sonst sind sie überall die Pest, und ausgerechnet hier muss man nach ihnen suchen!

Ich überlege schon, ob ich umkehren und noch einmal die Beerdigungsgesellschaft in Anspruch nehmen soll, verwerfe den Gedanken jedoch sofort, da sich die ersten Gäste dort bereits zum Aufbruch rüsteten, als ich das Lokal verließ. Die Gefahr, beim Autoknacken erwischt zu werden, ist groß, zumal mein Talent in dieser Richtung begrenzt ist. Im Fach Fahrzeugtechnik gab es zwar einschlägige Kursmodule wie ›Das eigene Fahrzeug öffnen und starten, wenn der Schlüssel abhandengekommen ist‹, und vom Gelernten profitiert man praktischerweise auch, wenn der Fahrzeugschein nicht auf den eigenen Namen ausgestellt ist, allerdings haperte es bei mir in der Praxis daran, dass ich wiederholt das vorgegebene Zeitlimit überschritt. Kaum anzunehmen, dass mir die Sache nun schneller von der Hand gehen wird, zumal ich aus der Übung bin. Ich brauche Zeit, und Zeit ist in dieser Angelegenheit gleichzusetzen mit einem ungestörten Ort. Zeit und Ruhe hätte ich zwar am Bahnhof gehabt, allerdings ist der Bereich, in dem die Pendlerfahrzeuge parken, garantiert videoüberwacht. Ein Anwohnerparkplatz dürfte das hingegen nicht sein, schon gar nicht einer auf dem Dorf.

Ich gehe die Hauptstraße entlang in Richtung Ortsmitte. Von der Villa auf der gegenüberliegenden Seite grüßt ein puderrosafarbener Stuckengel, auf einer erhöhten Plattform über der Straße posieren zwei Kanonen. Eine Kirche, eine Sparkasse, schieferverkleidete Fachwerkbauten, eine Bäckerei. Es kann nicht verkehrt sein, mich für den Fall der Fälle mit Laugenbrezeln einzudecken, beschließe ich. Vielleicht gibt es sogar eine anständige Zeitung im Laden.

12

Wenn man flieht, läuft man dem Schicksal in die Arme.
Lateinische Weisheit

Es dauert einen Augenblick, ehe ich die große, schlanke Frau erkenne, die gerade den Laden verlässt, als ich ihn betreten will. Sie hat ihr Haar zu einem einfachen Pferdeschwanz gebunden, trägt Jeans und Sweatshirt statt ihres billigen Nuttenoutfits und wirkt ohne die grelle Schminke viel attraktiver. In ihrer Hand hält sie eine Papiertüte und eine kleine Flasche Wasser und geht zielstrebig davon, ohne mir einen einzigen Blick zuzuwerfen.

Gute Schule, denke ich, könnte glatt am Recklinghäuser Lehrinstitut ausgebildet worden sein. Möglicherweise ist sie auch ein Naturtalent wie Denise, was ich für eher unwahrscheinlich halte. Auch eine Denise musste angelernt werden; Menschen verhalten sich nun einmal auf eine bestimmte Art und Weise, ohne ein Bewusstsein dafür zu haben, soll heißen: Sollte diese junge Dame mich gesucht – und gefunden haben –, würde sie mich ansehen, zumindest für den Bruchteil von Sekunden. Um diesen unbewussten Zwang zu durchbrechen, bedarf es einer gewissenhaften Ausbildung – und viel Training.

Eins ist jedenfalls klar: Es kann kein Zufall sein, dass die Brünette hier auftaucht – folglich hat Waskovic sie geschickt. Diese Vanessa Behrendt ist nicht nur sein Betthäschen, nicht nur die Brennpunktmieze, für die ich sie gehalten habe, sie gehört zur Sesamstraßen-Gang.

Mir wird übel, wenn ich daran denke, wie schlampig ich gearbeitet haben muss, dass mir dieses Detail entgangen ist.

Ich kaufe vier Brezeln und zwei Puddingteilchen und wühle unnötig lange nach Kleingeld. Was tut sie hier?, überlege ich fieberhaft. Ist sie womöglich für Ernie eingesprungen, der in der gestrigen Nacht die Lust verloren hat oder sich erst einmal ausschlafen muss? Vielleicht sind die beiden auch im Team unterwegs, und sie müssen mir schon länger gefolgt sein, sonst hätten sie mich hier nicht entdeckt. Shit! Wenn sie am Bahnhof waren, haben sie bestimmt gesehen, dass ich mein Outfit gewechselt habe, und vor allem wissen sie, dass ich nicht mit dem nächstbesten Zug in die weite Welt entflohen bin. Was wiederum bedeutet, dass ich mich vom Acker machen muss. Und zwar sofort.

Herr im Himmel, sie wissen noch immer über jeden meiner Schritte Bescheid! Ich werde sie einfach nicht los, geschweige denn, dass ich in der Lage wäre, dem bösen Zauber ein Ende zu bereiten.

Aber ich werde nicht vor dieser Nagelstudiotussi und Gelegenheitsprostituierten kapitulieren! Vielleicht hat sie meinen Wagen erst vor wenigen Minuten am Herchener Bahnhof entdeckt, hat daraus geschlossen, dass ich mich aus dem Staub gemacht habe, und ist aufs Geratewohl in die nächste Ortschaft gefahren. Möglicherweise hat sie wirklich gedacht, ich wäre in den Zug gestiegen, und hat mich deshalb gar nicht erkannt. Wie auch ich sie beinahe nicht erkannt hätte.

Schon merkwürdig: Zwei Frauen, die sich verstellen, indem sich die eine wie die andere verhält. Ich in meinem Edelgrufti-Outfit, sie in löchriger Jeans und himmelblauem Schlabberpulli. Ihr Auftritt kann mich jetzt nicht mehr so sehr beeindrucken: Wenn sie weiß, wer ich bin, und ihr daran gelegen ist, unerkannt zu bleiben, hätte sie niemals eine direkte Konfrontation zulassen dürfen. Trotz des anderen Kleidungsstils und der schlichten Frisur musste sie damit rechnen, dass ich sie erkenne, zumal sie ja wohl weiß, dass ich sie bis vor Kurzem beschattet habe. Also, Kopf hoch, Jojo! Diese Vanessa wird dich nicht von deinen Plänen abbringen.

Ich verlasse das winzige Ladenlokal, trete wieder auf die Straße, schaue mich unauffällig um, sehe aber niemanden. Doch kaum bin ich fünf Schritte gegangen, flitzt die Behrendt in einem Mini an mir vorbei. Nicht der Wagen, mit dem sie sonst unterwegs ist, und außerdem nicht gerade das unauffälligste Fahrzeug, was wiederum gegen das Observierungsgeschick dieser Frau spricht – oder für ihren ungeplanten Ad-hoc-Einsatz. Ich präge mir das Nummernschild ein.

Sofern sie mich erkannt hat und allein unterwegs ist, wird sie hinter der nächsten Ecke halten. Falls sie nicht allein ist, wird sie mich ziehen lassen, damit mich ihr Nachfolger übernehmen kann. Dann sollte ich sehr schnell in Erfahrung bringen, wer dieser Nachfolger ist. Und mich tunlichst aus dem Staub machen.

Ich biege in die nächste Seitenstraße ein, laufe in Richtung Sieg und erreiche bald die Uferpromenade.

Der Weg, das Gras, die dunkel glänzenden Baumstämme: alles nass vom Regen; es riecht nach Fluss und Erde. Dicke Tropfen perlen von dem jungen Blattgrün, das heute seltsam melancholisch wirkt, als habe es sich vergeblich hervorbemüht. Die Wipfel der Bäume spiegeln sich als Zerrbilder im Wasser, ein Ast treibt vorbei und dreht sich langsam in der Strömung. Alles erscheint schlaftrunken – der Fluss, das Dorf, ich selbst. Als würde ich durch Watte gehen. Als würde ich träumen. Nur das Jucken meiner Kopfhaut unter der Mütze ist zweifellos real. Ich kratze mich heftig hinterm Ohr, betaste instinktiv die Beule am Hinterkopf, die nach wie vor schmerzt, aber deutlich flacher geworden ist – die eigenartige Schwellung am Genickansatz ist hingegen geblieben. Von ihr geht ein brennender, pulsierender Schmerz aus, der auf eine Entzündung hindeutet. Auch mein Knie macht sich wieder bemerkbar, sodass ich das Bein nicht richtig belasten kann.

Eigentlich müsste ich einen Arzt aufsuchen.

Eigentlich.

Ich folge der Sieg ein Stück stromaufwärts, passiere eine mächtige, ummauerte Buche, die noch kahl ist. Den Graureiher bemerke ich erst, als er sich nahezu lautlos vor mir in die Lüfte erhebt, seine mächtigen Schwingen gleiten wie in Zeitlupe auf und ab.

Obwohl ich das Gelände sorgfältig sondiere, kann ich niemanden entdecken. Ich gehe weiter am Fluss entlang, die Stimmung ändert sich. Das Gefälle scheint hier stark zu sein: über den flachen, steinigen Grund tanzen Stromschnellen. Vielleicht war es das tanzende Wasser, das den Komponisten Engelbert Humperdinck einst inspirierte, der hiesigen Bürgermeistertochter ausgerechnet eine Polka zu widmen, kommt es mir in den Sinn – ein äußerst relevanter Gedanke in Anbetracht der Gefahr, in der ich mich momentan befinde. Typisch für mich. Was jedoch nicht zwangsläufig heißt, dass es mir an Konzentration mangelt.

Ich verlasse die Uferpromenade und laufe über eine große Freifläche neben dem Sportplatz. Einige Fahrzeuge parken hier, ein Lkw-Anhänger. An diesem Ort könnte ich eventuell einen Wagen auftun, muss dafür jedoch zunächst wissen, ob mir jemand folgt. Oder vielmehr, dass mir keiner folgt. Bei jedem Schritt habe ich die Umgebung im Blick, achte auf kleinste Zeichen. Am Zaun hebt sich ein Fetzen Plastik müde im Wind, irgendwo schlägt ein Hund an. Weit entfernt auf dem Sportplatz, im hinteren Fußballtor, steht etwas, das auf den ersten Blick aussieht wie eine Kuh. Es ist keine Kuh, auch kein Mensch, nur irgendeine Gerätschaft.

Ob Vanessa mich tatsächlich nicht erkannt hat, ob es purer Zufall war, dass sie in dem Mini an mir vorbeigefahren ist?

Aus der Grundschule hinter dem Sportplatz dringen gedämpfte Kinderstimmen, sittsam, in Schach gehalten – es ist keine Pausenzeit. Ich passiere das Schulgelände und habe bald wieder die Hauptstraße erreicht, werfe einen Blick nach links, dann nach rechts. Keine 15 Meter entfernt, unmittelbar vor einer Bushaltestelle, steht der Mini. Im Wagen sitzt niemand.

Sie hat mich also erkannt, bin ich mir nun sicher. Das Brennpunktplaymate hat mich erkannt – womit meine tröstlichsten Vermutungen hinfällig sind.

Sie sucht mich. Und sie ist vermutlich allein.

Ich werfe einen Blick zurück, sehe lediglich eine alte Dame mit einem Rollator. Im Haus gegenüber verschwindet gerade eine Frau mit einem Promenadenmischling.

Ich schlage die Richtung zurück ins Dorf ein, was mir als die beste Strategie erscheint, ich muss mich nur vorsehen, dass ich Vanessa nicht direkt in die Arme laufe.

Bald erreiche ich einen winzigen Dorfplatz und wechsle die Straßenseite, um über eine steile Treppe zu der hügelaufwärts gelegenen Kirche zu gelangen.

In einiger Entfernung, auf Höhe der Bäckerei, hält gerade ein Postauto. Der Briefträger steigt aus, verschwindet in einem Hauseingang, steigt wieder in seinen Wagen. Er fährt weiter, hält an; die Prozedur wiederholt sich. Mir kommt eine Idee; ich nehme doch nicht die Treppe, sondern gehe weiter geradeaus. Die Straße ist menschenleer. Der Postwagen rollt ein Stück weiter, hält mit laufendem Motor zwischen einem Ärztehaus und einer physiotherapeutischen Praxis. Der Briefträger steigt aus und hält ein Paket in Händen. Einen Augenblick später ist er durch den Praxiseingang verschwunden.

Jetzt!

Schnell streife ich meinen Rucksack von den Schultern und fasse ihn oben am Griff, während ich erneut die Straßenseite wechsele. Ich laufe zu dem Postwagen, öffne die Fahrertür, werfe den Rucksack in den Beifahrerfußraum und springe auf den Fahrersitz.

Ein Laster donnert an mir vorbei, ich trete aufs Gas und hänge mich in seinen Lärmschatten. Im Rückspiegel erblicke ich eine große, dunkelhaarige Frau, die gerade auf die Straße getreten ist; ihr Blick folgt mir.

Da ist sie also.

Ich rausche an dem geparkten Mini vorbei, setze hinter der Kurve am Ortsausgang zu einem waghalsigen Überholmanöver an, lasse den Lkw hinter mir. Kalter Schweiß rinnt mir den Rücken hinab, die Beule am Hinterkopf pocht. Ich reiße mir die Mütze herunter und scheuere mir mit dem Handrücken die Farbe von den Lippen, bis sie brennen, trommle wie wild aufs Lenkrad.

Wer wagt, gewinnt! Diese Runde geht an mich, doch das Spiel ist nicht vorbei. Mit dem geklauten Postauto wird es kaum länger als eine Viertelstunde dauern, bis sie mich schnappen. Mir bleibt nicht viel Zeit.

Ich könnte in den nächsten Feldweg einbiegen und zu Fuß flüchten, was vermutlich das Vernünftigste wäre, sofern man in meiner Situation überhaupt von Vernunft sprechen kann. Aber rechter Hand bremst mich das Flussufer aus, links grüßen hügelige Wiesen und Äcker. Sonst nichts. Sie werden mich bald eingeholt haben: die Polizei, die Behrendt, wer auch immer. Und nie wieder wird sich mir eine günstigere Gelegenheit für meinen Zustelltrick bieten.

Ich passiere ein winziges Dorf, das man von der Hauptverkehrsstraße aus komplett überblickt. Also weiter, durch das nächste Dorf, das nicht anders aussieht. Nach ungefähr acht Kilometern endlich eine größere Ortschaft: Dattenfeld. In diesem beschaulichen Feriendorf habe ich mal einen Familienvater ausfindig gemacht, der hier Ruhe vor den Unterhaltsansprüchen seiner Exfrau und der drei Kinder suchte.

Ich biege in eine Seitenstraße ein, muss jedoch sofort feststellen, dass ich nicht die beste Wahl getroffen habe. Wo ich ein Wohnviertel vermutete, finde ich ein rustikales kleines Schloss vor, schräg gegenüber befindet sich eine Art Park. Ich gebe Gas, versuche mein Glück an der nächsten Kreuzung. Endlich ein Wohngebiet. Ich entscheide mich blitzschnell für einen roten Corsa, beziehungsweise für das Haus, in dessen Einfahrt er parkt.

Unmittelbar neben der Einfahrt halte ich am Straßenrand, schäle mich zügig aus dem schwarzen Mantel, greife mir ein Paket aus dem Stauraum und steige aus. Ich gehe auf die Haustür zu, betätige die Klingel, beiße mir auf die Lippen und zähle in Gedanken bis zehn. Bei elf öffnet eine Dame in fortgeschrittenem Alter.

»Guten Tag, ein Paket für Sie!«, flöte ich.

Sie beäugt mich ungläubig und meint, sie habe gar nichts bestellt.

»Tja«, erwidere ich leichthin. »Vielleicht möchte Sie jemand überraschen!«

Die Frau wirft einen misstrauischen Blick auf das Paket. »Ich mag keine Überraschungen.«

Wenn wir da nicht etwas gemeinsam haben.

»Darf ich mal sehen?«, fragt sie jetzt auch noch. Notgedrungen reiche ich ihr das Päckchen.

Sie starrt eine schiere Ewigkeit auf den Adressaufkleber, bevor sie eingesteht, ihre andere Brille holen zu müssen. Kein Problem, Lady. Lass dir ruhig Zeit. Besser kann es gar nicht laufen, denke ich – mit der unbedeutenden Einschränkung, dass ich in diesem picobello in Schuss gehaltenen 50er-Jahre-Flur nirgendwo einen Schlüsselbund entdecke.

»Sorry«, flüstere ich dem traurigen Jesus über der Dielentür zu und öffne die Schublade eines Sekretärs. Ein Telefonbuch aus dem Jahr 1998, ein gestärktes Spitzentüchlein und einen Kamm, dem drei Zacken fehlen. Keine Autoschlüssel.

Ich höre die Frau zurückkommen.

»Entschuldigen Sie bitte!«, rufe ich ihr entgegen. »Ich habe gerade nochmals auf Ihr Namensschild geschaut, es war ein Irrtum meinerseits.«

Sie bleibt im Türrahmen unter dem Kreuz stehen, ohne etwas zu sagen. Ihr Kinn zittert leicht.

»Ich bin nur die Urlaubsvertretung«, rechtfertige ich mein Ungeschick, wünsche ihr einen schönen Tag und ziehe die Tür hinter mir zu.

Verdammt! Die Polizei kann jeden Moment hier sein.

Ich springe zurück in den Wagen, fahre ein Stück weiter, biege ab. Häuser. Vorgärten. Einfahrten. In einer davon parkt ein blauer Kleinwagen.

Also gut. Nächster Versuch.

Es dauert eine halbe Ewigkeit, bis jemand öffnet. Vor mir steht eine junge Frau mit einem tränenverschmierten Kleinkind auf dem Arm; irgendwo im Inneren des Hauses brüllt ein weiteres Kind. Man braucht kein Sherlock Holmes zu sein, um zu erraten, welche Schlachten hier ausgetragen werden: Mamas dunkle Augenringe künden von wiederholten nächtlichen Attacken, der orangefarbene Fleck auf ihrer blassrosa Bluse verrät den Beschuss mit Möhrenbrei, das Geschrei im Hintergrund deutet auf psychologische Kriegsführung hin. Viel besser als ich ist sie auch nicht dran, schießt es mir in den Sinn. Vielleicht sollten wir tauschen: Sie flieht für mich vor Polizei und Killerbiene, dafür stelle ich mich ihrem heimischen Terrorkommando.

»Guten Tag. Ein Paket für Sie.«

Sie lächelt tapfer. Die Garderobe neben der Tür quillt fast über, ebenso das Schuhregal. Daneben eine Batterie von Miniaturgummistiefeln, garniert mit drei Handvoll Sand und matschigen Fußabdrücken. An der Wand hängt ein Helme-Heine-Poster vom dicken Waldemar und seinen Freunden, die gemeinsam auf einer Mondsichel schaukeln. Daneben ein herzförmiges Schlüsselbrett, an dem ein einzelner Autoschlüssel hängt.

Na also, wer sagt's denn.

»Ist Ihnen was angebrannt?«, frage ich besorgt.

»Nein, warum?« In ihrem müden Blick flackert Angst auf.

»Es riecht so«, behaupte ich und schäme mich für die kleine Gemeinheit, die ich mir hätte sparen können, denn in diesem Moment geht das Weinen des unsichtbaren Kindes in entsetzliches Gebrüll über.

»Gehen Sie ruhig, ich warte!«, artikuliere ich zeichensprachlich, worauf die Frau dankbar nickt und mit dem Kind auf dem Arm davoneilt.

Ich brauche den Schlüssel nur zu pflücken wie eine reife Birne. Das Paket, das ich mitgebracht habe, lasse ich im Flur stehen, gewissermaßen als Entschädigung. Vielleicht ist ein Goldbarren drin, einer, der für eine Nanny und einen Wellness-Monat in einem Luxushotel reicht.

Ich fahre das Postauto vors nächste Haus, schnappe mir Rucksack und Mantel, eile zurück und steige in den Wagen der jungen Mutter. Ich blicke mich nicht um, schaue nicht zu den Fenstern des Hauses hinauf, steige einfach ein, starte den Motor und setze rückwärts aus der Einfahrt.

Eine banger Blick auf die Tankuhr – gestresste Mütter sind ja gern mal ohne Sprit unterwegs –, die Anzeige steht auf drei viertel voll. Glück gehabt.

Ich fahre einmal um den Block, zurück auf die Hauptstraße, biege in nördlicher Richtung ab, passiere den Ort und befinde mich bald auf freier Strecke. An einer Bushaltestelle schere ich aus. Ich zerre die Nummernschilder aus dem Rucksack, passe einen Moment ab, in dem die

Straße frei ist, steige aus und pappe die falschen Schilder über die echten. Auch egal, wenn sie mich damit erwischen. Bei dem, was ich inzwischen auf dem Kerbholz habe, dürften gefälschte Nummernschilder die kleinste Sünde sein.

Dann kommt der Stickertrick. Es handelt sich dabei um eine erkleckliche Auswahl an Aufklebern wie ›www.blumeninsel.de‹, ›Nagelstudio 1‹ oder ›Ich bremse auch für Tiere‹, dazu eine Reihe von Dekoelementen ohne verbale Botschaft. Die Dinger beziehe ich vorzugsweise von einem Versender, der sich durch konstant schlechte Qualität auszeichnet: Sie kleben alles andere als hartnäckig. Ein beherzter Einsatz des Daumennagels reicht, um sie abzulösen. Genau das, was ich brauche.

Ich ziehe den schmalen Packen Folien aus der Rückentasche meines Rucksacks, wähle ein Dreieck mit der Aufschrift ›Lara an Bord‹ und ein zweites mit ›Tim an Bord‹ – und klebe sie hinter die Kindersitze auf die Heckscheibe. Gar nicht so einfach, wenn einem die Hände zittern, als litte man an Parkinson.

Eins, zwei, drei – fertig ist das perfekte Mutter-Kind-Fluchtfahrzeug.

Ruhe bewahren. Tief durchatmen. Entspannen.

Die Geschwindigkeitsbegrenzungen im Blick, fahre ich weiter, schalte das Radio ein.

»Natalie, der Jackpot steht bei 26.660 Euro. Und dieses Geld gehört dir, wenn du uns sagen kannst, was *das* ist. Achtung, das geheimnisvolle Geräusch!

Wieder das merkwürdige Ploppen.

»Nun, Natalie?«

»Ein geköpftes Ei!«, stößt eine atemlose Frauenstimme hervor.

Ich schalte das Radio ab, passiere die Landesgrenze, durchquere Hamm und Wissen und kurve ohne irgendwelche Auffälligkeiten durch Betzdorf. Langsam beruhigt sich mein Herzschlag, ich höre auf zu schwitzen – bis kurz hinter Kirchen die Öllampe aufleuchtet.

Ahnte ich es nicht, als ich die Besitzerin dieses Fahrzeugs zum ersten Mal sah? Gestresste Mütter überprüfen die Windeln ihres Babys, nicht den Ölstand ihres Autos.

Wieder muss ich an Denise denken, an unsere reibungslose Zusammenarbeit, wenn es darauf ankam. Nein, weise ich mich zurecht. Nein, nein, und nochmals nein. Es wäre unverantwortlich, sie in die Geschichte reinzuziehen.

Bis in die Stadt Siegen ist es nicht mehr weit, doch als ich ein Hinweisschild nach Freudenberg entdecke, biege ich kurz entschlossen ab. Tue das Unerwartete! Niemand wird von mir erwarten, dass ich ausgerechnet in einem kleinen Touristennest Zuflucht suche, wo die nächste Großstadt nicht weit ist.

Aber genau das werde ich tun.

13

Ein Dieb hält keine Rede.

Aus Afrika

Der ›Alte Flecken‹ ist der historische Stadtkern Freudenbergs, der sich seit seinem Bau im 17. Jahrhundert beinahe nicht verändert hat. Ich kenne den Ort von einem einige Jahre zurückliegenden Betriebsausflug des Möbelhauses Stegemeier, an dem ich mit eingeschränktem Enthusiasmus teilgenommen habe. Aber Freudenberg ist wirklich reizend. Vor allem deshalb, weil es rund ums Jahr Besucher gewohnt ist und niemand durch die Gardinen linst, wenn eine Fremde auf der Straße vorbeigeht. Niemand wird dich fragen, was dich hierher verschlagen hat, denn die Frage beantwortet sich von selbst. Ein idealer Unterschlupf also.

Ich checke in einem Hotel am Rande der Altstadt ein, wie üblich unter fremdem Namen.

›Falsche Legenden sind das A und O für gelungene Observationen höherer Komplexitätsgrade‹ wurde uns beigebracht, und auch diesen Lehrsatz habe ich für mich fruchtbar machen können. Wenn ich irgendwo einchecke, nie mit meinem Personalausweis – den habe ich grundsätzlich vergessen, biete dafür aber stets ›meinen‹ Führerschein an. Besagtes Dokument habe ich vor Jahren meiner alten Bekannten Gabi entwendet, als Gnadenakt, sozusagen. Auf dem Passbild aus ihrer Jugend trägt sie eine fest verschraubte Zahnspange, weshalb sie es niemandem mehr vorzeigen mochte, und das konnte ich durchaus verstehen: Das Foto erinnert an ein aufgetrenstes Pferd. Ich war sofort hin und weg, als ich es sah. Haarfarbe, Frisur: alles sehr ähnlich wie bei mir. Und wer kann schon sagen, ob es sich bei dem 20 Jahre alten Bildnis eines verschreckt glotzenden Mädchens, das eine Kandare mit pinkfarbenen Zügeln im Gesicht trägt, um die Frau handelt, die gerade vor einem steht? Niemand. Und niemand, wirklich niemand schaut länger als zwei Sekunden auf dieses Bild, denn es ist einfach zu peinlich, zu grauenvoll – es ist Gold wert. Außerdem fand Gabriele damals durch meinen Diebstahl endlich einen Grund, sich einen neuen Führerschein ausstellen zu lassen. Dass sie mit ihrem alten inzwischen durch halb Deutschland getourt ist, ahnt sie nicht, und das ist auch gut so, schließlich hat sie nichts zu befürchten. Wenn ich als Gabriele Kronenberg unterwegs bin, benehme ich mich anständig, und das oberste Gebot, nicht aufzufallen, lautet immer und überall korrekt zu bezahlen. Mit meinen 50 Euro im Rucksack dürfte ich allerdings nicht weit kommen – womit wir beim nächsten Problem angelangt wären. Seit vorgestern Abend scheine ich geradewegs zu einem Problem-Magneten mutiert zu sein. Vielleicht sollte ich mich patentieren lassen: Stellt euch neben mich, und zack!, seid ihr alle eure Sorgen los. Alternativ könnt ihr auch einfach diejenigen um die Ecke bringen, die euch auf den Keks gehen. Legt sie in meinen Kofferraum, und die Sache ist geritzt, ha, ha!

Mir flattern wieder die Nerven. Ehe es noch schlimmer wird, sollte ich die finanziellen Dinge geregelt haben. Aber wie? Geldautomaten sind für mich tabu, denn sollte mir die Polizei auf den Fersen sein, würde ein Blick auf meine Kontenbewegungen reichen, und sie bräuchten mich nur noch einzusammeln. Also bleibt mir keine andere Wahl, ich muss mal wieder kreativ werden.

Die Bar des eigenen Hotels ist kein guter Ort für mein Vorhaben, weshalb ich in eine Weinstube einkehre, in der bereits reger Betrieb herrscht. Halb sieben, Zeit für den Feierabendschoppen.

Beim Betreten des Lokals checke ich mit einem Blick die Situation: Größe und Zuschnitt des Schankraums, Verteilung der Tische, Lage der Theke, Anzahl der Gäste. Vor allem die Gäste.

Am Fenster sitzt ein blutjunges Pärchen, der Tisch hinter ihnen ist frei. Möglicherweise eine Option. Junge Leute gehen nachlässig mit ihrem Geld um, allerdings haben sie davon in der Regel nicht allzu viel bei sich, und ich möchte das Spiel keinesfalls wiederholen müssen.

Die drei Thekenhocker sind tabu, die haben den kompletten Laden im Rücken. Jeder sieht, was sich bei ihnen abspielt. Die beiden Kerle in der Ecke sind mir suspekt, womöglich sind sie zu interessiert an einer Frau ohne Begleitung.

Wen haben wir noch? Am Ecktisch hinten sitzt ein reiferes Paar, das sich über ein brennendes Teelicht hinweg tief in die Augen schaut. Schon besser. Das Beste ist, dass der Mann sein Jackett über die Stuhllehne gehängt hat.

Ich wähle den Tisch davor und setze mich Rücken an Rücken zu ihm. Meinen Mantel lege ich gar nicht erst ab.

Der Wirt kommt zu mir an den Tisch und erkundigt sich höflich nach meinen Wünschen. Ich bestelle ein kleines Glas Weißwein, auf das ich nicht lange warten muss, und ziehe mein Notfallhandy aus der Manteltasche. Ich lege es vor mich auf den Tisch, nippe am Wein, nippe nochmals, stelle das Glas wieder hin. Genug, ich muss einen klaren Kopf behalten. Erst die Arbeit, und das Vergnügen lassen wir heute unter den Tisch fallen.

Ich greife nach dem Handy und beginne einer gewissen Rita von meinem anstrengenden Tag zu erzählen. Von meinem anstrengenden Tag als Rechtsanwaltsgehilfin, versteht sich. Ein, zwei Minuten lang plappere ich leise vor mich hin, um dann eine Nuance zu laut aufzulachen. Ich weiß, dass die Frau hinter mir jetzt herüberschaut, ich kann ihren Blick regelrecht spüren, also platziere ich mich ein wenig schräg, damit sie mein Profil sieht, nippe am Wein, lausche auf das, was Rita mir erzählt.

Taschendiebe vermeiden auffälliges Verhalten, reden nicht viel und zeigen nicht gern ihr Gesicht, weil sie verhindern möchten, dass man sie später womöglich wiedererkennt: So lehrt es die Polizei, so denken die Leute. Also mache ich mich bemerkbar. Die Frau soll spüren, dass ich nichts zu verbergen habe. Tue das Unerwartete!

Ich erzähle Rita ausführlich, was eine gewisse Anette über den Fahrlehrer ihrer Tochter zu berichten wusste, bei dem auch schon ihr Sohn Fahrstunden hatte, bis ich mir sicher bin, dass die Frau hinter mir jedes Interesse an meiner Person verloren hat. Leider keimt es augenblicklich wieder auf, als ein junger Mann zu mir an den Tisch tritt.

»Entschuldigung, ist hier noch frei?« Er schenkt mir ein höfliches Lächeln und wirkt dabei ziemlich schüchtern, als würde er um sein erstes Rendezvous bitten. Ich schüttele den Kopf und deute auf mein Handy: »Tut mir leid, hab hier gerade etwas zu klären.«

Er nickt und sieht dabei aus wie ein geprügelter Hund. Fast bekomme ich Mitleid mit ihm. Unter anderen

Umständen hätte ich ihn gern an meinen Tisch gebeten, ich mag schräge Typen. Was für ein hübscher Kerl mit seinem zarten Gesicht, den schmalen Nasenflügeln, den fein geschwungenen Lippen! Das lange kastanienbraune Haar mit dem akkurat geschnittenem Pony betont sein androgynes Aussehen, und die mit Kajal umschatteten Augen geben ihm etwas Geheimnisumwittertes. Ein echtes Paradiesvogelküken.

Wenig später sitzt der Junge an dem Tisch neben den Turteltauben und schaut angestrengt aus dem Fenster. Ab sofort bin ich außen vor, denn alle Aufmerksamkeit richtet sich auf ihn – als hätten wir uns abgesprochen. Alte Ganoventaktik: Während der eine das Opfer ablenkt, schlägt der andere unbemerkt zu.

Ich nehme mein Telefongespräch wieder auf, plaudere mit gesenkter Stimme weiter, wechsle die Sitzposition, lehne mich gemütlich zurück, nicke, lächle, greife mit der Rechten unter das Sakko, das in meinem Rücken hängt. Meine Hand gleitet das Futter hinauf, mein Mund erzählt erfundene Geschichten – ich ertaste die Innentasche, und vor allem das, was sich darin befindet. Mit zwei Fingern ziehe ich die Brieftasche heraus, bekomme sie mit der ganzen Hand zu fassen. Sie fühlt sich gut an, fest und geschmeidig zugleich, eine Haptik, wie sie allein bestes Leder haben kann. Sorry, guter Mann, aber Not kennt kein Gebot. Mit Sicherheit habe ich jetzt auch deine Papiere in meiner Manteltasche, ich weiß folglich, wer du bist, und darum machen wir einen Deal: Wenn ich den Schlamassel hinter mir habe, schicke ich sie dir zurück und ersetze dir das Geld, das du hoffentlich dabei hast. Versprochen.

Ich nehme einen weiteren Schluck Wein und beende

das Gespräch mit Rita. Schnell schreibe ich eine SMS an Markus mit dem Text ›Danke für dein Vertrauen‹, die ich aber nicht abschicke, trinke meinen Wein aus und rüste mich zum Aufbruch. Das Paar hinter mir hat Appetit bekommen und zwei Portionen Flammkuchen geordert. Gut so, haut ordentlich rein! Und lasst euch Zeit dabei.

Keine zwei Minuten später bin ich draußen. Niemand stürmt hinter mir her, um mich am Kragen zu packen, und das Prickeln in meinem Nacken legt sich.

Inzwischen ist die Nacht hereingebrochen, die Lichtkegel der Straßenlaternen spiegeln sich golden auf dem Kopfsteinpflaster. Es hat merklich aufgefrischt, doch die kühle, klare Luft tut mir gut. Ich habe zu wenig gegessen heute, und der Wein ist mir zu Kopf gestiegen.

In den Gassen ist es ruhig geworden, die Geschäfte sind geschlossen, die Besucher fort. Eine einsame Frau kommt mir entgegen, ihre Schritte hallen laut in der Stille. Um sicherzugehen, dass mir niemand folgt, wähle ich nicht den direkten Weg zum Hotel.

Thomas Müller ist weg, ich habe meine Verfolger abgehängt und Geld in der Tasche: So schlecht sieht die Tagesbilanz gar nicht aus, versuche ich mir einzureden. Eine anständige Mahlzeit habe ich mir mehr als verdient.

Im Hotelrestaurant überwinde ich meine weiblichen Reflexe und entscheide mich für eine anständige deutsche Rindsroulade mit Klößen und Rotkohl. Ich brauche gehaltvolle, feste Nahrung, die Kraft gibt, kein Grünzeug, keine Antipastihäppchen, keinen Kinderteller. Es gelingt mir, mich aufs Essen zu konzentrieren, vor allem, nachdem ich mich vergewissert habe, dass ich dank meines Beutezugs um 200 Euro reicher geworden bin. Da ich meine Publicity nicht überstrapazieren will, ziehe ich mich nach dem Essen sofort auf mein Zimmer zurück. Ich habe noch ein, zwei Telefonate zu führen, und dann Gute Nacht.

Welch eine Wohltat! Nach mehr als 48 Stunden darf ich zum ersten Mal für längere Zeit meine Schuhe ausziehen. Mit einem tiefen Seufzer werfe ich mich aufs Bett, strecke die Beine in die Luft, lasse die Füße kreisen, spreize die Zehen. Das gestärkte Bettzeug duftet, die Matratze ist herrlich weich … Doch es gibt noch ein paar Dinge, die keinen Aufschub dulden.

Markus. Ich hoffe, Claudia hat ihm die Botschaft übermittelt, und er hat verstanden.

Ich klingele Zuhause durch und obwohl ich ewig warte, geht niemand ran. Also gut, vorerst werde ich nicht mehr an die beiden denken, schon gar nicht an mein Kind. Mit weinerlicher Sentimentalität ist Yannick nicht geholfen, ich muss zusehen, wie ich aus meiner beschissenen Lage herausfinde.

Allein wird das allerdings kaum zu schaffen sein, ich brauche Hilfe. Ich brauche einen Expolizisten mit kaputtem Rücken und gesunder Spürnase.

»Ja?«

»'n Abend, Herbert! Hier ist Johanna«, begrüße ich meinen engsten Mitarbeiter, während ich mir eine Träne von der Backe wische. »Kaum zu glauben, dass ich dich ans Telefon kriege!«

»Ach, Jojo, du bist's!« Er hat keine Anzeige auf dem Display, weil ich die Rufnummer unterdrückt habe. »Ich dachte, dich gibt's schon gar nicht mehr.«

»Du weißt doch, Unkraut vergeht nicht. Was macht der Rücken?«

»Prima«, brummt Herbert. »Ich komme gerade von der Turnstunde.«

»Du turnst?«, frage ich dämlich.

»Ja, neuerdings. In der Reha nehmen sie einen ziemlich ran.«

»Ach so. Und abends darfst du nach Hause?«

»Sie sperren mich nicht hinter Gitter, falls du das meinst.«

»Nein, ich dachte nur … Ich wusste nicht, dass man so was ambulant machen kann, ich meine … Ach, schon gut. Ist Geringer auch dabei?«

»Geringer? Wie kommst du denn auf den?«

»Der hat's auch mit 'nem Bandscheibenvorfall probiert, habe ich gehört. Wär doch praktisch, wenn ihr die Partnerübungen zusammen machen könntet.«

Herberts Kommentar beschränkt sich auf ein Schnauben. »Was hast du auf dem Herzen, Jojo?«, beendet er mein Geschwafel.

Tut mir leid, dass ich dir nicht die Wahrheit sagen kann, Herbert. Es tut mir leid, dass ich dich in diese Sache reinziehe und dein Vertrauen missbrauche, doch es geht nicht anders.

»Ich bräuchte eine Personenauskunft«, komme ich zur Sache. »Ist keine schwierige Angelegenheit, aber eilig. Meinst du, du kannst was machen?«

»Wo ist das Problem?«, fragt Herbert zurück. »Ich bin ja nur kreuzlahm, nicht hirngeschädigt. Also, wie heißt der Knabe?«

»Es ist eine Frau, ihr Name ist Vanessa Behrendt. Behrendt mit dt.« Ich verschweige ihm, dass ich sie bereits gecheckt habe, denn das würde nur unnötige Fragen aufwerfen. Außerdem soll Herbert völlig unbedarft an die

Sache rangehen, denn offenbar habe ich irgendetwas Gravierendes übersehen. »Außerdem musst du einen Wagen überprüfen.«

»Ich höre.«

Ich nenne ihm das Kennzeichen des Minis, mit dem sie mich heute verfolgt hat.

»Alles klar«, meint Herbert, der nicht viel von Höflichkeitsfloskeln hält, und will auflegen.

»Halt!«, schreie ich.

»Noch was?«

»Ruf mich nicht auf meinem Diensthandy an, okay? Irgendwas ist nicht in Ordnung mit dem Ding, ich glaube, ich muss es einschicken.«

»Ist gut.«

»Ruf auf gar keinen Fall auf dem Handy an!«

»Das sagtest du gerade.«

Richtig. Doch leider gehen bei Herbert Infos, die er für unwesentlich hält, zum einen Ohr rein und zum anderen hinaus, und zwar vollkommen ungefiltert. Ich möchte aber nicht, dass Herberts Nummer auf dem Display meines Handys aufleuchtet, während Waskovic gerade meine Anruferliste checkt. Und Herbert womöglich umgehend Besuch von einem Mitglied der Sesamstraßen-Gang erhält.

»Nicht mein Handy, hörst du? Nimm die Notfallnummer.«

»Die Notfallnummer?«, wiederholt Herbert ungläubig. Bisher war die Not selten groß genug, dass ich das Ding gebraucht hätte.

»Es geht nicht anders«, behaupte ich leichthin. »Ich bin unterwegs und momentan nicht anders zu erreichen. Und, Herbert …«

»Was noch?«

»Nichts weiter. Aber lupf die Decke ruhig ordentlich hoch, okay? Ich muss wissen, was mit der Lady ist.«

»Man tut, was man kann. Aber vielleicht nicht sofort.«

»Schon klar, Herbert. Und schlaf gut.«

»Schlafen kann ich, wenn ich tot bin«, beendet er unser Gespräch mit einem seiner Standardsprüche.

Und ich bin tot, wenn ich nicht bald schlafe. Für diese Art von Dauerstress, wie ich ihn gerade erlebe, bin ich nicht geschaffen.

Hatte ich mir nicht einmal ein aufregendes Leben erhofft, mit jeder Menge Action und Abenteuer? Jetzt habe ich mehr als genug davon und beschwere mich! Aber leider ist mein Name nicht Emma Peel. Ich bin lediglich eine Privatdetektivin mit zweifelhaftem Ruf, eine, die anderen unter die Bettdecke schielt. Eine, die stunden- und tagelang im Auto herumlungert und in meditativer Versenkung auf Haustüren glotzt. So eine bin ich. Scheiß auf das, was in meinen Werbeanzeigen steht!

Ein weiteres Mal wähle ich unsere Festnetznummer, doch Markus geht nach wie vor nicht ran. Der Anrufbeantworter ist nicht aktiviert. Möglicherweise sind sie gleich zurück zu Irene gefahren, überlege ich. Das wäre ohnehin das Beste. Andererseits war Yannick heute im Kindergarten … Dann eben *nach* dem Kindergarten. Weil Markus plötzlich genug hatte, weil er es in unseren gemeinsamen vier Wänden nicht länger ausgehalten hat. Ja, das wäre eine Möglichkeit, die mich beruhigen würde. Wenn ich ihn morgen nicht erreiche, rufe ich bei

Irene in Düsseldorf an. Morgen. Jetzt ist es zu spät, rede ich mir ein. Ein Telefonat mit der Schwiegermutter verkrafte ich heute keinesfalls mehr. Schlimm genug, dass ich noch duschen muss.

Nicht dass ich etwas gegen eine heiße Dusche einzuwenden hätte, ich bräuchte nur jemanden, der mich ins Bad trägt. Von einer Sekunde auf die andere bin ich todmüde, und meine Knochen sind schwer wie Blei, aber irgendwie habe ich noch immer diesen Pferdemistgeruch der letzten Nacht in der Nase, und ich fürchte, die Duftquelle bin ich selbst. Mein unfreiwilliges Bad im Altwindecker Dorfteich hat nur eingeschränkt Abhilfe geschaffen, und inzwischen sind auch die ›Marokkanischen Nächte‹ verweht. Mit der Hotelseife wasche ich gleich meine Klamotten aus und hänge sie über Nacht zum Trocknen über die Heizung – damit ich morgen wieder nett und adrett bin. Ich putze mir die Zähne und massiere mir die schmerzenden Füße.

Frisch und sauber, ein dickes Kissen im Rücken, die Decke bis ans Kinn hochgezogen, kuschele ich mich ins Bett und überlege, ob ich mir eine heiße Milch mit Honig aufs Zimmer kommen lassen kann. Oder einen doppelten Whiskey. Doch ehe ich eine Entscheidung getroffen habe, bin ich auch schon eingeschlafen.

14

Wenn du lügen kannst, dann lüge!

Seneca

Taa-ta-ta-ta-ta-taa-taa … Offenbachs aufpeitschender Cancan-Tanz lässt mich hochschrecken, und für einen Moment habe ich Schwierigkeiten, mich zu orientieren. Okay, ich liege im Bett eines Hotelzimmers, das sich in der Altstadt von Freudenberg befindet, und die Musik macht das Notfallhandy auf meinem Nachttisch.

Ein schneller Blick auf das Display: Nein, es ist nicht Waskovic, wie ich einigermaßen beruhigt feststelle. Es ist nur Herbert.

»Habe ich dich geweckt?«, trompetet er mir ins Ohr.

»Ja, ich war schon eingeschlafen«, murmele ich.

»Du hast Glück, die Nachtschicht war günstig besetzt«, erklärt er gut gelaunt.

»Prima.« Ich setze mich auf und reibe mir den Schlaf aus den Augen. »Kleinen Moment, ich brauche nur etwas zum Schreiben.« Schnell habe ich Papier und Stift parat. »Schieß los!«

»Der Mini ist zugelassen auf diese gewisse Vanessa Behrendt, Baujahr 1986.«

»Wer, die Frau oder der Mini?«

»Die Frau natürlich. Oder wolltest du ihr Auto kaufen?«, spottet Herbert.

Bis vor Kurzem fuhr Vanessa Behrendt einen alten Ford K, wie ich weiß. Die Meldeadresse in Bonn Tannenbusch, die Herbert mir durchgibt, ist mir ebenfalls bekannt. Der Vater sei Holländer, erklärt er, Vanessa sei jedoch unehelich geboren, die Mutter, eine Bonnerin, habe sie allein großgezogen. Sporadischen Kontakt zum Vater habe es wohl gegeben.

»Seit drei Tagen ist die Dame Besitzerin eines Apartments im Minoritenviertel«, fährt Herbert fort.

»Du meinst das Siegburger Minoritenviertel?«, frage ich ungläubig.

»Exakt.«

Sofort sehe ich ihn vor mir, jenen superschicken Neubaukomplex in einer der besten Lagen der Stadt. Vor ungefähr vier Wochen, kurz nachdem ich meine Arbeit im Falle Waskovic aufgenommen habe, bin ich Vanessa Behrendt einmal dorthin gefolgt. An der Ecke Theodor-Heuss-Straße hat sie sich mit einem Mann getroffen, mit dem sie anschließend in dem Gebäude verschwunden ist. Sie hat einen kurzen, sehr kurzen Rock getragen, dazu einen Blazer mit Schößchen und meterhohe Stöckel. Das Haar hat sie streng zurückgekämmt gehabt und zu einem Dutt frisiert. Auch der Mann ist gut gekleidet gewesen, ich habe ihn für einen der Apartmentbesitzer gehalten.

Nach einer halben Stunde ist Vanessa Behrendt wieder aus dem Haus gekommen – allein. Waskovic war offensichtlich nicht der Einzige, mit dem sie sich vergnügte, habe ich damals angenommen. Und noch am selben Abend hat sie eine Verabredung mit einem weiteren Mann gehabt, diesmal allerdings mit einem vom Typ Krawallhosenträger. Einem, der seinen schweinsnasigen Bullterrier im Restaurant mit Antipastihäppchen gefüttert hat. Die Dame schien auf Abwechslung zu stehen. Eine reine Geschäftsbeziehung? Ich habe diese Hypothese verworfen, als besagter Typ in dem Restaurant anfing, ihr das Ohrläppchen zu lecken. Und auch später habe ich die beiden zusammen gesehen.

Vielleicht ist er ihr Freund, vielleicht hat sie ihn für irgendwelche Schandtaten angeheuert. Oder beides. Möglicherweise ist der Mann im Minoritenviertel wirklich ein Makler gewesen und sie hat an jenem Morgen tatsächlich einfach die Wohnung besichtigt und sich anschließend zum Kauf entschlossen.

»Bist du noch auf Funk?«, will Herbert wissen. »Das Beste kommt nämlich erst.«

Noch bessere Neuigkeiten? Ich halt's kaum aus.

»Na, dann raus damit!«

Im Jahr 2010 sei die Dame in eine ziemlich unschöne Sache verwickelt gewesen, erfahre ich. Ein Kölner Geschäftsmann wurde auf dem Gelände einer leer stehenden Fabrik tot aufgefunden. Man hat ihn in seinem Wagen erschossen.

»Donnerwetter!«, staune ich.

»Der Typ hieß Erkan Demer«, erklärt Herbert, »ist mit einem türkischen Reiseunternehmen reich geworden. Diese Behrendt soll was mit ihm gehabt haben. Er war verheiratet, aber nicht mit ihr, eine außereheliche Affäre, nennt sich das wohl. Jedenfalls gehörte sie eine Weile zum engeren Kreis der Verdächtigen, man konnte ihr allerdings nichts nachweisen, sie hatte ein Alibi.«

»Und?«

»Nichts und. Ende der Geschichte.«

»Was ist mit dem Täter? Hat man ihn geschnappt?«

»Ja und nein. Am Tatort haben sie DNA-Spuren gefunden, die mit einem ähnlich gelagerten Fall in Groningen identisch waren. Vermutlich eine Mafiageschichte.«

»Wenn's ein Türke ist und sie nicht weiter wissen, sagen sie immer, es war eine Mafiageschichte«, wende ich ein.

»Geschnappt haben sie bis heute jedenfalls niemanden«, fährt Herbert fort. »Mehr kann ich auf die Schnelle nicht sagen.«

»Und Vanessa Behrendt?«

»Ist seitdem nicht wieder auffällig geworden.«

Nein, das ist sie tatsächlich nicht. Vor allem ist sie nie straffällig geworden, sonst hätte ich davon gewusst. An ihr bleibt offenbar nichts haften – eine Teflonfrau.

»Herbert, du bist der Größte. Ich danke dir vielmals. Und jetzt gehst du ins Bett und ruhst dich aus. Alte Männer brauchen ihren Schlaf.«

»Machst du Witze?«, schnaubt Herbert. »Ich bin schon seit zwei Stunden auf.«

Nun bin ich irritiert. Draußen ist es dunkel – zumindest sind die Vorhänge zugezogen –, die Nachttischlampe brennt – und es ist sieben Uhr dreißig, wie ich jetzt bemerke. Ich habe die Nacht komplett durchgepennt! Mal wieder. Eine meiner herausragendsten Fähigkeiten ist, immer und überall schlafen zu können. Jojo Schiller, the sleeping stone.

»Was ist denn das für eine Geschichte?«, will Herbert wissen, und ich wundere mich im Stillen, dass er nicht früher gefragt hat.

»Nichts Aufregendes«, lüge ich. »Es geht um ein bisschen Schwarzarbeit in einer Boutiquenkette.«

»Wenn dir plötzlich eine in die Quere kommt, die mal unter Mordverdacht stand, hört sich das nicht so harmlos an.«

»Mach dir keine Sorgen, ich pass auf mich auf. Also nochmals danke und bis bald, Herbert! Ich muss los!«

Hals über Kopf beende ich das Gespräch, weil ich meine Unaufrichtigkeit nicht länger ertrage.

Warum zum Teufel habe ich Herbert nicht gleich auf die Sache angesetzt, damals, direkt nachdem die Kaulquappe zu mir gekommen ist? Wenn ich gewusst hätte, welchen Background diese Vanessa hat, wäre ich die Sache vermutlich vorsichtiger angegangen …

Aber Herbert war krank, zum Kuckuck! Ich hatte nicht den Auftrag, ein Kapitalverbrechen aufzuklären, ich sollte lediglich herausfinden, mit wem ein gelangweilter Geschäftsmann in die Kiste springt, und dafür reichen in der Regel die üblichen Eckdaten: Name, Alter, Beruf, basta!

Mehr schien in diesem Fall nicht nötig zu sein, denn es war schnell klar, dass Waskovic keine neue Ehe anstrebte, sondern einfach ein bisschen Spaß haben wollte. Alle Beteiligten waren ziemlich unverkrampft an die Sache herangegangen, ausgenommen die Gattin, natürlich. Selbst wenn Waskovic vorgehabt haben sollte, die Kaulquappe zu verlassen, wären die jungen Damen sicher nicht der Grund dafür gewesen. Für Waskovic stand klar das Vergnügen im Vordergrund, für die Damen die damit verbundenen materiellen Annehmlichkeiten – ein optimales Gleichgewicht also. Wie zum Teufel hätte ich ahnen sollen, dass diese Bunga-Bunga-Geschichte derart aus dem Ruder läuft? Woher soll man wissen, dass das Flugzeug, in das man steigt, abstürzen wird? Man kann es nicht wissen. Man kann nicht wissen, dass ein untreuer Ehemann auf einmal Mordaufträge vergibt. Doch wie sagt mein Motivationscoach Markus, der meinen Beruf über alle Maßen zu schätzen weiß, immer so schön? ›Wer sich in Gefahr begibt, kommt darin um.‹ Ich bin somit selbst schuld. Und was nützen mir meine Rechtfertigungsversuche schon? Ich muss zusehen, wie es weitergeht, und was Herbert mir eben über diese Vanessa Behrendt erzählt hat, gibt der Geschichte möglicherweise eine neue Wendung.

Plötzlich fühle ich mich wie elektrisiert. Mich treibt das unbestimmte Gefühl, endlich einen Faden gefunden zu haben, den Anfang dieses verworrenen Wollknäuels, in das ich mich derart heillos verheddert habe.

Keine fünf Minuten später stehe ich am Frühstücksbuffet. Ich belade mein Tablett mit Kaffee, Müsli, Vollkornbrötchen, Butter, Ei und Joghurt und wähle einen Ecktisch, an dem ich das Geschehen im Blick habe.

Die Anzahl der Gäste ist überschaubar: ein älteres Ehepaar, das mir gestern Abend bereits über den Weg gelaufen ist, ein junger Mann im Anzug, Marke ›Handelsvertreter‹. Zwei weitere Männer in Trikots und Radlerhosen, die mit dem Frühstück fertig sind und gerade den Raum verlassen.

Ich stehe noch einmal auf und hole zwei Töpfchen Nussnugatcreme, das dritte schiebe ich mir in den Ärmel. Herbert klang völlig normal, überlege ich, während ich mein Frühstücksei köpfe und das weiche Eigelb auf die gebutterte Brötchenhälfte fließen lasse. Wenn er etwas über die Geschichte wüsste, hätte er damit nicht hinterm Berg gehalten. Nein, sicher ist ihm nichts von einer Fahndung oder einem Haftbefehl gegen mich zu Ohren gekommen.

Oder weiß er einfach nur noch nichts davon? Ach was! Schlechte Nachrichten sprechen sich immer zuerst rum, und Herbert hat gute Ohren – für das, was ihn interessiert, zumindest. Und für Katastrophen aller Art ist er grundsätzlich zu haben. Allzu hochgekocht kann die Angelegenheit also bisher nicht sein, zumindest hat niemand meinen Steckbrief in die Schaufenster geklebt. Vielleicht hat Waskovic nur ordentlich Schaum geschlagen, und er hat gar keine Anzeige erstattet? Womöglich ist die ganze Geschichte ein einziger großer Bluff – vom toten Müller einmal abgesehen. Allerdings kann man von einem Mord wohl schwerlich absehen, schon gar nicht von einem, bei dem alle Beweise darauf hindeuten, dass man ihn selbst begangen hat.

Halt! Müller ist verschwunden, rufe ich mir ins Gedächtnis zurück. Keine Leiche – kein Mord. Wozu habe ich sonst all die Strapazen auf mich genommen?

Immerhin ist es mir gelungen, mir einen gewissen Spielraum zu verschaffen. Hier, in diesem Moment, in diesem Hotel, in dem mich niemand vermutet, bin ich sicher. Ich sollte die Zeit nutzen. Was also ist mit der Behrendt? Dieses plötzliche Geld, das neue Auto, das Apartment: alles großzügige Spenden von Waskovic? Ausgerechnet zu diesem Zeitpunkt? Für derlei Gaben reicht einfacher Beischlaf nicht, schätze ich, da muss man ein bisschen mehr tun …

Dieser türkische Geschäftsmann … Damals ein Mord, und jetzt wieder einer, das ist mindestens ein Zufall zu viel. Womöglich habe ich Ernie unrecht getan, vielleicht war die Behrendt diejenige, die Müller erschossen hat. Oder ihr Freund, der Krawallhosenträger.

Und nun sind sie mir auf den Fersen.

Ich löffle das letzte Töpfchen Nussnugatcreme leer und schiebe meinen Frühstücksteller von mir. Plötzlich bin ich satt.

15

Treibe nie etwas in die Enge, das böser ist als du.
Aus Griechenland

Oben in meinem Hotelzimmer angelangt, werfe ich einen Blick aus dem Fenster. Es ist Tag geworden, der Himmel von einem perlenden Grau; ein eleganter Kontrast zur klaren Schwarz-Weiß-Geometrie der Fachwerkhäuser.

Ich könnte eine Weile hier bleiben, überlege ich. Niemand kennt mich, niemand vermutet mich an diesem Ort, niemand wird mich so schnell finden. Ich könnte mich in diesem Hotelzimmer verstecken und in Ruhe überlegen, wie es weitergehen soll. Ich könnte irgendwie versuchen, meine Familie hierher zu lotsen, ich könnte …

Es klopft.

»Guta Morga!«, grüßt eine junge Frauenstimme durch die geschlossene Tür. »Hier sein die Zimmerserviiiis!«

»Einen Moment bitte.« Ich gehe, um zu öffnen. »Könnten Sie vielleicht später …«

Weiter komme ich nicht. Vor mir steht Vanessa Behrendt, die Brennpunktmieze, wie sie leibt und lebt: Ultramini, hautenges Oberteil mit offenherzigem Ausschnitt, Stilettoabsätze – und eine Waffe in Händen.

»Rein da!« Sie setzt mir die Pistole auf die Brust, schiebt mich zurück ins Zimmer und schließt die Tür.

»Setzen!«, befiehlt sie. Ich lasse mich rückwärts aufs Bett plumpsen, während sie ihre Mörderhacken von den Füßen schleudert und sich barfuß vor mich stellt, breitbeinig, mit leicht gebeugten Knien. Keine Frage, diese Dame hält nicht zum ersten Mal eine Waffe in Händen.

»Wo ist das Geld?«, faucht sie mich an.

»Welches Geld?«

»Ich hab keine Zeit für dämliche Spielchen.«

»Und ich weiß nicht, wovon Sie reden.«

»Ich kann Ihnen einen Zeh wegschießen«, droht sie, »vielleicht hilft das beim Denken.«

Es ist verrückt, aber fast muss ich lachen. Obwohl mir überhaupt nicht danach zumute ist.

»Ich glaube nicht, dass das eine gute Idee ist«, wende ich ein. »Es sei denn, Sie wollen schnellstmöglich die Hotelcrew zusammentrommeln – und die Polizei gleich dazu.«

»Von Waffen haben Sie offenbar keine Ahnung.« Sie verzieht ihren pink angemalten Mund. »Das hier ist eine russische PB. Wenn die losgeht, glaubt ihr Zimmernachbar höchstens, Ihnen wär' der Zahnputzbecher runtergefallen, während Sie bereits tot in der Ecke liegen. Kapiert?«

Ich denke schon. Eine russische PB, eine ›Pistolet Bes'schumnyi‹, was so viel heißt wie ›lautlose Pistole‹, wenn ich mich recht erinnere. Hervorgegangen aus der legendären PM, der ›Pistolet Macarova‹, einer 9 mm Makarow, dem Liebling des KGB. Die PB hat einen integrierten Schalldämpfer, dazu liegt ihre Geschossgeschwindigkeit unter der des Schalls, was bedeutet, dass es beim Auslösen eines Schusses keinen Überschallknall gibt. So weit meine Antwort auf eine schriftliche Testfrage im Fach Waffenkunde. Damals habe ich so ein Ding zwar mit eigenen Augen gesehen, aber nie mit eigenen Ohren gehört. Außerdem sehen sich einige Waffentypen verdammt ähnlich. Kann sein, dass die Behrendt die Wahrheit sagt, und es handelt sich tatsächlich um eine PB, kann aber auch nicht sein. Um sicherzugehen, müsste ich mich erst einmal durch die Materie googeln, doch ich fürchte, so lange wird Vanessa nicht warten.

Herrje! Ich bewache Damenunterwäsche, ich beobachte Schwarzarbeiter auf dem Bau durchs Fernglas, ich habe keine Ahnung von Spionage! Ihr Freund, die Krawallhose, kann vermutlich alles besorgen. Aber letztendlich ist es vollkommen egal, mit welchem Waffentyp ich erschossen werde, und ob der Knall dabei laut oder leise ist.

»Auf, auf! Jetzt mal ein bisschen plötzlich!«, herrscht die Behrendt mich an.

»Ich sagte doch, dass ich nicht weiß, wovon Sie reden«, beharre ich stur und kriege prompt eins mit der Knarre übergezogen. Aua! Der Schlag tut verdammt weh und belebt den alten Schmerz im Nacken wieder.

»Ich zähle bis zehn, und dann ist Feierabend! Eins, zwei, drei …«

Allmählich wird mir mulmig zumute. Gleichgültig, was ich sagen oder tun werde, diese Frau wird nicht einfach wieder aus dem Zimmer marschieren, sie wird mich nicht ungeschoren davonkommen lassen.

»Vier, fünf, sechs …«

Sie wird mir nicht glauben, dass ich ihre verdammte Kohle nicht habe und nicht einmal weiß, von welchem Geld die Rede ist.

»Sieben, acht, neun …«

»Es ist in dem Rucksack dort drüben.« Ich deute mit einer Kopfbewegung schräg hinter mich. »In dem rosa Kulturbeutel.«

Sie schaut in die angegebene Richtung, entdeckt den Rucksack unter dem Tischchen am Fenster.

»Hol's raus!«, kommandiert sie mit einem Kinnrucken.

Ich stehe vom Bett auf, gehe ein, zwei zaghafte Schritte auf sie zu, starre ängstlich in den Lauf der Pistole, während ich mich an ihr vorbei in Richtung Fenster schiebe. Ich fixiere die Waffe wie das Kaninchen die Schlange, fixiere sie mit aufgerissenen Augen, mit dem urweiblichen Schaudern vor explosiver Gewalt – und grätsche der Brennpunktmieze blitzschnell zwischen die Beine.

Damit hat sie nicht gerechnet. Sie knickt sofort ein, kippt nach hinten und knallt seitlich mit dem Kopf auf die Bettkante.

Autsch.

Die Pistole rutscht ihr aus der Hand und kommt dicht neben ihr zu liegen. Sie will danach greifen, doch ich grätsche erneut nach vorn und kicke sie weg. Die Waffe schlittert in Richtung Fenster, und mit einem Satz bin ich bei ihr und reiße sie an mich.

Geschafft. Du magst clever sein, Mädchen, aber ich bin ebenfalls ausgeschlafen!

Vanessa will aufstehen, doch ich stoße sie zurück und richte die Pistole auf sie. Jetzt drehen wir den Spieß mal um. »Hinlegen!«, kommandiere ich. »Stirn auf den Boden und Hände auf den Rücken!«

Sie tut, was ich sage. Ich ziehe ein Röhrchen aus meinem Rucksack, das dem Zauberkasten meines Sohnes entstammt, für den er sowieso noch zu jung ist. Es enthält sechs farbige Tüchlein, federleicht und für allerlei Tricks zu gebrauchen. Ich wähle das knallrote, lege für einen kurzen Moment die Waffe ab und knüpfe einen Fesselknoten, den ich der Behrendt sofort über die Handgelenke streife und stramm ziehe. Im Stillen beglückwünsche ich mich zu dieser Leistung. Habe ich nicht schon immer geahnt, dass meine private Fortbildungsmaßnahme mit ›Klabautermanns kleiner Knotenfibel‹ sich eines Tages als nützlich erweisen wird?

Ich gehe rückwärts zur Tür, öffne sie einen Spalt weit und werfe einen Blick in den Hotelflur. Niemand da. Die Brennpunktmieze scheint tatsächlich allein unterwegs zu sein.

»Wer schickt dich?«, frage ich und baue mich vor ihr auf.

»Niemand.«

»Mädchen, ich mache keine Späße! Du hast behauptet, deine Waffe wäre nicht lauter als ein Fliegenfurz – nun, dann kann mir ja nichts passieren. Und solltest du Mist erzählt haben, haben wir eben beide Pech gehabt, ich habe sowieso nicht mehr viel zu verlieren.« Ich tippe ihr mit der Waffe gegen die Schulter. »Haben wir uns verstanden?«

Sie nickt widerwillig.

»Außerdem weiß ich ohnehin, dass Waskovic dich auf mich angesetzt hat«, erkläre ich.

»Hat er nicht«, widerspricht sie patzig.

»Wie?«

»Er weiß nicht, dass ich hier bin.«

Ich blase die Backen auf. »Und das soll ich glauben?«

»Glauben Sie, was Sie wollen.«

»Wenn er es nicht war, wer schickt dich dann?«

Erneut hebt sie den Kopf. »Mit dem Kinn auf dem Boden kann ich nicht sprechen.«

»Okay, hoch mit dir! Lehn dich mit dem Rücken gegen das Bett.«

Sie gehorcht und setzt sich auf.

»Beginnen wir noch mal von vorn: Wer schickt dich?«

»Niemand«, beharrt sie.

Mein Gott, die ist zäh wie ein alter Marshmallow. »Wenn dich niemand schickt, was wolltest du dann von mir?«

»Ich wollte die Kohle«, antwortet sie. »Das Geld, das Tom hatte, bevor Sie ihn umgelegt haben.«

»Moment mal!« Im ersten Moment will ich klarstellen, dass ich ihn nicht umgebracht habe, halte mich jedoch zurück. Soll sie ruhig denken, ich hätte es getan. Soll sie ruhig Angst vor mir haben.

»Woher weißt du, dass er das Geld tatsächlich hatte?«, frage ich stattdessen.

»Ich weiß es eben«, meint sie schnippisch.

»Werd mal ein bisschen genauer!«

»Ist doch scheißegal, woher ich das weiß!«

Nein, das ist es nicht. Ganz und gar nicht. Ich hole aus und ziehe ihr eins mit der Waffe über, schräg über die Schulter, genau wie sie es gemacht hat, aber ich merke sofort, dass ich nicht fest genug zugeschlagen habe. Disziplinarische Maßnahmen dieser Art sind irgendwie nicht mein Ding, also hole ich aus und verpasse ihr eine Ohrfeige, die sich gewaschen hat. Und dann noch eine.

»Scheiße!«, zischt sie. »Sie waren doch an der Sache dran, Sie wissen doch selbst, worum es ging!«

»Ich möchte es aber gern von dir hören. Es ist immer gut, die Dinge auch einmal aus einer anderen Perspektive zu betrachten. Schieß los, woher weißt du von dem Geld?«

»Von Salzmann«, antwortet sie und wirft mir einen hasserfüllten Blick zu.

Salzmann, der Buchhalter der Waskovic Holz GmbH. Interessant.

»Und was hast du mit ihm zu tun?«

Sie schaltet erneut auf stur.

»Wie war das mit dem Zeh?«, überlege ich laut. »Sollen wir das mal ausprobieren? Sollen wir testen, wie leise die gute alte Tante hier wirklich ist?« Ich werfe einen wohlwollenden Blick auf die Pistole und trete Vanessa als Vorgeschmack auf das Kommende auf den Fuß.

Sie stöhnt auf. »Wir hatten einen Deal«, erklärt sie.

»Soll heißen?«

»Er hat mir Geld dafür gezahlt, dass ich ihm Informationen liefere.«

»Klingt spannend. Die Geschichte würde ich gern von Anfang an hören.«

Sie beißt sich auf die Lippen.

»Ich höre?«

»Vor ungefähr einem halben Jahr habe ich Salzmann getroffen«, stößt Vanessa hervor.

»Getroffen?«

»Kennengelernt, meine ich. Er bot mir Geld an, wenn ich mit Waskovic ein Verhältnis anfangen würde.«

»Und?«

»Es war ziemlich viel Geld …«

»Von dem du dir vor Kurzem ein neues Auto und eine Eigentumswohnung gekauft hast, richtig?«

»Woher wissen Sie das?«

»Ich weiß eine Menge«, erwidere ich. »Wie du schon sagtest, ich war selbst an der Sache dran. Also, was war mit Waskovic?«

»Ich sollte ihn im Auge behalten, sollte aufpassen, wie er zu Müller und Salzmann steht.«

»Was meinst du damit?«

»Die drei machten irgendwelche Deals, das heißt, eigentlich waren es vier, Ernst Kemper gehörte auch dazu. Um was es genau ging, weiß ich nicht.«

»Muss ich wieder grob werden?«

»Wenn ich es sage! Es war irgendeine Holzgeschichte, hatte was mit illegalen Importen zu tun. So richtig bin ich nicht dahinter gestiegen – und es war mir auch nicht weiter wichtig, verstehen Sie? Wichtig war nur, ob Waskovic merkte, dass Müller und Salzmann ihn über den Tisch zogen. Meine Aufgabe war, darauf zu achten, ob er anfing, ihnen zu misstrauen. Ob er dahinterkam, was sie taten.

»Und ich tippe mal, er kam dahinter.«

»Ja, aber es hat gedauert. Vor ungefähr einer Woche wurde er misstrauisch, ich weiß nicht genau, warum. Er hat mit Kemper darüber gesprochen. Diese Info habe ich an Salzmann weitergegeben, und daraufhin beschlossen Müller und er, sofort Schluss zu machen, das Geld rauszuziehen und sich abzusetzen. Vorher sollte ich meinen Anteil kriegen, wie abgemacht. Aber dann war Müller plötzlich tot und die Kohle weg.«

»Vielleicht hatte er das Geld ja gar nicht?«, wende ich noch einmal ein.

Sie hebt den Blick und sieht mich an. »Natürlich hatte er es. Das hat er selbst gesagt.«

»Er hat dir gesagt, dass er einen Haufen Geld unterschlagen und bei sich zu Hause in die Schublade gestopft hat?«

»Ja. Nein, nicht direkt. Salzmann hat es mir gesagt.«

»Ah, Salzmann!« Ich nicke bedächtig. »Scheint ja ein

sauberer Zeitgenosse zu sein. Schon mal dran gedacht, dass er dich angelogen haben könnte? Dass er einfach einen Ticken schneller war als du?«

Erneut trifft mich ihr Blick, hasserfüllt diesmal.

»Hören Sie auf mit dem Scheiß!«, fährt sie mich an. »Wie sieht's denn mit Ihnen aus? Sie haben sich wohl kaum an Müller rangeschmissen, weil sie ihn geil fanden!«

»An Müller rangeschmissen?«, wiederhole ich. »Wer sagt denn, dass ich mich an ihn rangeschmissen habe?«

»Hören Sie auf! Ich habe die Fotos gesehen.«

Sieh an. Demnach hat auch Vanessa Waskovics Erpresserbilder zu Gesicht bekommen, nur hat sie daraus die völlig falschen Schlüsse gezogen – wie Markus. Wie der Rest der Welt, dem sie unter die Augen kommen.

»Erst haben sie sich an ihn rangeschmissen, und dann haben Sie ihn umgebracht!«, präzisiert Vanessa ihre Theorie. Ich sehe ihr an, dass es sie all ihren Mut kostet, frech zu werden. Sie hat Angst; ich kann ihre Angst förmlich riechen.

»Was ist mit der kleinen Blonden?«, fällt mir ein. Waskovic hat sich schließlich nicht auf eine Gespielin beschränkt.

»Chantal?«, fragt sie.

Ich nicke.

»Die hat mit der Sache nichts zu tun. Die steht einfach auf teure Klamotten und geht gern schick essen, das ist alles.«

»Dein Wort in Gottes Ohr!«, sage ich und wechsle unvermittelt das Thema. »Woher wusstest du, wo du mich finden kannst?«

Sie beißt sich wieder auf die Lippe.

»Nun pack endlich aus, ich hab' nicht ewig Zeit.«

»Über Waskovic«, meint sie.

»Waskovic, natürlich! Sagtest du nicht, du bist allein unterwegs, und er weiß nichts davon, dass du hier bist?«

»Ich habe ja auch gesagt *über* Waskovic, nicht von ihm.«

»Und das heißt?«

»Es heißt, dass er mit jemand anders darüber gesprochen hat, und ich habe es mitbekommen.«

»Wie das?«

»Ich hab's halt gehört!«, blafft sie mich an, besinnt sich jedoch schnell eines Besseren. »Waskovic hat die Angewohnheit, wichtige Telefonate im Auto zu führen. Weil er da seine Ruhe hat, nehme ich an. Vor ungefähr sechs Wochen hatte er einen Unfall auf der A 3, jemand hat ihn geschnitten, und er ist voll in die Leitplanke gesemmelt. Der Wagen war total hinüber, aber er hat Glück gehabt, ihm ist nicht viel passiert.«

Es stimmt. Damals, zu dem Zeitpunkt, als ich meine Ermittlungen aufgenommen habe, hat Waskovic gerade ein neues Auto bekommen. Einen nagelneuen Mercedes E 300 Blue Tec Hybrid. Ein Versicherungsfall.

»Nach dem Unfall habe ich ihm einen Christophorus für seinen neuen Wagen geschenkt«, fährt die Behrendt fort. »So eine Münze zum Aufkleben, und darin eingebaut ist ein Abhörgerät.«

Die Brennpunktschnecke kennt den Christophorus fürs Armaturenbrett, staune ich. Sie kennt ihn nicht nur, sie hat ihn sogar für ihre Zwecke eingesetzt! Mich würde interessieren, ob sie auch ein Fan von Mr. Q's Secrets ist, doch leider darf ich sie das nicht fragen.

»Ein Abhörgerät im Schutzmedaillon, sehr clever«, lobe ich. »Und weiter?«

»Gestern Morgen rief Kemper an und sagte zu Waskovic, Sie hätten Müller bei sich und würden sich in der Nähe von Rosbach aufhalten. Er hat den Fahrzeugtyp und das Kennzeichen durchgegeben, und da habe ich mich gleich auf den Weg gemacht.«

»Woher willst du eigentlich wissen, dass Müller tot ist?«, fällt mir in diesem Moment ein.

»Der Christophorus«, antwortet sie, als handele es sich um einen Propheten mit hellseherischen Fähigkeiten.

»Der Christophorus …«, wiederhole ich.

Vanessa schaut absichtlich an mir vorbei und erklärt: »Vor zwei Tagen sagte Kemper, Müller sei erledigt und läge in Ihrem Kofferraum. Sie seien schon unterwegs mit ihm.«

»Und du? Wie hast du mich gefunden?«

»Später kam ein Anruf von Kemper. Ihr Wagen stünde am Herchener Bahnhof, sagte er. Ich war ja ganz in der Nähe und habe ihn sofort entdeckt. Aber ich dachte, wenn Sie in den Zug gestiegen sind, hätte ich ohnehin keine Chance, Sie zu finden – fürs Erste zumindest nicht. Und weil mir nichts Besseres einfiel, bin ich in den nächsten Ort gefahren. Und dann sind Sie ausgerechnet in dem Laden aufgekreuzt, in dem ich gerade eingekauft hatte. Ich hätte Sie beinahe nicht erkannt mit dieser dämlichen Mütze und dem Make-up und war völlig überrascht.«

»Und weiter?«, dränge ich. »Wie sind Sie mir nach Freudenberg gefolgt?«

»Gar nicht«, sagt sie und versucht eine gelöste Haarsträhne wegzuschütteln, die ihr in den Augen hängt.

»Was soll das heißen: ›gar nicht‹?«

»Es heißt, dass ich Sie aus den Augen verloren habe, als Sie mit dem Postauto abgehauen sind.«

Sieh mal einer an! Ich habe sie tatsächlich abgehängt.

»Später am Nachmittag bekam Waskovic wieder einen Anruf. Kemper sagte, Sie seien in Freudenberg, und da habe ich mich sofort auf den Weg gemacht. Die Koordinaten, die Kemper durchgegeben hat, waren so präzise, dass auf Google Earth sogar der Name des Hotels stand, in dem Sie abgestiegen sind. War also ein Kinderspiel.«

Wie beruhigend.

»Ich bin hergefahren und habe mir ein Zimmer genommen. Es liegt direkt neben Ihrem«, fährt die Behrendt fort, ruhig und sachlich, doch ich höre ihren unterschwelligen Stolz heraus. Sie hat mich ausgetrickst. Sie hat sich direkt neben mir eingenistet. Und ich habe es nicht gemerkt.

Warum sie mich nicht schon früher besucht hat, wenn sie seit gestern hier ist, frage ich, und sie meint, ich sei nicht im Hotel gewesen, als sie ankam. Da ich nicht unter meinem Namen eingecheckt hätte, hätte sie mich ja auch erst einmal ausfindig machen müssen. »Und später haben Sie nicht reagiert.«

»Nicht reagiert, was soll das heißen?«

»Ich habe leise geklopft, aber sie haben nicht aufgemacht. Ich konnte ja schlecht die Tür eintreten, also habe ich auf einen günstigen Zeitpunkt gewartet.«

Sie war schon einmal hier, und ich habe ihren Besuch verschlafen. Das wird immer besser! Und woher, zum Kuckuck, wusste Kemper von Freudenberg? Ich habe doch extra meinen geliebten Mondeo geopfert, um ihm zu entgehen. Eine böse Ahnung überkommt mich: Dass er mich nach wie vor auf dem Schirm hat, liegt nicht am Wagen. Es liegt an mir.

Fassungslos starre ich an mir herunter: Irgendwo

an meiner Kleidung muss Kemper einen Sender angebracht haben. In der Nacht, als er mich am Blauen Stein zu Boden schlug. Irgendwo an den Schuhen, den Jeans, dem Pullover, der Jacke, an irgendetwas, das ich getragen habe – und immer noch trage, da ich nichts anderes bei mir habe. Ausgenommen den schwarzen Mantel vom Beerdigungskaffee. Mir bleibt eine einzige Möglichkeit, um das Spiel zu beenden: Ich muss zusehen, dass ich die Sachen loswerde. Und zwar sofort.

»Ausziehen!«, kommandiere ich. Die Behrendt starrt mich begriffsstutzig an.

»Runter mit den Klamotten!« Mit vorgehaltener Waffe löse ich ihre Fesseln. Herrgott, womit habe ich das verdient? Ein Taucheranzug wäre mir lieber als das Outfit dieser Frau: ein Stretchschlauch mit Ärmeln und ein Lackleder-Mini.

Vanessa kommt erstaunlich flink aus ihrer Garderobe. Das macht die Übung, nehme ich an – Zeit ist Geld.

Selbstverständlich trägt sie Reizwäsche drunter, rote Reizwäsche, und ich kann nicht anders, als auf ihren Busen zu starren, rund und prall wie zwei total überdimensionierte Eiskugeln. Nicht zu fassen. Schon gar nicht, wenn der Rest der Figur an Twiggy erinnert.

Ich sage ihr, sie solle sich wieder auf den Boden setzen, klaube mit einer Hand ihre Klamotten vom Boden auf, richte mit der anderen die Waffe auf sie und fahre erschrocken zusammen, als plötzlich das Telefon auf dem Nachttisch läutet. Rangehen oder nicht? Ich brauche Klarheit, also gehe ich ran.

»Guten Morgen, Frau Kronenberg, die Rezeption hier.«

Fast hätte ich erwidert, dass ich nicht Frau Kronenberg bin, kriege jedoch gerade noch die Kurve. Selbstverständlich bin ich Frau Kronenberg. Gabriele Kronenberg. »Ja bitte?«

»Ich soll ausrichten, dass gerade etwas für Sie abgegeben wurde. Der junge Mann bat mich, Ihnen das mitzuteilen. Ich glaube, er wartet draußen.«

»Gut, vielen Dank«, sage ich in dem Bemühen, mir meine Verblüffung nicht anmerken zu lassen. »Ich komme gleich herunter. Und machen Sie bitte die Rechnung fertig.«

»Sehr gern.«

Ich lege auf, gehe zum Fenster und werfe einen Blick auf die Straße. Kein junger Mann weit und breit. Ist das eine Finte? Versucht jemand, mich von Vanessa wegzulocken? Ich verlasse meinen Fensterposten und baue mich vor ihr auf.

»Wer ist dort draußen?«, herrsche ich sie an.

»Keine Ahnung.« Sie starrt demonstrativ an mir vorbei.

Ich fasse ihr ins immer noch gut frisierte Haar und reiße daran.

»Wer?«

Sie stöhnt auf.

»Ich bin allein hier!«, behauptet sie erneut und setzt pampig hinzu: »Wird wohl jemand von Waskovics Truppe sein.«

Vermutlich hat sie recht, auch wenn der Portier mit ›ein junger Mann‹ kaum Ernst Kemper gemeint haben wird, es sei denn, er hätte sich einen kleinen Spaß erlaubt.

Wer immer dort draußen ist: Die Brüder wissen, wo ich bin. Was wiederum heißt, dass ich schnellstens hier weg muss.

Ich reiße mir die Kleider vom Leib und schlüpfe in

Vanessas Klamotten. Obwohl sie viel größer ist als ich, sitzt alles hauteng. Das einzig Geräumige ist der tiefe Ausschnitt ihres Shirts, der freie Aussicht auf meinen Sport-BH bietet. Todschick!

Der Rock sitzt einigermaßen, was wohl daran liegt, dass er bei mir nicht haarscharf unter dem Hintern endet, sondern locker die Anstandshandbreit über dem Knie schafft. Fehlen die Schuhe.

Lieber Gott, bitte nicht diese Schuhe!, flehe ich beim Anblick von Vanessas Stilettos. In meiner Verzweiflung greife ich noch einmal nach meinen Doc Martens, um sie sie kritisch unter die Lupe zu nehmen. Zwar kann ich nichts Verdächtiges entdecken, das muss allerdings nichts heißen: Der Sender kann ausgesprochen klein sein, so klein, dass man ihn nicht bemerkt. Vielleicht hat er die Form einer Nadel und steckt im Innenfutter, womöglich sitzt er zwischen Naht und Profilsohle. Genauso gut kann er auch im Saum meiner Jeans, im Futter meiner Jacke, im Kordelzug meines Sweatshirts stecken. Um das zu prüfen, müsste ich die Sachen zerschneiden, zerreißen, auseinandernehmen. Und damit wäre mir nicht gerade geholfen. Bleibt die Frage nach den Batterien, die in der Regel größer als die Sendegeräte sind und damit leichter zu finden. Aber auch Batterien finde ich nicht. Also doch kein Sender in den Schuhen? Mir ist nicht bekannt, dass es so kleine Geräte gibt, schon gar nicht derart kleine Batterien. Aber verdammt! Ich bin nicht beim CIA, und die Technik ändert sich ständig. Es geht nicht, ich darf kein Risiko eingehen. Bleiben nur Vanessas Mörderpumps.

Für ihr Gardemaß hat sie erstaunlich kleine Füße, trotzdem sind mir die Schuhe zwei Nummern zu groß –

und einen halben Meter zu hoch. Doch da muss ich durch. Ich schlüpfe in den Beerdigungsmantel. Fertig.

Und was mache ich jetzt mit Vanessa? Schade, dass ich sie nicht mitnehmen kann, wo ich noch so viele Fragen an sie hätte. Ich starre auf ihre rote Reizwäsche und habe eine Idee. Vorsichtig schaue ich auf den Flur hinaus. Die Luft ist rein.

»Wo ist dein Zimmer?«

»Gleich rechts neben diesem hier.«

»Und der Schlüssel?«

Sie antwortet nicht.

»Die Karte für deine Zimmertür. Avanti, avanti!«

Sie greift in ihren BH und wirft sie mir vor die Füße.

»Hoch mit dir!« Ich bücke mich, hebe die Chipkarte auf und schnappe mir meinen Rucksack. Mist. Den kann ich nicht mehr benutzen. All die Seitentaschen, Stofffalten, Schnallen ... Ich nehme das Notfallhandy, meine Papiere, die erbeutete Geldbörse, die Zaubertücher und meine Perücke heraus und stopfe alles in die Manteltaschen.

Mit vorgehaltener Waffe schubse ich Vanessa auf den Gang, öffne die Tür zum Nachbarzimmer und stoße sie in den Raum.

»Aufs Bett!«

Sie lässt sich rücklings auf die Matratze fallen. Ich ziehe ihr die Arme über den Kopf und fessele sie mit einem meiner praktischen Tüchlein.

»Denk dir eine schöne Geschichte aus«, sage ich. »Der Portier ist bestimmt scharf drauf. Aber wage es nicht, meinen Namen ins Spiel zu bringen!« Ich setze ihr die Pistole auf die Stirn. »Wenn du das machst, besuche ich dich in deinem Schickimicki-Apartment und knall dich ab, verstanden? Du weißt ja, dass ich nicht zimperlich bin.«

Sie starrt mit weit aufgerissenen Augen zur Decke und schweigt. Mein Blick fällt auf ihre Louis-Vuitton-Tasche neben dem Bett, vielleicht echt, vielleicht vom türkischen Basar – bei dieser Frau kann man nie wissen. In der leisen Hoffnung, ihren Schlabberpulli von gestern darin zu finden, schütte ich den Tascheninhalt auf den Boden. Schminke, Schminke, nochmals Schminke. Ein Höschen. Ein Smartphone. Autoschlüssel. Ich werfe Smartphone und Autoschlüssel zurück in die Tasche, stopfe auch den Inhalt meiner Manteltaschen hinein. Dann verlasse ich den Raum und schließe die Tür hinter mir.

Hasta la vista, baby.

16

Schönheit ist eine Gefahr von Jugend auf.

Theodor Fontane

Den Mann an der Rezeption kenne ich nicht, vermutlich hat er erst heute Morgen seine Schicht angetreten. Um meinen offenherzigen Ausschnitt nicht ganz so prägnant ins Blickfeld zu rücken, ziehe ich den Beerdigungsmantel enger, während ich auf ihn zustöckele.

»Frau Kronenberg?«

»Die bin ich.«

»Ein junger Mann hat eine Nachricht für Sie abgegeben«, erklärt der Portier nochmals und schickt ein unverbindliches Lächeln hinterher.

»Hat der junge Mann denn meinen Namen genannt?«, will ich wissen.

»Nein, das nicht. Aber er hat mir ein Handyfoto gezeigt und die Kollegin war sich sicher, dass Sie die Frau auf dem Bild sind. Sie haben wohl etwas verloren, das der junge Mann Ihnen gern zurückgeben möchte.« Der Portier reicht mir einen kleinen Zettel.

Ich nehme ihn, falte ihn auseinander. Eine in kantigen Druckbuchstaben verfasste Nachricht:

ICH MUSS SIE DRINGEND SPRECHEN.
WARTE IM FLECKER KAFFEEHAUS AUF SIE.
BITTE KOMMEN SIE!
ES IST SEHR WICHTIG!
EIN FREUND.

»Gibt es hier einen Hinterausgang?«, frage ich den freundlichen Herrn von der Rezeption.

»Ist etwas nicht in Ordnung?«, fragt er besorgt zurück.

»Doch, doch, alles bestens. Ich würde diesem jungen Mann nur ungern begegnen.«

Meine Auskunft scheint den Portier zwar nicht zu beruhigen, doch er hat Verständnis für mein Anliegen, und nachdem ich die Rechnung beglichen habe, führt er mich durch die Küche nach draußen.

On the road again. Jetzt heißt es, Freudenberg so schnell wie möglich zu verlassen, bevor der Zimmerservice die Behrendt entdeckt, bevor sie möglicherweise auspackt, bevor die Jagd auf Gabriele Kronenberg eröffnet wird.

Das Problem ist nur, dass ich es in diesen Schuhen keine hundert Meter weit schaffe. Hier muss Abhilfe her, und zwar pronto. Habe ich gestern Nacht nicht in der Nähe ein Schuhgeschäft gesehen? Diesen abgefahrenen Laden, in dessen Schaufenster neben Schuhen Imkerhonig aus der heimischen Region angepriesen wurde? Es ist doch so: Welcher angebliche Freund auch immer im Flecker Kaffeehaus auf mich warten mag, noch wartet er ja, ein gewisses Zeitfenster bleibt mir demnach. Entschlossen stöckele ich los.

Im Laden bin ich die einzige Kundin.

»Es soll wohl etwas Elegantes sein?«, fragt mich die Verkäuferin mit einem dezenten Blick auf mein Outfit.

»Bloß nicht!«, kreische ich fast. »In diesen Schuhen schaffe ich keine zehn Schritte mehr.« Ich rolle verzweifelt die Augen, und sie lächelt verständnisvoll.

»Welche Größe?«

»37.«

Nach einem schnellen Check ihres Warenangebots greift sie nach einem Paar schwarzer Boots, das ich ihr fast aus der Hand reiße. Ich schleudere die Pumps von meinen Füßen, fast, wie Vanessa es getan hat, schlüpfe in die schwarzen Treter und erkläre der verdutzten Verkäuferin, ich würde sie gleich anbehalten. Das Schuhproblem ist gelöst. Bleiben die 99 anderen.

Gerade bin ich in mein kekskrümelpaniertes Mutter-Kind-Fluchtfahrzeug gestiegen, um Freudenberg endgültig den Rücken zu kehren, als jemand an mein Seitenfenster klopft und mir einen mordsmäßigen Schrecken einjagt. Es ist der seltsame Jüngling aus der Weinstube.

Ich kurble die Scheibe ein winziges Stück herunter und frage: »Was willst du?«

»Mit Ihnen reden.«

»Kein Interesse.« Ich drehe den Zündschlüssel um, lege den Rückwärtsgang ein und trete aufs Gaspedal. Um ein Haar hätte ich ihn auf die Schippe genommen, weil er direkt hinter meinen Wagen gesprungen ist. Resigniert gebe ich auf. Ich öffne die Beifahrertür, und er lässt sich neben mich auf den Sitz fallen.

»Also, was ist?«, frage ich.

»Ich will mit Ihnen reden, das sagte ich doch schon.«

»Und ich sagte schon, dass ich kein Interesse habe.«

Er zögert. »Ich habe gesehen, wie Sie dem Typen in der Kneipe das Portemonnaie geklaut haben«, sagt er schließlich, zückt sein iPhone und hält es mir unter die Nase. Tatsächlich, das bin ich – und die Bilderfolge zeigt deutlich, wie ich meine Hand in eine fremde Jacke stecke.

»Ich könnte Sie anzeigen«, meint der Junge lustlos.

»Dann tu's doch!«, fordere ich ihn mit gespielter Gleichgültigkeit auf. »Geld habe ich sowieso keins, falls du darauf aus bist.«

»Ich will Ihr Geld nicht.«

»Was dann? Schieß los, ich hab's nämlich eilig.«

»Wohin wollen Sie?«

Ich hole tief Luft. »Glaubst du wirklich, ich würde dir das auf die Nase binden?«

»Ich meine ja nur, dass wir nicht hier stehen bleiben müssen«, rechtfertigt er sich. »Ich will hier weg, Sie wollen weg, da können Sie mich doch ein Stück mitnehmen. Wohin, ist mir egal.«

Ich wende mich ihm zu und betrachte sein Profil. Das Leben ist unfair. Wieso kommt ein Junge mit derart langen Wimpern zur Welt? Also schön, vielleicht hat er recht. Wir können genauso gut während der Fahrt reden.

»Versuche nicht, mich reinzulegen, ich habe einen Taser in der Manteltasche!«, warne ich ihn. Von der Waffe, die ich Vanessa abgenommen habe, will ich vorerst gar nicht reden.

»Einen Taser?« Er zieht verwundert die Augenbrauen hoch. »Nie gehört – was ist das?«

Will er mich auf den Arm nehmen? »Fühlt sich ungefähr an, als würde ich dir ein blankes Stromkabel ins Nasenloch halten«, kläre ich ihn auf.

Er zieht scharf den Atem ein und macht ein beleidigtes Gesicht. »Hey, ich sagte doch, ich bin harmlos!«

Und ich bin fast geneigt, ihm zu glauben.

»Ich soll Ihnen eine Nachricht von Galina zukommen lassen«, meint er an der nächsten Ampel, deren leuchtendes Rot wunderbar mit dem des Ölwarnlämpchens harmoniert.

»Galina? Ich kenne keine Galina.«

»Waskovic.«

»Ich kenne keine Galina Waskovic.«

»Sicher kennen Sie sie! Sie hat mir ein Foto von Ihnen gezeigt.«

»Du hast mir auch ein Foto von mir gezeigt – und ich kenne dich trotzdem nicht.«

Er greift in seine Jackentasche und zieht einen himmelblauen Briefumschlag hervor. »Hier!«

Die Ampel springt auf grün.

»Du siehst doch, ich muss fahren. Lies vor!«

Er zögert. »Nein, lieber nicht. Es geht mich eigentlich nichts an.«

Für einen kleinen Ganoven besitzt er ziemlich viel Feingefühl, denke ich. Aber vielleicht ist er gar kein Ganove. »Dann erklär mir, weshalb sie dich geschickt hat.«

»Das weiß ich nicht. Sie hat mich einfach gebeten, Ihnen diesen Brief zu überbringen.«

»Und woher wusstest du, wo du mich findest?«

»Sie hat mir den Namen des Hotels genannt. Als ich hier ankam, habe ich Sie in die Kneipe gehen sehen, und eigentlich wollte ich da schon mit Ihnen sprechen, aber Sie haben mich ja vergrault.«

»Vergrault habe ich dich! Ach Gottchen, du Armer!«

»Spotten Sie ruhig! Ich habe mich geschämt, weil ich es vermasselt habe. Weil ich es nicht auf die Reihe gekriegt habe, mit Ihnen zu sprechen, und dabei war es Galina sehr wichtig.«

Es kommt mir vor, als würde das Öllämpchen in noch dunklerem Rot leuchten.

»Diese Galina«, hake ich nach, ist sie …« Ja, was ist sie: seine Mutter, seine Gönnerin, seine Geliebte?

»Sie ist meine Freundin«, kommt mir der schöne Jüngling zu Hilfe. »Es ging ihr in letzter Zeit nicht gut, aber sie wollte nicht sagen, was los ist. Als sie mich dann bat, das mit dem Brief zu erledigen, habe ich natürlich nicht Nein gesagt.«

»Warum nicht?«, frage ich. »Du konntest doch gar nicht wissen, in was sie dich da womöglich reinzieht.«

Ich ernte einen konsternierten Blick. »Galina ist der beste Freund, den ich habe. Für sie würde ich alles tun!«

Schön gesagt. Fast bin ich ein wenig neidisch auf die

Kaulquappe. Diese Frau hat es erfolgreich verstanden, ihre guten Seiten vor mir zu verbergen, aber offenbar hat sie welche.

Als eine Tankstelle in Sicht kommt, biege ich ab. Ich fahre bis zum Luftdruckmessgerät vor, wende mich meinem Fahrgast zu und strecke die Hand aus. Er reicht mir den Brief.

Sehr geehrte Frau Schiller,

wir hatten ausgemacht, dass ich mich bei Ihnen melde, wenn es nötig werden sollte. Dieser Fall ist nun eingetreten. Ich muss Sie dringend sprechen!

Ihren derzeitigen Aufenthaltsort habe ich durch meinen Mann erfahren. (Seien Sie beruhigt, er weiß nichts davon!) Ich weiß, dass Sie keine Schuld trifft und habe wichtige Informationen für Sie. Ich werde Ihnen alles erklären!

Treffpunkt heute Abend 20 Uhr auf dem Parkplatz der Grube Silberhardt in Windeck-Kohlberg. Bitte kommen Sie! Es geht auch um Ihre Sicherheit!

Ihre Galina Waskovic

PS: Mein Bote ist vertrauenswürdig.

Keine Frage: Diese Nachricht hat die Kaulquappe verfasst, ich erkenne sofort die geschwungene, fast kalligrafisch anmutende Handschrift wieder, mit der sie damals den Fragebogen über ihren Gatten ausgefüllt hat. ›Was für eine schöne Schrift!‹, habe ich sie gelobt, nicht zuletzt, um Schönwetter zu machen und sie ein bisschen aufzutauen. ›Das ist heutzutage selten.‹ Sie wird sich an meine Worte erinnert haben – vielleicht deshalb die Idee mit dem handschriftlichen Brief.

Die Kaulquappe! Ich hätte nicht gedacht, jemals wieder von ihr zu hören. Falsch gedacht. Und noch in einem weiteren Punkt habe ich mich offenbar geirrt: Entgegen meiner Annahme weiß offenbar alle Welt, wo ich stecke. So viel zu meinen grandiosen Täuschungsmanövern.

»Kannst du Öl nachfüllen?«, frage ich meinen jungen Begleiter.

»Weiß nicht«, meint er. »Ich habe keinen Führerschein.«

Herrgott! Wofür ist dieser Kerl eigentlich zu gebrauchen? Vorsichtshalber ziehe ich den Schlüssel ab, als ich aussteige, um im Tankstellenshop Öl zu besorgen. Hoffentlich ist mein Fahrgast verschwunden, wenn ich zurück bin. Seinen Job hat er ja jetzt erfüllt.

Trotzdem denkt er offenbar gar nicht daran. Als ich zurückkehre, hockt er seelenruhig in meinem Wagen und kaut Fingernägel; während ich das Öl einfülle, tippt er auf seinem iPhone herum.

Ich schließe die Motorhaube, reinige meine Hände mit einem Papiertuch und steige wieder in den Wagen. Mein junger Freund tippt noch immer. Aber halt!, das ist nicht sein iPhone – es ist mein Notfallhandy.

»Hey, was machst du da?!« Ich reiße ihm das Gerät aus der Hand.

»Nichts mache ich! Ich habe Ihnen meine Nummer eingespeichert.«

»Ach ja? Damit ich dich demnächst mal zum Essen einladen kann, oder was? Erzähl keinen Scheiß!«

»Sehen Sie unter Pavel nach«, fordert er mich auf.

»Wie?«

»Unter Pavel, so heiße ich; im Adressbuch.«

Es stimmt, da steht er: Pavel. Als ich die Nummer anwähle, dudelt es in seiner Jackentasche.

»Es ist Ihnen beim Aussteigen aus der Manteltasche gefallen«, erklärt Pavel.

Kommentarlos stecke ich das Ding wieder ein, und wir fahren weiter.

»Woher kennst du die Waskovics?«, will ich wissen.

»Sie meinen Galina?«

»Ihren Mann wirst du ja wohl auch kennen, oder etwa nicht?«

»Kaum. Ich habe ihn zwei-, dreimal gesehen und weiß nicht viel über ihn.«

»Und sie? Woher kennst du die Frau?«

»Ich habe sie vor ungefähr drei Jahren kennengelernt, auf irgendeiner Party. Damals steckte ich ziemlich in der Krise – meine Eltern, wissen Sie. Mein Vater, er ... er hat was gegen mich. Ich entspreche nicht ganz seinem Idealbild eines Sohnes.« Pavel lacht über seine eigenen Worte, doch es ist kein heiteres Lachen. »Irgendwann bin ich abgehauen, war aber schnell pleite, und dann bin ich ... Dann hab ich angefangen ...« Er stockt.

»So genau muss ich's nicht wissen«, sage ich, und er nickt zustimmend.

»Irgendwann habe ich Galina getroffen«, fährt er fort. »Sie hat mir eine Wohnung besorgt und so weiter, hat dafür gesorgt, dass ich etwas anfange mit meinem Leben ...«

»Und dafür brauchst du eine Frau, die fast 30 Jahre älter ist als du?«, frage ich ungläubig.

»Ohne Galina wäre ich vermutlich nicht mehr da«, antwortet er ernst. »Verstehen Sie?«

»Allenfalls ansatzweise.«

»Werden Sie ihr helfen?« Er sieht mich an mit seinem Welpenblick.

»Helfen? Wieso helfen?«

»Sie wird Ihnen nicht heimlich irgendwelche Briefe zukommen lassen, wenn Sie keine Hilfe bräuchte. Sie hat Vertrauen zu Ihnen, das heißt, Sie sind ein guter Mensch. Und zu wem Galina Vertrauen hat, zu dem habe ich es auch!«

Wie rührend. Dieser Junge rührt mich zutiefst. Hat ihn Galina womöglich deshalb auf mich angesetzt?, kommt es mir in den Sinn. Ihr eigener Charme kennt durchaus Grenzen, und so dient ihr der kleine Pavel womöglich als eine Art Geheimwaffe. Diesen Waskovics ist alles zuzutrauen. Vielleicht ist Pavel die nächste Wanze, die sie mir untergejubelt haben. Er muss weg, keine Frage.

Ich sollte ihn einfach rausschmeißen, gleich hier, auf freier Strecke, wo sich Fuchs und Hase gute Nacht sagen. Soll er zusehen, wie er weiterkommt. Er ist jung, er kann notfalls trampen.

»Werden Sie ihr helfen?«, hakt Pavel erneut nach, als ich ihn am Kirchener Bahnhof absetze.

»Ich werde sehen, was ich tun kann«, sage ich. »Nur befinde ich mich gerade selbst nicht in der komfortabelsten Lage, und daran trägt allein ihr Mann die Schuld.«

»Er ist ein Arsch«, meint Pavel.

»Da wirst du recht haben«, stimme ich ihm zu. »Aber soll ich dir etwas sagen? Das Geld, mit dem Galina dich unterstützt, kommt von ihm.«

Er schweigt einen Moment. »Danke fürs Mitnehmen«,

sagt er schließlich. »Und falls mal was sein sollte: Meine Nummer haben Sie ja.« Er reicht mir die Hand zum Abschied und steigt aus.

»Pavel?«, rufe ich ihm nach. »Pass auf dich auf, hörst du? Und halte dich von den Waskovics fern.«

Er nickt höflich. Nur höflich, mehr nicht.

»Es ist mir Ernst«, schiebe ich nach. »Du bist doch ein kluger Bursche. Mach Abitur, lern was Gescheites – und lass dich nicht mehr auf solche dubiosen Geschichten ein.«

»Mein Abitur habe ich schon.« Er schenkt mir ein strahlendes Lächeln und hebt die Hand zum Gruß.

Weg hier, nichts wie weg. Ehe meine Mutterinstinkte vollends mit mir durchgehen.

17

Eine halbe Wahrheit ist eine ganze Lüge.

Amerikanisches Sprichwort

Was nun? Noch immer trage ich dieses Edelnuttenoutfit, und fremde, für meinen Geschmack viel zu aufdringliche Parfümmoleküle bombardieren meine Nase. Es hilft nichts, ich brauche dringend neue Klamotten.

Ich habe mich gerade in die Umkleidekabine eines Bekleidungsgeschäfts unweit der Kirchener Kinderklinik zurückgezogen, als sich mein Cancan-tanzendes Notfallhandy bemerkbar macht.

»Sag mal, spinnst du?«, blafft Herbert mich ohne jede Vorwarnung an, als ich rangehe. »Was ist los mit dir, bist du übergeschnappt?« Herbert hat viele Qualitäten, psychologisches Feingefühl gehört nicht dazu. Und diese Fragen kommen mir irgendwie bekannt vor. Hat sie mir nicht gestern erst Markus gestellt? Ja, ich glaube, ich bin mittlerweile tatsächlich ein bisschen übergeschnappt, das brauche ich Herbert allerdings nicht einzugestehen, denn er hört sowieso nicht zu.

»Kaum guck ich dir mal nicht auf die Finger, bohrst du damit in der Scheiße rum!«, echauffiert er sich in seiner gewohnt gewählten Ausdrucksweise. »Wär' ich nur drei Tage jünger, ich würde dir den Arsch versohlen!«

»Dürfte ich wissen, wovon du sprichst?«, melde ich mich nun doch zu Wort.

»Geringer sucht dich.«

Geringer. Schon wieder Geringer. »Was ist mit ihm? Er ist doch in der Reha?«

»Nein, zum Teufel, ist er nicht! Hat sich gesundschreiben lassen, weil ihm zu Hause die Decke auf den Kopf fiel, und jetzt hockt er im Innendienst und hat schon zigmal versucht, dich zu erreichen, aber du bist ja offenbar für niemanden mehr zu sprechen. Also ruft er mich an und fragt, wo du steckst. Und ob ich was weiß. Aber ich weiß nichts! Wieso weiß ich nichts von dieser verdammten Geschichte, Jojo?!«

»Von welcher Geschichte sprichst du?«

»Von dieser verkackten Anzeige, wovon sonst!«

»Herbert, bitte, noch mal für Dummies: Welche Anzeige?«

Er schnaubt wie ein gereizter Stier, merkt jedoch, dass er so nicht weiterkommt. »Die hill & valley GmbH aus Eitorf hat Anzeige gegen einen ihrer Mitarbeiter erstattet«, klärt er mich unwillig auf. »Es geht um einen gewissen Thomas Müller, soll angeblich 2,5 Millionen Euro unterschlagen haben.«

»Okay.« Das hatte Waskovic ja vorausgesagt.

»Es heißt, du seist an ihm dran gewesen. Hill & valley habe dich beauftragt, ihn im Auge zu behalten, weil sie bereits Verdachtsmomente gegen ihn hatten. Wie's aussieht, hast du allerdings nicht viel gegen ihn zutage gebracht. Und plötzlich ist der Typ verschwunden.«

»Gut, aber was …?«

»Nun hören Sie endlich auf, an mir rumzufummeln! Sie sehen doch, dass ich telefoniere!« Im Hintergrund schraubt sich eine weibliche Stimme in gefährlich hohe Tonlagen. Ich höre Schritte, Türenknallen, wieder Schritte. »Teufel noch mal, hat man denn nirgendwo seine Ruhe! Jojo?«

»Ich bin noch da.«

»Sie haben seinen Wagen gefunden.«

»Welchen Wagen?«

»Müllers Wagen natürlich! Er stand in Buisdorf auf einem Parkplatz an der Sieg, neben dem Betonwerk.«

Das ist Luftlinie keine drei Kilometer von meiner Haustür entfernt.

»Okay, aber ich verstehe nicht, was ich damit zu tun habe.«

»Das verstehst du nicht? Willst du mich verarschen, oder was?«

»Nein, Herbert, das will ich nicht.«

»Sie haben dein scheiß Handy in seiner Karre gefunden,

das hast du damit zu tun! Dein dämliches ›Ruf mich bloß nicht drauf an‹-Handy, das du angeblich einschicken musst. Kein Wunder, dass ich die Notfallnummer wählen sollte!«

Mein Handy, mein gestohlenes Handy – in Müllers Wagen. Und dafür seine Leiche in meinem Kofferraum – ein klasse Tauschgeschäft.

»Außerdem waren jede Menge Blutflecken drin«, macht Herbert den Horror komplett. »Die Spurensicherung nimmt ihn gerade auseinander.«

»Blut?«

»Ja, Blut! Verdammt, Jojo, sie fahnden nach dir!«

Ich schlucke hart. »Bitte, Herbert! Es ist nicht so, wie du denkst«, stammele ich und komme mir vor, als sei er mein Ehemann und ich müsste ihm erklären, wie der Liebesbrief eines Unbekannten in mein Handschuhfach kommt. Herbert ist so aus dem Häuschen, dass er gar nicht mitbekommt, was ich sage.

»Gestern Abend rief Markus bei mir an«, prescht er weiter drauf los. »Alle Welt will plötzlich von mir wissen, wo du steckst! Erst hab ich gedacht, bei euch ist dicke Luft, weil du mal wieder irgendeinen Scheiß gebaut hast. Markus war total fertig.«

»Markus hat dich angerufen? Warum hast du mir das nicht gestern schon gesagt?«

»Weil ich mich in eure Geschichten nicht einmische, deswegen! Er hat mich gebeten, dir nichts zu sagen, also habe ich mich dran gehalten. Markus hat sich Sorgen um dich gemacht. Er erzählte, sein Handy sei gestohlen worden, und deins angeblich auch. Und dass es bei euch gebrannt hat. Gebrannt, Jojo! Wenn es so weit kommt, dass euch jemand die Hütte unterm Hintern abfackelt, könntest du wohl die Güte haben, mich anzurufen!«

»Ich hab's versucht, Herbert!«, rechtfertige ich mich. »Tausendmal habe ich's versucht, aber ich konnte dich nicht erreichen.«

»Blödsinn! Weißt du, was ich glaube?«, meint Herbert nadelspitz. »Ich glaube, du warst es selbst. Du hast das Büro angezündet und behauptet, dein Handy wäre geklaut worden. Weiß der Himmel, was du vertuschen wolltest!«

»Ich wollte nichts vertuschen, ich ...«

»Hill & valley vermutet, dass du mit Müller gemeinsame Sache gemacht hast.«

»Wie bitte?«

»Du hast mich schon verstanden.«

»Nein, Herbert, ich habe mit diesem Mann nichts zu schaffen.«

»Markus sagt, es gäbe kompromittierende Fotos von dir und diesem Heini.«

»Und woher will er wissen, wer dieser Heini ist?«

»Sein Namen stand hintendrauf.«

»Okay, ich kannte Müller, er trainierte im selben Fitnessstudio wie ich, aber ...«

»Wo steckst du?«

Die Frage bringt mich aus dem Konzept. »Das kann ich dir nicht sagen, Herbert.« Der Kloß in meinem Hals wird immer größer. »Ich war nicht in dem Wagen«, schluchze ich.

»Was?«

»Ich war nicht in dem Wagen, Herbert!«

»Und wie kommt dein Handy in die Karre?«

»Man hat es mir gestohlen, wirklich.«

»Und dein Mondeo? Hat man den auch gestohlen?«

»Wie meinst du das?«

»Sie haben deinen Wagen gefunden, in Windeck, am Bahnhof. Mit dem Equipment einer Friedhofsgärtnerei im Kofferraum.«

»Aber Herbert, ich … Ich wollte …«

»Zum Teufel, Jojo! Warum hast du nicht rechtzeitig Bescheid gesagt? Warum hast du mir mein Honorar ausgezahlt, statt eure Hypothek zu bedienen? Ich kriege Rente, ich hätt's verschmerzen können!«

Scheiße, es läuft wirklich alles schief! Woher zum Teufel weiß Herbert auf einmal, dass wir Schwierigkeiten haben, unser Haus abzubezahlen? Hat Markus ihm das in seiner Wut gesteckt? Und was hat das verdammt noch mal mit dieser Geschichte zu tun?

Herbert beschließt offenbar, seine Strategie zu wechseln. Unvermittelt ist sein Ton samtweich. »Komm zu mir und pack aus, Jojo! Dann gehen wir gemeinsam zur Polizei. Ich lass dich nicht im Stich, egal, was du getan hast, hörst du?«

»Was soll ich denn getan haben, verdammt?«

»Wenn der Kerl dich bedroht hat, wenn du dir nicht anders zu helfen wusstest …«

»Ich habe niemanden umgebracht!«, schreie ich. »Und ich weiß nicht, wo der Kerl steckt. Wenn du meinst, ich habe ihn abgemurkst, dann zeig mir seine Leiche!«

18

Es gibt gewisse Bekanntschaften, von denen man auf der Stelle genug hat.

Honoré de Balzac

»Entschuldigung, wenn ich Sie erschreckt habe«, sage ich zu der Verkäuferin, als ich mit den Jeans, drei Sweatshirts und einer Schiebermütze unterm Arm die Umkleide verlasse. »Wir proben für einen Krimi, und ein Kollege hat Probleme mit seiner Rolle. Ich hatte ihn gerade am Handy.«

»Sind Sie Schauspielerin?« In ihren Augen glimmt Neugier auf. Ich nicke bescheiden.

»Im Fernsehen?«

»Ja, hin und wieder auch fürs Fernsehen.«

»Wie heißen Sie denn?«

»Monika Zerres«, antworte ich, ohne nachzudenken.

»Oh, ich wusste doch, dass ich sie irgendwoher kenne!«, frohlockt die Dame. »Bestimmt habe ich sie schon in allen möglichen Filmen gesehen!«

Ich gebe ihr ein Autogramm und verlasse den Laden mit einer neuen, fluchttauglichen Garderobe.

Du kannst mich mal, Herbert!

Wenn die Sache so einfach wäre. Kaum sitze ich im Wagen, steht mir der Schweiß auf der Stirn.

Sie haben mein Smartphone in Toms Audi gefunden,

und sicher werden sie genügend Fussel von mir vom Beifahrersitz pulen.

Das Video, das Waskovic mir geschickt hat …

Die Fotos von Thomas Müller. Wasserwellen-Tom. Und von mir. Jener Abend, den ich am liebsten komplett aus meinem Gedächtnis gestrichen hätte; doch was man zwanghaft zu vergessen versucht, bleibt einem ja meist besonders gründlich im Gedächtnis haften.

Die Dienstagsrunde. Seit ungefähr eineinhalb Jahren trainierten wir zusammen im Fitnessstudio. Wir vier, das waren Heidi und Hans, ein Pärchen Ende 30, das sich einmal pro Woche einen Babysitter gönnte, und Tom, ein netter, unaufdringlicher Kerl, der sonst keine Verpflichtungen zu haben schien.

Wir trainierten nicht wirklich gemeinsam, aber immer zur selben Zeit, und nach dem Training saßen wir noch eine Weile an der Saftbar zusammen. Es waren diese anfangs eher spontanen, zufälligen Treffen an der Bar, die uns irgendwie vereinten und bald zu einem festen Ritual wurden. Erst Sport, dann Saftbar. Jeden Dienstag.

Ich kannte weder die Nachnamen der anderen noch wusste ich, wo sie wohnten oder was sie beruflich machten. Das war ja das Angenehme: Wir hockten einfach zusammen und quatschten über Gott und die Welt, doch nicht über uns selbst. Manchmal saßen noch andere dabei, manchmal nicht. Alles war völlig offen.

An jenem besagten Abend waren wir zu viert und witzelten über die starke Frequentierung der Wassermassageliege, der wir uns alle nach dem Sport gern hingaben. Alle, bis auf Tom.

»Magst du das Ding nicht?«, wollte ich wissen.

»Doch, doch«, meinte er. Aber er brauche für eine Massage nicht Schlange zu stehen, er habe ein solches Gerät zu Hause.

»Du willst uns verarschen«, sagte Heidi.

»Cool«, sagte Hans.

»Kommt mit, ich zeige sie euch!«, forderte Tom uns auf. »Ich wohne nicht weit weg und habe auch noch einen guten Roten zu Hause.« Er nannte uns seine Adresse und machte schon Anstalten, zu gehen. Wir anderen sahen einander an. Tja, warum nicht? Heidi und Hans schienen froh darüber zu sein, ihren Babysitterabend noch eine Weile ausdehnen zu können, und ich hatte nichts weiter vor. Im Gegenteil: Seit dem Anruf von der Bank, bei der wir den Kredit fürs Haus aufgenommen hatten, herrschte mal wieder ziemlich dicke Luft bei uns daheim, und mir war jede Ablenkung recht.

Da ich mit dem Bus gekommen war, bot Tom mir an, mich in seinem Wagen mitzunehmen und später nach Hause zu fahren.

»Nobel«, meinte ich, als ich mich auf den cremefarbenen Ledersitz seines fetten, schwarzen, auf Hochglanz polierten Audis sinken ließ, und beamte mich während der Fahrt probehalber ein paarmal vor und zurück und rauf und runter. Wenig später waren wir auch schon da.

Tom ließ mich aussteigen und stellte den Wagen in die Garage. Hans und Heidi, die hinter uns hergefahren waren, parkten in der Einfahrt und gesellten sich zu uns.

Toms Haus war ein normales Einfamilienhaus, gediegen und von einem gewissen Wohlstand zeugend, aber keine Prunkvilla. Nichts Besonderes.

Er ging voraus, um zu öffnen, und ich schaute automatisch auf das Klingelschild. Eine Berufskrankheit – als private Ermittlerin kann ich kein Haus betreten, ohne zu wissen, wer dort wohnt, auch wenn ich es in diesem Fall ja eigentlich wusste. Oder wohl doch nicht wusste, wie sich mittlerweile herausgestellt hat.

›T. Müller‹ stand an der Tür. Was habe ich später auf der Suche nach seiner Telefonnummer gedacht? ›Jeder kennt einen Thomas Müller.‹ Eben. Schließlich kenne ich diesen Tom Müller; ich hatte nur keine Ahnung, dass es sich dabei um ein und dieselbe Person handelt. Nie wäre mir die Idee gekommen, mein harmloser Sportsfreund mit dem Allerweltsnamen könnte irgendetwas mit Waskovic zu tun haben.

Tom machte nicht viel Aufhebens und führte uns direkt in den Keller, einen typischen Einfamilienhauskeller ohne irgendwelche Besonderheiten. Die Besonderheit erwartete uns schließlich hinter einer der Türen: Eine Art Relaxraum mit Sauna, in dessen Mitte das Wellnessmonster prunkte. Tom hatte nicht zu viel versprochen.

Wir machten ah und oh und wurden aufgefordert, uns zu setzen. Es gab einen kleinen Glastisch mit zwei Korbstühlen in dem Raum, und Tom schaffte von irgendwoher einen dritten heran. Dann ging er den Wein holen, um bald darauf mit einer Flasche Merlot und Gläsern zurückzukommen.

Wir tranken und erfuhren, dass das Wellnessmonster geleast war. Wir erfuhren zudem, dass Tom es mit dem Rücken hatte, und dass nach dem Stress im Job eine Massage einfach wunderbar sei. Zeit, zum Gerätetest zu schreiten.

Heidi machte den Anfang, weil ich aufs Klo musste. Hier unten sei die Toilette mit den Farbeimern der letzten Anstreichaktion blockiert, und im Gästeklo funktioniere momentan die Spülung nicht, entschuldigte sich Tom. Typischer Junggesellenhaushalt.

»Geh einfach oben ins große Bad«, meinte er und beschrieb mir den Weg. So weit, so langweilig.

Ich ging aufs Klo, wusch mir die Hände und schaute in die Badezimmerschränke. Auch eine Berufskrankheit von mir. Ich nahm ein merkwürdig geformtes Fläschchen mit goldfarbenem Inhalt heraus, ein Herrenparfum mit dem Namen ›Blizzard‹, schraubte den Deckel auf und roch daran. Gar nicht schlecht. Ich verschloss das Fläschchen wieder und stellte es in den Schrank zurück. Es befand sich in Gesellschaft von Kopfschmerztabletten, Rasierschaum, Inhalationsspray und einer Packung Diazepam, im Volksmund besser bekannt als Valium.

Wozu brauchte der gute Tom Diazepam? Ich öffnete die Schachtel, zog den Blisterstreifen heraus und sah nach, ob er welche genommen hatte. Es fehlten vier. Wer weiß, wie alt die sind, dachte ich und schaute auf das Verfallsdatum: noch ein Jahr haltbar. Das musste nichts heißen, er konnte sie vor Kurzem genommen haben oder bereits vor Jahren, Diazepam hält sich ziemlich lang. Und überhaupt fiel mir wieder ein, dass es mich nichts anging. Das hier war eine private Einladung, kein Undercovereinsatz, und ich hatte mich entsprechend zu benehmen.

Warum, frage ich mich jetzt, habe ich das nicht von Anfang an getan? Falls Müller keine hyperaktive Putzfrau hat, wird sich die Spurensicherung freuen. Und noch über einiges mehr, denn meine Blödheit kannte an diesem Abend schier keine Grenzen. Das dicke Ende kam erst noch.

Ich weiß nicht, ob es daran lag, dass wir vom Sport so gut durchblutet waren, an der Schwere des Weins oder am Grappa, den Tom ebenfalls von einem speziellen umbrischen Weingut bezog, und den wir unbedingt probieren sollten. Jedenfalls waren wir alle schnell angeschickert, bis auf Hans, der noch fahren musste.

Wir tranken weiter, und weil Hans sich nun doch nicht massieren lassen wollte, war ich dran.

Der Alkohol besänftigte das Gemüt und die Wassermassageliege verwöhnte meinen Körper – eine sinnliche, harmonische Atmosphäre. Bis ein Handy dudelte. Es war der Babysitter-Hausalarm bei Heidi und Hans. Keine drei Minuten später waren sie verschwunden.

Ich weiß, es wäre an der Zeit gewesen, ebenfalls aufzubrechen. Allein mit einem Mann, den ich lediglich aus dem Fitnessstudio kannte, in seinem Haus, im Keller, auf einer Massageliege. Einer Wassermassageliege.

Okay, sagte ich mir, ich bin gleich weg. Nur noch zwei Minuten. Doch das Ding walkte und wogte und machte mich willenlos, meine Glieder wurden schwer wie Blei und zugleich weich wie Gummi.

Tom, der Hans und Heidi zur Tür gebracht hatte, kam gerade zurück. Reiß dich zusammen, sagte ich mir.

»Ich breche dann auch mal lieber auf«, verkündete ich, »sonst schlafe ich auf dem Ding noch ein.«

»Wäre kein Problem«, meinte mein Sportskamerad, und ich dachte noch, für ihn vielleicht nicht, für meine Leute daheim schon. Sein Angebot, mich nach Hause zu fahren, lehnte ich in Anbetracht seines Alkoholpegels dankend ab. Ich zückte mein Handy und wollte mir ein Taxi rufen, hatte jedoch im Keller keinen Empfang.

»Auf ein letztes Glas, Johanna! So jung kommen

wir nie wieder zusammen.« Tom hatte bereits nachgeschenkt.

Also gut, auf ein Glas. Wir plauderten noch eine Weile, und aus dem einen Glas wurden zwei oder drei, bis wir endlich den Wellnessraum verließen. Im Kellergang lehnte ein Jungenfahrrad.

»Hey, hast du Kinder?«, wollte ich wissen.

»Ja, einen Sohn. Aber ich lebe allein hier, einsam und verlassen.« Tom zog eine mitleidheischende Schnute.

»Immerhin scheint er dich besuchen zu kommen«, wiegelte ich mit Blick auf das Fahrrad ab.

»Nur, wenn wieder ein neues iPod-Modell auf den Markt kommt. Aber was willst du von einem 17-Jährigen erwarten?« Tom zuckte resigniert mit den Achseln.

Oha! 17. Der Radgröße nach hatte ich an einen Sechsjährigen gedacht.

»Sie wachsen unglaublich schnell«, sinnierte ich vage, weil ich mir im fremden Keller kein Scheidungsdrama anhören wollte. »Yannick, mein Sohn, hat vor ein paar Monaten ein Rad von der Oma bekommen, und jetzt ist es schon zu klein.«

»Wie alt ist dein Sohn?«

»Fünf.«

Tom deutete mit dem Kinn auf das Rad. »Das dürfte doch passen. Nimm's mit!«

War das sein Ernst? Immerhin handelte es sich um ein teures Markenrad, das aussah wie neu. Bei Ebay würde man locker einen Hunderter dafür kriegen.

Ich sah ihn fragend an.

»Ich ziehe bald um, das Haus ist seit Kurzem verkauft«, verkündete er. »Bitte schön, ich habe keine Verwendung mehr dafür!« Seine ausladende Geste schloss nicht nur das Fahrrad, sondern das ganze Gebäude ein. Wenn ich jetzt daran zurückdenke, kommt sie mir geradezu prophetisch vor. Damals waren wir einfach nur betrunken.

»Hey, dann brauche ich ja gar kein Taxi!« Schon hatte ich mich auf das Rädchen geschwungen und rollte mit angezogenen Knien den Gang entlang. Was nicht lange gut ging. Tom half mir auf und bot mir erneut an, mich nach Hause zu fahren. Für einen Widerspruch fehlte mir plötzlich der Kampfgeist.

Wir standen in der Garage. Tom hatte Licht gemacht, und ich ließ mich erleichtert auf den Beifahrersitz seiner Luxuskarosse plumpsen. Das Garagentor hob sich wie von selbst.

Tom war ebenfalls eingestiegen, und ich sagte irgendwas wie »Du bist ein Netter« und tätschelte seinen Arm, und in diesem Moment beugte er sich zu mir herüber und küsste mich.

Hoppla.

Nicht dass mich die Leidenschaft völlig entfesselt hätte, doch der Kuss war angenehm, Tom roch gut nach diesem Blizzard-Wässerchen, und der Ledersitz war weich und bequem.

Mein Veto ließ eine ganze Weile auf sich warten. »Moment mal!«, meinte ich irgendwann und schob ihn ein Stück von mir. »Ich bin doch verheiratet.«

Nicht der intelligenteste Satz, aber immerhin ein Argument, und dann fiel mir auch wieder ein, dass es keine gute Idee wäre, wenn er mich nach Hause fahren würde.

Ich rappelte mich in die Senkrechte hoch, holte mein Handy aus der Tasche und rief ein Taxi. Obwohl man mir zehn Minuten Wartezeit ankündigte, behauptete ich Tom gegenüber, es würde jede Minute hier sein.

Ich sagte: »Tschüss und vielen Dank für die Einladung«, und stieg aus.

»Johanna?« Er beugte sich über den Beifahrersitz und sah zu mir auf. »Du bist nicht böse, oder?«

»Nein, nein, weshalb denn? Alles bestens«, lallte ich.

»Dann tu mir den Gefallen und hol das Fahrrad ab, okay? Damit ich weiß, dass du nicht sauer bist.«

Ich versprach ihm, es am folgenden Abend abzuholen, und stolperte in die Nacht hinaus.

Ich bin tatsächlich hingefahren. Nicht direkt am nächsten Abend, doch am übernächsten. Vielleicht, weil ich mir beweisen wollte, dass alles harmlos war. Dass es nicht viel zu bereuen gab. Dass ich eigentlich gar nichts angestellt hatte.

Außerdem nahte Yannicks Geburtstag, und ich wollte nicht, dass die Schwiegermutter schon wieder das größte Geschenk anschleppte. Dieses Rad wäre eine tolle und zudem noch kostenneutrale Überraschung.

Tom hatte das Rad bereits aus dem Keller geholt. Er grüßte mich freundlich, aber zurückhaltend, und lud das Fahrrad ohne große Vorreden in meinen Kofferraum.

Als die Arbeit getan war, standen wir einen Moment neben dem Wagen. Nochmals vielen herzlichen Dank und bis nächsten Dienstag, wollte ich sagen, und nichts wie weg. So ungefähr war mein Plan. Tatsächlich hatte ich schon die Fahrertür geöffnet.

»Johanna, du bist mir nicht böse wegen dieser Garagengeschichte, oder?« In Toms Frage lag eine Art verzweifelter Forderung.

»Ach was!«, winkte ich übertrieben lässig ab. »Wir

waren beide ziemlich besoffen.« Nicht besonders charmant, aber damit war alles gesagt. Dachte ich. Doch in diesem Moment zog Tom mich an sich und küsste mich auf den Mund. 21, 22 … Ich war total perplex. Endlich reagierte ich und schob ihn von mir.

»Ich glaube, ich habe mich in dich verliebt«, gestand Tom.

»Nein«, widersprach ich streng. »Das hast du nicht.« Und damit sprang ich in meinen Wagen und flüchtete.

Am darauffolgenden Dienstag tauchte er nicht im Fitnessstudio auf.

»Hey, wo bleibt denn Wasserwellen-Tom?«, fragte Hans, womit er unserem Sportsfreund seinen Spitznamen verpasst hatte. Und lag da nicht die Spur eines anzüglichen Lächelns auf seinem Gesicht?

»Keine Ahnung«, antwortete ich wahrheitsgemäß. Mir war Toms Abwesenheit recht, und ich zerbrach mir auch nicht den Kopf über sein Fehlen. Ich kannte ihn schließlich kaum.

Dass diese alberne Geschichte später eine Tsunamiwelle auslöste, die bereits mit voller Kraft auf mich zurollte, konnte ich ja nicht ahnen. Möglicherweise ahnte Tom etwas: dass er den Bogen überspannt hatte, dass sein Schicksal unweigerlich seinen Lauf nehmen würde. Vielleicht wollte er noch einmal in die Vollen gehen, gerade weil ihm Unheil schwante.

Und ich? Ich weiß, dass sich Waskovic in dem Maße, in dem ich ihn verfolgte, auch für mein Privatleben zu interessieren begann, und dass er aus seinen gewonnenen Informationen konsequent die falschen Schlüsse zog. Fragt sich nur, ob er es irrtümlich oder vorsätzlich tat.

Dieses Video, das er mir geschickt hat …

Eine grobkörnige Nachtaufnahme, aus ein paar Schritten Entfernung durch das offene Garagentor gefilmt: Wasserwellen-Tom und ich im Clinch auf den Lederpolstern seines Audis, vom grellen Neonlicht bühnenreif ausgeleuchtet.

Schnitt.

In der Einfahrt von Toms Haus parkt mein roter Mondeo. Das Datum unten im Bild beweist, dass die Aufnahme nur zwei Tage jünger als die Garagenszene ist. Tom und ich stehen neben dem Wagen und unterhalten uns offensichtlich angeregt. Man hört Stimmen, aber nicht, was gesprochen wird, vorbeifahrende Fahrzeuge, Vogelzwitschern. Plötzlich zieht er mich an sich und küsst mich leidenschaftlich auf den Mund. 21, 22 … Schnitt.

Markus, mein lieber Markus! Die Fotos in dem Umschlag, die dir Waskovic in den Briefkasten gesteckt hat: Ich kann mir lebhaft vorstellen, was darauf zu sehen ist.

Vielleicht war es ein Racheakt wegen der kompromittierenden Bilder, die ich der Kaulquappe auf den Tisch geknallt und die sie ihrem Gatten postwendend buchstäblich unter die Nase gehalten hat.

Möglicherweise hatte diese Foto-Aktion auch rein strategische Gründe: Fakt ist, dass Waskovic einen Keil zwischen Markus und mich treiben wollte, und das war ihm problemlos gelungen.

Bilder sagen nicht die Wahrheit, Markus, das wissen wir doch alle. Wie heißt es so schön? Eine halbe Wahrheit ist eine ganze Lüge. Diese Bilder lügen, Markus!

Wenn ich es dir nur erklären könnte, aber dafür ist es zu spät.

Diese Videos, die Fotos … Meine Fingerabdrücke auf

der Massageliege in Toms Keller, in der Sauna, auf dem Klo, in den Badezimmerschränken, auf seinem Beifahrersitz ... Eine lose Bekanntschaft? Bedeutungslose Begleiterscheinung eines spontanen, einmaligen, geselligen Beisammenseins nach dem gemeinsamen Sport? Derartige Behauptung würden nicht nur den Ehemann vergrätzen, auch als polizeiliche Ermittlerin würde ich eher einen Besen fressen, als das zu glauben. Zumal mein Handy in seinem Wagen lag, kombiniert mit Blutspuren, die sich offenbar nicht bloß auf einen aufgekratzten Mückenstich zurückführen lassen.

Nicht zu vergessen die Tatsache, dass sowohl Wasserwellen-Tom als auch ich momentan als verschollen gelten. Und dass die Umstände dafür sprechen, dass einer von uns beiden tot ist.

19

Freunde in der Not gehen tausend auf ein Lot.

Sprichwort

Ich kurve über die Landstraße zurück in Richtung Heimat. Da mir noch viel Zeit bis zu meinem Treffen mit der Kaulquappe bleibt, beschließe ich, in Betzdorf einen weiteren Zwischenstopp einzulegen und mich mit dem Nötigsten einzudecken. Ich besorge mir einen Rucksack, einige Drogerieartikel, eine Taschenlampe, ein Feuerzeug, Müsliriegel, Käse und abgepackten Kuchen. Ich entsorge unauffällig Vanessas Handtasche, die ich nun nicht mehr benötige, dann fahre ich weiter. Es herrscht nicht viel Verkehr, sodass mir Zeit zum Grübeln bleibt.

Was ist mit dem Geld, hinter dem Vanessa her war?, überlege ich. Die unterschlagenen 2,5 Millionen, die Waskovic der Polizei gegenüber angegeben hat: Sollte Tom sie sich tatsächlich eingesackt haben?

Gut möglich, denn Waskovic hätte sicher nicht Alarmstufe rot ausgerufen, hätte Müller lediglich ein paar Schachteln Heftklammern aus dem Büro geschmuggelt.

Nehmen wir also an, Thomas Müller hat die Kohle an sich gebracht. Waskovic weiß zwar, dass ich Tom kannte, trotzdem wird er im Gegensatz zu Vanessa nicht annehmen, dass ich mir das Geld unter den Nagel gerissen habe, schließlich weiß er, dass Müllers Tod nicht auf mein Konto geht. Und selbst wenn er vermuten sollte, ich hätte mich illegal bereichert: Er hätte zig Gelegenheiten gehabt, es sich zurückzuholen. Seine Sesamstraßen-Gang hatte mich mehr als einmal am Wickel. Aber sie haben sich darauf beschränkt, mich zu observieren und k. o. zu schlagen.

Was kann ich also daraus schließen? Zum Beispiel, dass Waskovic sich das Geld bereits wiederbeschafft hat, als er Thomas Müller erschießen ließ. Nahm Vanessa deshalb an, nur der Mörder könne es haben – ihrem Glauben nach folglich ich?

Was war mit Müllers Verbündetem, diesem Salzmann, dem zweiten Todeskandidaten, der zugleich Vanessas einstiger Compagnon ist. Ist er womöglich noch am Leben und hat das Geld an sich genommen?

Herbert hat lediglich die Anzeige gegen Müller

erwähnt. Hat Waskovic keine Anzeige gegen Salzmann erstattet, weil der noch lebt und ihm daher gefährlich werden kann? Oder hat Herbert die Anzeige einfach nicht erwähnt, weil er sie für unwichtig hält – oder gar nichts davon weiß?

Himmel, mir raucht der Kopf! Wie soll ich Licht in dieses rabenschwarze Chaos bringen – ohne Hilfsmittel, ohne Unterstützung, von allen Seiten gejagt?

Die Antwort lautet: gar nicht.

Ich fahre rechts ran und wähle Herberts Nummer. Sein Handy ist nicht ausgeschaltet, was nur bedeuten kann, dass er auf Nachricht wartet. Von mir oder von wem auch immer.

Tatsächlich nimmt er das Gespräch entgegen.

»Hör mir bitte zu«, sage ich. »Ich brauche deine Hilfe.«

Herbert schweigt.

»Ich weiß, dass vieles merkwürdig aussehen muss, aber die Dinge sind nicht so, wie sie scheinen. Dieser Bert Waskovic spielt mir übel mit, verdammt übel. Es gab nie einen Auftrag, Thomas Müller zu beschatten. Alles, was ich tun sollte, war rauszukriegen, ob Waskovic eine Freundin hat. Die Order kam von seiner Frau, und ich hab mich drangemacht, aber dann sind die Dinge aus dem Ruder gelaufen. Ich kam dahinter, dass Waskovic Mordaufträge verteilte. Thomas Müller ist tot, verstehst du? Aber ich war nicht diejenige, die ihn umgebracht hat. Waskovic will mir den Mord in die Schuhe schieben.« Ich hole tief Luft. »Und zu dem Geld, von dem die Rede war, die unterschlagenen 2,5 Millionen: Ich weiß nicht, wo sie geblieben sind, bei mir sicher nicht.

So sieht es aus, Herbert.« Innerlich zähle ich bis fünf, ehe ich frage: »Glaubst du mir?«

Herbert gibt keine Antwort. Wie soll er auch so schnell seine Vernunft über Bord werfen? Wie all die Fakten ignorieren, die gegen mich sprechen?

Immerhin ist er noch dran.

»Wenn ich aus dieser Sache rauskommen will, brauche ich Beweise«, sage ich. »Ich muss Waskovic nachweisen, dass er das alles eingefädelt hat, weil er etwas vertuschen möchte. Ich muss ihm den Mord nachweisen und seine krummen Geschäfte. So ist die Lage, Herbert, jetzt weißt du Bescheid. Denk drüber nach, ob du mir helfen willst, ich würde verstehen, wenn du's ablehnst. Aber ich bitte dich: Rede in Gottes Namen mit niemandem darüber! Die Sache ist brandgefährlich, und ich möchte nicht, dass du auch noch mit reingezogen wirst.« Das Wichtigste ist gesagt. Ich schließe die Augen.

Stille.

»Was würdest du wissen wollen, für den Fall, dass ich dir helfe?«, brummt Herbert schließlich.

Tja, was würde ich wissen wollen? Wo anfangen, den Knoten zu lösen? Ich denke an das Gespräch mit Vanessa, an das, was sie mir erzählt hat.

»Diese Unterschlagungssache«, beginne ich. »Ursprünglich wollte Waskovic zwei Personen anzeigen, Thomas Müller und einen gewissen Stefan Salzmann, Buchhalter bei der Waskovic Holz GmbH. Liegt gegen ihn auch eine Anzeige vor?«

Herbert braucht nicht lange nachzudenken. »Soweit ich weiß: nein.«

»Okay. Ich muss wissen, was aus diesem Salzmann geworden ist.«

»Ich werde darüber nachdenken«, verspricht er und schiebt gleich hinterher: »Wir müssen über die Sache reden, Jojo. Aber nicht am Telefon.«

»Ich, weiß, es wäre das Beste, Herbert. Trotzdem kann ich dich nicht einfach irgendwo treffen, es wäre zu gefährlich – auch für dich.«

»Das lass mal meine Sorge sein. Nenn mir einen Treffpunkt, und ich komme hin. Notfalls mit dem Flieger.«

»Herbert, du weißt gar nicht, wie dankbar ich dir für dieses Angebot bin, aber es geht nicht«, behaupte ich und frage mich unvermittelt: Warum eigentlich nicht? Von Angesicht zu Angesicht könnte ich Herbert die Sachlage besser erklären, und er würde sicher die ein oder andere Idee beisteuern können, wie am besten vorzugehen wäre.

Doch wenn ihn die Sesamstraßen-Gang längst auf dem Schirm hat? Herbert ist mein engster Mitarbeiter, oder er war es zumindest. Gut möglich also, dass sie ihn observieren. Fragt sich, ob Herbert es merken würde. Unter normalen Umständen sicher, aber er ist angeschlagen. Wenn ihn jemand angreift, könnte er sich nicht einmal verteidigen. Nein, ein Treffen mit ihm wäre ein zu großes Risiko – für uns beide.

Außerdem habe ich heute schon eine Verabredung mit der Kaulquappe.

20

Alles, was man im Leben braucht, sind Ignoranz und Selbstvertrauen.

Mark Twain

Die Kaulquappe: Was mag es mit ihrem Brief auf sich haben? Eine Falle? Denkbar, sie hat bisher schließlich schier unerschütterlich zu ihrem Mann gehalten. Aber was wäre damit gewonnen? Wenn sie mich töten wollten, hätten sie es tun können, nachdem ich meinen Auftrag erfüllt und Müller im Altwindecker Dorfteich versenkt habe. Spätestens dann.

Wenn sie entgegen meiner Vermutung dennoch glauben, ich hätte das unterschlagene Geld an mich gebracht, hätten sie mir gleich zu Beginn die Pistole auf die Brust setzen können, ich befände mich nicht auf dieser Tour de Force und sie bräuchten mich nicht irgendwo in der Pampa und nach Einbruch der Dunkelheit in einen Hinterhalt zu locken. Nein, der Treffpunkt sieht ganz danach aus, als habe tatsächlich die Kaulquappe ihn ausgewählt. Weil sie nicht gesehen werden will. Weil sie Angst hat.

Vielleicht besteht aber auch gerade darin das Täuschungsmanöver.

So viele Fragen, die ich nicht beantworten, so viele Faktoren, die ich nicht beeinflussen kann. Es sei denn, ich springe gleich hier von der Brücke in die Sieg und setze dem Ganzen ein Ende.

Es ist mild geworden, der Frühling nicht mehr aufzuhalten. Ich schaue auf das Wasser hinunter, auf das Gleißen des Lichts auf der sich kräuselnden Oberfläche, das undurchdringliche Flaschengrün darunter. Zu springen wäre keine Lösung, sage ich mir. Ich kann ja schwimmen. Und wer stirbt schon gern im Frühling?

Langsam schlendere ich zurück, setze mich auf eine Bank unter alten Eichen, hier, am friedvollen Stromberger Siegufer, und harre der Dinge, die da kommen. Vielleicht schnappt mich gleich die Polizei, vielleicht meldet sich Herbert, vielleicht werde ich auch noch einmal der Kaulquappe begegnen.

Eine Kohlmeise setzt sich für einen Augenblick zu mir auf die Bank, auf der anderen Seite des Flusses quakt eine einsame Gans. Ich esse eine Brezel, trinke Wasser dazu und warte darauf, dass die Zeit vergeht.

Dass etwas passiert.

Aber es passiert nichts.

Auch der Wald schweigt still, als hielte er einen erholsamen Mittagsschlaf, nur hin und wieder geht ein Rauschen durch das junge Blattwerk wie ein tiefer, ruhiger Atemzug.

Ich wandere aufwärts, immer weiter, in der Hoffnung, ein einsames, vor fremden Augen und Ohren geschütztes Plätzchen zu finden. Schließlich wähle ich einen Buchenstamm mit roter Markierung, zähle zehn Schritte, entsichere die legendäre PB, nehme die rote Marke ins Visier.

Der Schuss zerreißt die Stille. Mit klatschendem Flügelschlag stieben wilde Tauben auf, eine Krähe beschwert sich lautstark über die Störung ihrer Mittagsruhe, und in meinen Ohren pfeift es gehörig.

Von wegen Flüsterwaffe!

Trotz der geringen Entfernung habe ich mein Ziel komplett verfehlt – so viel also zu meinen Schießkünsten.

Ich beschließe, es ein weiteres Mal zu versuchen, doch als ich nachspannen will, blockiert das Ding. Zunächst vermute ich, dass sich die Patrone im Lauf verkantet hat, was allerdings nicht der Fall ist. Ich nehme Patrone und Magazin heraus und versuche nochmals, nachzuspannen, ohne Erfolg. Echt russische Wertarbeit. Immerhin scheint Vanessa an die Funktionstüchtigkeit dieser Waffe geglaubt zu haben, sonst hätte sie sich kaum von ihr einschüchtern lassen.

Als ich mich daran mache, den Schalldämpfer abzuschrauben, rutscht mir die Pistole aus der Hand und fällt auf den Schotterboden. Ich hebe sie auf und stelle fest, dass sich die Blockierung gelöst hat. Na also.

Habe ich gerade einen Hund bellen hören? Ich stecke die Pistole unter meine Jacke und mache mich eilends davon.

21

Die Hölle ist leer, und alle Teufel sind hier!

William Shakespeare

Am Nachmittag parke ich meinen Wagen an einem kleinen Friedhof bei Öttershagen und folge dem Wanderweg entlang des Waldrands zur Grube Silberhardt, um mir den vereinbarten Treffpunkt mit der Kaulquappe vorab bei Tageslicht anzusehen.

Das Grubengelände befindet sich in einer Senke parallel zur Straße, von einem hügelan steigenden Wäldchen begrenzt, in dem sich die Grube unterirdisch durchs Gestein fräst. Neben der Grube stehen zwei große Holzgebäude – das Besucherzentrum und ein Lokschuppen. Gegenüber, auf der anderen Straßenseite, befindet sich das ehemalige Steigerhaus, das heute eine Hundepension beherbergt.

Vor dem Besucherzentrum parken drei Fahrzeuge. Hinter der Glasfront erkenne ich die Schemen mehrerer Personen, genauer hinzuschauen ist mir nicht möglich, denn das Gelände ist offen und überschaubar, sodass man sich hier nicht ungesehen bewegen kann.

Soeben tritt ein Besuchergrüppchen aus dem Stollenmundloch, ausgestattet mit Helmen und Regenumhängen. Die Gruppe geht über den Platz und betritt das Besucherzentrum. Wenig später verlassen fünf Leute das Gelände, vermutlich jene, die an der Führung teilgenommen haben. Sie überqueren die Straße, steigen in ihre auf dem dortigen Parkplatz abgestellten Fahrzeuge. Der Besucherparkplatz. Der Treffpunkt, den die Kaulquappe vorgeschlagen hat.

Auch ich gehe zu dem Platz hinüber und folge ein Stück weit dem dahinter gelegenen Sträßchen. Als ich zum Grubengelände zurückkehre, erlischt dort gerade die Innenbeleuchtung im Besucherzentrum. Drei Männer treten aus dem Gebäude, sperren ab, steigen in ihre Autos und fahren davon.

Ich habe alles gesehen und wandere durch den Wald zurück zu meinem Wagen. Gestärkt mit einer Handvoll Käsewürfel und drei Scheiben trockenem Kuchen mache ich mich nach Einbruch der Dunkelheit aufs Neue zum Grubengelände auf. Als ich dort eintreffe, parkt ein Fahrzeug auf dem Vorplatz, und im Lokschuppen brennt Licht. Ich gehe auf den Schuppen zu, werfe einen Blick durchs Fenster und sehe zwei Männer darin hantieren. Vorsichtig ziehe ich mich zurück, überquere die Straße und betrete den Besucherparkplatz, unseren Treffpunkt. Hier suche ich mir ein verborgenes Plätzchen im Gebüsch, von dem aus ich das Geschehen im Blick habe: die übliche Hase-und-Igel-Strategie. Ich will gewappnet sein, wenn die Kaulquappe eintrifft. Sofern sie überhaupt eintrifft.

Um kurz nach halb acht fährt ein Kleinwagen auf den Parkplatz, und ich ziehe mich tiefer ins Gestrüpp zurück. Bässe wummern, im Wageninnern glimmen zwei rote Punkte auf: Jugendliche, die die Zeit totschlagen. Davon scheinen sie mehr als genug zu haben, denn eine halbe Stunde später sind sie noch immer nicht verschwunden.

Als einer der jungen Männer aussteigt, um zu pinkeln, bleibt mir nichts anderes übrig, als mich weiter zurückzuziehen.

Was wird die Kaulquappe tun, wenn sie bemerkt, dass wir hier nicht ungestört sind?, überlege ich. Exakt um acht Minuten vor acht erübrigt sich die Frage, der Golf fährt mit ohrenbetäubendem Wummern davon.

Ich gebe meine Deckung auf und gehe über den Platz, um einen Blick auf die andere Straßenseite zu werfen.

Dort steht noch immer ein Fahrzeug. Aber nicht das von vorhin, stelle ich erschrocken fest.

Es ist der Wagen der Kaulquappe, ein roter BMW. Jetzt ist sie mir doch zuvorgekommen.

Ich überquere die Straße und nähere mich vorsichtig dem Gelände. Hat sie nicht auf dem Besucherparkplatz geparkt, weil dort die Jugendlichen standen? Oder hat sie ohnehin die Freifläche des Grubengeländes gemeint?

Im Wagen sitzt niemand, und die Gebäude liegen im Dunkeln. Hat sie sich hinter die Holzhäuser zurückgezogen, um nicht wie auf dem Präsentierteller zu warten?

Ich will gerade das Gelände überqueren, um nachzusehen, als mir ein heller Schimmer ins Auge fällt: Die schwere Holztür vor Stollenmundloch ist nicht ganz geschlossen, dahinter brennt Licht. Ich schleiche vorsichtig näher, bleibe stehen, lausche – nichts.

Hinter der Stirn verspüre ich ein außerordentlich ungutes Kribbeln, dort, wo meine intuitive rechte Gehirnhälfte am Werk ist. Ich versuche, durch den Spalt zu spähen, kann allerdings nichts erkennen.

Und dann höre ich etwas.

Eine weibliche Stimme, Worte, die ich nicht verstehe, doch sie klingen wie ein Hilferuf. Vorsichtig ziehe ich die

Holztür eine Handbreit auf und lausche. »Bitte! Hört mich jemand?«

Die Kaulquappe, kein Zweifel.

»Helfen Sie mir!«

Soll sie zusehen, wer sie rettet. Ich bin die Letzte, von der sie Hilfe verlangen kann, allenfalls werde ich später anonym und aus sicherer Entfernung die Polizei benachrichtigen. Soll die sich um die Sache kümmern.

»Bitte! Ich bin hier!«

Und wenn es um Leben und Tod geht?, mahnt mich mein Gewissen. Wenn jede Minute zählt? Immerhin war sie meine Klientin. Oder sie ist es noch. Allerdings eine, die mich nach Strich und Faden verarscht hat.

Das weißt du nicht. Vielleicht hängt sie nicht so tief mit drin, wie du angenommen hast, widerspricht mir meine innere Stimme.

»Hilfe!« Der Aufschrei klingt seltsam gedämpft, als wolle der Stollen sie daran hindern, sich bemerkbar zu machen. Und dennoch habe ich ihn gehört.

Ich schließe für einen Moment die Augen, hole tief Luft – und öffne die Tür.

Ein schmaler Tunnel, von mächtigen Holzverstrebungen gestützt, die kaum Stehhöhe haben; feuchte Kälte schlägt mir entgegen.

Langsam, sehr langsam wage ich mich vorwärts. An der Wand hängt ein Stromkasten, von dem aus die Grube mit Elektrizität versorgt wird, dicke Kabelstränge führen an den Felswänden entlang. Immer wieder Holzstützen, Stahlträger, nackter Fels. Wasser tropft aus dem Gestein, bildet Pfützen zwischen Schienen und Schotter. Schritt für Schritt wage ich mich tiefer in den Stollen hinein und muss darauf achten, mir nicht den Kopf zu stoßen. Nun weiß ich, warum die Besucher heute Nachmittag Helme getragen haben.

Irgendwann verzweigt sich der Weg, die Schienenstränge gabeln sich. Von der Kaulquappe keine Spur. Ich zögere, wähle den Abzweig nach rechts.

»Hilfe! Ist da jemand? Bitte helfen Sie mir!«

Da ist sie wieder. Ich korrigiere meine Entscheidung und halte mich links.

»Ich bin hier!«, hallt mir die Stimme der Kaulquappe entgegen, näher, viel näher diesmal. Sie kann nicht mehr weit sein. Ein heißkalter Schauer jagt durch meinen Körper, jede Faser spannt sich.

»Hilfe!«

Ich entsichere die PB und halte sie schussbereit. Und dann sehe ich sie.

Ihr langes Blondhaar hängt über den Rand eines Hunts herab, einem im Bergbau eingesetzten kastigen, offenen Förderwagen auf Rollen, ebenso ihre linke Hand.

Ich fahre herum, wende mich nach allen Seiten, die Waffe im Anschlag. Mein Herz schlägt mir bis zum Hals. Ich stürze auf die Kaulquappe zu, schiebe eine Hand unter ihre Stirn, die auf der Kante des Hunts liegt, hebe ihren Kopf an. In ihren Augen bricht sich der gelbliche Schein des Grubenlichts.

Hastig lege ich die Waffe ab und beginne fieberhaft, den Strick zu lösen, der um ihren Hals geschlungen ist; ein einfacher Schlingknoten aus Hanfseil, so rau, dass mir die Handflächen brennen.

Sie hat gerufen, gerade eben noch hat sie um Hilfe gerufen! Wie kann das sein?!

Einen Sekundenbruchteil, bevor ich die Schritte höre, kenne ich die Antwort.

Waskovic. Plötzlich ist er da, tritt näher, eine Hand hoch erhoben, in der er triumphierend ein Handy hält.

»Hilfe!«, schallt es durch den Stollen. »Ist da jemand? Bitte helfen Sie mir!«

Ich ergreife meine russische Wunderwaffe und richte sie auf ihn.

»Na, na!« Wieder dieses überhebliche Grinsen. Ich trete einen Schritt zur Seite, verschaffe mir einen sicheren Stand, ziele auf sein Herz – und drücke ab.

Es tut sich nichts. Dieses verdammte Ding blockiert wieder. Im selben Augenblick höre ich das charakteristische Klicken einer Waffe, die entsichert wird.

»Immer langsam mit den jungen Pferden«, tönt es hinter mir. »Runter mit dem Ding!«

Ich gehe in die Hocke, lege meine Pistole am Boden ab, stehe auf und drehe mich um. Ernie – ich hätte es mir denken können. Neben ihm steht der Sprintkreismeister, und er ist es, der die Waffe auf mich gerichtet hat.

»Tolle Atmosphäre hier, nicht wahr?« Waskovic macht eine ausladende Geste. Sein Grinsen wird noch breiter. »Das hier hat allemal mehr Stil als ein Treffen auf einem zugemüllten Parkplatz, findest du nicht?«

»Warum haben Sie sie umgebracht?«, stoße ich hervor.

Waskovic runzelt die Stirn. »Du klingst aufgebracht. Mochtest du sie etwa? Ich hatte dich anders eingeschätzt.«

»Sie war verdammt noch mal Ihre Frau!« Ich ahne, dass Moralpredigten bei ihm wenig zielführend sein dürften, doch meine Entrüstung entwächst purer Angst – der Angst, den finsteren Stollen selbst nicht mehr lebend zu verlassen.

»Galina hatte so ihre Geheimnisse«, erklärt Waskovic mit gespielter Nachdenklichkeit. »Nicht dass sie mich sonderlich interessiert hätten – jeder soll seine kleinen Heimlichkeiten pflegen dürfen –, vorausgesetzt, sie schaden niemandem. Schon gar nicht einem, von dessen Geld man bisher gelebt hat, und zwar sehr gut gelebt, wenn ich das hinzufügen darf. Leider gibt es Menschen, die den Hals nicht voll genug kriegen. Und zu dieser Gattung gehörte ohne Zweifel meine liebe Frau.«

»Scheint in der Familie zu liegen«, gifte ich. »Warum haben Sie mich herbestellt?«

Waskovic schüttelt den Kopf. »Ich habe dich nicht herbestellt, Engelchen. Das hat sie getan.« Er deutet mit dem Kinn auf die tote Galina. »Sie hat dir gestern Morgen eine SMS geschrieben, in der sie dich um das Treffen gebeten hat. Ich habe ihr an deiner Stelle eine kleine Nachricht zurückgesimst, dass du ihrer Bitte leider nicht nachkommen kannst. Du könntest ja nicht wissen, ob die Bitte tatsächlich von ihr stamme. Eine SMS kann schließlich jeder schicken, man muss nur in Besitz des richtigen Handys sein. Und was tut daraufhin meine brave Frau? Schreibt dir flugs ein paar Zeilen und schickt ihre Brieftaube los, den kleinen Moldawier, der nicht mal weiß, ob er Männlein oder Weiblein ist. Hast du ihn kennengelernt?« Waskovic krault sich mit seiner behandschuhten Rechten gedankenverloren das Kinn und scheint gar nicht zu bemerken, dass ich nicht antworte. »Ich habe mich immer gefragt, was sie an ihm findet. Ist er ihr Liebhaber, ihr Lustknabe, ihre *Freundin*?« Er lacht anzüglich.

Verdammte Hacke! Erst hat dieser Scheißkerl mein Handy missbraucht, um die Kaulquappe in die Irre zu führen, und anschließend hat er es in Müllers Wagen geschmuggelt, um mir den Mord an ihm anzuhängen. Nie hat mir der technische Fortschritt mehr Probleme bereitet als in Gestalt dieses Taschentelefons!

»Leider ist ihr Plan fehlgeschlagen«, bekundet Waskovic mitleidig. »Tja, da plagt Galina *einmal* das Gewissen, und dann geht die Sache gründlich schief … Die Gute hatte dich ins Herz geschlossen, wusstest du das? Sie hat mir extra aufgetragen, dich in Ruhe zu lassen – und ich habe auf sie gehört, ich habe dir kein Haar gekrümmt, nicht wahr?« Er schaut mich bestätigungsheischend an. »Das hätte ich ihr übrigens auch nicht – wenn sie nur nicht so dumm gewesen wäre, mich verlassen zu wollen.«

»*Sie* zu verlassen?«, höhne ich.

»Schätzchen, was glaubst du, warum sie dich engagiert hat?«, fragt er barsch zurück. »Sie wollte herausfinden, wie sich mich am besten loswird – das war der Grund.«

Kann das sein? Sagt Waskovic etwa in diesem Punkt die Wahrheit? Wollte Galina ihn gar nicht von allen Sünden reinwaschen, wie ich nach unserem letzten Gespräch angenommen hatte? Wollte sie ihn im Gegenteil erpressen? Aber nicht mit irgendwelchen Weibergeschichten, wie ich vermutet habe, denn mit denen wäre kein Blumentopf zu gewinnen gewesen. Sie brauchte etwas Handfestes – einen Mordauftrag zum Beispiel.

»Einen wie mich lässt man aber nun mal nicht einfach sitzen«, konstatiert Waskovic eitel. »Schon gar nicht als ukrainische Schönheitskönigin aus Zeiten der k. u. k. Monarchie. Sie hätte nicht so gierig sein sollen. Und dich hätte sie aus der Angelegenheit herauslassen sollen.«

In diesem letzten Punkt kann ich ihm endlich einmal

uneingeschränkt zustimmen. Und plötzlich, in dieser unterirdischen Hölle, unter größter psychischer Anspannung, eröffnen sich mir die Dinge aus einem völlig anderen Blickwinkel: Die Kaulquappe hat sich gar nicht für die Seitensprunggeschichten ihres Mannes interessiert, sondern war auf weit brisanteres Material aus gewesen. Sie wusste, dass ihr Gatte nicht sauber ist. Womöglich hat sie sogar von der halbseidenen Vanessa gewusst und mir deshalb die vorgebliche Treueprüfung aufgetragen. Sie erhoffte sich weitere, über das Sexuelle hinausgehende Informationen davon. Ohne mir freilich ihre wahren Beweggründe zu verraten.

Die geplanten Morde an Müller und Salzmann: Galina hat gar kein Interesse daran gehabt, sie zu verhindern. Sie hat sich nicht etwa aus Rücksicht auf ihren Mann dagegen gesträubt, mit mir zur Polizei zu gehen. O nein! Sie *wollte*, dass diese Morde geschahen, weil sie ihren Mann damit in der Hand hatte. Sie wollte Waskovic zwingen, sie gehen zu lassen – aber nicht mit leeren Händen.

Doch Waskovic hat sich nicht an ihre Spielregeln gehalten. Er hat nicht mitgespielt, sondern sie töten lassen.

Und diese Tat will er mir unterjubeln.

»Wenn Ihre Theorie stimmt«, sage ich, »wenn Ihre Frau nicht gemeinsame Sache mit Ihnen gemacht hat, woher will sie dann von Freudenberg gewusst haben? Woher wusste sie, wo sie mich finden kann?«

»Ach, das!« Waskovic winkt ab. »Ich habe sie einem kleinen Test unterzogen«, bekennt er freimütig. »Ich wollte wissen, wie weit sie gehen würde, um dich zu treffen. Wir saßen gemeinsam in meinem Wagen, sie und ich, und während der Fahrt habe ich Ernst angerufen und mir deinen aktuellen Standort mitteilen lassen. Nicht wahr, mein lieber Ernst?« Er blickt kurz an mir vorbei, irgendwo dorthin, wo Ernie und der Kreismeister geduldig ausharren. »Galina hat dieses Gespräch mit angehört. Ich habe absichtlich keine Namen genannt, aber sie hat zwei und zwei zusammengezählt und richtig geschlossen, dass wir von dir sprachen. Das war, nachdem sie die erste SMS an dich geschrieben und deine Abfuhr erhalten hatte. Und was tat sie? Sie hat prompt die kleine Schwuchtel mit dem Brief losgeschickt. Ist deine Frage damit hinreichend geklärt?«

Das weiß ich noch nicht sicher, zumindest lässt sich einiges daraus schließen. Erstens: Die Eheleute Waskovic haben nicht unter einer Decke gesteckt, im Gegenteil. Zweitens: Alle, die Waskovic ans Leder wollten, einschließlich seiner Ehefrau, sind inzwischen tot. Alle bis auf mich. Woraus sich drittens ableiten lässt, dass es kein Argument dafür gibt, ausgerechnet mich am Leben zu lassen.

»Ich denke, wir haben das Wesentliche besprochen«, unterbricht Waskovic meinen Gedankengang. »Du warst hier, du hast gesehen, was passiert, wenn du dich nicht fügst.« Er gibt Ernie ein Zeichen. Der tritt näher an mich heran und hebt meine PB vom Boden auf, während Waskovic sich an mir vorbeischiebt.

»Umdrehen!«, kommandiert der Kreismeister, die Waffe noch immer im Anschlag. Ich starre ihn an, unfähig, mich zu rühren. Will er mich jetzt erschießen?!

»Nun los, zurück mit dir!« Er tritt an mich heran und bohrt mir die Waffe ins Brustbein. Ich stolpere rückwärts, hinter den Hunt, in die Richtung, aus der Waskovic gekommen ist. Mein Herz rast, kalter Schweiß rinnt mir den Rücken hinab. Und dann sehe ich ihn: Aus der Tiefe des Stollenschachts tritt mir plötzlich der Tod entgegen, ein Dämon mit Waskovic'schem Grinsen. Ich schließe entsetzt die Augen. Keine telepathische Verbindung zu meinen Liebsten, keine pathetischen Abschiedsgedanken in diesen letzten Sekunden, nur Angst. Banale, nackte, stinkende Angst.

Doch es fällt kein Schuss. Nur Schritte. Schritte, die sich entfernen, immer weiter.

Sie gehen. Das Tribunal zieht sich zurück.

Die Furcht will nur langsam weichen. Ich öffne die Augen wieder und mein Blick fällt unweigerlich auf die tote Galina. Womöglich hat sie gewusst, dass ihr Mann mich nicht verschonen würde. Wie hat Waskovic eben noch gesagt? ›Die Gute hatte dich ins Herz geschlossen, wusstest du das? Sie hat mir extra aufgetragen, dich in Ruhe zu lassen.‹ Galina dürfte wohl vermutet haben, dass Waskovic sich nicht um ihre Bitte scheren würde, und als sie erfuhr, dass ich mich auf der Flucht befinde, dass man *mir* die Morde anhängt, die ich verhindern wollte, hat sie mir vielleicht helfen wollen. Womöglich hatte sie sich entschlossen, mit mir zur Polizei zu gehen und gegen ihren Mann auszusagen … und deshalb musste sie sterben … Mir wird speiübel und ich muss mich setzen, auf den nassen, kalten, harten Boden. Sie ist tot, du kannst nichts mehr tun. Aber du lebst, also sieh zu, dass du hier herauskommst, hämmert es durch meinen Kopf.

»Gute Nacht!« Waskovics Stimme wird von den Felsmassen geschluckt. Was bei mir ankommt, ist kaum mehr als ein dumpfes Flüstern. Und im nächsten Moment geht das Licht aus.

Dunkelheit, absolut und undurchdringlich, als wäre ich kopfüber in ein Tintenfass getaucht. Wenige Augenblicke später ein Rums, eine schwere Tür, die geschlossen wird.

Sie haben mich eingesperrt! Die Luft scheint plötzlich dünn wie Äther. Ich springe auf, ringe nach Atem. Hektisch taste ich nach meiner Taschenlampe, schalte sie ein. Ein Lichtstrahl blitzt auf. Gott sei Dank, ich kann wieder sehen. Nichts wie weg hier.

Wenn Waskovic sich die Schlüssel zur Grube beschaffen konnte, hat Galina eventuell auch welche, überlege ich. Schließlich war sie es, die mich hierher bestellt hat. Nicht unbedingt wahrscheinlich, doch in meiner Lage sollte ich nichts unversucht lassen. Ich trete nah an sie heran, schiebe meine Hand in ihre Manteltasche, nichts. Ich trete um den Hunt herum, schiebe die Hand in die andere Tasche, ertaste tatsächlich einen Schlüsselbund. Gewöhnliche Haus- und Autoschlüssel, wie es aussieht, einer für die Grube scheint nicht dabei zu sein. Trotzdem stecke ich das kleine Lederetui ein.

Ich werfe einen letzten Blick auf die Tote, sage ihr stumm Lebewohl und mache mich auf den Weg in Richtung Grubenausgang. Nach wenigen Schritten versagt die Taschenlampe plötzlich ihren Dienst. Wieder Dunkelheit, schwärzer als eine Winternacht am Nordpol. Hilfe! Ich schüttele die Lampe, drehe an der Verschraubung, nichts. Ich greife nach meinem Notfallhandy, will die Tastensperre lösen, um die Displaybeleuchtung zu aktivieren. Kein Licht. Der Akku: Erst heute Morgen habe ich ihn noch geladen … Ich schlage das Handy in meine offene Hand, nichts. Der Akku ist leer.

Ich kann mein Pech kaum fassen. Mein Smartphone, meine Mag-Lite, mein Nachtsichtgerät, mein Wagen: Was davon nicht gestohlen wurde, musste ich zurücklassen oder eintauschen gegen eine Taschenlampe, die nicht funktioniert, eine Waffe, die nicht schießt, ein Handy, das den Geist aufgegeben hat, und ein Auto, das seit Monaten nicht gewartet wurde. Wen würde da nicht die schiere Verzweiflung packen.

Blind, mit ausgestreckten Armen taste ich mich vorwärts, weiß allerdings schon nach wenigen Schritten nicht mehr sicher, ob ich mich in die richtige Richtung bewege oder noch tiefer in diesen Höllenschlund hineingesogen werde. Ich spüre den Schotter unter meinen Schuhsohlen, trete in Pfützen, stolpere über Gleise und knalle mit dem Kopf gegen die Felswand, lande bäuchlings auf dem Boden. Hinter der Stirn ein dröhnender, pochender Schmerz, als wäre ich von einem Hammer getroffen worden. Es dauert eine Weile, bis ich in der Lage bin, mich aufzusetzen. Ich lehne mich mit dem Rücken gegen die kalte Wand, winkle die Knie an, taste vorsichtig über meine aufgeschürfte Stirn. Etwas Feuchtes, Warmes bleibt an den Fingerspitzen kleben.

Ich werde sterben.

Auf dem eiskalten Boden hockend, inmitten dieser rabenschwarzen Finsternis, überwältigt mich das sichere Gefühl, diesen Stollen nie mehr zu verlassen.

Bald wird mich Gevatter Tod einholen, und ich brauche nicht einmal die Augen zu schließen. Er wird mich packen und mit sich reißen. Geradewegs in die Hölle.

Tief durchatmen. Ruhe bewahren. Einen Moment entspannen.

Nein, ich werde nicht sterben! Zumindest nicht in dieser Grube. Ich habe die vielen Menschen gesehen, die auf dem Gelände ein und aus gingen, die Besuchergruppe, die aus dem Stollen kam. Möglicherweise werde ich hier die Nacht verbringen, aber morgen oder spätestens übermorgen wird mich jemand finden – mich und die tote Galina.

Dann hat das Versteckspiel ein Ende.

Hätte ich nur das Feuerzeug aus dem Rucksack genommen! In meiner Verzweiflung ziehe ich noch einmal das Handy aus meiner Tasche. Kein Licht. Nichts.

Mühsam rappele ich mich auf, taste mich voran, langsam, unendlich langsam diesmal. Ich sehe nichts, absolut nichts, und kann mir nicht einmal sicher sein, nicht beim nächsten Schritt in einen Abgrund zu stürzen. In einer Mine, in der über die Jahrhunderte auf verschiedensten Ebenen nach Erz geschürft wurde, dürfte es reichlich Abgründe geben. Zentimeterweise arbeite ich mich vorwärts, Schritt für Schritt, ertaste Holzgebälk, Stahlträger, Mauerwerk, Rohre, und immer wieder nackten Fels. Ich weiß nicht, ob ich nur Minuten oder bereits Stunden unterwegs bin, weiß nicht, woran ich mich orientieren soll, wenn das Licht fehlt, die Geräusche. Unter der Erde bleibt alles gleich: die Dunkelheit, die klamme Kälte, das dumpfe Tappen meiner Schritte. Den schwachen Schimmer inmitten der Schwärze tue ich zunächst als optische Täuschung ab, hervorgerufen durch das völlige Fehlen visueller Reize. Ich schließe für einen Moment die Augen, öffne sie wieder. Jetzt bin ich mir sicher: Irgendwo dort hinten lichtet sich die Schwärze. Mit neuer Energie arbeite ich mich vorwärts, weiter, weiter, dem grauen Licht entgegen, ertaste schließlich eine Tür. Ich drücke dagegen, sie schwingt auf. Und ich bin draußen.

Die Nacht erscheint licht gegen die Kohlenschwärze der Grube, nie erschien mir der Mond strahlender als in diesem Augenblick. Ich blicke zum Himmel auf, spüre die nächtliche Brise auf meinen Wangen, pumpe die frische, klare Luft in meine Lungen.

Waskovic hat mich nicht eingesperrt, sondern ist einfach gegangen. Galinas Wagen ist fort.

Wie unklug wäre es auch gewesen, mich einzuschließen! Man würde mich zwar mit meinem vermeintlichen Opfer antreffen, aber wer sollte mich eingeschlossen haben? Und warum?

Nein, es ist viel schlauer, mich laufen zu lassen, *nachdem* ich in der Grube gewesen bin und Galina entdeckt habe. Sie nicht lediglich entdeckt, sondern berührt habe, ihr helfen wollte und versucht habe, das raue Seil um ihren Hals zu lösen, an dem meine Hautzellen nur so kleben geblieben sind. Es ist viel schlauer, mich, die teuflische Mörderin, am Leben zu lassen. Ein toter Teufel ist keiner.

Fragt sich nur, aus welchem Motiv heraus ich das alles getan haben soll. Aber Waskovic ist nicht dumm, er wird längst eins parat haben, das er mir unterjubeln kann. Und es hat todsicher mit dem angeblich verschwundenen Geld zu tun.

22

Die Mitte der Nacht ist der Anfang des Tages.

Demokrit

Wenige Schritte vom Mundloch entfernt liegt etwas neben den Gleisen, die in den Stollen führen: Es ist die russische PB. Ich hebe sie auf, lausche. Drüben in der Tierpension bellt ein Hund auf und verstummt sogleich. Sonst ist alles ruhig.

Ich stecke die Waffe unter meine Jacke, werfe einen Blick auf die Uhr: halb zwei. Schnell zurück zu meinem Wagen, aber nicht durch den Wald – von Märschen im Stockfinstern habe ich für heute genug –, sondern die Straße entlang in Richtung Dorf. Am Sportplatz steht eine Tafel mit dem handgeschriebenen Hinweis ›Sonntag Heimspiel‹ am Straßenrand. Er kommt mir vor wie eine geheime Botschaft, die an mich gerichtet ist, eine letzte Nachricht Galinas, deren wahre Bedeutung ich leider nicht verstehe. Doch ich mag nicht weiter darüber grübeln, alles, was in diesem Moment von Bedeutung ist, sind trockene Klamotten. Die Kälte will nicht weichen, ich friere entsetzlich. Vermutlich habe ich schon vor Stunden gefroren, es aber nicht bemerkt. Mit zitternden Händen nehme ich das Tuch ab, das ich um den Hals trage, und binde es mir um Hüften und Nieren. Ich bin empfindlich, und eine Blasenentzündung wäre das Aus. Ich schließe den Reißverschluss meiner Jacke so hoch, dass mir der Kragen bis übers Kinn reicht. Gut, dass mich niemand sieht, blutend, nass und dreckverschmiert, wie ich bin. Als wäre ich im nahen Wald einer Horde Räuber zum Opfer gefallen. Gut, dass im Wagen trockene Wechselsachen auf mich warten.

Ich biege in eine Seitenstraße ein, erreiche bald den Friedhof am Rand des Dorfes – und traue meinen Augen nicht: der Parkstreifen ist leer. Mein Wagen ist weg!

Am Eingang zum Friedhof liegt ein dunkler, kompakter Gegenstand: Es ist mein Rucksack. Sofort stürze ich mich darauf und schaue nach, ob sie ihn durchsucht oder Dinge herausgenommen haben, doch es scheint alles da zu sein, soweit ich es auf den ersten Blick erkennen kann.

Reichte es den Schweinen nicht, mich mit einer Leiche in eine stockfinstere Grube zu sperren? Mussten sie auch noch meinen Wagen nehmen? Ich hätte nicht übel Lust, ein paar Grabsteine auszureißen, so sehr packt mich der Zorn. Ich sollte endlich aufhören, mir die Sinnfrage zu stellen, sage ich mir. Waskovics Devise ist offenbar: Was geht, wird gemacht. Je bösartiger, desto besser.

Nein, Waskovic tut nichts ohne Grund. Warum hat er mir den Rucksack gelassen? Damit ich mir etwas Sauberes anziehen kann? Wohl eher, um mir einen neuen Sender unterzujubeln. Aber er kennt doch meinen Aufenthaltsort. Und er weiß, dass ich bald am Ende bin. Genau, das ist es: Er hat meine Beweglichkeit eingeschränkt, damit dieses Ende schneller kommt. Damit ich geschnappt werde.

Und mein Auto? Ernie traue ich nicht recht zu, dass er auf die Schnelle einen Wagen knackt, der Sprintkreismeister hingegen scheint ein kriminelles Allroundtalent zu sein. Womöglich ist er es auch, der Müller und die

Kaulquappe auf dem Gewissen hat. Stopp! Ich will sie nicht weiter Kaulquappe nennen, der Tod fordert Respekt. Galina. Vermutlich hat der Kreismeister Galina auf dem Gewissen.

Ich schultere meinen Rucksack und wandere in Richtung Dorf, schleiche um die Häuser wie ein Dieb und hoffe, dass mein Zähneklappern die Leute nicht aus dem Schlaf reißt. Ich brauche ein Dach überm Kopf, ich brauche Strom, um meinen Akku aufzuladen, ich brauche ein Bett, oder zumindest etwas, das dem nahekommt. Wasser wäre ebenfalls nicht schlecht, heißes Wasser wäre der größte Luxus auf Erden.

Vorsichtig steige ich über Zäune, schleiche um Garagen herum, drücke Klinken von Kellereingängen herunter: nichts. Bewegungsmelder werden ausgelöst, Hunde schlagen an; bald habe ich die Sache ausgereizt, sonst schickt mir jemand die Polizei auf dem Hals.

Als ich fast schon aufgeben will, entdecke ich eine unverschlossene Gartenlaube. Mit dem Feuerzeug, das ich in der Grube schmerzlich vermisst habe, leuchte ich vorsichtig in das Innere, verbrenne mir die Finger. Ich sehe Gartengeräte, Blumentöpfe, einen Rasenmäher, einen Werkzeugschrank, eine kleine Werkbank. Auf der Werkbank liegt ein Schleifgerät. Ein Elektrogerät … Hier gibt es Strom!

Ich warte einen Moment, bis der Schmerz an meinem Daumen nachgelassen hat, lasse nochmals das Feuerzeug aufflammen und entdecke gleich neben der Eingangstür, unterhalb des Lichtschalters, eine Steckdose. Rasch das Ladekabel eingesteckt und in das Handy eingestöpselt – das Display leuchtet auf. Es funktioniert!

Fehlt nur noch die heiße Badewanne, aber diesen Wunsch muss ich mir wohl für später aufheben.

Ich krame meine Wechselwäsche aus dem Rucksack, ziehe mich um und hänge meine nassen Sachen zum Trocknen auf. In einer Ecke finde ich ein zusammengerolltes Kokosvlies, wie man es als Frostschutz für Pflanzen verwendet. Was für Pflanzen gut ist, kann für Menschen nicht verkehrt sein, denke ich und ziehe auch noch eine zusammengefaltete Plane aus dem Regal. Ich mache es mir auf zwei Säcken Blumenerde bequem, stopfe mir ein Paar dicke Gartenhandschuhe als Polsterung in den Rücken und breite das Kokosvlies in mehreren Lagen über mich aus. Anschließend ziehe ich die Plane darüber wie ein kleines Zelt. Ich schlinge einen Müsliriegel und einen Salamisnack herunter, ruckele noch ein paarmal hin und her, bis ich eine halbwegs angenehme Position gefunden habe, schließe die Augen und bin keine zwei Minuten später eingeschlafen.

Als ich aufwache, ist der neue Tag nicht mehr weit. Grau in grau zeichnen sich die Konturen der Gegenstände, die der Schuppen beherbergt, gegen die rauen Bretterwände ab. Mein erster Griff gilt dem Handy, dessen Akku nun wieder einsatzbereit ist. Viertel nach sieben.

Herbert hat angerufen.

Ich werfe einen Blick aus dem kleinen Fenster neben der Tür, vergewissere mich, dass ich noch ungestört bin, ziehe mich wieder in das schützende Halbdunkel zurück und wähle seine Nummer. Er geht sofort ran.

»Jojo, na endlich!«

»Du hast angerufen«, stelle ich fest.

»Ja, gestern Abend schon.«

»Mein Akku war leer, und ich hatte gerade keinen Generator bei mir.«

»Wirfst du mich aus dem Bett, um Witze zu machen?«, pampt er mich an.

Ich sage ihm nicht, dass er gestern erst damit geprahlt hat, mit den Hühnern aufzustehen. Ich sage ihm außerdem nicht, dass er gar nicht mehr geschlafen haben kann, da er sonst niemals dermaßen schnell am Telefon gewesen wäre, kreuzlahm, wie er ist. Stattdessen, und obwohl ich mir fest vorgenommen hatte, kein Wort darüber zu verlieren, höre ich mich sagen: »Waskovics Frau ist tot.«

»Was?!«

»Sie liegt in einer ehemaligen Erzgrube in Windeck.«

»In einer Erzgrube? Das wird ja immer besser! Und woher weißt du davon?«

»Ich hab sie gesehen, Herbert«, sage ich leise. »Aber da war sie schon tot.«

»Du siehst Tote?! Jetzt siehst du auch noch Tote??! Wie der Knabe in ›The Sixth Sense‹, oder was?« Er verschluckt sich fast, und es ist klar, dass er mich absichtlich missversteht.

»Ich habe sie wirklich gesehen«, sage ich kleinlaut.

»Genau wie diesen Müller«, ergänzt Herbert.

»Genau wie Müller, richtig.«

»Und jetzt lass mich raten, wonach es aussieht!«

»Du brauchst nicht zu raten. Es wird danach aussehen.«

Schweigen.

»Scheiße, Scheiße, Scheiße!!!«, brüllt Herbert unvermittelt los.

Ich warte, bis er sich wieder beruhigt hat, und frage: »Gibt es etwas Neues wegen Salzmann?«

Herbert schnaubt. »Nach dem kräht kein Hahn. Es

liegt keine Anzeige gegen ihn vor, er gilt nicht als vermisst, nichts dergleichen. Bei hill & valley heißt es lediglich, er habe Urlaub. Und seine Leiche hat offenbar auch noch niemand gefunden.«

»Immerhin«, murmele ich.

»Kann ja noch kommen«, giftet Herbert. »Wenn du die Finger im Spiel hast …«

»Du hast keine Idee, wo er sich aufhalten könnte?«, frage ich.

»Keine Ahnung, sein Handy ist ausgeschaltet. Aber was ist mit dieser …«

»Und seine Adresse hast du geprüft? Er sitzt nicht zufällig bei sich zu Hause?«

»Nein, sitzt er nicht, verdammt! Ich war da und hab nachgesehen.«

»Ach, du kannst wieder hinters Steuer?«, wundere ich mich. Herbert schweigt, ich habe seinen wunden Punkt getroffen.

»Erika hat mich gefahren«, gesteht er schließlich ein.

»Oh shit!« Ich weiß, die Antwort ist nicht besonders taktvoll, doch wenn ich mir vorstelle, dass nun auch noch die dicke, unbedarfte Erika geradewegs in den Waskovic'schen Sumpf hineinsteuert, wird mir ganz anders.

»Er ist nicht da«, wiederholt Herbert gereizt. »Schon seit Tagen nicht, wie der Nachbar meinte.«

Wie, zum Kuckuck, soll ich die Sache angehen, wenn ich Salzmann nicht zu fassen kriege? Wo soll ich sonst anfangen, zu graben?

»Da ist allerdings noch das Handy seiner Frau …«, meint Herbert zögernd.

»Ich kann mir nicht vorstellen, dass seine Frau da

mit drin hängt«, sage ich und denke dabei an Vanessa. »Dieser Salzmann scheint das Ding eher mit weiblicher Unterstützung von anderer Seite durchgezogen zu haben.«

»Nein, bestimmt hängt seine Frau nicht mit drin«, erklärt Herbert mit ironischem Unterton.

»Warum bist du dir da so sicher?«, will ich wissen. Er kennt die Geschichte mit Vanessa schließlich gar nicht.

»Warum ich mir sicher bin? Weil Sylvia Salzmann seit zwei Jahren tot ist, deswegen.«

»Sie ist tot?!« Jetzt komme ich nicht mehr mit.

»War ein Autounfall«, schiebt er nach.

»Aber du sagtest, ihr Handy …«

»Das ist quicklebendig, völlig richtig. Ich habe hier die Koordinaten, ein Funkmast irgendwo in der Nähe von Waldbröl, wie's aussieht.«

»Und du meinst …«

»Genau das meine ich.«

»Kann ich die Nummer haben?«

Herbert will sie mir nur geben, wenn ich ihm sage, was mit Waskovics Frau passiert ist. Ich verspreche, ihm alles der Reihe nach zu erklären, sobald ich mir die Nummer notiert habe. Nachdem er sie mir widerwillig genannt hat, lege ich auf.

Ich habe ihn, ich habe den Kerl! Und er ist nicht einmal weit weg. Waldbröl liegt kaum mehr als einen Katzensprung von hier entfernt. Fährt er vielleicht die gleiche Taktik wie ich und harrt hier in der Gegend aus, wo alle Welt annehmen müsste, er habe das Weite gesucht?

Sollte ich ihn tatsächlich gefunden haben, ist das zumindest ein Anfang. Womöglich bin ich wenigstens in diesem Punkt einen Schritt weiter als Waskovic – vorausgesetzt, dieser Salzmann lebt noch.

Mir kommt eine Idee. Ich nehme mir Vanessas Handy vor, das ich gestern im Hotel eingesteckt habe, und sehe mir ihre Kontakte an, finde jedoch weder einen Eintrag unter ›Salzmann‹ noch unter ›Stefan‹. Ich gehe nochmals die Liste durch, konzentriere mich auf die Ziffern anstelle der Namen, und siehe da: unter ›Petra‹ werde ich fündig. Die Nummer ist identisch mit der, die Herbert mir gerade durchgegeben hat. Petra war wohl der Name von Salzmanns Frau, vermute ich. Nein, war er nicht. Herbert sagte eben, sie habe Sylvia geheißen. Folglich ein Deckname.

Ich denke einen Augenblick nach, ehe ich mit pochendem Herzen die Nummer wähle.

»Wo steckst du?«, raunzt mich eine knarzige Männerstimme an. Eine, die ich schon einmal gehört habe. »Ich hocke hier auf heißen Kohlen und warte auf dich, und du bist wie vom Erdboden verschluckt!«

Er lebt. Der Typ lebt noch! Und er hält mich für Vanessa, ganz klar. Ich lasse ihn einen Moment schmoren.

»Guten Morgen, Herr Salzmann!«, sage ich schließlich höflich und kann regelrecht spüren, wie ihm der Schreck in die Glieder fährt.

»Wer spricht da?«

»Das tut nichts zur Sache.«

»Geben Sie mir Vanessa, sofort!«

»Vanessa ist nicht hier«, erkläre ich. »Sie müssen schon mit mir klarkommen.«

»Wer sind Sie?!«

»Das verrate ich Ihnen, wenn wir uns treffen.«

»Kein Interesse.«

»Na, na, nicht so vorschnell! Ich weiß, wo Sie stecken, Salzmann, und wenn Sie nicht wollen, dass Waskovic oder einer seiner Clowns in fünf Minuten vor Ihrer Tür steht, tun Sie jetzt, was ich sage!«

»Ich habe keine Ahnung, wovon Sie reden.«

»Wirklich nicht? Das ist schade. Waskovic ist nicht der Typ, der lange fackelt, das wissen Sie genauso gut wie ich.«

Schweigen. Offenbar hat ihn das letzte Argument zum Nachdenken gebracht.

»Was wollen Sie?«

»Wie ich schon sagte: Ich möchte Sie treffen. Sie haben drei Minuten, sich die Sache zu überlegen, ich sehe auf die Uhr. Entweder Sie kommen her, beantworten mir ein paar Fragen und wir teilen uns die Beute, oder Ihnen steht Besuch ins Haus.«

»Welche Beute?«, meint Salzmann, und nun gerate ich langsam ins Schwitzen. Was, wenn er gar nicht scharf auf das Geld ist, das Müller angeblich beiseitegeschafft hat? Wenn er nicht daran interessiert ist, weil er es nämlich längst an sich gebracht hat? Wenn Salzmann Vanessa vorsätzlich betrogen hat, sodass sie annahm, ich hätte das Geld? Dann weiß er, dass ich lüge. Möglicherweise weiß er auch, dass Waskovic sich die Beute zurückgeholt hat – oder dass es dieses Geld nie gab.

»Die Zeit läuft«, mahne ich, ohne auf seine Frage einzugehen, eine andere Möglichkeit bleibt mir ohnehin nicht. Und schließlich kriege ich ihn doch.

»Woher weiß ich, dass das keine Finte ist?«, meint er misstrauisch.

»Das können Sie nicht wissen«, antworte ich wahrheitsgemäß. »Aber Ihnen bleibt keine Wahl.«

Und dann sage ich ihm, dass er sich bereithalten soll, bis ich ihm den genauen Treffpunkt mitteile.

Zeit, meinen Rucksack noch einmal genauer unter die Lupe zu nehmen und mich ein bisschen frisch zu machen. Ein Blick in meinen Miniatur-Kosmetikspiegel lässt mich zusammenfahren: Ich sehe aus, als käme ich geradewegs aus dem Bundeswehr-Biwak. Das Gesicht ist dreckverschmiert und mit Schlammspritzern gesprenkelt, an Stirn und Haaren klebt getrocknetes Blut. Überhaupt die Haare: Ohne Mütze geht nichts mehr.

Ich greife mir einen Übertopf aus dem Regal, verlasse die Laube und hole Wasser aus der Regentonne.

Nach ein paar Minuten bin ich halbwegs wiederhergestellt. Meine Stirnverletzung habe ich unter der tief heruntergezogenen Schiebermütze verborgen, die ich in der Kirchener Boutique erworben habe, ebenso wie mein Haar. Mein Gesicht ist blass und sauber, und ein dezentes Make-up verhindert, dass ich so abgeschlagen aussehe, wie ich mich fühle. Ein Hoch auf Maskenbildnerin Anettes Profitricks im Kursmodul ›Typveränderung‹, die sogar aus einer Kartoffel eine blütenzarte Schönheit zaubern.

Ich werfe einen letzten Blick durch das Schuppenfenster, um mich zu vergewissern, dass sich kein von seniler Bettflucht geplagter Rentner durchs Kartoffelbeet wühlt, öffne die Tür und schleiche durch das taubenetzte Gras davon.

Im rosigen Licht des jungen Morgens wandere ich die Straße hinauf, einem neuen, ungewissen Tag entgegen.

23

Wer flieht, kann später wohl noch siegen. Ein toter Mann bleibt ewig liegen.

Samuel Butler der Ältere

Viertel vor acht. Und nun? Ich komme an einer Haltestelle vorbei, und beim Blick auf den Fahrplan bestätigt sich meine Vermutung über den Grund, aus dem Waskovic mir das Auto weggenommen hat. Der nächste Bus ist für zwanzig vor zwei angekündigt. Na prima.

Viertel vor acht. Und nun? Ich komme an einer Haltestelle vorbei. Ich setze mich einen Augenblick und sehe zu, wie die Sonne über die Hügel klettert. Mein Nacken schmerzt, ebenso der Rücken. Von der Beule an der Stirn und der pochenden Wunde am Hinterkopf ganz zu schweigen.

Ich schiebe die Hände unter meine Jacke, lege sie flach auf die Nierengegend. Die Haut ist eiskalt.

So geht es nicht weiter. Ich brauche einen Unterschlupf, ein Bett, eine Heizung, und vor allem brauche ich ein Auto, sonst kann ich mir weitere Torturen ersparen und mich gleich der Polizei stellen.

Motorengeräusche. Ein Kleinwagen nähert sich, bremst ab. Ich springe auf.

Der Wagen hält an, und die Seitentür fliegt auf. Eine junge Frau mit rotem Haar und knallbuntem Schal beugt sich zu mir herüber. »Soll ich Sie mitnehmen?«

Ich werfe einen misstrauischen Blick auf die riesige

Aktentasche, die zur Seite gekippt auf dem Beifahrersitz liegt. Darunter lässt sich alles Mögliche verbergen. Eine Waffe zum Beispiel.

»Muss nicht sein«, sage ich. »Der nächste Bus kommt ja schon in knapp sieben Stunden.«

Sie runzelt die Stirn.

»War nur ein Scherz«, erkläre ich. »Es wäre super, wenn Sie mich ein Stück mitnehmen.«

Sie lächelt und wuchtet ihre Tasche nach hinten, damit ich mich setzen kann.

Während der Fahrt erzählt sie mir, sie sei Lehrerin am Gymnasium in Herchen. Herchen, der Ort, in dem ich das Postauto gestohlen habe.

Ob ich bis dorthin mitfahren möchte, fragt sie. Nein danke, lieber nicht.

»Sind Sie aus der Gegend?«

»Nein, aus Mönchengladbach«, behaupte ich. »Ich habe ein paar Tage Urlaub und wollte Freunde besuchen, ein Pärchen, das vor Kurzem nach Öttershagen gezogen ist. Aber sie haben sich die ganze Zeit über gestritten und … Ach, eine dumme Geschichte.« Ich winke ab. »Jedenfalls hatte ich keine Lust mehr auf ihre Gastfreundschaft, hab meine Sachen gepackt und bin weg. Mein Plan war, mir noch ein, zwei schöne Tage in der Gegend zu machen«, erkläre ich und werfe einen Blick aus dem Seitenfenster. »Hätte ich allerdings gewusst, wie schwer es ist, von hier wegzukommen, wäre ich die Sache anders angegangen.«

»Immerhin haben Sie mich getroffen«, stellt meine Wohltäterin fest und lächelt ein sympathisches Lächeln.

»Ja, Sie haben mich gerettet«, stimme ich ihr zu.

Sie dreht das Radio lauter.

»Hans-Peter, du weißt: im Jackpot befinden sich 26.660 Euro, die dir gehören, wenn du uns die richtige Antwort gibst. Achtung, hier kommt das geheimnisvolle Geräusch!«

Es ploppt.

»Ein geköpftes Ei!«, meint Hans-Peter triumphierend.

Ich sage nichts dazu. Wir passieren den großen Verkehrskreisel, den ich vorgestern umkurvt habe. Es kommt mir vor, als sei es eine Ewigkeit her. Von der Mitte des Kreisels grüßt der Bergbau-Hunt als Hinweis auf die nahe Grube und beschert mir eine Gänsehaut.

»Wissen Sie vielleicht, wo ich einen Kaffee und ein Brötchen bekommen kann?«, frage ich meine Chauffeurin.

Sie nickt. »Wir sind gleich in Schladern, ich kann Sie am Bergischen Hof absetzen. Dort kriegen Sie bestimmt ein anständiges Frühstück – und ein Zimmer, wenn Sie wollen.«

»Fabelhaft!«

Kaum 20 Minuten später habe ich mich bereits am gut sortierten Frühstücksbuffet bedient. Ich wähle einen Tisch am Fenster, trinke Kaffee und esse Toast mit Schinken und Rührei. Nachdem der erste Hunger gestillt ist, greife ich mir das Notfallhandy und wähle die Nummer von Denise.

»Guten Morgen, Denise.«

»Grüß Gott, Oma Gerda!«, meint Denise trocken. Das Handy ist ja auf den Namen ihrer Großmutter gemeldet. »Was gibt's, ist dir dein Gebiss ins Klo gefallen?«

»Mein Gebiss nicht, aber mein Smartphone«, antworte ich.

»So ein Pech! Wie geht's dir sonst, Jojo?«

»Danke der Nachfrage.«

»Wir haben lange nichts voneinander gehört.« Es klingt wie ein Tadel.

»Nun ja, sooo lange nun auch wieder nicht«, wiegele ich ab. »Was ich dich fragen wollte …«

»Bupupupu-brrrr-rit-gulligulligulli!«

»Wie?«

»Nichts weiter. Merle ist ein bisschen knatschig, ich versuche, sie aufzumuntern.«

Mich muntert Denise damit keineswegs auf, im Gegenteil: Ihr Muttertiergehabe turnt mich dermaßen ab, dass ich drauf und dran bin, aufzulegen. Leider ist jetzt nicht die Zeit für Animositäten.

»Kannst du mir einen Gefallen tun?«, frage ich gereizt.

»Denke schon«, meint Denise heftig Kaugummi kauend. »Kommt ein bisschen drauf an, welchen.«

»Robbie Williams hat eben angerufen«, sage ich. »Er braucht Personenschutz für seine Deutschland-Tournee.«

»Ha, ha, sehr lustig.«

»Kannst du mir eine Ferienwohnung mieten oder am besten ein Haus?«

»Willst du Urlaub machen?«

»So ungefähr. Ich brauche einen Stützpunkt für eine längere Observation.«

»Okay, kein Problem. Und wo?«

»In der Gemeinde Windeck«, erkläre ich, »vielleicht in der Nähe von Öttershagen oder Schladern.« Andere Ortsbezeichnungen wollen mir gerade nicht einfallen – abgesehen von Herchen, wo ich mich nach meinem modernen Postraub auf keinen Fall blicken lassen will.

»Nähe *was*?«, hakt Denise nach.

»Öt-ters-ha-gen oder Schla-dern, vielleicht.«

»Nie gehört.«

Wen wundert's. Die Gemeinde Windeck zieht sich über 40 Kilometer und zählt meines Wissens an die 60 Dörfer, von denen Stadtgewächse wie Denise garantiert noch kein einziges zu Gesicht bekommen haben. Fakt ist, dass ich bei den hiesigen Entfernungen nicht gerade in der letzten, mir womöglich völlig unbekannten Ecke landen möchte, sofern es sich verhindern lässt. Öttershagen liegt allerdings gefährlich nahe an der Grube, fällt mir ein. Doch wer sollte Verdacht schöpfen, wenn ich mich einen Tag *nach* dem Mord dort einmiete? Tue das Unerwartete.

»Möglichst kein Zimmer im Haus des Vermieters oder so was in der Art«, ergänze ich noch.

»Schon klar. Wann brauchst du die Wohnung?«

»Heute.«

»Heute?« Denise klingt wenig begeistert. »Das wird eng.«

»Wieso, musst du zur Krabbelgruppe oder ist zur Abwechslung Babyschwimmen dran?«

»Jojo, willst du jetzt was von mir, oder nicht?«, gibt sie in genervt-gelangweiltem Ton zurück.

»Sorry, war vermutlich nur der Neid. Ich weiß selbst nicht, was in mich gefahren ist.«

»Du hast keinen Grund, neidisch zu sein«, erklärt Denise gelassen. »Es zwingt euch ja niemand, Yannick als Einzelkind großzuziehen.« Sie lässt das Gesagte Kaugummi kauend nachwirken. »Also Merle wird auf keinen Fall allein bleiben«, resümiert sie nicht zum ersten Mal. »Wenn sie aus dem Gröbsten raus ist, legen wir nach, Eric und ich, das ist abgemachte Sache. Wäre auch ein Hotelzimmer in Ordnung?«

»Nein, kein Hotelzimmer«, widerspreche ich, froh darüber, wieder beim Thema zu sein. »Nichts Offizielles, nichts, wo viele Leute ein und aus gehen.«

»Ist die Sache heikel?« Langsam wird Denise misstrauisch.

»Geht so«, weiche ich aus.

»Brauchst du jemanden, der auf dich aufpasst?«

Jemanden, der auf einen aufpasst, kann man immer brauchen, was Denise allerdings meint, ist professioneller Personenschutz. Erwähnte ich bereits, dass sie einen Waffenschein besitzt? Herbert besitzt einen, Denise besitzt einen – nur ich nicht. Ich verlasse mich auf meine intellektuellen Waffen, ha, ha!

Eine Securitylady, die ständig Pausen einlegen muss, um ihre Milch abzupumpen, ist allerdings nicht gerade das, was mir weiterhelfen würde. Und nie und nimmer könnte ich verantworten, dass meinem gefälligen Muttertier etwas zustößt.

»Ich komme klar, Denise. Danke. Nur mit der Wohnung würdest du mir echt helfen. Und du musst inkognito buchen, hörst du? Am besten unter deinem Namen.« Letzteres muss leider sein, weil ich Gabriele Kronenberg in Freudenberg verbrannt habe. Meine schöne Gabriele – ich weiß noch gar nicht, wie ich den Verlust kompensieren soll.

»Okay«, meint Denise. »Ist das alles?«

»Nein.« Jetzt komme ich zu meinem größten Problem. »Ich brauche außerdem einen Wagen. Du müsstest ihn besorgen und hierher bringen.«

Heftiges Kaugummikauen. »Auch heute, nehme ich an?«

»Ja, so schnell wie möglich.«

»Ich sehe, was ich tun kann. Wie erreiche ich dich?«
»Ich melde mich bei dir. Sagen wir, in einer Stunde?«
»Alright.«

Ich bin froh, dass es draußen zu regnen beginnt, so habe ich einen Grund mehr, an meinem warmen, trockenen Sitzplatz zu bleiben. Bei einem Glas Saft überlege ich, ob es nicht besser gewesen wäre, gleich ein Taxi zu nehmen und zu Salzmann nach Waldbröl zu fahren, ehe er das Weite suchen kann. Oder wäre es womöglich klüger gewesen, sich das Telefonat zu sparen und ihm einen Überraschungsbesuch abzustatten?

Vielleicht. Allerdings bin ich nicht das SEK, und Salzmann ist nicht auf Urlaub in seiner Waldbröler Datscha, sondern hält sich dort versteckt. Er wird gerüstet sein für den Fall, dass man ihn aufspürt. Vermutlich ist er bewaffnet und schießt, sobald sich jemand nähert. Oder er verfügt über eine geheime Kellerluke, in die er mich bloß zu schubsen braucht. Nein, in dieser Angelegenheit muss der Heimvorteil klar bei mir liegen, ich muss diejenige sein, die Treffpunkt und Regeln bestimmt – und ich kann nur hoffen, dass Denise mich nicht im Stich lässt.

Es ist Vanessas vibrierendes Handy, das mich aus meinen Gedanken reißt. Ich krame es aus meinem Rucksack hervor und sehe, dass sie eine SMS erhalten hat.

Wo steckst du, Häschen? Habe großen Appetit und will dich heute Abend vernaschen. Bert

›Meine liebe Freundin Vanessa ist momentan leider verhindert‹, tippe ich spontan zurück, und füge noch etwas sehr Unanständiges hinzu. ›Beste Grüße, Johanna Schiller‹. Auf ›Senden‹ getippt, und ab geht die Post! Gleich wirst du Augen machen, Waskovic!

Die Serviererin beginnt, das Buffet abzuräumen – Zeit, mich aus dem Staub zu machen, zumal es aufgehört hat zu regnen. Ein lauer Wind weht mir um die Nase, als ich auf die Straße trete, der milchige Himmel kündigt besseres Wetter an. Ich versichere mich, dass mir niemand folgt, und gehe zum Fluss hinunter, den das regnerische Wetter der letzten Wochen hat stark anschwellen lassen. Wie von unbeherrschbarer Ungeduld getrieben, strömt er dahin, auf den Wasserfall zu. Dort, wo er fällt, glitzern Sprühnebelfontänen im Morgenlicht.

Am überschwemmten Ufer suchen Enten und Gänse nach Essbarem. Ein besonders fetter, aggressiver Ganter verfolgt mich laut schnatternd, offenbar sauer darüber, dass ich ihm nichts anzubieten habe.

Vor dem Siegfall weicht der Uferweg nach rechts ab und zieht eine Schleife um ein Sumpfgebiet, das von einer Wasserrinne gespeist wird. Ein Steg führt auf direktem Wege zur anderen Seite.

›Achtung Einsinkgefahr!‹ verkünden Schilder. Unwillkürlich muss ich an Müller denken. Hier wäre auch ein guter Ort gewesen … Dumm nur, wenn die Sieg Niedrigwasser hat, überlege ich, während ich den Steg überquere. Vermutlich trocknet der Sumpf dann aus.

Ich steige die Anhöhe zu dem pilzförmigen Aussichtspunkt hinauf, von dem man nicht den Wasserfall und die Umgebung gut im Blick hat.

Unter mir strömt der Fluss über eine glatte Kante abwärts, flutet über zahlreiche steinerne Stufen und bricht sich an großen, scharfkantigen, wie von Riesenhand verstreuten Felsbrocken, die die Wucht des Wassers mildern sollen. Als ich zuletzt hier war, an einem heißen, trockenen Sommertag, kraxelten Markus, Yannick und ich barfuß zwischen den Steinen herum und kühlten uns in der dahinplätschernden Sieg die Füße. An einem Tag wie heute würden uns die Wassermassen fortreißen.

Ich schaue einen Augenblick auf das Wasser hinunter, checke die Umgebung, setze mich dann auf die Bank unter dem runden Schutzdach und rufe Denise an.

»Du hast Glück, dass keine Ferien sind«, meint sie. »Ich habe ein schnuckeliges Häuschen für dich aufgetan, nennt sich das ›Rote Fachwerkhaus‹. Es war zwar eigentlich schon vermietet, aber die Leute haben kurzfristig abgesagt.«

»Hervorragend. Wo ist es?«

»In Langenberg, ganz in der Nähe von deinem Otter-Dings.«

»Öttershagen. Wann kann ich hin?«

»Die Vermieterin könnte dir ab drei Uhr die Schlüssel bringen. Ich habe gesagt, ich würde mich gleich noch einmal wegen der genauen Ankunftszeit melden. Ich wollte mich erst mit dir abstimmen.«

»Gut, dann mach die Sache klar.«

»Mach ich«, verspricht sie. »Ich habe ihr übrigens erzählt, in meinem Büro hätte es einen Wasserrohrbruch gegeben – macht zwei freie Tage für viel frische Luft und eine kleine Verschnaufpause … Wäre gut, wenn du die Geschichte aufgreifst.«

»Prima Idee. Wo ist dein Büro?«

»In Bonn.«

»Alles klar. Und die Bezahlung?«

»Haben wir nicht drüber gesprochen. Zahle bar, mach dich rar, würde ich sagen. Hast du Geld?«

»Es dürfte reichen. Sonst noch was?«

»Ja. Es gibt sogar einen Service für Verliebte.« Ich sehe Denises Grinsen direkt vor mir.

»Wie sieht der aus?«

»Sekt und voller Kühlschrank.«

»Buch ihn mit.«

Sie gibt mir die Adresse der Wohnung durch und die Telefonnummer der Vermieterin für den Fall, dass ich es bis drei Uhr nicht schaffe. Bleibt die Sache mit dem Wagen …

»Ich habe dir auch ein Auto besorgt«, sagt Denise wie aufs Stichwort. »Einen blauen Ford Focus. Hast du was zu schreiben?« Sie gibt mir das Kennzeichen durch. Ein Mietwagen, reserviert für drei Tage, danach muss ich verlängern.

»Ich fahr schnell zu Hause vorbei, die Babyschale holen, dann kann ich dir die Gurke vorbeibringen«, schlägt Denise vor. »Musst mir nur sagen, wohin.«

Darüber habe ich natürlich bereits nachgedacht.

»Nach Windeck-Schladern«, erkläre ich. »Ich schätze, für die Strecke brauchst du 40 bis 50 Minuten. Im Ort fährst du direkt auf den Bahnhof zu, ein riesiges, rotes Gebäude, das man von der Schnellstraße aus sieht. Neben dem Bahnhof ist ein Parkplatz, dort stellt du den Wagen ab und versteckst den Schlüssel in der Innenfelge des rechten Vorderreifens. Dann brauchst du nur noch in den nächsten Zug zu steigen. Die Verbindung ist sehr gut. Besser, wir begegnen uns gar nicht erst. Ich komme den Wagen später holen.«

»Geht in Ordnung«, meint Denise. »Also düsen wir los, Merle, was meinst du?«

»Sag mal …« Die Frage kostet mich einige Überwindung. »War die Polizei eigentlich bei dir?«

»Ja.« Denises knappe Antwort fährt mir wie ein Stromschlag durch die Glieder. »Ich habe es allerdings vorgezogen, nicht zu Hause zu sein«, setzt sie hinzu. »Und ich denke, es ist besser, wenn du mich ab sofort nicht mehr auf meinem Handy anrufst. Auch nicht auf dem Festnetz, für alle Fälle.«

Schweigen.

»Du weißt Bescheid?«

»Ja.« Sie zieht das J in die Länge und schmettert das a hinterher.

Ich frage mich, ob sie tatsächlich alles weiß, da sie die Sache so locker angeht. Allerdings ist sie eine fabelhafte Schauspielerin, wenn sie es drauf anlegt, genau darin liegt ja ihr Geschick bei Observationen.

»Das mit der Polizei war vor 20 Minuten«, teilt sie mir ungefragt mit. »Und vor einer guten Stunde habe ich mit unserem Krüppel telefoniert.«

Herbert. Er hat also ausgepackt. Oder zumindest erzählt, dass ich in der Klemme stecke. »Denise … Egal, was da bei euch ankommt, was die Polizei behaupten wird, ich …«

»Schschsch«, unterbricht sie mich.

»Wenn Herbert nicht so krank wäre, hätte ich dich in die Sache gar nicht erst reingezogen. Dann hätte er das mit dem Wagen regeln können, und ich …«

»Stopp, Jojo!«, fällt sie mir ins Wort. »Du hast mich gebeten, dich bei einer Observation zu unterstützen, nicht mehr und nicht weniger. Für diesen Auftrag werde ich dir eine Rechnung stellen wie üblich, aber ich habe keine

Ahnung, worum es geht und die muss ich auch nicht haben, weil du an dem Fall dran bist, nicht ich, okay?«

Sicher ist das okay. Es ist schlau. In solchen Dingen ist Denise immer schlau, schlauer als ich. Doch da ist dieses brennende Verlangen, mich zu rechtfertigen, mich von jeder Schuld reinzuwaschen.

»Wenn du Hilfe brauchst, ruf mich bei Oma Gerda an«, meint Denise. »Ich werde ab jetzt jeden Tag bei ihr vorbeigehen, immer zwischen sechs und sieben Uhr, bevor ich zur Schicht muss.«

»Schicht? Zu welcher Schicht?«

»Na, zum Wachdienst eben, habe ich doch erzählt. Von den paar Mücken, die du mir alle Jubeljahre rüberwachsen lässt, können wir schließlich nicht leben. Oder was meinst du, Merle?«

»Herrje! Ich hätte dich nicht bitten dürfen, den Wagen auf deinen Namen zu mieten«, erkläre ich reumütig.

»Ich habe keinen Wagen auf meinen Namen gemietet«, widerspricht Denise.

»Hast du nicht?«

»Nein, habe ich nicht. Wozu hat man eine dämliche Schwester? Zu irgendwas muss die ja gut sein.«

Auch das noch. Jetzt hängt die komplette Familie Feldmann mit drin: Das Baby wird in meinem zukünftigen Fluchtfahrzeug herumkutschiert, Oma Gerda ist Eigentümerin meines Handys, und schließlich haben wir da noch diese Schwester, die ich nicht einmal kenne, auf deren Namen der Wagen gemietet ist. Dass wir uns nicht kennen, könnte allerdings ein Vorteil für uns beide sein.

Ich beende das Telefonat und starre eine Weile geistesabwesend vor mich hin. Mir ist alles andere als wohl dabei, Denise in die Sache reingezogen zu haben, aber ich weiß mir nicht mehr anders zu helfen. Wenn ich geschnappt werde, sage ich selbstverständlich aus, dass Denise von allem nichts gewusst hat, dass ich ihr nur telefonisch den Auftrag zur Vorbereitung einer Observation erteilt habe, ohne sie in Kenntnis darüber zu setzen, worum es eigentlich ging. Ganz, wie sie es gesagt hat. Ich überlege sogar, ob ich das alles schriftlich festhalten soll, hier und jetzt, notfalls auf einem Zettel, den ich mir in die Tasche stecke.

Damit erst gar keine Missverständnisse aufkommen können, falls ich bald irgendwo tot überm Zaun hänge.

Ich habe nicht gewusst, dass Denise neuerdings nachts irgendwo Wachdienst schiebt. Wahrscheinlich hat sie nur mit Herbert darüber gesprochen. Halt, falsch! Sie wird es mir erzählt haben, aber bestimmt habe ich ihr nicht zugehört. Das wäre typisch für mich. Fakt ist, dass ich mich nicht um meine Leute kümmere. Als Merle zur Welt kam, habe ich Denise nicht einmal im Krankenhaus besucht. Sorry, dringende Angelegenheiten! Als ich irgendwann bei ihr zu Hause aufgekreuzt bin, war dem Baby der rosa Strampler, den ich mitgebracht hatte, schon zu klein. Vermutlich reagiere ich deshalb so allergisch auf Denises Mutterglück, weil *sie* eigentlich die Rabenmutter von uns beiden sein müsste. Denise, der feminine Prototyp für einen unsoliden Lebenswandel. Ihren Eric hat sie irgendwo in einer Kneipe aufgelesen, ein One-Night-Stand, wie beide dachten. Dann diese Schwangerschaft, die ungefähr so geplant war wie ein Schnupfen. *Sie* hätte diejenige sein müssen, die mit ihrer Rolle als werdende Mutter nicht zurechtkommt. Doch weit gefehlt.

Ganz anders das Ehepaar Schiller, das irgendwann

beschloss, jetzt müsste ein Kind her und dachte, der Entschluss würde reichen, um eins vom Himmel fallen zu lassen. Aber das tat es nicht. Lange, lange, lange nicht. Und als es endlich so weit war, habe ich schlappgemacht – genau an dem Punkt, an dem es ernst wurde. An dem Punkt, an dem Denise durchstartete. Und wir in puncto Lebenswandel die Rollen tauschten.

Natürlich ist das alles kein Grund, Denise ihr Glück zu missgönnen. Und falls ich es doch täte, müsste man meinen, mein Umgang mit Herbert sähe anders aus. Der hat schließlich kein Kind gekriegt, sondern bloß einen Bandscheibenvorfall. Aber nichts da: Nur ein einziges Mal, nachdem er krank wurde, bin ich bei ihm gewesen, habe eine Viertelstunde auf seiner Couch gesessen und die Tafel Schokolade in mich hineingestopft, die ich ihm mitgebracht hatte.

Nein, ich kümmere mich nicht um meine Leute, das wird mir jetzt klar. Halt, wieder falsch: Klar war es mir schon immer, ich habe nur nie darüber nachgedacht.

Es hat mich nicht interessiert. Aber für Reue ist es nun zu spät, und für Selbstmitleid erst recht.

24

Zum Reiten gehört mehr als ein Paar Stiefel.

Sprichwort

Ich trete noch einmal an die Brüstung der Aussichtsplattform, lasse den Blick über das Wasser schweifen, zur Uferpromenade und in Richtung Brücke.

Sofort fällt mir das strahlende Blau ins Auge, das in scharfem Kontrast zur unmittelbaren Umgebung steht.

Der himmelblaue Schlumpfpulli. Und drin steckt Vanessa. Diesmal ist sie nicht allein: Sie hat die Krawallhose an ihrer Seite, an deren Knie sich wiederum der gelbe Bullterrier herumdrückt. Verdammt!

In dem Augenblick, in dem ich auf sie herabschaue, hebt Vanessa den Kopf – und entdeckt mich.

Woher, zum Teufel, weiß diese Frau schon wieder, wo ich bin, frage ich mich verzweifelt, während ich die Stufen zur Aussichtsplattform hinunterspringe. Hat sie noch immer einen heißen Draht zum heiligen Christophorus? Selbst wenn sie den hat, was nützt ihr das Mikro in Waskovics Wagen, da er gar nicht mehr wissen kann, wo ich mich aufhalte? Mein Mondeo ist weg, ebenso mein alter Rucksack, meine Schuhe, meine Kleidung: Da ist nichts, mit dem sie mich orten könnten! Doch die Problemanalyse muss ich auf später vertagen, die Krawallhose hat fast den Steg erreicht. Wenn sie ihren Bullterrier auf mich hetzt, bin ich geliefert. Ich spüre schon regelrecht, wie sich dessen Reißzähne in meine Waden schlagen.

Hier oben bin ich ziemlich in die Enge getrieben: Hinter mir die Klippen über dem Fluss, links der Vorplatz des ehemaligen Kabelwerks Elmore's, ebenfalls eine Sackgasse, rechts der sumpfige Altarm der Sieg. Bleibt nur die Straße hoch auf dem Wall, die vom Kabelwerk in weitläufigem Bogen in Richtung Ortsmitte führt.

Ich renne den von Bäumen gesäumten Weg entlang, direkt auf die Straße zu, sehe, dass Vanessa und die Krawallhose bereits das Gelände unterhalb der Plattform erreicht haben. Ich stoße auf die Straße, renne weiter, im Bogen um den Altarm der Sieg herum, verfluche den Beerdigungsmantel, der bei jedem Schritt meine Oberschenkel einzuwickeln versucht. Meine Verfolger holen auf.

Ich erreiche die Unterführung der Bahngleise, hetze in Richtung Dorfmitte, wende mich nach rechts, zum Bahnhof. Unmöglich, dass Denise schon mit dem Leihwagen hier ist, aber etwas Besseres fällt mir nicht ein. Leider hält gerade kein Zug, wie ich heimlich gehofft hatte. Verdammt, was mache ich jetzt? Ich renne weiter, an dem markanten roten Gebäude vorbei, auf den Busbahnhof zu. Ein Bus fährt gerade an, stoppt dann, um auf die Hauptstraße einzubiegen. Ich rufe, winke wie wild, und tatsächlich: Die Tür öffnet sich, der Fahrer lässt mich einsteigen. In dem Moment, in dem er wieder anfährt, kommen meine Verfolger um die Ecke, und ich fange Vanessas wütenden Blick auf. Wir starren einander durch die Scheibe an, ich zücke ihr Handy und schieße ein Foto. Klick.

Ob ich eine Fahrkarte bei ihm kaufen könne, frage ich den Busfahrer und versuche, nicht zu wirken, wie jemand, der gerade um sein Leben gerannt ist, was mir nur leidlich gelingt. Wo ich denn hinwolle, fragt er zurück. »Endstation«, sage ich vorsichtshalber und strecke ihm einen 20-Euro-Schein entgegen. Es habe Zeit bis zur nächsten Haltestelle. Auch gut. Hauptsache, er tritt aufs Gas. Schnaufend lasse ich mich in die erste Sitzreihe plumpsen.

Was will Vanessa von mir? Rache wegen der Aktion gestern im Hotel? Oder ist sie entgegen meiner Beteuerungen weiterhin überzeugt, ich hätte das Geld, von dem sie gesprochen hat? Ich bin mir ziemlich sicher, es geht um Letzteres, und die beiden werden nicht so schnell aufgeben. Für den Moment habe ich sie zwar abgehängt, aber sie haben gesehen, dass ich in den Bus gestiegen bin und um welche Buslinie es sich handelt. Sie brauchen sich nur die Route einzuprägen, oder, noch einfacher, sie mit dem Handy am Haltepunkt zu fotografieren, um sich flugs ins Auto zu setzen und dem Bus hinterherzufahren. Da es am Siegufer keine Parkmöglichkeiten gibt, muss ihr Wagen hier irgendwo in der Nähe abgestellt sein. Sie werden folglich nicht lange brauchen, um ihn zu holen. Zwar habe ich noch immer den Schlüssel von Vanessas neuem Mini in der Tasche, aber ich schätze, die Krawallhose wird ihr einen Ersatzschlüssel nach Freudenberg gebracht haben. Ich glaube auch, er ist nicht mit Bus und Bahn angereist, sondern mit seinem eigenen Schlitten vorgefahren, weshalb sie vermutlich sogar über zwei Fahrzeuge verfügen. Es wird nicht lange dauern, bis sie den Bus eingeholt haben, und dann brauchen sie sich nur in seinen Windschatten zu hängen und abzuwarten, bis ich aussteige – was spätestens an der Endstation der Fall sein wird.

Tue das Unerwartete! Als der Bus kaum eine Minute später die nächste Haltestelle ansteuert, steige ich aus. Erst als ich auf der Straße stehe, registriere ich, wo ich gelandet bin: in Altwindeck, kaum einen Kilometer entfernt von der Stelle, an der ich Müller im Teich versenkt habe. Alles auf Anfang. Ein verdammter Teufelskreis.

Hektisch schaue ich mich um. Wenn ich nicht zusehe, dass ich hier wegkomme, nützt mir meine schnelle Ausstiegstaktik gar nichts. Ich haste die Straße entlang, biege in einen Feldweg ein, renne quer über einen Acker, stoße wieder auf einen Weg, weiter, immer weiter, im großen Bogen auf den nahen Wald zu. Doch bevor ich ihn erreiche, gelange ich erneut auf die Dorfstraße. In dem Moment, in dem ich die Straße überquere, biegt in etwa hundert Metern Entfernung ein Mini um die Ecke. Vanessas Mini. Ich stürze auf die andere Straßenseite, einen schmalen Weg entlang, erreiche schließlich den Wald und schlage mich sofort ins Unterholz. Sie sollen gar nicht erst die Gelegenheit bekommen, mir zu folgen.

Es geht steil bergauf, und bald bin ich völlig aus der Puste. Ich bleibe kurz stehen, um zu verschnaufen und mich des Beerdigungsmantels zu entledigen, den ich in meinen Rucksack stopfe. Dann setze ich meinen strammen Marsch fort, durchquere Nadelwald, Laubwald, wieder Nadelwald, stoße irgendwann auf eine große Schneise. Erschöpft lasse ich mich auf einen Baumstumpf sinken, denke einen Moment nach, beschließe, mich westlich zu halten und zu versuchen, einen Bogen zurück nach Schladern zu schlagen. Wo hoffentlich der Mietwagen auf mich wartet.

Ich rapple mich hoch, sehe zu, dass ich die ungeschützte Schneise passiere, gelange erneut in den Wald. Unter das Vogelgezwitscher mischen sich plötzlich Stimmen. Ich bleibe stehen, lausche, gehe einige Schritte weiter und entdecke in geringer Entfernung eine Gruppe von Reiterinnen mit ihren Pferden. Sie bewegen sich allerdings nicht vorwärts, sondern sitzen im Sattel und lassen ihre Tiere grasen. Zwei der Frauen sind abgestiegen und nehmen den Vorderhuf eines der Pferde ins Visier.

Ich überlege gerade, wie ich dem Grüppchen am besten ausweichen kann, als ein großer grauer Hund auf mich zugesprungen kommt und mich stellt. Sofort ruft ihn eine der Frauen zurück; das Tier gehorcht aufs Wort, doch es hilft nichts, sie haben mich entdeckt. Wenn ich jetzt durchs Unterholz flüchte, mache ich mich ziemlich verdächtig, weshalb ich die Flucht nach vorn antrete und die Wanderin mime. Festen Schrittes gehe ich auf die Gruppe zu, als ob nichts sei, doch als ich fast auf ihrer Höhe bin, gellt hinter mir ein Pfiff.

»Da ist sie!«

Die Stimme kommt mir reichlich bekannt vor, und im nächsten Moment sehe ich sie: Vanessa. Sie steht in etwa hundert Metern Entfernung auf dem Waldweg und deutet auf mich.

Meine Verfolgerin muss aus einer anderen Richtung gekommen sein, von der aus die Stelle, an der wir uns jetzt befinden, wesentlich schneller zu erreichen ist. Statt auf direktem Wege bin ich ihr sozusagen in großem Bogen in die Arme gelaufen.

Eine Männerstimme schallt durch den Wald, und ich brauche nicht zu raten, wem sie gehört. Es kann nur eine Frage von Sekunden sein, bis auch die Krawallhose hier auftaucht. Die beiden haben sich vermutlich nicht diese mörderische Steigung hochquälen müssen, und im Gegensatz zu mir haben sie die letzte Nacht in einem anständigen Bett verbracht. Sie sind zweifellos frischer und ausgeruhter als ich. Zu Fuß habe ich keine Chance, ihnen zu entkommen, also bleibt mir keine andere Wahl.

Ich zerre die PB aus meinem Gürtel und ziele auf eine der Reiterinnen, die mit einem Aufschrei zurückweicht.

»Es geschieht Ihnen nichts«, sage ich ruhig, während ich ihr die Gerte aus der Hand nehme. »Ich brauche nur ein Pferd.«

›Ich brauche nur ein Pferd.‹ Leicht gesagt. Meine letzte Reitstunde hatte ich mit elf Jahren, auf einem zierlichen Welsh-Pony, das hier sind allerdings weder Ponys noch Pferde, es sind Kolosse. Das kleinste von ihnen bringt es auf ein geschätztes Stockmaß von einem Meter siebzig, und es ist ausgerechnet das Tier, das offenbar ein Hufleiden hat. Unmittelbar neben ihm steht ein Grauschimmel, der noch um einiges voluminöser wirkt. Er hat seinen mächtigen Kopf in meine Richtung gedreht und sieht mich neugierig an – Liebe auf den ersten Blick, würde ich sagen. Entschlossen trete ich auf ihn zu, doch als ich ihn am Zügel fassen will, springt eine junge Frau mit blonder Lockenmähne dazwischen. Es ist eine der beiden Frauen, die gerade eben den bratpfannengroßen Huf des kleineren Braunen begutachtet haben.

»Joki bleibt hier!«, sagt sie mit fester Stimme, und ihr Mut verdient allen Respekt. Trotzdem hole ich aus und versetze ihr einen heftigen Schlag mit der Gerte, der mich fast ebenso schmerzt wie sie. Bereit, nochmals zuzuschlagen, hebe ich den Arm, und die blonde Amazone weicht endlich zurück. Ich bin sofort bei dem Grauschimmel und springe auf – oder habe das zumindest vor, aber niemand springt aus dem Stand auf einen zwei Meter großen Joki. Wild entschlossen zerre ich ihn zu einem nahen Baumstumpf, um von dort aus mein Glück zu versuchen. Vanessa und die Krawallhose sind nur noch wenige Meter entfernt. Geschafft! Endlich bin ich bin oben – und habe das Gefühl, auf einem Elefanten zu sitzen. Jokis Rücken ist breit wie ein Doppelbett, und seine Reiterin muss ein gutes Stück größer gewesen sein als ich, denn ich hangele vergeblich nach den Steigbügeln. Dann eben ohne. Reiten ist wie Fahrradfahren, man verlernt es nie – das hoffe ich zumindest und treibe dem Tier meine Hacken in die Rippen. Nichts geschieht. Die Krawallhose ist fast bei mir.

»Stehen bleiben!«, brülle ich, die Waffe im Anschlag, und komme mir vor wie Buffalo Bill. Fehlt nur noch, dass sich Joki dekorativ dazu aufbäumt, aber das tut er glücklicherweise nicht, ebenso wenig, wie die Krawallhose sich von meiner Pistole beeindrucken lässt. Wahrscheinlich weiß der Typ von Vanessa, um welche Waffe es sich handelt, und vermutlich wird er sie sogar beschafft haben. Folglich weiß er um ihre Qualitäten – und braucht sie nicht zu fürchten.

Fünf Meter. Der gelbe Bullterrier folgt seinem Herrn auf dem Fuß.

Ich entsichere demonstrativ die Pistole – was ich zuvor nicht getan habe, wie mir jetzt einfällt. Es war schließlich nicht meine ernsthafte Absicht, auf die Reiterinnen zu schießen.

Drei Meter.

Die Krawallhose verlangsamt ihr Tempo, um nicht in mein Pferd hineinzurennen.

»Stehen bleiben!«, brülle ich nochmals, während der Bullterrier zum Sprung ansetzt. Ich richte die PB auf ihn, ziele – und drücke ab. Es folgt ein Knall wie ein Kanonenschlag; das Ding hat tatsächlich geschossen! Keine Ahnung, wen es in diesem Moment am meisten erschreckt: die Frauen, die Pferde, den Bullterrier, die Krawallhose oder mich.

Schalldämpfer hin oder her: Was bleibt, reicht aus, um die Welt aus den Fugen geraten zu lassen. Um mich her ein Stampfen, Stieben, Schreien, das ich um ein Haar vom Boden aus weiterverfolge, denn Joki hat einen gewaltigen Satz getan, um hiernach unvermittelt die Beine in den Boden zu stemmen. Nun steht er da wie ein Fels in der Brandung, während um uns herum das Inferno tobt.

»Los, Joki!«, feuere ich ihn an, trotzdem rührt er sich nicht. Sorry, mein Freund, aber hier geht's um Leben und Tod, entschuldige ich mich in Gedanken bei ihm, ehe ich ihm die Fersen in die Rippen ramme und eins mit der Gerte überziehe. Noch eins. Und noch eins. Endlich setzt er sich in Bewegung, und wir nehmen Fahrt auf. Ziemlich viel Fahrt. Mit einer Hand kralle ich mich in die Mähne, mit der anderen halte ich mich am Sattel fest, während wir davongaloppieren. Nie hätte ich gedacht, dass ein solches Schwergewicht derart leichtfüßig sein kann. Wir fliegen dahin, den Waldweg entlang, durch dichten Nadelwald. Als mein Schlachtross zum Sprung über einen gestürzten Baumstamm ansetzt, ist es, als würden wir abheben, geradewegs in den Himmel. Ein Wunder, dass ich mich halten kann.

Es geht weiter bergauf, was dem Tier allerdings nicht das Geringste auszumachen scheint. »Ruhig, Joki, ruhig!«, schreie ich gegen den schneidenden Wind an, wohl wissend, dass ich nicht die geringste Chance habe, Joki irgendwie zu steuern, doch allmählich verringert er von sich aus das Tempo. Wie ein gigantisches Schwungrad, das einmal in Gang gekommen ist, walzt er jetzt vorwärts, in einem schweren, rollenden Galopp, einer Route folgend, die er allein kennt. Auf einmal geht es bergab, und Joki fällt in einen Trab, der mich ordentlich durchschüttelt. Ohne Steigbügel habe ich alle Mühe, das Gleichgewicht zu halten. Plötzlich scheint Joki genug von der lästigen Zecke auf seinem Rücken zu haben. In einem Schlenker trabt er auf den nächstgelegenen Baumstamm zu und scheuert seine mächtige Schulter an dem Stamm. Erst die Schulter, dann mein Bein und ich kapiere: Himmel, der Koloss will mich zerquetschen!

Schon spüre ich die raue Rinde an der Wade, den Druck, den der Pferdeleib ausübt, schwinge im letzten Moment das Bein nach vorn, über den Hals, sodass ich seitwärts auf dem Pferderücken liege, während Joki beschließt, seinen Trab fortzusetzen. Lange kann ich diese Position nicht halten. Ich rutsche ab, versuche, mich im Fallen zur Seite zu drehen, weg von den Bratpfannenhufen, komme mit dem linken Fuß zuerst auf, knicke um, knalle mit Hüfte und Steißbein auf den Boden, bevor ich mit dem Hinterkopf auf einen Stein aufschlage.

Dass ich nicht ohnmächtig werde, liegt wohl daran, dass der Rucksack den Sturz halbwegs abgefangen hat, ehe es meinen Kopf erwischte. Eine Welle von Schmerz überspült mich, durchflutet alle Glieder: am Knöchel dumpf und von einem tauben Gefühl begleitet, an Hüfte und Steißbein scharf und stechend, am Hinterkopf brennend und pochend. Hätte Joki mich in scharfem Galopp abgeworfen, wären mir solch präzise Lokalisierungen vermutlich gar nicht mehr möglich, dann läge ich jetzt mit zerschmetterten Gliedern da.

Vorsichtig bewege ich meine Gliedmaßen: Füße, Hände, Arme und Beine, alles gehorcht mir noch. Ich setze mich auf.

Von einer mächtigen Schweiß-Dampfwolke umhüllt, ist Joki in einiger Entfernung stehen geblieben. Er wendet seinen Kopf in meine Richtung und schaut mich treuherzig an, als wolle er sich vergewissern, dass ich noch lebe. Schließlich dreht er ab und zockelt davon – direttamente zurück zu seinem Stall, nehme ich an.

Ich fasse an meinen schmerzenden Hinterkopf, an die fleischige Wulst zwischen Genick und Schädel, fühle warme, klebrige Feuchtigkeit: eitriges Wundwasser, versetzt mit Schlieren von Blut. Die schorfige Kruste, die sich dort zwischenzeitlich gebildet hat, ist aufgeplatzt, doch damit nicht genug. Inmitten der Wunde ertaste ich etwas. Im Gegensatz zu der gespannten Haut ringsum ist es völlig gefühllos, und die stumpfe Glätte der Oberfläche lässt erahnen, dass es sich um kein natürliches Material handelt. Erschrocken ziehe ich meine Hand zurück, taste dann nochmals vorsichtig. Da ist etwas, kein Zweifel. Mit Daumen und Zeigefinger versuche ich, es zu fassen zu bekommen, ziehe daran, doch nichts geschieht. Ich ziehe nochmals, entschlossener, und plötzlich löst es sich ohne jeden Widerstand, wie ein Dorn, der mühelos aus dem Fleisch gleitet, sobald man ihn richtig gepackt hat. Aber es ist kein Dorn. Was ich auf meinen Zeigefinger balanciere, leicht wie ein Blütenblatt, ist ein etwa ein Zentimeter langes, transparentes Röhrchen mit bläulich grünem Innenleben, an dessen hinterem Ende sich eine abgeplattete, kreisförmige Verdickung befindet; am vorderen, schmalen Ende dagegen hängt ein fadenartiges Gebilde, dünn und flexibel wie ein feines Haar.

Unwillkürlich dreht sich mir der Magen um, nicht allein wegen des Ekels, mir einen Fremdkörper von nicht unbeträchtlicher Größe aus einer eitrigen Kopfwunde gezogen zu haben – das auch! –, sondern vor allem wegen der impliziten Bedeutung meiner Entdeckung. Ich kann kaum glauben, was ich da in Händen halte, aber ich weiß verdammt noch mal, wonach es aussieht: Nach einem Radio-Transmitter nämlich, einer winzigen Platine mit dahinter liegender, ebenso winziger Batterie. Und das, was mich an ein Haar erinnert hat, ist die zugehörige Antenne. Ein ähnliches Gebilde habe ich einmal in einer Tierdoku gesehen, in der über eine bestimmte Schmetterlingsart berichtet wurde, die Strecken von mehreren tausend Kilometern zurücklegen kann. Um ihre Reiserouten zu verfolgen, hatte man die Tiere mit speziellen, ultraleichten, aber äußerst leistungsfähigen Peilsendern ausgestattet.

Und jetzt bin ich der Schmetterling.

Hier, in diesem Augenblick, mit aufgeschlagenem Kopf, lädiertem Knöchel und höllisch schmerzendem Steißbein irgendwo auf dem Waldboden hockend, habe ich eins der größten Rätsel dieser bitteren Geschichte gelöst: Ich habe die Antwort auf die Frage gefunden, warum ich nie Waskovics Blickfeld entging, obwohl ich alles hinter mir gelassen habe. Anstatt Erleichterung zu empfinden, der Sache endlich auf die Spur gekommen zu sein, ist da nur bodenlose Ernüchterung. Ich will nicht mehr.

Aber ich muss.

Ernie wird mir das Ding am Blauen Stein verpasst haben, denke ich, dort oben am Basaltkrater, nachdem er mich ausgeknockt hat. Vermutlich hat er mir den Sender mit einer Art Betäubungswaffe injiziert, mit diesem futuristisch aussehenden Ding, mit dem er mich bedroht hat.

Hätte sich die Wunde nicht entzündet, hätte ich davon womöglich gar nichts gemerkt, die Injektionsstelle scheint sehr bewusst gewählt worden zu sein.

Wie zum Teufel kommt der Kerl an ein derartiges Equipment? Ist er ein verkappter James Bond? Hat er Verbindungen zum KGB? Zur CIA?

Ironie kann mich leider nicht retten. Fakt ist, dass der Peilsender nicht aus dem Sortiment von Mr. Q's Secrets stammt. Fakt ist ferner, dass Ernie mich so richtig drangekriegt hat.

Fakt ist aber auch, dass ich dahintergekommen bin. Vielleicht zu spät, aber dennoch. Sie sind verwundbar. Verdammt noch mal, sie sind verwundbar!

Ich rappele mich hoch, teste zaghaft, ob meine Füße mich tragen, und humpele davon.

25

Das Alte stürzt, es ändert sich die Zeit, und neues Leben blüht aus den Ruinen.

Friedrich Schiller

Der sanft abfallende Weg, auf dem ich mich jetzt befinde, ist trocken, eben und so breit, dass ein Auto ihn befahren könnte. Meine Verfolger scheine ich zwar vorerst abgehängt zu haben – mit Joki konnte offenbar selbst die Krawallhose nicht Schritt halten –, aber ich weiß nicht genau, wo ich mich befinde, und kann nicht ausschließen, dass Vanessas Mini gleich hinter mir auftaucht.

Vielleicht haben sie Ernie die Empfangsantenne abgeluchst und wussten deshalb, wo sie mich suchen mussten – und müssen. Noch habe ich den Sender bei mir. Ich bin versucht, ihn einfach in die Büsche zu werfen, aber irgendetwas hält mich davon ab. Falls sie nach wie vor hinter mir her sind, werden sie den Sender in kürzester Zeit im Gebüsch entdecken und wissen, dass ich noch in der Nähe bin. Ich werde es nicht schaffen, schnell genug von hier zu verschwinden, fußlahm, wie ich bin. Also muss ich mir etwas einfallen lassen.

Nach ein paar Metern stoße ich auf einen Teich, lasse den Blick schweifen. Das Gelände kommt mir irgendwie bekannt vor. Und dann weiß ich plötzlich, wo ich bin. Leider hat Joki mich nicht in östliche Richtung verfrachtet, wie ich es eigentlich angestrebt hatte, sondern in westliche.

In dem engen Tal, in dem ich mich jetzt befinde, stand einst die Pulvermühle, eine Schwarzpulver-Produktionsstätte, die aus einer Reihe massiver, mit gehörigem Sicherheitsabstand zueinander errichteter Gebäude bestand. Während des Betriebs vor rund einem Jahrhundert kam es häufiger zu Explosionen, die Menschenleben kosteten. Die Gebäude hingegen verkrafteten sie erstaunlich gut: Sie waren darauf ausgelegt mit ihren meterdicken Außenwänden aus Stein und Beton, die sie von drei Seiten umgaben. Die jeweils vierte Wand sowie die Dächer waren weniger stabil, damit der Druck im Falle einer Detonation entweichen konnte und sich die Beschädigungen in Grenzen hielten. Die Ruinen stehen noch heute. Vor Jahren hat Markus mich einmal hierher geschleppt, nachdem er etwas über die Mühle gelesen hatte. Wie Diebe sind wir damals auf dem unheimlichen Gelände herumgeschlichen und haben uns nasse Füße geholt. Irgendwann habe ich mich geweigert weiterzugehen, weil ich das Gefühl nicht loswurde, auf einem Pulverfass herumzutrampeln, das jeden Moment in die Luft gehen konnte. Was natürlich Quatsch war.

Vor dem Teich zweigt ein säuberlich mit Rindenmulch ausgestreuter Weg ab, der unmittelbar unterhalb des Steilhangs durch das Mühlengelände führt und von der gegenüberliegenden, höheren Warte aus schlecht einsehbar ist. Ich zögere nicht lange und folge ihm. Sofern sich Vanessa und die Krawallhose jetzt auf dem Hauptweg nähern, entdecken sie mich wenigstens nicht sofort.

Meine Schulter schmerzt, meine Hüfte schmerzt, ebenso mein linkes Bein. Von meinem Kopf ganz zu schweigen. Ich beiße die Zähne zusammen. Der Weg führt unter zwei massiven Betonbögen hindurch, dann scharf am Rand des Tales entlang. Links zieht sich ein Nadelwald den extrem steilen, moosbewachsenen Hang hinauf und bietet kaum eine Chance zur Flucht.

Rechter Hand ragt die erste Ruine vor mir auf. Ihre meterdicken grauen Wände sind übersät mit Löchern, als hätte sie einem Sperrfeuer standgehalten. Hinter der Ruine mache ich einen Erdwall aus, auf dem eine mächtige Tanne thront. Es gibt mehrere dieser Wälle auf dem Gelände, wie ich mich erinnere. Sie wurden einst aufgeschüttet, um die bei einer Explosion entstehenden Druckwellen zu brechen.

Plötzlich Motorgeräusche. Ich bleibe hinter dem steinernen Bollwerk stehen und lausche. Keine zehn Sekunden später nähert sich ein Wagen. Vanessas Mini. Er kommt vom Taleingang her, aus dem Ort. Vanessa weiß also, wo sie mich suchen muss, und wie sie am schnellsten dorthin gelangt. Sie muss eine Empfangsantenne haben – und ich halte noch immer den Sender in Händen.

Was tun? Loslaufen in der Hoffnung, dass ich den Ausgang des Tals erreiche, ehe sie mich schnappen? Keine Chance. Bleiben die Ruinen. Ich muss mich irgendwo verstecken. Doch wenn sie den Sender finden, wissen sie, dass ich nicht weit sein kann, dann können sie sich in Ruhe umschauen, während ich wie die Maus in der Falle sitze.

Ich humpele eilig weiter, gelange zu einem zweigeschossigen Gebäude, dessen Zwischenboden erhalten geblieben ist. Dem oberen Geschoss fehlen ein Teil der Wände und das Dach. Eine moosbewachsene Steintreppe führt nach oben ins Nichts. Das untere Geschoss ist in zwei Räume gegliedert, eine große, rechteckige Öffnung in der Mauer führt wie ein schwarzer Schlund in den rückwärtigen Teil des Gemäuers.

Insgesamt besteht der Bau aus drei Segmenten, wie ich jetzt erkenne: dem rechten, zweigeschossigen mit der Treppe, dem mittleren, das gänzlich offen und einsehbar ist, und dem linken, in dem sich eine winzige, dunkle Kammer befindet.

Das Motorgeräusch erstirbt, ich höre Stimmen. Viel Zeit bleibt mir nicht mehr. Ob ich mich in der Kammer verstecken soll? Der Zaun, der den Rundweg vom eigentlichen Mühlengelände trennt, ist nicht hoch. Ich könnte darüber steigen.

Noch einmal zurück auf die andere Seite, dorthin, wo sich die Treppe ins Nichts befindet. Der Raum darunter ist durch einen gesonderten Metallzaun mit offenen Spitzen gesichert. Sicher sehr unangenehm, darüber zu steigen – aber nicht unmöglich. Wer um sein Leben bangen muss, wird das Wagnis eingehen, ohne mit der Wimper zu zucken.

Ich nehme den Miniatursender, ziele und schleudere ihn über den Zaun hinweg, durch den offenen Schlund der Wand in den hinteren, nicht einsehbaren Raum. Dann laufe ich los.

Wieder Stimmen. Die beiden befinden sich jetzt irgendwo hinter mir auf dem Gelände und kommen näher.

Ich haste weiter, über einen schmalen Steg, den Pfad entlang, besinne mich anders, überwinde den Zaun und schlage mich durchs Gebüsch, auf den nächsten Wall, die nächste Ruine zu, suche Zuflucht hinter schützenden Mauern. Als ich um die Ecke spähe, sehe ich Vanessa Ausschau haltend auf dem Hügel neben der Tanne stehen. Die Krawallhose entdecke ich nicht, aber ich höre sie rufen.

»Da hinten muss sie sein!«

Sofort springt Vanessa den Wall herunter und rennt los. Sie steuert allerdings nicht direkt auf mich zu, sondern läuft in Richtung Rundweg.

Ich atme tief durch, löse mich von der schützenden Mauer und hetze über offenes Gelände, parallel zum Bachlauf, der sich durch das Tal windet, durch ein Meer sternförmiger gelber Scharbockskrautblüten.

Ich habe nicht einmal die Hälfte der Strecke bis zum nächsten Gebäude geschafft, als Vanessas Stimme hinter mir gellt. »Da ist sie!« Und dann, offenbar an die Krawallhose gerichtet: »Nun steig schon über diesen blöden Zaun! Sie muss in dem Loch sein!«

Gott sei Dank. Sie haben nicht mich, sondern nur den Sender entdeckt. Aber das wissen sie noch nicht.

Ich kämpfe mich durch dichtes Gestrüpp, unter dem

sich Gesteinsbrocken verbergen. Dann wird der Boden morastig.

»Scheiße, hier ist nichts!«

»Das kann doch nicht sein!«

»Halt die Fresse!«

»Halt sie doch selbst, Arschloch! Hättest du auf mich gehört, wären wir dem Gaul hinterhergefahren!

»Wenn ich die Schlampe erwische, dreh' ich ihr den Hals um! Die knallt einfach meinen Hund ab, ist das zu fassen?!«

Vorwärts, hinter das nächste Bollwerk. Die Treppe am Ende des Taleinschnitts, die zurück auf den Hauptweg führt, ist weithin sichtbar. Mit meinem lahmen Bein werde ich einige Zeit brauchen, bis ich oben bin. Aber noch sind die beiden abgelenkt. Ich höre wieder ihre Stimmen, höre sie rufen, wenngleich ich ihre Worte nicht verstehe.

Mir bleibt keine andere Wahl. Ich humpele auf die Treppe zu, nehme Stufe um Stufe, erreiche den Hauptweg, renne wieder, passiere eine Obstwiese und erreiche bald den Rand des Dorfes. Wenn ich mich nicht täusche, befinde ich mich jetzt in Dattenfeld, ganz in der Nähe jener Straße, in der ich das Mutter-Kind-Fahrzeug gestohlen habe.

Am Abzweig zum Elisental steht ein Paar mit seinen E-Bikes. Offenbar wollen sie der Pulvermühle einen Besuch abstatten und diskutieren über den Weg.

»Sie sind hier schon richtig«, mische ich mich ein. »Aber die Räder lassen Sie besser stehen.«

»Warum? Wir können doch schieben, wenn's sein muss«, widerspricht die Frau.

»Trotzdem lassen Sie die Räder lieber hier.«

»Das ist mir zu riskant«, sagt die Frau. »Wissen Sie, was die Dinger kosten? Komm, Wolfgang, wir fahren weiter!«

Nein, Wolfgang, das wirst du nicht tun. Ich zücke die PB, dieses Mal fast schon mit einer gewissen Selbstverständlichkeit.

»Ich brauche Ihr Rad«, sage ich ruhig. »Sie sehen doch, dass ich schlecht zu Fuß bin.«

Keine zwei Minuten später befinde ich mich auf der Straße nach Schladern und habe bald den Bahnhof erreicht. Denise hat Wort gehalten, der blaue Ford parkt dort wie besprochen. Ich stelle das Bike zwischen anderen Fahrrädern ab und sondiere unauffällig das Gelände. Die Luft scheint rein zu sein.

Der Schlüssel liegt am vereinbarten Platz, der Wagen ist vollgetankt, warm und blitzsauber. Wunderbar.

Auf dem Beifahrersitz liegt eine ausgedruckte Wegbeschreibung zum Ferienhaus, für alle Fälle. Denise hat mal wieder an alles gedacht.

Ein Streifenwagen passiert langsam das Bahnhofsgelände, hält aber nicht an. Kurz darauf kommt mir erneut ein Streifenwagen entgegen. Die Pferdefrauen scheinen ordentlich Rabatz gemacht zu haben.

Die Fahrt dauert nur ein paar Minuten. Ich erreiche Langenfeld, steuere jedoch absichtlich nicht sofort mein Ziel an, sondern kurve noch einmal durch den Ort. Vor einem Gebäude, das ein Schild als buddhistischen Tempel ausweist, halte ich an. Kein Mensch weit und breit. Ich reinige meine Schuhe mit einem Papiertaschentuch und einem Schluck Mineralwasser aus der Flasche, die Denise mir ins Auto gelegt hat, zupfe mir die Pferdehaare von der Hose, krame meinen Beerdigungsmantel hervor, setze die stets gut frisierte schwarze Echthaarperücke auf und male mir sorgfältig die Lippen rot in der Hoffnung, als typischer Stadtmensch auf Landflucht durchzugehen. Und nicht mit jener Verrückten in Verbindung gebracht zu werden, die in den Wäldern der Nutscheid herumballert und Rentnern mit vorgehaltener Waffe ihre E-Bikes unterm Hintern wegstiehlt.

26

Lieber mit allen Wassern gewaschen als nicht ganz sauber.
Wandspruch im Roten Fachwerkhaus

Die Vermieterin poliert gerade die Scheinwerfer ihrer Cabrio-Ente, als ich eintreffe. Die Begrüßung ist freundlich, sie hat mich bereits erwartet.

»Ihre Stimme klingt ganz anders als am Telefon«, stellt sie fest. Wen wundert's.

»Ihre aber auch«, gebe ich lächelnd zurück und füge mit Blick auf die 2CV hinzu: »Ein Sonderling in der Form, eine Sonderklasse in der Leistung – kennen Sie den alten Werbespruch noch?«

Sie kennt ihn. Wir plaudern über alte Schätzchen, unverhoffte Wasserrohrbrüche, das Frühlingserwachen und die herrliche Landschaft, und ich hoffe, vor lauter Naturbegeisterung fällt mein Pferdegeruch nicht auf.

»Ich hatte es mir hier allerdings friedlicher vorgestellt«, behaupte ich abschließend und ernte einen verwunderten Blick.

»An dem großen Kreisel unten bin ich zuerst falsch abgebogen und nach Schladern reingefahren«, präzisiere ich. »Im Ort war jede Menge Polizei unterwegs. Ich dachte schon, dort wäre eine Bank überfallen worden.«

Nein, der Vermieterin ist nichts zu Ohren gekommen. Weder von einem Mord in der Grube Silberhardt noch von einer um sich ballernden Pferdediebin, schließe ich daraus. Die Frau erweckt auch nicht den Eindruck, als würde sie mir Informationen vorenthalten, um nicht am heimatlichen Heile-Welt-Image kratzen zu müssen.

Ich verstehe das nicht: Die Grube liegt nur wenige Kilometer von hier entfernt. Wie kann es sein, dass die Nachricht vom Fund einer Leiche nicht bis hierher vorgedrungen ist? Hat die Polizei womöglich eine Nachrichtensperre verhängt? Kein überzeugender Gedanke. Wahrscheinlicher ist, dass bisher niemand Galina gefunden hat. Vielleicht herrscht im Bergwerk heute Ruhetag. Mich schaudert unwillkürlich bei dem Gedanken, dass ich, hätte ich den Ausgang nicht entdeckt, womöglich noch immer dort ausharren müsste.

Ich konzentriere mich wieder auf die Vermieterin, die gerade erzählt, dass es auch einen schönen Garten gäbe. Sogar mit einem Teich. Ob sie mir den zuerst zeigen solle?

»Um Gottes willen!«, entfährt es mir. Wenn ich das Wort ›Teich‹ allein höre, wird mir ganz anders.

»Wie bitte?«

»Ich sagte: wie schön!«, erkläre ich mit heiterer Aufgekratztheit. »Aber zuerst würde ich gern die Wohnung sehen.«

Wenige Minuten später bin ich allein – und sitze inmitten einer Puppenstube, so putzig und behaglich, als kämen gleich die sieben Zwerge durch die Tür. Sie würden allerdings ein reichlich lädiertes Schneewittchen vorfinden, das ermattet auf einem Korbstuhl hockt und sein schmerzendes Bein hochgelegt hat. Nur seine schwarze Perücke säße wie immer perfekt.

Hier scheint es wirklich märchenhaft zuzugehen: Eben habe ich die Rosenblätter auf dem Doppelbett hinter der halbhohen Trennwand entdeckt und muss ein hysterisches Kichern unterdrücken. Wie war das noch? Richtig: der Service für Verliebte.

Salzmann wird Augen machen!

Der Vermieterin gegenüber habe ich ihn als meinen Verlobten ausgegeben, den ich spontan mit einem romantischen Abendessen in netter Umgebung überraschen wolle. Mein Liebster würde ein bisschen später anreisen und müsse leider in aller Frühe wieder los, habe ich behautet, damit erst gar keine Fragen aufkommen.

Nachdem ich mich eine Weile ausgeruht habe, schleppe ich mich hinüber in die kleine Küche, brühe mir einen Tee auf und gieße ihn in ein entzückendes kleines Porzellantässchen. Sogar frisches Gebäck finde ich vor. Apropos Gebäck: Heute steht noch etwas anderes an.

»Herzlichen Glückwunsch zum Geburtstag, Irene.«

»Vielen Dank, Jojo«, meint meine Schwiegermutter brav,

um gleich mit gewohnt spöttischem Unterton hinzuzufügen: »Und – mal wieder in geheimer Mission unterwegs?«

Ausnahmsweise ist ihre als Beleidigung gedachte Neckerei zu etwas nütze, denn die Bemerkung verrät mir, dass sie von nichts weiß.

»Tut mir leid, dass ich nicht vorbeikommen kann«, antworte ich ausweichend. »Leider kann ich hier gerade nicht weg.«

»Verstehe«, behauptet Irene. Was ich bezweifle.

»Feierst du schön?«, erkundige ich mich mit meiner sanftmütig-optimistischsten Stimme.

»Na sicher!«

Allzu festlich kann es nicht zugehen, denn im Hintergrund dröhnt der Fernseher. Genug des Small Talks, befinde ich und komme zur Sache. »Ist Markus da?«

»Ja. Einen Moment, ich gebe ihn dir!«

»Hallo, Schatz!«, begrüßt mein Mann mich fröhlich. Ich traue meinen Ohren kaum, und mein Herz macht einen Hüpfer. Erst jetzt merke ich, wie sehr er mir gefehlt hat – und wie froh ich darüber bin, dass er sich offenbar wieder auf meine Seite geschlagen hat. Dass ich wieder auf ihn zählen kann.

»Warte einen Moment, ich nehm dich mit raus«, meint er nun. »Yannick und Mama sehen so laut fern, dass man sein eigenes Wort nicht versteht.«

›Seit wann darf Yannick unter der Woche fernsehen?‹, hätte ich unter normalen Umständen gefragt. Weiß schließlich jeder, dass Kinder blöd davon werden. Jetzt ziehe ich es vor, mich harmlos nach der Sendung zu erkundigen, und erfahre, dass es sich um ›Pippi Langstrumpf‹ handelt, dieselben Folgen, die wir damals schon mit unseren Eltern geguckt haben.

»Mama ist immer noch ganz verliebt in Kapitän Langstrumpf«, setzt Markus hinzu, und ich sehe ihn genau vor mir, wie er in diesem Moment schelmisch seiner Mutter zuzwinkert. Dann höre ich eine Tür gehen, die Hintergrundgeräusche verstummen schlagartig, und der Mann, den ich nun am Apparat habe, ist ein anderer.

»Was fällt dir ein, hier anzurufen?«, fährt er mich an.

»Ich wollte nur fragen, wie es euch geht«, erwidere ich kleinlaut.

»Lass uns in Ruhe, verstanden? Wir wollen mit deinem Scheiß nichts zu tun haben!«

»Wie geht's Yannick?«, hake ich nach und merke, dass ich wütend werde, was mich noch wütender macht, weil ich keinen Grund habe, auf Markus wütend zu sein. Ich müsste ihn verstehen können.

»Kein Mensch weiß, was du dir bei dem Mist gedacht hast!«, schnauzt er, ohne im Geringsten auf meine Frage einzugehen. »So schlecht standen wir nun auch nicht da!«

»Ich weiß nicht, wovon du sprichst, Markus«, sage ich und zwinge mich zu einem neutralen Ton.

Schweigen. Er überlegt offenbar, ob mein Einwand eine Antwort wert ist.

»Die Polizei hat gestern unsere Bude auf den Kopf gestellt«, erklärt er schließlich, und der Schreck fährt mir in alle Glieder. »Sie waren nicht sonderlich freundlich zu mir, falls es dich interessiert. Ich habe mir Yannick geschnappt und bin sofort zu Irene gefahren, bevor ihnen einfallen konnte, mich festzusetzen. So sieht's aus.«

»Was haben Sie gefunden?«, erkundige ich mich vorsichtig.

»Keine Ahnung, das musst du doch am besten wissen! Aber lass dir gesagt sein: Ich habe keine Lust, dich im Knast zu besuchen. Nicht die geringste.« Und gehässig fügt er hinzu: »Das kann ja dann dein Stecher machen – falls er nicht selbst bald einsitzt.«

»Markus, hör mir zu! Ich hatte nichts mit diesem Mann. Ich sollte ihn nur beschatten.«

»Beschatten? Das nennst du beschatten?!« Er lacht empört auf.

»Ja, ich sollte ihn beschatten«, behaupte ich, obwohl das nicht wahr ist, alles andere wäre jedoch auf die Schnelle zu kompliziert, und kommt diese Lüge nicht am ehesten an die Wahrheit heran?

»Nein, das stimmt nicht ganz«, korrigiere ich mich trotzdem, weil ich mir geschworen hatte, meinem Mann nur noch die Wahrheit zu sagen. »Es ging eigentlich nicht um ihn, sondern um seinen Chef, aber dann lief alles durcheinander, es war …« Ich halte inne. Markus lacht, hämisch, böse, und ich merke, dass mir die Puste ausgeht. So einfach ist das alles nicht begreiflich zu machen, schon gar nicht am Telefon. Erst recht nicht, wenn man spürt, dass der andere gar nicht willens und in der Verfassung ist, einem zuzuhören.

»Die Dinge sind wirklich kompliziert, Markus«, versuche ich resigniert das Thema zu beenden. »Ich hoffe, ich kann dir bald alles in Ruhe erklären.«

»Ich habe dir schon einmal gesagt, dass mich deine Geschichten nicht mehr interessieren.«

»Ich kann dich ja verstehen, Markus!«, lenke ich ein. »Es muss schrecklich gewesen sein gestern. Aber glaub' mir, wenn du erst weißt …«

»Ich werde die Scheidung einreichen, Johanna«, unterbricht er mich, plötzlich sehr gefasst. »Und ruf hier bitte nicht noch mal an.«

Klick. Ende des Gesprächs.

Es wird Zeit, denke ich. Wenn ich die Sache mit Salzmann nicht sofort angehe, werde ich in eine bodenlose Depression sinken. Dann werde ich keine Kraft mehr haben, für gar nichts. Heute nicht und überhaupt nicht mehr.

Ich wähle seine Nummer, und er geht sofort ran. Ohne Vorrede gebe ich ihm die Adresse durch, erkläre, dass ich ihn in einer Stunde zum Kaffee erwarte – pünktlich!, und will das Gespräch beenden, doch Salzmann hat ebenfalls etwas zu sagen.

»Es ist mir zu riskant, am helllichten Tag durch die Gegend zu fahren«, verkündet er.

Ich denke einen Augenblick nach. Der Kerl hält sich seit Tagen vor Waskovic versteckt, weil er um sein Leben fürchtet. Nachdem die Polizei Müllers blutbeschmierten Wagen entdeckt hat, interessiert sie sich vermutlich ebenfalls für ihn – was ihm nicht recht sein kann. Es wäre tatsächlich töricht, sich unter diesen Umständen ins Auto zu setzen. In eines, dessen Kennzeichen bekannt ist.

»Nehmen Sie sich ein Taxi«, sage ich.

»Nein, das tue ich nicht. Auf keinen Fall komme ich ohne eigenes Fahrzeug irgendwohin.«

Was ich verstehen kann. Wenn er flüchten muss, wird's eng. Und sollte man ihn schnappen, dann vielleicht gerade hier. Dann steht entweder die Sesamstraßen-Gang oder die Polizei auf der Matte. Nein, es ist vermutlich klüger, unser Treffen auf einen Zeitpunkt nach Einbruch der Dunkelheit zu verschieben. »Gut, ich erwartete Sie um acht«, sage ich.

»Da ist es noch hell«, widerspricht er erneut.

»Also schön, um neun Uhr, das ist mein letztes Wort. Und sehen Sie zu, dass Sie bis dahin Ihre Nummernschilder manipuliert kriegen. Nicht, dass Sie hier noch in Begleitung auftauchen.«

Nach dem Gespräch ziehe ich mich ins Bad zurück, setze mich in die Duschwanne und lasse mich vom heißen Wasser berieseln, bis mir Schwimmhäute wachsen. Auf dem Regal am Waschbecken finde ich ein Töpfchen handgefertigte Körperbutter vor, mit der ich meinen zerschundenen Körper verwöhne. Nach Kokos, wilder Geranie und Wer-weiß-was duftend, kehre ich schließlich ins Wohnzimmer zurück, lasse mich mit einer Tasse Tee auf dem Sofa neben dem Esstisch nieder und lege mein Bein hoch.

Wenn er schnell ist, kann er in weniger als 30 Minuten hier sein, überlege ich. Er muss sich nicht an die Uhrzeit halten, die wir ausgemacht haben. Vielleicht geht er das Tageslichtrisiko ja doch ein, um den Überraschungseffekt auf seiner Seite zu haben und mich zu überrumpeln. Wichtig ist, das Haus vor seiner Ankunft zu verlassen, was leider bedeutet, dass ich sofort vor die Tür gehen und dort unter Umständen fünf Stunden auf ihn warten muss. Das schaffe ich nicht. Ich bin todmüde, und die Nacht wird lang, fürchte ich. Geradezu gegen meinen Willen rolle ich mich auf dem Sofa zusammen, die PB auf dem Kopfkissen neben mir, und bin augenblicklich eingeschlafen.

Als ich aufwache, ist es bereits früher Abend. Immerhin – einen Überraschungsbesuch hat mir Salzmann bislang nicht abgestattet. Ich stehe auf, humpele zu dem Radio auf der alten ›Singer‹-Nähmaschine und stelle den Regionalsender ein. Gerade hat eine gewisse Heike vergeblich versucht, das geheimnisvolle Geräusch zu erraten. Vermutlich hat sie auf ein geköpftes Ei getippt.

Endlich Nachrichten: Keine Leiche im Dorfteich, keine Leiche im Bergwerksstollen, aber wenig später doch noch eine Meldung mit Unterhaltungscharakter: In der Nutscheid, einem Waldgebiet bei Dattenfeld in der Gemeinde Windeck, habe eine unbekannte Frau eine Gruppe von Reiterinnen mit einer Waffe bedroht, deren Hund erschossen und anschließend eines der Pferde entwendet. Dieses habe man allerdings wenig später wohlbehalten vor dem heimatlichen Stall vorgefunden. Über die Hintergründe dieser mysteriösen Tat und die Täterin selbst sei bisher nichts bekannt.

Na prima. Vanessa und die Krawallhose sind fein raus, nur ich muss mal wieder dran glauben. Und soll anstelle der gelben Bestie einen völlig unschuldigen Hund erschossen haben. Wie jeder weiß, ist das hierzulande schlimmer als Mord.

Um Punkt acht Uhr stülpe ich mir wieder meine schwarze Perücke über und trete vor die Tür.

Die Sonne steht bereits tief, ein glühender Ball, der Wiesen und Wälder in goldenes Licht taucht. Auf seltsame Weise scheint die Relation zwischen Nah und Fern aufgehoben, alles ist gleichrangig: ein einsamer Baum, ein Grasbüschel, der Wald. Dann erlischt der Goldglanz, die Dinge rücken an ihren angestammten Platz, und wie eine samtene Decke senkt sich die Dämmerung über das Land. Fern über den Hügeln zeichnet sich scherenschnittartig Burg Windeck gegen den Himmel ab. In ihrer kantigen

Kompaktheit erinnert sie an einen überdimensionalen Grabstein – einen Grabstein für Müller, der im Teich zu ihren Füßen ruht.

Keine melancholischen Todesfantasien!, bremse ich mich. Erst muss ich herausfinden, von welcher Ecke aus ich Salzmann am besten überrumpeln kann.

27

Was der Abend bringt, ist ungewiss.

Titus Livius

Um elf Minuten vor neun fährt ein dunkler Kleinwagen mit Rhein-Sieg-Kennzeichen vor. Es verstreicht fast eine Minute, ehe sich die Fahrertür öffnet und ein Mann aussteigt. Vage erkenne ich in ihm jenen verwegen dreinblickenden Typen aus der Runde der Holzhackerbuben wieder, den Ernie mit seiner Digitalkamera abgelichtet hat.

Salzmann zögert. Ich sehe, wie er prüfend auf einen Zettel in seiner Hand schaut, dann auf das Haus und erneut auf den Zettel. Ja, ja, komm nur! Du bist hier richtig, mein Freund. Das denkt er offenbar auch und stößt das putzige Holztörchen auf. Am Treppenabsatz nehme ich ihn von hinten in Empfang und bohre ihm die PB ins Kreuz. Er bleibt wie angewurzelt stehen.

»Immer rein in die gute Stube«, sage ich und verstärke den Druck, um ihn zum Weitergehen zu bewegen. Wir steigen die Treppe zur Eingangstür hinauf, und ich schubse ihn in die Wohnung, durch die winzige Küche ins Wohnzimmer.

Damit ihn das herzige Interieur gar nicht erst dazu verleitet, falsche Schlüsse über die vermeintliche Bewohnerin zu ziehen, befehle ich ihm, die Hände über den Kopf zu heben und sich mit gegrätschten Beinen an die Wand zu stellen. Anschließend taste ich ihn von oben bis unten nach Waffen ab, ohne falsche Scham und sehr gründlich. Keine Waffen. Nur ein Smartphone, ein Schlüsselbund und ein Taschentuch. Smartphone und Schlüsselbund lege ich auf dem Esstisch ab und sage: »Okay. Jetzt machen wir beide es uns mal ein bisschen gemütlich.«

Langsam wendet Salzmann sich um. Ich deute auf einen der Korbstühle am Esstisch. »Setzen!«

Er rückt sich den Stuhl am Fensterplatz zurecht, während ich eilig die schweren roten Vorhänge zuziehe. Da ich nicht den Anschein erwecken will, wir würden uns gemeinsam zum Kaffeekränzchen niederlassen, postiere ich mich in etwa einem Meter Abstand zum Tisch und bleibe stehen. Was ihm die Gelegenheit gibt, mich von oben bis unten zu mustern.

»Eins vorweg«, stelle ich klar. »Wenn Sie versuchen, mir irgendwelchen Schaden zuzufügen, werden Sie nie erfahren, wo ich das Schatzkistchen versteckt habe.«

Er sieht mir prüfend in die Augen. Lange. »Ich wüsste nicht, warum ich Ihnen Schaden zufügen sollte.« Seine Stimme knarzt wie eine alte Tür.

»War ja auch nur eine Warnung«, sage ich und deute auf die Pistole in meiner Hand. »Das hier ist eine russische PB.«

»Das sagt mir nichts«, antwortet er ruhig. »Ich habe keine Ahnung von Waffen.«

»›Pistolet Bes'schumnyi‹, was so viel heißt wie ›lautlose Pistole‹, das Lieblingsspielzeug des KGB«, raune ich. »Wenn die losgeht, glauben die Nachbarn höchstens, ein Zahnputzbecher wäre runtergefallen – während Sie schon tot in der Ecke liegen. Kapiert?« Ich habe mir Vanessas Worte gut eingeprägt.

Seine Augenbrauen wandern irritiert in die Höhe, doch ich glaube auch, den Anflug eines Grinsens auf seinem Gesicht zu entdecken. Hat der Typ Sinn für schwarzen Humor, oder macht er sich über mich lustig? Erneut mustert er mich abschätzend, und mir ist alles andere als behaglich dabei zumute. Er hat etwas an sich, das mich fertigmacht: Seine physische Erscheinung, seine Stimme, die Art, wie er jetzt bedächtig langsam, geradezu sorgfältig seine Handflächen auf dem Tisch ablegt, oder alles zusammen. Die Natur ist ungerecht, denke ich nicht zum ersten Mal. Wie soll eine kleine, eher schmächtige Person wie ich gegen einen Typen wie ihn bestehen? Das geht nur mit Waffengewalt.

»Sind Sie sicher, dass Ihnen niemand gefolgt ist?«, frage ich scharf.

»So sicher man sich eben sein kann«, antwortet er achselzuckend. »Ich habe jedes Risiko gemieden und glaube nicht, dass sich irgendjemand für den Wagen draußen interessiert. Er gehört einer Freundin.«

Der Typ scheint eine Menge Freundinnen zu haben. Vanessa kann jedenfalls nicht gemeint sein, denn bei dem Fahrzeug, mit dem er vorgefahren ist, handelt es sich weder um ihren neuen Mini noch um ihren alten Ford K.

»Wieso hat Waskovic Sie nicht in Waldbröl entdeckt?«, frage ich weiter.

»Wieso hat Waskovic Sie nicht in Ihrem Puppenstübchen entdeckt?«, fragt er zurück und macht eine umfassende Geste. »Das Ganze hier kann genauso gut eine Falle sein.«

»Wenn ich Ihnen Waskovic auf den Hals hetzen wollte, hätte ich mir nicht die Mühe gemacht, Sie hierher zu bitten«, widerspreche ich. »Ich hätte ihn direkt zu Ihnen geschickt. Also?«

»Ich muss mir erst einmal überlegen, ob Sie das etwas angeht«, meint Salzmann, während er mit einer Hand über die Tischplatte streicht.

»Überlegen sie nicht allzu lang«, empfehle ich ihm und klopfe mir ein paarmal mit der PB in die offene Hand. »Ich bin kein geduldiger Mensch, wissen Sie.«

Leider gibt er sich nicht sonderlich beeindruckt. »Was ist mit Vanessa passiert?«, will er wissen.

»Sie ist in Ordnung.«

»Das reicht mir nicht.«

Ich halte ihm Vanessas Handy unter die Nase. Auf dem Display sieht man, wie sie außer Atem, aber putzmunter, auf irgendetwas deutet. Es ist der Bus, mit dem ich gerade davonfahre. Ich habe sie mit ihrem eigenen Handy durch die Scheibe fotografiert. Neben ihr steht die Krawallhose, nicht sonderlich gut getroffen, doch deutlich erkennbar.

»Achten Sie auf das Aufnahmedatum«, sage ich zu Salzmann. »Ist erst ein paar Stunden her. Reicht das fürs Erste?«

Er nickt.

»Dann schießen Sie los!«

»Es gibt da ein Ferienhaus, eher eine Hütte, sie gehört

einer Freundin der Familie«, berichtet er. »Früher bin ich manchmal am Wochenende mit meiner Frau hingefahren, wir hatten die Schlüssel. Ich habe sie nie zurückgegeben, nachdem …« Er hält inne, scheint seine Worte abzuwägen, setzt schließlich neu an. »In den letzten Jahren war ich nicht mehr dort, und es wusste auch niemand mehr, dass es diese Hütte gab – oder besser gesagt, dass es sie gibt. Sie steht ja noch.«

Okay, das klingt einigermaßen plausibel. Mein Knöchel schmerzt höllisch, ebenso mein Steißbein und der Nacken. Ich ziehe mir einen der Korbstühle heran und setze mich, nicht direkt an den Tisch, sondern ein Stück davor. Die Waffe ruht griffbereit in meinem Schoß.

»Ich habe Sie hierher bestellt, weil ich Informationen brauche«, erkläre ich. »Wenn ich die bekomme, kriegen Sie, was Sie wollen, und können gehen. Verstanden?«

Er nickt.

»Was waren das für Geschäfte, die Sie und Müller für Waskovic getätigt haben?«

»Woher weiß ich, dass Sie Wort halten?«

Nun ist es an mir, ihn eine Weile prüfend zu mustern.

»Sie gehen mir auf die Nerven mit Ihren ständigen Gegenfragen«, sage ich streng. »Ich glaube, Sie haben nicht verstanden, dass ich am längeren Hebel sitze. Sie haben hier keine Forderungen zu stellen.«

»Zeigen Sie mir erst, was Sie haben«, fordert er mich ungerührt auf, und langsam werde ich richtig sauer.

»Ich bin Ihnen nichts schuldig, klar? Ich kann Sie erschießen, wenn Sie nicht antworten. Ich kann der Polizei einen heißen Tipp geben, die ist ja wohl auch nicht Ihr Freund, sonst hätten Sie sie längst um Hilfe gebeten. Oder ich rufe Waskovic an, ganz, wie es mir beliebt – und ich habe den Eindruck, die letzte Option wäre die unangenehmste für Sie.«

Er blickt auf seine Hände, dann an mir vorbei ins Leere. »Die Materie ist ziemlich kompliziert«, beginnt er. »Ich versuche mal, das Ganze so einfach wie möglich darzustellen.«

»Ich bitte darum.«

»Die Waskovic Holz GmbH betreibt einen Holzgroßhandel, wie Sie wahrscheinlich wissen. Sie kauft Ware vor Ort bei den Waldbesitzern auf, vorrangig aus dem Bergischen Land und dem Westerwald. Es wird gesammelt und in größeren Mengen weiterveräußert – und das ist es im Wesentlichen auch schon. Dann gibt es noch eine zweite Gesellschaft, die hill & valley GmbH, deren Belegschaft größtenteils identisch mit der von Waskovic Holz ist. hill & valley handelt allerdings nicht mit heimischen Hölzern, sondern mit Edelholz aus Übersee. Es wird dort aufgekauft, importiert und auf den europäischen Markt gebracht, vorrangiger Kunde ist die Möbelindustrie. Die Ware stammt größtenteils aus Malaysia – offiziell. Inoffiziell wird sie nahezu ausschließlich aus Indonesien bezogen.«

»Offiziell – inoffiziell, was soll das heißen?«, hake ich nach.

»Indonesien ist einer der weltweit größten Tropenholzlieferanten«, erklärt Salzmann. »Es war beispielsweise der größte Teakholzexporteur, bis es in den 90ern in Verruf geriet, als bekannt wurde, dass dafür rigoroser Raubbau betrieben wurde. Massive Boykottaufrufe hatten zur Folge, dass der Markt für Teakholz in Deutschland so gut wie tot war. Das änderte sich allerdings vor einigen Jahren wieder. Nicht allein für Teak. Auch anderes hochwertiges Tropenholz kam wieder in Mode, vor allem für Gartenmöbel, Terrassenbeläge und so weiter. Was Härte, Unempfindlichkeit und Langlebigkeit betrifft, können die heimischen Hölzer da einfach nicht mithalten – zumindest sofern sie nicht entsprechend präpariert sind. Der Markt boomte also, nicht zuletzt, seit man auf die Idee gekommen war, Zertifizierungen einzuführen, die angeblich belegen, dass das Holz unter sozialverträglichen Bedingungen und vor allem ökologisch neutral geerntet wurde.«

»Ökologisch neutral geschlagenes Holz aus den Regenwäldern?«

Salzmann nickt. »Ja, sofern es aus bestimmten, sehr begrenzten und dafür ausgewiesenen Arealen stammt. Vor allem geht es dabei jedoch um den Plantagenanbau. Eine Plantage ist kein Tropenwald, so die Logik. Diese Zertifizierungsgeschichten nahmen schnell immer größere Ausmaße an. Du konntest praktisch kein Edelholz mehr verkaufen, noch dazu zu einem guten Preis, wenn es nicht zertifiziert war. Und seit 2013 darf in die EU ausschließlich zertifizierte Ware mit den dazugehörigen Gütesiegeln importiert werden.«

»Verstehe. Und weiter?«

»Was Indonesien betrifft, verbietet inzwischen ein Forstgesetz das Roden von Urwäldern und die Ausfuhr von Tropenhölzern. Doch es gibt Tricks, das Verbot zu umgehen.«

Hätte man sich denken können. »Und die wären?«

»Man beantragt eine Konzession zur Errichtung einer Palmölplantage. Diese Konzessionen werden in der Regel ohne größere Probleme gewährt. Damit umgeht man das Forstgesetz und kann die Waldflächen roden, auf denen anschließend die Plantagen angepflanzt werden sollen.«

»Und dieses Holz ist dann ökologisch unbedenklich?!«
»So ungefähr.«
»Waskovic betreibt also Palmölplantagen?«, frage ich unsicher.
»Nein.« Salzmann schüttelt den Kopf. »Das machen Unternehmen vor Ort. Wir kooperieren mit einer malaysisch-indonesischen Holding mit Sitz in Singapur. Die Holding ist nicht nur im Palmölgeschäft aktiv, sondern zudem in der Papier- und Zellstoffindustrie tätig, und macht auch noch andere Dinge: Sie handelt beispielsweise mit Edelhölzern. Das geschlagene Holz wird rüber nach Malaysia geschmuggelt, wo es kein Exportverbot gibt. Das passiert im großen Stil. In Malaysia wird die Ware dann umdeklariert, und hier treten wir über unsere Tochterfirma Eden Wood auf den Plan. Wir kaufen das Holz vor Ort auf und bemühen uns im Nachhinein um die entsprechenden Zertifizierungen und Gütesiegel.«
»Weil Waskovic ja so ein Vorzeige-Naturschützer ist«, werfe ich ein, doch Salzmann überhört meinen Spott.
»Mit dem Ökogetue von Waskovic Holz ist nicht viel zu holen«, antwortet er lapidar. »Das ist alles rein fürs Image.«
»Und deshalb hat Waskovic anderwärtig vorgesorgt.«
»Genau. Er – das heißt: wir haben uns ein ziemlich tragfähiges Netz aufgebaut, was das Geschäft mit den Zertifikaten betrifft«, fährt er fort. »Wir kennen unsere Pappenheimer, wir wissen, an wen wir uns wenden müssen, und wie die Sache läuft.«
»Die Siegel bastelt ihr euch sozusagen selbst?«
»Nicht wir. Das lassen wir andere machen. Aber die tun es natürlich nur für entsprechende Gegenleistungen.«

»Natürlich. Und das fällt niemandem auf?«

Salzmann schüttelt den Kopf. Das Ganze sei eine Art in sich geschlossenes System, erklärt er. Sei die Ware einmal als ökologisch unbedenklich zertifiziert, könne niemand mehr nachprüfen, ob dies stimme oder nicht. Man sähe es dem Holz schließlich nicht an. So könne es problemlos auf den europäischen Markt gebracht werden, für den die Zertifizierung wiederum Voraussetzung sei.

Tropenhölzer. Gefällte Urwaldriesen. Naturzerstörung. Ich betrachte Salzmann eine Weile, bevor ich ihn frage, ob er nicht manchmal den Anflug eines schlechten Gewissens habe, an diesem schmutzigen Geschäft beteiligt zu sein. Die Antwort lässt nicht lange auf sich warten, und sie ist definitiv die falsche.

»Wenn nicht wir, machen es eben andere«, meint er lapidar. »Die Europäer wollen beschissen werden, allen voran die Deutschen, die wollen sich ihr gutes Gewissen erkaufen.« Er legt eine kurze Pause ein und fügt selbstgefällig hinzu: »So sieht's aus. So ist das eben.«

»Salzmann«, sage ich, »bis eben warst du mir eine Spur sympathisch. Aber Leute, die mit einem Schulterzucken sagen: ›Wenn ich es nicht tun würde, würde euch irgendein anderer in die Gaskammer treiben‹, die waren mir schon immer zutiefst zuwider.«

»Blödsinn!«, widerspricht er harsch. »Ich treibe doch niemanden in die Gaskammer! Diese ganzen Zertifizierungsgeschichten sind der reinste Humbug, die sind das Papier nicht wert, auf dem sie stehen. Da wird gelogen und betrogen an allen Ecken und Enden. Und niemand braucht zu glauben, dass Holz aus Plantagenanbau irgendwie besser wäre als Holz aus dem Urwald. Denn da, wo heute die Plantagen stehen, war mal Urwald, verstehen Sie?«

Ich weiß nicht, ob er recht hat. An dem, was er sagt, ist sicher was dran, aber ich spüre auch, dass er sein Verhalten in irgendeiner Form zu legitimieren versucht. Kein Wunder. Wahrscheinlich hat er kapiert, dass ich ihn momentan in der Hand habe und dass es unangenehme Folgen für ihn haben kann, wenn er mich zu sehr verärgert.

»Ich bin kein Umweltexperte, ich kann das nicht beurteilen«, erkläre ich, weil ich das Thema abschließen will.

»Dann sparen Sie sich diesen arroganten Unterton«, pampt er mich an. Okay, seine Rechtfertigungsversuche gehen nicht gerade so weit, dass er sich einschleimen würde. Und er ist noch nicht fertig. »Ich kann nichts für das Elend der Welt«, meint er. »Wenn die da unten ihre Wälder abholzen, dann sollen sie doch! Bitte schön! Wie fänden wir es denn, wenn sich irgendwelche Indonesier in unsere Angelegenheiten einmischen würden?«

»Aber der Fortbestand der Tropenwälder geht uns alle an!«, werfe ich ein, politisch korrekt bis in die Haarspitzen, und ich verstehe sogar, dass er lacht.

»Aber der Fortbestand der Tropenwälder geht uns alle an!«, äfft er mich nach, wenn auch auf halbwegs gutmütige Art. »Was würden Sie denn sagen, wenn einer aus Borneo oder Java oder meinetwegen Kalkutta vor Ihrer Tür stünde und forderte: ›Schaffen Sie sofort Ihr Auto ab, das ist nicht gut für unsere Umwelt.‹?« Er verzieht abfällig den Mund. »Wenn ich dieses Geschwätz schon höre!«

»Und was ist mit den Orang-Utans?« Ich denke an die großen, blanken Augen verzweifelter Babyäffchen, die mutterlos inmitten gefällter Baumriesen hocken. Ist Salzmann ein Orang-Utan-Mörder? Ein Babyaffenkiller? Die kommen für mich gleich nach Kinderschändern. Und nicht nur für mich.

»Ach, die Orang-Utans!« Er schlägt einen gespielt mitleidigen Ton an. »Bei einem kleinen, hilflosen Äffchen kriegen die Leute Pipi in die Augen, aber ob da unten ein zahnloser Mittdreißiger mit fünfköpfiger Familie noch einen Job hat oder nicht, danach fragt keiner, das ist euch völlig egal. So etwas nenne ich bigott und dumm, und ihr Frauen tut euch da besonders hervor«, klärt er mich auf.

Wie bitte? Habe ich gerade richtig gehört? Ich hätte nicht übel Lust, die PB noch einmal auf ihre Tauglichkeit zu testen, doch mir kommt der Gedanke, dass Salzmann mich absichtlich provoziert, weil er offenbar vom Thema ablenken will.

»Schön«, sage ich. »Uns Frauen fehlt eben der Weitblick, die großen Zusammenhänge überschauen wir nicht. Dafür die kleinen umso besser. Und was ich mich schon die ganze Zeit frage, ist, was ihr beide eigentlich verbrochen habt, Müller und du, wo ihr euch doch mit Waskovic darüber einig wart, dass ihr der Welt nur Gutes tut? Was hat ihn so gegen euch aufgebracht?«

Salzmann braucht einen Moment, ehe er sich wieder besinnt. »Das Ganze ist nicht so leicht zu bewerkstelligen, wie es sich vielleicht angehört hat«, erklärt er. »Man riskiert einiges. Jeder, der mitmischt, riskiert eine Menge. Aber Waskovic hat uns auf eine Art abgespeist, als wäre das Ganze nur ein Zubrot für uns. Seiner Meinung nach gehörte der Löwenanteil ihm, weil die Deals über seine Firma liefen. Müller, Kemper und ich bekamen etwa ein

Drittel des Gewinns, Waskovic den Rest. Das war der Knackpunkt.«

»Was ist mit diesem Kemper? War der zufrieden mit der Situation?«

Salzmann zuckt die Achseln. »Der ist mit allem zufrieden, wenn er nur bald genug zusammen hat, um in den Vorruhestand zu gehen und seiner Frau beim Schmetterlingezählen zu helfen. Außerdem hat er in der Sache längst nicht so viel verantwortet wie Müller und ich. Er war eigentlich nur Mitwisser.«

»Wie kommen Sie auf Schmetterlinge?«, werfe ich ein.

»Spielt doch keine Rolle.«

»Doch, und wie! Was hat Kempers Frau mit Schmetterlingen zu tun?«

»Ist ihr Hobby«, meint er achselzuckend. »Sie führt irgendwelche Experimente mit den Viechern durch. Keine Ahnung, was genau, Kemper bildet sich jedenfalls mächtig was auf seine kluge Gattin ein.«

Schmetterlinge? Wie kann sich eine Frau mit einem Gatten wie Ernie ausgerechnet solch zarten, vergänglichen Geschöpfen widmen? Reine Kompensation? … Egal. Fakt ist, dass die Dame über das Equipment verfügen könnte, mit dem Ernie mich ohne mein Wissen geimpft hat. Ob seine Gattin davon wusste oder nicht, sei dahin gestellt, und auch, ob es auf ihre technischen Talente zurückzuführen ist, einen Schmetterlingssender in eine funktionierende Überwachungsmaschinerie für Menschen umzustricken. Aber wir waren nicht bei Ernie, der nach wie vor pumperlg'sund durch die Weltgeschichte gondelt, sondern bei Wasserwellen-Tom, der mausetot und fischig kalt in einem schlammschwarzen Teich … Stopp!

»Kemper war also mit seinem Lohn zufrieden«, repetiere ich. »Ihr beiden allerdings nicht.«

Salzmann nickt geduldig.

»Und?«

»Und?«, wiederholt er, völlig ohne Biss. »Ist das eigentlich Ihre echte Haarfarbe?«

Dieses Mal ist es an mir, irritiert dreinzublicken. »Ich wüsste nicht, was Sie das angeht«, wehre ich ab.

»Es sieht jedenfalls furchtbar aus. Dann noch diese Frisur ... Steht Ihnen überhaupt nicht.«

»Vielen Dank, bei Komplimenten werde ich immer schwach. Könnten wir jetzt bitte wieder zum Thema kommen?«

»Ganz einfach«, meint Salzmann, während sein Blick noch immer an meinem Scheitel hängt. »Uns passte die Sache nicht, aber Waskovic ist eben Waskovic, der lässt nicht mit sich diskutieren. Deshalb haben wir es anders gemacht.«

Ich strecke mein schmerzendes Bein aus, massiere mir leicht die Schulter und sehe ihn erwartungsvoll an. Er scheint jedoch der Meinung zu sein, alles gesagt zu haben.

»Ich bitte um Details«, sage ich. »Vorher lasse ich Sie hier nicht raus.«

Er bläst unwillig die Backen auf. »Die Deals mit der indonesischen Holding hat Waskovic selbst verantwortet«, erzählt er dann. »Die Dinge, die in Malaysia zu regeln waren, vor Ort in Port Klang, hat meist Müller abgewickelt. Thomas Müller. Die Sache mit den Zertifizierungen, meine ich.«

Ich nicke.

»Vor ungefähr einem Jahr hat Müller Waskovic weisgemacht, dass es einen neuen, zusätzlichen Mittelsmann gäbe, der nicht zu umgehen sei und seine Forderungen stelle. Das war unser *Entschinoh.*«

»Euer was?«

»Unser Entschinoh«, brummt Salzmann, dann deutlicher, langsamer: »Encik Noh. Das bedeutet so viel wie: ›Herr Noh‹ oder besser ›Mr. Noh‹ – die Geschäfte werden ja auf Englisch abgewickelt. Es war einfach ein malaysischer Name – allerdings ein erfundener.«

Mr. Noh. Mir fällt es wie Schuppen von den Augen. Das belauschte Gespräch im Hotelzimmer! *Mr. Noh – Dr. No.*

›Ich habe jetzt genug von unserem Dr. No‹, hat Waskovic gesagt. Und mir wird klar: Der James-Bond-Titel, den er zitiert hat, ist keineswegs eine ironische Verballhornung für jemanden gewesen, der sich einer Sache verweigert oder sie abgeschmettert hat, wie ich angenommen habe. Und ebenso wenig hat Waskovic damit einen der beiden Herren gemeint, die ausgeschaltet werden sollten. In Wahrheit hat das Wortspiel eine völlig andere Bedeutung gehabt: Es ist der spöttisch abgewandelte Name einer dritten Person gewesen, allerdings einer, die gar nicht real existierte. Und genau das hat Waskovic zum Ausdruck bringen wollen. Endlich verstehe ich. Waskovic ist dem Betrug auf die Spur gekommen. Er wusste, dass es diesen Mann gar nicht gab und die Zahlungen folglich in Müllers eigene Tasche gewandert sein mussten. Das war der Grund, weshalb er sterben musste. Endlich wird ein Schuh aus der Sache, und ich spüre eine gewisse Erleichterung über diese Erkenntnis. Offen bleibt jedoch, was genau Salzmann mit der Geschichte zu tun hat. Er muss schließlich nicht zwangsläufig von Müllers Trickserеien gewusst haben. Ich frage ihn danach.

Salzmann blickt auf seine Hände, die wieder brav auf der Tischplatte ruhen. »Doch, ich muss davon gewusst haben«, antwortet er bedächtig und sieht mich an. »Ich habe nämlich mehrfach mit Mr. Noh telefoniert, und einmal habe ich ihn sogar getroffen.«

Das ist nun wirklich dumm: Mit jemandem zu telefonieren, den es gar nicht gibt. Und ihn dann auch noch zu treffen. »Klingt interessant«, sage ich. »Wie haben Sie das angestellt?«

Salzmann überhört meinen Spott. »Hin und wieder kam es vor, dass ich mit rüber nach Malaysia geflogen bin«, erklärt er. »Einmal habe ich Waskovic gegenüber behauptet, es habe Unklarheiten wegen der Frachtpapiere gegeben, was Rückfragen bei diesem Mr. Noh notwendig gemacht hätte. Ich wollte damit Müllers Glaubwürdigkeit stärken. Es sollte nicht so aussehen, als sei dieser Encik Noh ein Phantom, dem nur Müller je begegnet war.«

»Verstehe.« Ich lasse mir die neuen Informationen eine Weile durch den Kopf gehen. »Was ich allerdings noch nicht verstehe, ist, warum Eden Wood für die gefälschten Zertifikate gezahlt haben soll«, sage ich dann. »Ich meine: Ohne die Zertifikate keine Einfuhrgenehmigung nach Europa, also auch kein Geschäft. Der Anbieter vor Ort muss folglich selbst ein Interesse daran gehabt haben, die entsprechenden Unterlagen beizubringen, ob gefälscht oder nicht.«

»Das stimmt«, meint Salzmann. »Aber nicht zertifiziertes, illegal geschlagenes Holz ist billiger zu haben als zertifizierte Ware – ob die Zertifikate nun gefälscht sind oder nicht. Es ist also besser, günstiges Holz zu kaufen und selbst für die Zertifizierung zu sorgen. Hierbei schmierst du nur Einzelne, kaufst aber immer günstig ein.

Außerdem gilt zu bedenken, dass die geschmuggelte Ware nicht für den europäischen Markt bestimmt ist, sondern in erster Linie für den asiatischen, und da wird kein solches Tamtam um Gütesiegel gemacht.«

»Und mit Tamtam, wie läuft das ab?«, hake ich nach.

»Normalerweise so: Du kaufst einen kleinen Teil zertifizierte Ware und mischst sie unter die nicht zertifizierte Ware, was bis zu einem bestimmten Umfang sogar legal ist. Aber du mischst natürlich viel mehr unter als …« Salzmann hält inne und sieht mich erstaunt an. Sein Blick wandert hinunter zu meinen Bauch, der bereits zum wiederholten Male geknurrt hat, dieses Mal allerdings unüberhörbar.

»Wann haben Sie das letzte Mal etwas gegessen?«, erkundigt er sich. »Nicht, dass Sie mir noch aus den Latschen kippen.«

»Das lassen Sie mal meine Sorge sein«, entgegne ich schnippisch, weil mir die Sache peinlich ist.

»Sie müssen doch in Ihrem Puppenstübchen irgendwas zu beißen haben!« Er lässt nicht locker. »Gehen Sie und schmieren Sie sich ein Butterbrot, ich laufe schon nicht weg.«

»Das hätten Sie wohl gern«, widerspreche ich. »Ich lasse Sie nicht aus den Augen, mein Freund.«

»Wie Sie meinen.« Salzmann zuckt die Achseln. »Ich muss ja nicht hungern, ich hatte ein Steak und Pommes Parisiennes zu Mittag.«

›Pommes *was*?‹, möchte ich fragen, verkneife es mir aber. »Wir sollten weitermachen«, sage ich, stoße jedoch auf kein Gehör.

»Nun nehmen Sie schon Ihre Knarre«, fordert er mich auf. »Ich komme mit in die Küche.«

28

Nacht soll sprechen, Nacht beraten, Nacht soll bringen dir den Sieg.

Plutarch

Salzmann steht auf und stapft mit erhobenen Händen vor mir her in die Küche, wo er mir mit einem Kopfnicken bedeutet, mich auf den einzigen vorhandenen Stuhl zu setzen, ein Exemplar mit rot kariertem Kissen, das dekorativ in der Ecke platziert ist. Sofort beginnt er in dem alten Kuchenbüffet zu kramen und inspiziert den Kühlschrank. Ich frage mich, ob ich sein Tun unterbinden soll, ob das Ganze ein Trick ist und er nur auf den Augenblick wartet, in dem er mich überwältigen kann. Aber ich habe Hunger, einen Bärenhunger, und besser, er macht mir etwas zu Essen, wobei ich ihn im Blick habe, als es selbst zu tun. Als Salzmann nach einem Küchenmesser greift, will ich aufspringen, doch er entfernt lediglich die Folie einer Packung Räucherlachs und hebt den Fisch mithilfe des Messers auf einen Teller. Er füllt Crème fraîche in ein Schälchen und presst eine Knoblauchzehe hinein.

»Das ist es!«, entfährt es mir.

»Wie bitte?«

»Das geheimnisvolle Geräusch: die Knoblauchpresse!« Salzmann schüttelt verständnislos den Kopf und greift nach einem kleinen Laib Brot.

Dann öffnet er noch einmal den Kühlschrank und holt eine Flasche Sekt heraus, die zum Verliebten-Arrangement gehört. Ich drohe mit dem Zeigefinger und bedeute ihm, die Flasche zurückzustellen. Zu gemütlich wollen wir's uns schließlich nicht machen.

Er gehorcht kommentarlos und trägt die Speisen geschickt wie ein Kellner in den anderen Raum.

Obwohl ich noch eine Menge Fragen habe, verläuft das Essen schweigend, denn mit vollem Mund zu sprechen, untergräbt meine Autorität, fürchte ich. Als ich halbwegs satt bin, frage ich nach Vanessa.

»Wo haben Sie die aufgegabelt?«, will ich wissen.

»In der Disco«, bekennt Salzmann freimütig, als hätte ich ihn nach seiner neuesten Freundin gefragt, und nimmt sich erneut vom Lachs. »Wir haben sie damals zusammen kennengelernt: Waskovic, Müller und ich. Waskovic hatte uns eingeladen, das tat er manchmal. Wir zogen zu dritt los und machten uns einen netten Abend.«

»Und Kemper war nicht dabei?«

»Kemper? Nein, der bleibt lieber zu Hause, bei seiner Frau. Jedenfalls haben wir Vanessa dort getroffen, sie war zusammen mit ihrer Freundin da, der kleinen Blonden.

»Chantal?«

Er lacht auf. »Wenn die wirklich Chantal heißt, fresse ich einen Besen!«

»Dann wünsche ich guten Appetit. Sie heißt tatsächlich so.«

Salzmann beäugt mich skeptisch. »Wenn Sie es sagen.« Er zieht ein Taschentuch hervor und wischt sich über den Mund. »Waskovic hatte gleich ein Auge auf die beiden geworfen«, fährt er fort. »Rein zufällig habe ich mitbekommen, dass Vanessa einen jungen Burschen damit beauftragt hatte, ihr zu stecken, wer in welchem Schlitten vorgefahren ist. Damit sie schon mal eine Vorauswahl treffen konnte – die Mühe sollte sich schließlich lohnen. Das fand ich irgendwie pfiffig. Es zeigte mir auch, dass sie nicht zu ihrem Privatvergnügen unterwegs war, sondern sozusagen geschäftlich. Sie hat sich überhaupt geschickt verhalten. Die Dinge liefen, wie sie eben laufen, und bald hatte Vanessa Waskovic am Wickel. Natürlich hatte sie es auf ihn abgesehen, es war ja schnell klar, dass er der Boss war, aber ich habe gleich gespürt, dass sie zu mir den besseren Draht hatte.«

»Klar, bei einem Schwerenöter wie Ihnen wird vermutlich jede schwach. Sie haben also ebenfalls was mit ihr angefangen.«

Salzmann antwortet nicht.

»Haben Sie nun oder haben Sie nicht?«, hake ich nach, und der Kerl wird rot wie ein Schuljunge. Herrje! Ist das zu fassen?

»Sie waren scharf auf eine, die mit Ihrem Chef pennt, um ihm und Ihnen das Geld aus der Tasche zu ziehen?«, spotte ich mitleidlos. »Einen sonderbaren Geschmack haben Sie!«

Salzmann sagt immer noch nichts, und plötzlich erscheint mir sein Schweigen Sinn zu ergeben. »Hey, Sie lieben sie!«, platze ich heraus. »Lieben Sie Vanessa?«

»Das kann auch nur eine Frau fragen!«, brummt er. Dann, mit trotzigem Unterton: »Ob ich sie liebe? Nein, das tue ich nicht. Ich liebe nur meine Frau.«

»Die aber leider tot ist«, ergänze ich, denn er soll wissen, dass ich im Bilde bin. Ich will in dieser Diskussion unter allen Umständen das letzte Wort behalten.

Wenn Blicke töten könnten, hätte Salzmann mich in diesem Moment ins Jenseits befördert.

»Glauben Sie, die Liebe hört auf, nur weil der andere gestorben ist?«, fährt er mich an, und sein Bass ist rau wie Schmirgelpapier. Seine Verletztheit trifft mich, ob ich will oder nicht. Hey, der Typ ist ein Betrüger, ein Gangster, und wir drehen hier doch kein Remake von Love Story!, ermahne ich mich. Ich bin ein harter Knochen, was das Beziehungselend anderer Leute angeht. Diese ganzen Eifersuchts-, Seitensprung- und Fremdgeh-Geschichten berühren mich nicht. Ich wahre dazu eine professionelle Distanz, sonst könnte ich meine Arbeit nicht tun. Aber Liebe über den Tod hinaus: So etwas haut mich um, da werde ich hoffnungslos sentimental.

Ich denke an mein Telefonat mit Markus und bin fast neidisch auf diese fremde Liebe, bis mir aufgeht, dass Salzmanns Frau ja nichts mehr davon hat.

»Sorry«, sage ich und zwinkere eine Träne weg. »Sie haben Vanessa also engagiert?«

Salzmann nickt widerwillig. »Sie sollte Waskovic auf die Finger gucken, Augen und Ohren offenhalten. Waskovic ist clever, aber er ist auch ein Angeber, und da Vanessa nicht seine erste Geliebte war, wusste ich, dass er der Damenwelt gegenüber geschwätzig wird – in gewissen Situationen zumindest. Außerdem kann er schlecht zwischen Arbeit und Freizeit trennen und telefoniert bei allen Gelegenheiten. Das alles würde uns in die Hände spielen, dachte ich.«

»Vanessa sollte als eine Art weibliches Frühwarnsystem fungieren?«

»So ungefähr. Und sie hat uns dann ja auch gewarnt, nur leider zu spät – was Müller betrifft, zumindest.«

»Wissen Sie von der Geschichte mit Erkan Demer?«, frage ich ihn.

Salzmann sieht mich verständnislos an. »Wer soll das sein?«

»Ein türkischer Geschäftsmann aus Köln. Ein toter türkischer Geschäftsmann, allerdings. Ermordet, wie es aussieht. Vanessa war seine Geliebte. Und sie galt als eine der Tatverdächtigen.«

»Davon weiß ich nichts«, behauptet er. »Bevor sie den Job annahm, fragte sie lediglich, ob es um irgendwelche Mafiageschichten ginge. Sie sagte so etwas wie: ›Davon habe ich die Nase voll, damit will ich nichts zu tun haben‹, aber ich konnte sie beruhigen. Ich habe ihr gesagt, es ginge sozusagen um eine reine Privatangelegenheit zwischen Waskovic, Müller und mir, und damit war sie zufrieden. Sie hat sich auch nie beschwert, bis Sie auf den Plan getreten sind.«

»Ich?«

»Ja, Sie. Vanessa konnte Ihre Rolle nicht einordnen und war sauer, weil wir Sie nie erwähnt hatten, und plötzlich spielten Sie eine so wichtige Rolle.«

»Welche Rolle habe ich denn Ihrer Ansicht nach gespielt?«, will ich wissen.

Salzmann denkt einen Augenblick nach. »Vanessa glaubt, dass Sie es waren, die Müller umgebracht hat«, sagt er schließlich.

Ich lasse mir die Sache einen Moment durch den Kopf gehen. »Wie kommt sie darauf?«, frage ich ruhig.

»Weil Müller ihr den versprochenen Anteil nicht gegeben hat und stattdessen verschwunden ist«, antwortet Salzmann ebenso gefasst. »Kurz darauf hörte Vanessa, wie Kemper zu Waskovic sagte, Sie wären mit Müller unterwegs. Und vorher hatte sie ja auch noch diese Fotos zu Gesicht bekommen.«

»Welche Fotos?« Ich kann mir die Antwort zwar denken, doch ich will wissen, was Salzmann darüber weiß. Oder zu wissen glaubt.

Als Vanessa sich einmal mit Waskovic im Hotel getroffen habe, sei Kemper kurz vorher dort gewesen, um Waskovic einige Bilder vorbeizubringen, erfahre ich. Waskovic habe die Fotos eine Weile auf dem Tisch liegen lassen, und als er mal rausmusste, habe Vanessa sie sich angesehen. Sie habe zunächst nicht gewusst, wer die Frau in Müllers Wagen war. »Aber als später der Name Johanna Schiller fiel und Vanessa mitbekam, dass Waskovic hinter Ihnen her war, hat sie zwei und zwei zusammengezählt«, erklärt Salzmann.

»Wenn sie da mal richtig gezählt hat«, werfe ich ein.

»Tja, das ist die Frage.« Salzmann schaut mich nachdenklich an. »Vanessa ist sich nur nicht sicher, ob Waskovic Sie ursprünglich auf Müller angesetzt hatte und Sie ihm dann abtrünnig geworden sind, oder ob Sie von vornherein auf eigene Faust gehandelt haben.«

»Und Sie, was glauben Sie?«, frage ich und erwidere seinen Blick. Lange, länger – so lang, dass mir reichlich mulmig zumute wird.

»Ich glaube das alles nicht«, sagt Salzmann überraschend locker. »Sie sind nicht gut informiert, sonst wären Sie nicht auf mich angewiesen.«

›Sie sind nicht gut informiert, sonst wären Sie nicht auf mich angewiesen‹ – was für ein arroganter Arsch! Dann diese Augen, die machen mich kirre. »Glotzen Sie mich nicht immer so an, das nervt!«

Salzmann scheint gar nicht hinzuhören. »Außerdem

stelle ich mir immer wieder die Frage, warum Sie mich in jener Nacht angerufen haben«, fährt er ungerührt fort, und um ein Haar hätte ich mich verschluckt.

»Ich soll Sie angerufen haben?«

»Warum leugnen Sie? Das waren Sie doch! Ich habe Ihre Stimme sofort wiedererkannt, als ich Sie heute Morgen gehört habe.«

»Quatsch!«

Er glaubt mir nicht. »Warum haben Sie uns vor Waskovic gewarnt?«, insistiert er. »Warum haben Sie *mich* gewarnt? Warum nicht Müller, den Sie schließlich kannten?«

Ich weiß keine Antwort. Oder will sie ihm nicht geben. Mich stört plötzlich das viele falsche Haar, das meine Wangen streift, und ich fasse es zu einem Zopf zusammen, den ich gleich wieder löse.

»Weit sind Sie allerdings nicht gekommen«, weiche ich aus.

»Das stimmt«, pflichtet Salzmann mir bei. »Aber Sie offenbar auch nicht. Da fahren wir beide wohl dieselbe Strategie.«

»Weiß Vanessa, wo Sie sind?«, frage ich.

»Nein, ich habe nur telefonisch Kontakt zu ihr gehalten. Sie wollte Sie aufspüren und mich informieren, bis jetzt ist das allerdings nicht geschehen.«

»Nein«, sage ich. »Und das wird auch nicht geschehen. Sie hat sich nämlich gedacht, sie regelt das allein – nicht ganz allein, sondern zusammen mit diesem blonden Bullterrier. Das heißt, der Bullterrier war eigentlich sein Hund … Kennen Sie ihn? Ich meine jetzt nicht den Hund, sondern …«

»Wer ist dieser Typ?«

Ich zucke die Achseln. »Vanessas Freund, nehme ich an. Also ein *weiterer* Freund, ich weiß ja nicht recht, wie Sie und Vanessa Ihr Verhältnis definieren … Die beiden versuchen jedenfalls seit Tagen, mich zu erwischen. Einmal konnte ich allerdings den Spieß umdrehen und mir Vanessa schnappen, und da hat sie ein bisschen aus dem Nähkästchen geplaudert. Leider hatte ich an dem Morgen keine Zeit, mir die ganze Geschichte anzuhören.«

»Und der Kerl?« Salzmann ist aufgestanden und stützt sich mit den Händen auf der Tischplatte ab.

»Der ist erst später aufgetaucht«, sage ich.

»Hat Waskovic ihn geschickt?«

»Nein, das glaube ich nicht. Er gehört ausschließlich zu Vanessa, wenn Sie mich fragen. Und jetzt setzen Sie sich mal wieder hin.«

Aber Salzmann tut es nicht. »Wenn Waskovic sie rumgekriegt hat, wenn sie es war, die mich …«

»Denken Sie doch mal nach, Salzmann!«, fahre ich dazwischen. »Hätte Vanessa Sie drankriegen wollen, hätte sie es längst getan. Das wollte sie aber nicht, sie wollte nur den Kuchen nicht mit Ihnen teilen. Sie will Sie bei der Party nicht dabei haben, das ist alles. Und nun setzen Sie sich gefälligst wieder!«

Salzmann bleibt stehen, schließt die Augen, legt die Hände vors Gesicht. Er reibt sich über die Wangen, auf denen bereits ein dunkler Schatten liegt, streicht sich mit Mittel- und Zeigefingern über die Brauen. Als er die Augen wieder öffnet, blickt er über die halbhohe Fachwerkwand, die den Schlafbereich vom Essbereich trennt. Mit einem Ausdruck ehrlicher Verblüffung hält er inne.

Siedend heiß fällt es mir ein: Ich habe vergessen, die Rosenblätter vom Doppelbett zu entfernen. Und Salzmann hat sie gerade entdeckt. Er sieht mich an, mit einer Mischung aus Verwunderung, Überraschung – und vor allem Spott.

»Was haben *Sie* denn noch vor?«, erkundigt er sich, und zu meinem Ärger spüre ich, wie ich puterrot anlaufe.

»Ist das Arrangement etwa für mich?«

»Das war schon so!«, behaupte ich hastig. »Damit habe ich nichts zu tun.« Sofort humpele ich an ihm vorbei, in den hinteren Teil des Raumes und fege hektisch die Blätter von der Bettdecke – mit einer Hand, in der anderen halte ich die PB. In diesem Moment ist er über mir. Er wirft sich auf mich, packt meine Handgelenke und drückt mich mit seinem kompletten Gewicht in die Kissen, sodass mir die Luft wegbleibt. Seine Rechte umklammert die meine wie einen Schraubstock, bis ich dem Druck nicht länger standhalten kann und die Pistole loslasse. Blitzschnell wischt er sie vom Bett, und sie fällt polternd zu Boden. Im nächsten Augenblick reißt er mich herum, sein Gesicht ist ganz nah über meinem. Da sind winzige braune Einsprengsel in seinen graublauen Augen, über die Nasenwurzel zieht sich eine hauchfeine Narbe. Ich kann die frischen Bartstoppeln sehen, merke, dass mir meine Perücke vom Kopf gerutscht ist. Ohne Waffe, ohne Perücke, ohne jegliche Bewegungsfreiheit fühle ich mich schlagartig nackter als nackt.

»Fürchten Sie, dass jemand Ihnen gegenüber unaufrichtig ist? Erhalten Sie nicht, was Ihnen zusteht?«, zischt Salzmann. Ich brauche eine Sekunde, ehe ich merke, dass er meinen Werbetext zitiert. »Wahrheit, Klarheit, Fairness – oder wie war das? Daran wollen wir uns jetzt mal schön halten, liebe Frau Schiller!« Und ebenso plötzlich, wie er mich überrumpelt hat, gibt Salzmann mich frei. Er springt leichtfüßig auf, greift nach der PB hinter dem Bett und legt sie achtlos auf einem kleinen Tischchen ab. In etwa zwei Meter Entfernung vor mir bleibt er stehen und schaut mich abwartend an. Ich setze mich auf, bringe mein Bein in eine schmerzfreie Position, fasse mir an den Kopf, der sich geradezu kahl anfühlt ohne die falsche Mähne, zerwühle mein eigenes kurzes, platt gedrücktes Haar.

»Viel besser«, meint Salzmann.

»Wie?«

»Die Haarfarbe. Passt viel besser zu Ihnen.«

»Sie reden wie ein schwuler Friseur, Salzmann«, sage ich und reibe meine schmerzenden Handgelenke. »Ich dachte, Sie wären Verbrecher.«

»Und ich dachte, Sie wären eine harmlose kleine Schnüfflerin, die versehentlich in viel zu große Stiefel geschlüpft ist«, kontert er. Eins muss ich ihm lassen: an dem Bild ist was dran.

»Wenn ich Waskovic nicht drankriegen kann, bin ich geliefert«, sage ich.

»Ich bin ganz Ohr«, meint Salzmann.

Und dann packe ich aus, weil es nun auch egal ist – wir Kriminelle sind ja unter uns –, weil ich mit jemandem reden muss, weil ich die Hoffnung nicht aufgeben will, doch noch irgendwas erreichen zu können. Und Salzmann ist ein guter Zuhörer; er lässt mir Zeit, unterbricht mich nicht, fragt nur nach, wenn ihm etwas unklar ist. Ich erzähle von dem Auftrag der Kaulquappe, von meinem Lauschangriff auf dem Balkon, von dem Mordauftrag, der Müller und ihn zum Ziel hatte, von Müllers Leiche, die ich wenig später in meinem Kofferraum fand. Ich erzähle davon, wie Waskovic mir anfangs weismachte, er habe meiner Familie etwas angetan, womit er mich hinderte, die Polizei einzuschalten, von meinem gescheiterten Versuch, es später tatsächlich zu tun. Ich erzähle von dem Brand im Büro und meiner irrwitzigen Flucht und von dem makabren Versteckspiel, das ich seither spiele, erzähle von der Grube und der toten Galina, von meinen Begegnungen mit Vanessa und ihrem Freund, von dieser Wohnung, die ich angemietet habe, um mich mit ihm, Salzmann, treffen zu können. Ich erzähle nicht, woher ich Salzmanns Aufenthaltsort kannte, noch, wo ich Müller gelassen habe und wie ich angeblich an sein Geld gekommen bin. Auch Pavel lasse ich außen vor. »Ich habe kein Interesse an euren krummen Geschäften«, schließe ich. »Ich will kein Geld. Ich will nur mein Leben zurück, verstehen Sie?«

Salzmann steht noch immer vor mir, inzwischen lässig an die Wand gelehnt.

»Nun gut«, sagt er, und sein Blick wandert zu meinem Rucksack, den ich ziemlich achtlos neben dem Kamin abgestellt habe.

»Da ist nichts Interessantes drin«, sage ich. Er zögert einen Moment, ehe er hinübergeht, mit dem Rucksack zurückkehrt und dessen gesamten Inhalt auf den Boden kippt. Meine nasse Jeans, mein dreckiger Pulli, Unterwäsche, meine Haarbürste, Autoschlüssel von der Mutter-Kind-Kutsche und dem Mietwagen, das Notfallhandy, Vanessas Handy, die geraubte Geldbörse, das Feuerzeug, Papiertaschentücher, Kulturbeutel. Er schüttet auch das kleine Kulturtäschchen aus: Puder, Lippenstift, Lidschatten, Wimperntusche, Mini-Shampoo, Mini-Zahnpasta, Mini-Körperlotion. Er drückt das Shampoo auf dem Boden aus, anschließend die Zahnpasta. Eigentümlich fasziniert schaue ich zu. Er greift nach der Körperlotion. Die cremige weiße Masse, die neben dem Shampoo- und Zahnpastahäufchen zu Boden gleitet, ist versetzt mit dunklen Klümpchen. Noch mehr weiße Masse, weitere Klümpchen. Salzmann bückt sich und wischt die Pampe mit den Fingern vom Boden auf, schmiert sie direkt in seine Handfläche. Er betrachtet sie einen Moment lang, dann wendet er sich ab, will offenbar den Raum verlassen, dreht sich noch einmal um und greift nach der PB auf dem Sideboard. Ohne ein weiteres Wort geht er aus dem Zimmer. Ich humpele aufgeregt hinter ihm her.

Er steht jetzt an der Spüle in der Küche, nimmt ein Teesieb aus dem Regal und streicht die cremige Masse vorsichtig hinein. Er dreht den Hahn auf und hält das Teesieb darunter, milchig weiß gefärbtes Wasser rinnt in den Abguss. Dann streckt er mir das Teesieb entgegen, mit einer vorsichtigen Bewegung, als würde er ein rohes Ei balancieren.

»Und was ist das?«

Die vermatschten Klumpen haben sich in blutrote Tränen verwandelt, dazwischen blitzen stecknadelkopfgroße, kristallklare Prismen auf. Ich bin keine Expertin in Sachen Steine, aber auch ein Laie sieht, dass die Dinger einiges wert sein müssen. Es ging also nicht um Geld, nicht um den berühmten Koffer voller Scheine, wird mir schlagartig klar. Es ging um Edelsteine.

»Die Dinger habe ich noch nie gesehen«, antworte ich wahrheitsgemäß. Nach der Dusche hatte ich die Lotion nicht benutzt, weil ich die duftende Körperbutter im Bad vorgefunden hatte. Und die Drogerieartikel habe ich gestern erst gekauft.

Waskovics Leute müssen mir die Steine auf dem Friedhof untergejubelt haben, als sie meine Mutter-Kind-Kutsche knackten und mir meinen Rucksack daließen. Ich hatte ihn zwar gründlich durchsucht, allerdings das Innenleben des kleinen Plastikfläschchens nicht näher unter die Lupe genommen, da es sich weder als Versteck für einen Abhörsender noch für einen Packen gestohlener Geldscheine eignet. Auf Rubine und Diamanten war ich hingegen nicht gekommen – wie sollte ich auch.

»Sie haben mich also angelogen?« Es klingt eher nach einer Feststellung als nach einer Frage.

»Ich bin selbst überrascht«, sage ich, wohl wissend, dass Salzmann mir nicht glauben wird, weil mir kein Mensch auf der Welt mehr irgendetwas glaubt.

»Wenn Sie jetzt überrascht sind, was sollte dann die Geschichte mit dem versteckten Schatzkistchen?«, erkundigt er sich ruhig.

»War erfunden«, gebe ich zu. »Es sollte cool klingen, und es war gelogen. Mit Speck fängt man Mäuse, habe ich gedacht. Wie hätte ich Sie sonst dazu bewegen sollen, sich mit mir zu treffen? Sie hätten keinen Grund gehabt, sich dem Risiko auszusetzen, und wären sofort getürmt.«

»Ja, das wäre ich wohl«, stimmt Salzmann mir zu. »Aber nun habe ich ja, was ich wollte.« Er füllt die Steine vorsichtig in eine Butterbrottüte und stopft sie in seine Hemdtasche.

Richtig, denke ich. Jetzt hat er, was er will.

29

Das Schicksal mischt die Karten, wir spielen.
Arthur Schopenhauer

Mr. Noh und seine real existierenden Kollegen haben kein Bargeld erhalten, sondern Edelsteine, die in Asien nicht allein als Schmuck, sondern gleichermaßen als Sparbuch, Lebensversicherung und Altersabsicherung dienen. Außerdem sind sie hübsch klein und leicht zu transportieren – auch im Flieger. Gekauft wurden sie in der Regel in Sri Lanka, und sie verließen den asiatischen Raum nicht – bis auf jene Exemplare, die für Mr. Noh bestimmt waren. Die wanderten regelmäßig in Müllers Reisegepäck, erfahre ich. Zu dem Zeitpunkt, als er erschossen wurde, muss er laut Salzmann Steine im Wert von annähernd 2,5 Millionen Euro im Haus gehabt haben. Geplant war allerdings mitnichten, sie in Deutschland zu Geld zu machen, sondern sie nach Asien zurückzuführen und sich dorthin abzusetzen. Müller hatte gute Verbindungen nach Sri Lanka und wollte sich dort ein neues Leben aufbauen, sein Flug war bereits gebucht. Er hatte mir sogar erzählt, dass sein Haus bereits verkauft sei, wenn er mir auch nicht den wahren Grund dafür genannt hatte. Und asiatische Mädchen aus Fleisch und Blut massieren vermutlich besser als blöde europäische Wassermassageliegen, da wäre der Abschiedsschmerz wohl gut zu verkraften gewesen, denke ich. Oder vielleicht doch nicht so gut? Wie soll ich mir sonst erklären, was er von mir gewollt hat? Es noch einmal ordentlich krachen lassen, vermutlich. Noch einmal richtig sentimental werden dürfen nach all dem Stress.

Aber dann hat Waskovic Wasserwellen-Tom einen Strich durch die Rechnung gemacht. Nichts mehr mit Asien – aus der Traum vom süßen Leben. Vom Leben überhaupt, genauer gesagt.

Kemper und der Kreismeister müssen in der Mordnacht Müllers Steine an sich gebracht haben, um sie mir später unterzujubeln, zumindest einen Teil davon. Als vermeintliches Mordmotiv. So weit, so gut, doch der Plan hat einen kleinen Schönheitsfehler: Die Zertifikate und Kaufbelege für die Steine fehlen, wie Salzmann mir mitteilt. Die hat nämlich er. Müller verwaltete die Steine, Salzmann die Zertifikate, als gegenseitige Garantie – so lautete der Deal zwischen ihnen.

»Ich hatte keine Erklärung dafür, was genau zwischen Müller und Ihnen gelaufen ist«, sagt Salzmann und sieht mich an. »Aber ich weiß, dass Sie Müller nicht ermordet haben. Das habe ich von Anfang an gewusst.«

»Das haben Sie gewusst?!«

»Ich habe Durst«, meint Salzmann, steht auf und geht in die Küche. Er kehrt mit Wassergläsern und der Sektflasche zurück, die er geschickt öffnet. »Auch ein Glas?«

»Nein danke.«

Er füllt seines zur Hälfte, trinkt es in einem Zug leer und schenkt sich nach. »Als in jener Nacht Ihr Anruf kam, hat's mich ziemlich von den Socken gehauen«, erzählt er. »Ich habe mich sofort ins Auto gesetzt und bin zu Müller rübergefahren.« Wollte er Müller warnen oder die Beute sichern?, überlege ich, behalte die Frage jedoch für mich.

»Mein Gefühl sagte mir, es wäre besser, nicht direkt vor dem Haus anzuhalten, also parkte ich ein Stück weiter die Straße hoch. Prompt stand Kempers Wagen in der Zufahrt, und ich versteckte mich einige Zeit hinter einer Hecke. Schließlich sah ich Kemper und diesen Typen aus dem Haus kommen.«

»Welchen Typen?«

»Waskovics Mann fürs Grobe. Ein drahtiger, unauffälliger Kerl, dem man allerdings lieber nicht im Dunkeln begegnet.«

Der Sprintkreismeister. »Name?«

»Kleefuß, glaube ich.«

»Kleefuß, und weiter?«

»Keine Ahnung, wir haben uns nicht geduzt. Als ich den Kerl in jener Nacht sah, wusste ich jedenfalls, dass es gelaufen war, und bin sofort abgehauen.« Salzmann fährt sich über das Kinn. »Wenn diese Johanna Schiller zu Waskovic gehört, warum zum Teufel hätte sie mich und Müller warnen sollen?, habe ich mich später gefragt. Es hätte doch überhaupt keinen Sinn gehabt.« Er hebt den Blick und sieht mich an. »Als Vanessa sagte, Sie wären mit Müller unterwegs, dachte ich, ihr wärt zusammen durchgebrannt. Waskovics Leute hätten Müller in jener Nacht also vielleicht gar nicht angetroffen. Die Sache ist nur die, dass die Steine ohne die Zertifikate längst nicht so viel wert sind, und deshalb ging ich davon aus, dass ihr sie euch später holen würdet – bei mir. Aber es meldete sich niemand, und als ich schließlich hörte, dass Müllers Wagen in den Siegauen gefunden worden war, wusste ich, dass meine Theorie nicht stimmen konnte. Ich war mir sicher, dass Waskovic ihn hatte ermorden lassen – und zwar gleich in jener Nacht, in der Ihr Anruf kam. Ich hatte Kemper und diesen Typen ja sogar gesehen.« Salzmann greift nach seinem Glas und trinkt. »Aus Ihrer Rolle wurde ich aber nach wie vor nicht schlau«, meint er und wischt sich mit dem Handrücken über den Mund. »Bis eben habe ich geglaubt, dass Sie Müller ausgenommen hätten. Nur eins hat mich skeptisch gemacht«, sagt er nachdenklich. »Von den Steinen hat niemand gewusst, nicht einmal Vanessa. Sie dachte immer, es ginge um Bargeld, und wir haben sie in dem Glauben gelassen.«

»Ihr habt Vanessa also beschissen?«, frage ich ungläubig.

»Beschissen? Nein. Warum hätten wir sie mit dieser Edelsteingeschichte belasten sollen? Müller und ich hatten ausgemacht, dass wir sie mit unserem Privatvermögen auszahlen«, rechtfertigt Salzmann sich. »Je weniger sie über die ganze Angelegenheit wusste, desto besser für sie, dachten wir.«

»Wie ehrenvoll«, bemerke ich. »Geradezu rührend. Und was hat das mit mir zu tun?«

Salzmann lächelt schwach. »Bis auf das Wortspiel mit der Schatzkiste haben Sie immer von ›Geld‹ geredet. Genau wie Vanessa, die von den Steinen auch nichts gewusst hat. Das zeigte mir, dass Sie in Wahrheit keine Ahnung haben können.«

Ich denke eine Weile über seine Worte nach, stehe schließlich auf und humpele zu meinem Beerdigungsmantel, der an der Türklinke hängt. Ich greife in die Innentasche und ziehe ein Foto heraus, das ich im Freudenberger Hotelzimmer aus meinem alten Gepäck mitgenommen habe. Es zeigt Yannick als Dreijährigen, der dem Betrachter gleichzeitig die Zunge herausstreckt und ihm einen Vogel zeigt.

»Das ist mein Orang-Utan-Baby«, sage ich, während ich Salzmann das Bild reiche. »Wie man sieht, hat es noch mütterlichen Beistand nötig. Alles, was ich will, ist, den Kleinen nicht irgendwo allein im Urwald hocken zu lassen.« Ich sehe Salzmann eindringlich an. »Was ich brauche, sind Beweise, verstehen Sie? Beweise gegen Waskovic.«

Er bläst die Backen auf und sagt eine Weile nichts. Dann klopft er sich auf die Schenkel. »Jetzt einen Sekt?«

Ich schüttele den Kopf. »In Situationen wie dieser bevorzuge ich gewöhnlich eine Tasse heiße Milch.«

Salzmann zuckt die Achseln und genehmigt sich einen weiteren Schluck.

»Waskovic ist ein Pedant«, sagt er schließlich. »Es gibt bei ihm nichts, das nicht irgendwo akribisch notiert, klassifiziert und ausgewertet werden würde. Und er ist ein sehr gewissenhafter Buchhalter. Er führt Listen, die sonst nirgendwo auftauchen, Excel-Tabellen, in denen jeder Name, jeder Vorgang, jede Summe, jedes Datum aufgelistet ist, einschließlich kurzer Notizen zur persönlichen Einschätzung der Situation. Diese Tabellen sind irgendwo auf seinem Rechner im Büro abgelegt, nicht im internen Netz, sondern auf einer Festplatte, einem externen Laufwerk oder was auch immer. Müller war da besser informiert.«

»Hatten Sie und Müller Zugriff darauf?«

»Nein, hatten wir nicht. Das hatte niemand.«

Eine geheime Excel-Tabelle. Klar, auch illegale Geschäfte müssen protokolliert werden, wenn man den Überblick behalten will.

»Als die Sache heiß wurde, meinte Müller, es sei gut, etwas gegen den Chef in der Hand zu haben. Für den Fall, dass Waskovic uns aufspüren und versuchen würde, Ärger zu machen«, fährt Salzmann fort. »Wenn wir Material hätten, mit dem er erpressbar wäre, wären wir aus dem Schneider, dachten wir. Müller kam auf die Idee, Waskovics Rechner zu manipulieren. Er hat einen sogenannten Keylogger zwischen Tastatur und Rechner geklemmt, der die Tastatureingaben aufzeichnet. Mit so einem Tastatur-Recorder erhältst du Zugang zu sämtlichen Passwörtern, Verschlüsselungscodes und so weiter. Das Ganze geht über Funk, dazu muss keine spezielle Software installiert werden. Der Rechner selbst bleibt folglich clean, man findet nichts darauf.«

»Also eine PC-Wanze?«, frage ich.

»Ja.«

Erstaunlich, was man von Kriminellen alles lernen kann, denke ich. »Müller konnte sich mit den übermittelten Daten also auf Waskovics Rechner einloggen?«

»Im Prinzip ja.«

»Und konkret?«

»Es musste alles sehr schnell gehen«, weicht Salzmann aus. »Das Ding war ja gerade erst installiert worden, und wir mussten ihm ein paar Tage Zeit geben, damit es etwas aufzeichnen konnte, also die Passwörter, die wir haben wollten. In der Nacht, in der Müller ermordet wurde, wollte er ins Büro fahren, um heimlich die Tabellen zu kopieren, und an jenem Abend hat er mir noch eine E-Mail mit den Daten an meine Privatadresse geschickt.«

»Er hat Ihnen Waskovics geheime Dateien geschickt?«, platze ich heraus.

»Nein.« Salzmann schüttelt den Kopf. Es wäre ja auch zu schön gewesen.

Salzmann greift nach seinem Smartphone, das auf der Tischplatte liegt, und hält es mir hin. »Hier, sehen Sie: Es war die Liste mit den Passwörtern.«

Tatsächlich. »Benutzerkennwort: Saporischschja1979«, steht dort zuoberst. Der Ort und das Jahr, in dem die Kaulquappe – nein, Galina! – Schönheitskönigin geworden ist. Zynismus oder Sentimentalität? Bei Waskovic weiß man nie. Müllers Nachricht enthält außerdem den Code für ein verschlüsseltes Verzeichnis, in dem weitere Dateien abgelegt sind. Müller hatte also bereits selektiert und alle unwichtigen Eingaben, die der Keylogger aufgezeichnet hatte, entfernt – beziehungsweise umgekehrt: Er hatte die relevanten Daten herausgesiebt. Ich bitte Salzmann, mir Müllers Nachricht auf Vanessas Handy rüberzuschicken und frage ihn, warum er die Daten nicht selbst ausgelesen hat.

Salzmann zieht die Augenbrauen in die Höhe. »Nachdem klar war, dass Waskovic mich umbringen lassen wollte?« Er schüttelt erneut den Kopf. »Nein danke, dafür riskiere ich doch nicht mein Leben! Alles, was ich wollte, war meinen Anteil – unseren Anteil«, korrigiert er sich. »Den von Vanessa und mir. Und dann *up, up and away!* Sri Lanka, Malaysia – wie Müller es auch geplant hatte. Es lässt sich gut leben dort unten, wenn man über das nötige Kleingeld verfügt.«

»Gemeinsam mit Vanessa?«, will ich wissen.

Salzmann sieht mich prüfend an. »Ist das irgendwie wichtig für die Zusammenhänge?«

»Keine Ahnung«, antworte ich. »Es ist vor allem Neugier.«

»Ich die Steine, sie ihr Geld, und danach hätten sich unsere Wege getrennt«, antwortet er knapp. »Weitere Fragen?«

»Ja. Wie komme ich am besten in das Gebäude?«

Salzmann deutet mit dem Kinn auf den Schlüsselbund, der ebenfalls auf der Tischplatte liegt.

»Der eckige Sicherheitsschlüssel ist es.«

»Wer hat noch einen?«

»Müller. Kemper auch. Dann natürlich Waskovic selbst, und Edith Löhnig-Mehlke, die Chefsekretärin.«

»Kann es sein, dass das Schloss ausgetauscht wurde?«

»Keine Ahnung. Möglich. Aber von Müller ging ja keine Gefahr mehr aus, Kemper und Edith sind außen vor, und ich – nun, ich hoffe, sie denken, dass ich in Australien bin.«

»Australien? Wieso das?«

»Weil ich von meinem Bürorechner aus einen Flug nach Sydney gebucht habe, deshalb«, meint Salzmann. »Waskovic weiß, dass ich eine Schwester dort unten habe. Und der Flug ging vor drei Tagen.«

»Wirklich geschickt«, lobe ich.

»Ganz so dumm, wie ich aussehe, bin ich nicht«, brummt Salzmann. »Aber Vorsicht ist die Mutter der Porzellankiste. Keine Ahnung, ob sie drauf reingefallen sind. Was ich jedenfalls sagen wollte, ist, dass von mir keine große Gefahr ausgeht, was die Büroschlüssel betrifft. Vielleicht haben sie also darauf verzichtet, die Schlösser auszutauschen. Vielleicht auch nicht – dann müssten Sie sich einen anderen Weg überlegen, ins Haus zu kommen. Als Detektivin dürfte Ihnen da sicher eine Möglichkeit einfallen.«

Als Detektivin fällt mir dazu leider überhaupt nichts ein, außer eine Scheibe einzuschlagen; das binde ich Salzmann allerdings nicht auf die Nase.

»Ab wann ist keiner mehr im Haus?«, will ich wissen, doch das kann Salzmann nicht so genau sagen. Manchmal seien um sechs alle weg, manchmal um sieben. Es käme auch mal vor, dass einer noch bis zehn, halb elf zu tun habe. Und Waskovic würde hin und wieder nachts noch mal reinschauen, käme drauf an, was gerade anstünde und wie seine Abendplanung aussähe. Na prima. Das sind ja präzise Informationen.

»Aber in der Regel ist abends niemand im Haus«, fasst Salzmann die Sache zusammen. »Bis auf den Wachdienst.«

»Ein Wachdienst?«

»Ja, die schauen alle paar Stunden nach dem Rechten.«

Auch das noch.

Shit!

Salzmann steht auf und verschwindet nochmals in der Küche. Ich habe es längst aufgegeben, jede seiner Bewegungen zu verfolgen. Oder waren wir an dem Punkt, an dem er mich kontrolliert? Mir raucht der Kopf, und ich bin müde. Es ist drei Uhr in der Frühe, wir haben uns bald die ganze Nacht um die Ohren geschlagen. Die Zeit verrinnt. Als Salzmann wiederkommt, hält er eine Tasse in Händen. Ich kann es kaum glauben: Er hat mir tatsächlich eine heiße Milch mit Honig gemacht. Vorsichtig stellt er die Tasse vor mir ab und wartet, bis ich den ersten Schluck getrunken habe. Die Milch ist so heiß, dass ich mir die Lippen verbrenne.

Salzmann löst den Sicherheitsschlüssel vom Bund und legt ihn auf den Tisch. Anschließend greift er nach seinem Smartphone. »Ich werde jetzt gehen«, sagt er. »Mein Flug geht in sieben Stunden, und bis Amsterdam ist es noch ein Stück.«

»Ihr Flug?«

»Ich habe eine Pauschalreise nach Thailand gebucht, das ist am unverfänglichsten«, erklärt Salzmann. »In Bangkok setze ich mich ab und reise weiter.«

Er vertraut mir, denke ich.

»Ich würde Ihnen raten, sich aufs Ohr zu legen«, sagt er jetzt. »Ruhen Sie sich aus, schonen Sie Ihr Bein. Sie werden Ihre Kräfte brauchen.« Er hält inne und scheint nachzudenken. »Was war eigentlich mit Ihnen und Müller?«, fragt er schließlich.

»Ein Sportsfreund«, antworte ich. »Einmal hat er zu viel gebechert und ist ein kleines bisschen zudringlich geworden. Leider ausgerechnet zu der Zeit, in der Waskovic mich beschatten ließ. Ein dummer Zufall, mehr nicht. Es klingt verrückt, aber ich wusste nicht mal, was er beruflich macht oder für wen er arbeitet.«

Salzmann nickt versonnen. Er wendet sich ab, dreht sich plötzlich noch einmal um und kommt mit schnellen Schritten auf mich zu. Ehe ich mich versehe, zieht er mich auf die Füße und presst mich an sich. Ein Arm umschlingt meinen Rücken, der andere drückt meinen Kopf an seine Schulter. Ich spüre seinen Atem an meinem Ohr, spüre seinen Herzschlag, schnell und kräftig.

»Viel Glück!«, raunt er. »Und färb dir nie die Haare schwarz.« Dann gibt er mich frei.

»Viel Glück«, flüstere ich, aber da hat er den Raum schon verlassen. Die Tür fällt ins Schloss, und ich bin allein. Draußen springt ein Motor an, ein Wagen fährt davon, dann wird es still. So still, dass ich glaube, das Blut in meinen Adern rauschen zu hören. Die Stille lastet schwer, und an der Stelle, die Salzmann in den letzten neun Stunden ausgefüllt hat, gähnt plötzlich ein Loch.

Ich schalte die Aufnahmefunktion von Vanessas Handy ab, greife nach Salzmanns Sektglas, das er halb voll zurückgelassen hat, und trinke es in einem Zug leer.

30

Freund in der Not, Freund im Tod, Freund hinterm Rücken, sind drei starke Brücken.

Deutsches Sprichwort

Nach sechs Stunden Schlaf fühle ich mich einigermaßen ausgeruht. Zwar schmerzt mein Knöchel, ebenso der Nacken, aber ich bin halbwegs beweglich. Ich mache mir eine Tasse Tee, stelle zur vollen Stunde das Radio an, höre die Nachrichten. Noch immer nichts von irgendwelchen Morden. Also schalte ich das Radio wieder aus und schnappe mir mein Handy.

»Pavel? Hier spricht Johanna.«

»Ah, Frau Schiller! Schön, von Ihnen zu hören. Möchten Sie mich zum Essen einladen?«

»Später vielleicht. Können wir reden?«

»Sicher.«

»Es ist niemand bei dir?«

»Nein, ich bin allein.«

»Gut, dann setz dich!«

»Wieso? Ist was …?«

»Galina ist tot, Pavel«, sage ich.

»Tot?«

»Ja.« Ich lasse ihm einen Moment Zeit, die Nachricht auch nur ansatzweise zu verdauen.

»Aber sie wollte doch … Sie sollten ihr doch helfen!«, stottert er hilflos.

»Als ich zum vereinbarten Treffpunkt kam, war sie schon tot«, erkläre ich. »Ich habe sie gefunden.«

Schweigen.

»Pavel, ich weiß, wer das getan hat. Es waren Waskovics Leute.«

Er sagt noch immer nichts.

»Waskovic hat sie umgebracht, verstehst du?«

»Ja«.

Nur dieses ›ja‹, mehr nicht.

»Ich möchte ihn drankriegen, Pavel. Ich möchte, dass er dafür bezahlt. Und dafür brauche ich deine Hilfe.«

»Okay. Was soll ich tun?«

Ich hole tief Luft. »Du müsstest ihn in eine Falle locken«, erkläre ich. »Ich frage dich und niemand anders, weil Waskovic weiß, dass du Galina nahegestanden hast, und weil er … weil er keine große Angst vor dir hat. Im Gegenteil, er denkt …« Ich suche nach halbwegs moderaten Worten.

»Er denkt, ich bin eine dämliche kleine Schwuchtel«, kommt Pavel mir zu Hilfe.

»Genau. Wenn du ihn also lockst, wird er nicht unbedingt mit seinen Gorillas auftauchen. Es ist wichtig, dass er allein kommt. Du sagst nur, du wolltest mit ihm über Galina sprechen, sie hätte dir ein paar Dinge erzählt. Es muss den Anschein erwecken, dass du ihn erpressen willst, ohne dass du zu deutlich wirst. Er soll glauben, du wüsstest etwas, das ihm schaden könnte. Der Sinn des

Ganzen ist, ihn für eine Weile abzulenken, während ich in sein Büro einsteige.«

»Verstehe.«

»Ich weiß nicht, Pavel. Es ist gefährlich. Ich wäre dir nicht böse, wenn du es nicht machen würdest. Vielleicht überlegst du es dir in Ruhe, und ich rufe dich irgendwann später wieder an – sagen wir in fünf Minuten. Viel Zeit bleibt mir nämlich nicht.«

»Ich brauche keine Bedenkzeit«, meint Pavel.

»Also gut. Ich werde sehen, dass ich jemanden auftreibe, der auf dich aufpasst.«

Als Treffpunkt machen wir Eitorf aus, genauer das Parkgelände am Siegufer hinter der Villa Gauhe.

»Wenn Waskovic kommt, muss er den Eindruck haben, alles sei harmlos. Er muss deutlich spüren, dass von dir keine Gefahr ausgeht, klar?«

»Das sagten Sie schon.«

»Ja, manchmal kann es jedoch nicht schaden, die Dinge zweimal zu sagen. Ich will schließlich, dass du heil aus der Sache rauskommst.«

»Ich werd's schon hinkriegen. In diesen Dingen bin ich gut.«

»Wie meinst du das?«, hake ich nach.

»Ich bin gut darin, Menschen zu manipulieren«, behauptet Pavel. »Ich habe Galina dazu gebracht, dass sie sich um mich kümmert. Ich werde auch Waskovic dahin kriegen, wo ich ihn haben will.«

Was für ein außergewöhnlicher Knabe, denke ich. Und erst im Nachhinein fällt mir auf, dass er während unserer ersten Begegnung auch mich genau dahin gekriegt hat, wo er mich hat haben wollen.

Ich ziehe mich an, verlasse das Haus und sehe, dass Salzmanns Wagen noch vor der Tür steht. Dafür fehlt mein Mietwagen. Mitsamt dem Schlüssel, wie ich entsetzt feststellen muss. Das gibt es doch nicht!

Salzmanns Wagen ist nicht abgeschlossen, der Zündschlüssel steckt. Offenbar wollte er mich nicht gänzlich ohne fahrbaren Untersatz zurücklassen.

Ich schreibe Herbert eine SMS, in der ich ihm Salzmanns Kennzeichen durchgebe und um schnellstmögliche Prüfung bitte. Mehr kann ich im Moment nicht ausrichten, also mache ich mich auf und durchstreife bei schönstem Sonnenschein die Natur, um nach einer Brechstange oder ähnlichem Ausschau zu halten, doch alles, was ich finde, ist ein Teil eines alten Schubkarrengestänges. Immerhin besser als nichts.

Den restlichen Nachmittag verbringe ich damit, Abschiedsbriefe an Markus und Yannick zu schreiben, die ich anschließend zerreiße. Eine SMS von Herbert trifft ein. Salzmanns Wagen ist als gestohlen gemeldet. Na prima! Jetzt weiß ich, warum er sich meinen geliehen hat. Ich werde den Teufel tun, mich mit der geklauten Kiste eines zum Abschuss freigegebenen Halunken auf den Weg zu machen.

Um sechs Uhr wird es Zeit, Denise anzurufen.

»Hier bei Feldmann«, meldet sich eine mir unbekannte weibliche Stimme.

Ich bin irritiert. »Könnte ich bitte Frau Feldmann sprechen?«

»Frau Feldmann nimmt gerade ein Bad«, erfahre ich.

»Gut, dann rufe ich später noch einmal an.«

»Später geht Frau Feldmann zu Bett.«

»Mit wem spreche ich eigentlich?«, wage ich zu fragen.

»Marianne Wohlkamp vom Pflegedienst Michaelsberg. Soll ich Frau Feldmann etwas ausrichten?«

»Ähm, nein, ich …«

»Einen Moment bitte, es hat gerade geklingelt.« Der Hörer wird zur Seite gelegt. Schritte. Stimmen.

»Shit!«, begrüßt mich Denise. »Ich hatte den Pflegedienst vergessen.«

»Denniss? Denniss, bist du das?«, ruft eine brüchige Stimme im Hintergrund.

»Ja, Oma, ich bin's!«, brüllt Denise mir ins Ohr. »Trockne dich erst mal ab und zieh dir was über, ich lauf nicht weg! Ist nicht gerade der günstigste Moment zum Telefonieren.«

»Meinst du mich?«

»Wen sonst?«

Mir bleibt keine Zeit für langes Geplänkel. »Denise, danke fürs Auto«, sage ich schnell und behalte für mich, dass inzwischen jemand anders damit unterwegs ist. »Du müsstest mir aber noch einen weiteren Gefallen tun. Den letzten, hoffentlich.«

»Das hoffe ich nicht.«

»Wie?«

»›Letzter Gefallen‹ – das klingt wie ›letzter Wille‹ oder so.«

»Ich meine in dieser Angelegenheit.«

»Schon gut. Schieß los!«

Ich bitte sie, heute Abend ihre Schicht zu tauschen und stattdessen auf den kleinen Pavel aufzupassen. Für alle Fälle. Waffenscheinpflichtig.

Sie kaut schmatzend auf ihrem Kaugummi herum. »Das krieg ich geregelt«, befindet sie schließlich. Und dann besprechen wir die Details.

31

Jeder Jäger wird mal ein Hase.

Wilhelm Busch

Die Ente parkt noch immer dort, wo sie gestern gestanden hat. Vor einer halben Stunde ist die Vermieterin mit einem anderen Wagen davongefahren – in Richtung Köln, wie sie mir erzählte. Sie würde erst am späten Abend zurück sein.

Endlich mal ein Auto, das keine großen Herausforderungen an meine Mechanikerkünste stellt. Fragt sich nur, ob das alte Schmuckstück hier überhaupt fahrtüchtig ist.

Dem elektrischen Surren des Anlassers folgen puffende Zündungen, der Motor würgt zwei Umdrehungen, und ich bete für eine dritte. Endlich das befreiende Knattern des Zweizylindermotors. Nach kurzem Stolpern findet er einen gleichmäßigen Takt, der das Fahrzeug in Vibrationen versetzt. Der Sound klingt gewöhnungsbedürftig, wirkt aber kräftig und gesund. Aufatmend lege ich einen Gang ein, trete aufs Gas – und stoße prompt rückwärts. Die Tücken der Revolverschaltung waren mir entfallen, der erste Gang liegt links hinten statt vorn. Okay, jetzt weiß ich es wieder.

Wenige Augenblicke später schaukele ich im sanften Abendsonnenschein die kurvige Straße hinab in Richtung Eitorf – meiner letzten Chance entgegen.

Um Viertel vor sieben stelle ich den Wagen in einer Seitenstraße ab, betrete den Alten Friedhof und klemme mir ein vertrocknetes Grabgesteck unter den Arm. Ich besuche die imposante Grabstätte der Industriellenfamilie Gauhe, pausiere vor dem Engel, der mit ausgebreiteten Armen die Familie Krahforst von Weschpfennig behütet, und beobachte Waskovics Firmengebäude.

Kurz nach meiner Ankunft verlassen vier Personen schwatzend und gestikulierend das Haus. Fünf Minuten später kommt die Putzfrau – die hat Salzmann natürlich vergessen zu erwähnen. Typisch Mann. Um drei Minuten nach sieben tritt eine weitere Frau aus dem Haus und sperrt sorgfältig ab. Von Waskovic keine Spur. Doch Pavel hat mir schon vor zwei Stunden eine SMS geschickt.

Treffen um acht im Park wie vereinbart. Alles gut.

Waskovic scheint folglich gar nicht hier zu sein.

Um zehn vor acht verlässt die Putzfrau das Haus, keine zwei Minuten später stehe ich vor der Tür und betätige alle drei Klingeln. Nichts geschieht. Also gut. Jetzt oder nie.

Waskovic hat das Eingangsschloss nicht austauschen lassen, wie ich erleichtert feststelle. Der Schlüssel passt, und ich stehe in der kleinen Empfangshalle, die von einem ausladenden Kristalllüster bekrönt wird. Langsam nehme ich die Treppe in den ersten Stock, lausche. Tatsächlich scheint niemand mehr da zu sein.

Ich wende mich nach links und gehe den langen Korridor entlang. Die letzte Tür auf der rechten Seite, hat Salzmann gesagt. Aber er hat nichts davon gesagt, dass sie abgeschlossen sein könnte.

Mist!

Ich ziehe das abgebrochene Schubkarrengestänge unter meiner Jacke hervor, lege es beiseite und trete heftig gegen die Tür. Nichts geschieht. Ich trete nochmals zu, ohne Erfolg. Wer schafft es schon, mit einem lädierten Knöchel eine Tür einzutreten? Ich hebe die Eisenstange auf, versuche, sie als Hebel zwischen Rahmen und Tür zu klemmen, drücke mit aller Kraft dagegen – sie verbiegt sich. Billiger Chinaschrott vermutlich. Ich versuche nochmals mein Glück, wähle einen anderen Winkel, hebele – und die Tür springt auf. Na also, wer sagt's denn. Über das schöne dunkle Türblatt – höchst wahrscheinlich illegal geschlagenes Tropenholz – zieht sich ein hässlicher Kratzer.

Ich schlüpfe in Waskovics Büro, einen großen, nahezu quadratischen, ziemlich dunklen Raum mit unvermutet karger Ausstattung. Ein mächtiger Schreibtisch mit Glasplatte, zwei Sessel, ein Tischchen, ein in die Wand eingelassener Aktenschrank, ein Rechner, ein Drucker – das war's. Ich schalte den Computer ein, der Bildschirm taucht den Raum in blaues Licht. Es gelingt mir mühelos, mich einzuloggen: ›Saporischschja1979‹ ist tatsächlich das Benutzerkennwort. Nach kurzer Suche finde ich unter Laufwerk ›G‹ das verschlüsselte Verzeichnis. Ich gebe das Kennwort ein, und da habe ich sie, zwei Dateien mit den Namen ›Nebenkostenvergleich_fortlaufend‹ und ›Nebenkostenvergleich_fortlaufend2‹.

Ich öffne die zweite Datei jüngeren Datums zuerst. Eine lange Reihe von Namen, Zahlen, Daten, Spezifikationen, dazu eine Spalte mit kryptischen Notizen wie ›fortlauf. Zahl. o. Bonus‹. Panik steigt in mir auf. Wer soll damit etwas anfangen? Ich tippe ›Noh‹ als Suchbegriff ein, finde aber nichts. Salzmann, du Arsch! Ich habe dir vertraut – aus purer Verzweiflung. Jetzt hast du deine Klunker und sitzt gemütlich im Bumsbomber nach Bangkok, während ich hier Kopf und Kragen riskiere – für nichts. Ich überfliege die Liste nochmals, tippe ›Dr. No‹ ein, ein hilfloser Versuch, doch noch etwas zu finden.

Treffer. Da ist er! ›Dr. No, Zweitkontakt, laut Müller ausbauf. Verbindung zu H. u. E.; Aufstock. 350.000/ Transaktion Gemstones/ Müller.‹

Ich schicke einen Druckbefehl raus und sende die Datei per E-Mail an Herbert. In diesem Moment trifft eine SMS von Pavel ein. ›Er ist da.‹ Ich hole tief Luft. Hoffentlich ist Denise vor Ort. ›Lasse ihn schmoren, so lange es geht‹, hat Pavel hinzugefügt. Lang wird das nicht sein. Einen Augenblick später erreicht mich eine Nachricht von Denise: ›Zielpers. unter Wind.‹

Gott sei Dank! Während der Drucker leise vor sich hin summt, werfe ich nochmals einen schnellen Blick auf die Liste. Ich gebe ›Kleefuß‹ als Suchbegriff ein, und da habe ich ihn auch schon. Mehrfach. Ferdinand Kleefuß. Letzter Eintrag Anfang April dieses Jahres. ›Causa Müller‹. In der Rubrik ›Ausgaben‹ steht ›50.000‹, in der Spezifikation dahinter ›Anz.‹, also Anzahlung vermutlich. Bingo! Ich recke die Fäuste in die Luft. Flink schließe ich die Dateien und lösche die Liste der zuletzt geöffneten Dokumente. Im selben Moment, in dem ich den Rechner herunterfahre und Windows sich mit seiner charakteristischen Melodie abmeldet, höre ich Schritte.

Schritte auf der Treppe, Schritte im Korridor. Eine männliche Stimme, zögernd: »Hallo?«

Die Schritte kommen näher.

»Herr Waskovic?«

Der Wachdienst. Ich sitze in der Falle. Hier kann ich nicht raus, und es gibt kaum Möbel, keine Ecken oder Vorhänge – kein einziges Versteck. Ich taste nach meiner

PB, ziehe meine Hand jedoch schnell zurück. Mit einer Pistole auf einen Wachmann zu zielen, ist keine gute Idee.

»Frau Löhnig-Mehlke, sind Sie das?«

Ich schnappe mir den Stapel Blätter, den der Drucker ausgespuckt hat, und haste zur Tür hinüber.

»Hallo!«, rufe ich mit naiv-ängstlichem Stimmchen, und im nächsten Augenblick steht auch schon der Wachmann vor mir, ein bulliger Typ mit Aknenarben, kurz geschorenem Haar und sanften braunen Augen.

»Sie haben mich aber erschreckt!«, piepse ich.

Er starrt mich mindestens so entsetzt an wie ich ihn. »Wer sind Sie, wenn ich fragen darf?«

»Mein Gott, ich hatte richtig Angst!«, kichere ich nervös. »Sie müssen der Wachmann sein. Herr …? Tut mir leid, ich habe ein schlechtes Namensgedächtnis.«

»Sagen Sie mir bitte, wer Sie sind und was Sie hier tun.«

»Oh, ja. Natürlich! Mein Name ist Kerstin Fohrer, ich bin die neue Assistentin von Herrn Waskovic. Ich bin erst seit drei Tagen hier, wissen Sie. Herr Waskovic hat mir aufgetragen, einige Dinge in Ordnung zu bringen, aber ich fürchte, ich habe das reinste Chaos veranstaltet!« Ich lache leicht hysterisch auf und streiche mir eine Strähne aus dem Gesicht. »Also, um ehrlich zu sein bin ich hier, weil ich Murks gemacht habe, wissen Sie. Ich will die Ablage in Ordnung bringen, ehe er es bemerkt. Ich möchte nicht, dass Herr Waskovic mich für eine Niete …«

»Tut mir leid, aber ich muss den Sicherheitsbeauftragten benachrichtigen«, unterbricht mich der Wachmann. »Sie sind mir namentlich nicht bekannt.«

»Ach bitte!«, flehe ich. »Könnten Sie nicht …? Das ist mir furchtbar peinlich …«

»Sorry, Vorschrift ist Vorschrift.«

»Sie wollen wirklich Herrn Waskovic Bescheid geben?«, frage ich aufgelöst.

Herr Kemper sei zuständig, erfahre ich. Salatohr-Ernie! Der Typ verfolgt mich noch bis ins Grab.

Der Wachmann bleibt breitbeinig in der Tür stehen, tippt etwas in sein Handy und lauscht. Mir schlägt das Herz bis zum Hals. Kein Entkommen.

»Wie's aussieht, erreiche ich ihn gerade nicht«, sagt er nach einer Weile. »Trotzdem muss ich die Sache protokollieren. Wie war …?« Er hält inne, weil er die Eisenstange entdeckt hat. Sein Blick wandert zur Tür, zu dem Riesenkratzer, dann starrt er wieder auf die Stange, als könne er es nicht glauben. Ich spanne sämtliche Muskeln an, presche nach vorn und ramme meinen Kopf in seinen Bauch. Er prallt zurück, strauchelt, gibt den Weg frei. Ich sprinte los.

»Stehen bleiben!«, schreit er, doch ich renne weiter, so schnell, wie es mein lädierter Knöchel zulässt, die Treppe hinunter, durch die Eingangshalle, ins Freie, sprinte flink wie ein dreibeiniger Straßenköter über den Friedhof. Ich höre den Wachmann rufen, schlage mich durchs Gebüsch, erreiche die Ente, werfe mich hinters Lenkrad, versuche fieberhaft, sie zu starten. 21, 22 … Der Wachmann kommt näher, der Motor beginnt zu würgen. »Nun mach schon!«, schreie ich, und tatsächlich, der Motor springt an. Ich trete aufs Gas und brause davon.

Mir bleiben allenfalls zehn Minuten Zeit, schätze ich. Wenn überhaupt. Ich rase bergab, durch die Ortsmitte, überfahre eine rote Ampel, weiche in letzter Minute einem abbiegenden Fahrzeug aus, steuere in eine Seitenstraße und halte schließlich vor der Villa Gauhe, deren orangerot erleuchtete Bogenfenster die Nacht vorwegzunehmen scheinen. Ich springe aus dem Wagen und renne humpelnd auf den Bahndamm zu, haste durch den engen, dunklen Schlauch, der auf die andere Seite in den Park führt. Ein Regionalexpress donnert über meinen Kopf hinweg. Ich halte inne und warte, bis sich der Lärm gelegt hat, trete schließlich ins Freie und suche hinter einem der mächtigen Ahornbäume Schutz. In kaum 50 Metern Entfernung, am Rande des Spielplatzes, erblicke ich Waskovic und Pavel. Vater und Sohn, die einen Spaziergang unternehmen, könnte man denken.

Ein Stück entfernt schiebt eine junge Mutter ihren Kinderwagen – es ist Denise. Auf der gegenüberliegenden Seite des Parks, hoch auf dem Siegdamm, verschafft sich ein Opa mit seinem Rollator Bewegung. Herbert. Denise muss ihn benachrichtigt haben.

Ich zücke mein Notfallhandy und wähle Waskovics Nummer, sehe, wie er sein Smartphone aus der Manteltasche zieht.

»Guten Abend, Waskovic. An ein paar Funkelsteinchen interessiert?«

Er antwortet nicht.

»Ich hätte da ein interessantes Angebot zu machen.«

»Ah, Frau Schiller! Jetzt erkenne ich Ihre Stimme. Nett, von Ihnen zu hören, ich habe nur leider keine Ahnung, wovon …«

»Salzmann soll ein fleißiger Sammler sein«, unterbreche ich ihn. »Ich könnte den Kontakt herstellen, wie wär's? Wenn Sie die Sache nicht selbst in die Hand nehmen möchten, könnte ich Ihnen gleich das Komplettpaket bieten. Kommt ganz drauf an, was Sie anlegen wollen. Es wird allerdings ein bisschen teurer als die Sache mit Müller, fürchte ich.«

»Frau Schiller, es tut mir außerordentlich leid, aber …«

»Kuckuck!«, rufe ich und trete hinter dem Baum hervor.

Waskovic fährt überrascht herum.

Ich wedele mit meinen Papieren zu ihm herüber. »Was Sie für Leute kennen – stehen alle hier drin, in Ihrem lieben kleinen Tagebuch! Mit Ferdinand Kleefuß sind Sie besonders dicke, wie ich lese.«

Wenn man vom Teufel spricht. Aus Richtung des Theaters sprintet in diesem Moment der Kreismeister über den Rasen. Er hat eine Waffe gezogen und zielt auf mich, in vollem Lauf. Ich schaffe es gerade noch, Deckung hinter einem der mächtigen Bäume zu suchen, als ein Schuss haarscharf an mir vorbeipfeift. In den Baumkronen stieben Krähen auf, Dutzende von Krähen, eine wirbelnde schwarze Wolke.

»Weg da!«, rufe ich Pavel zu und sehe, wie Kleefuß seine Pistole auf ihn richtet. Ich habe meine PB bereits entsichert, ziele scharf, drücke ab, spüre den hämmernden Rückstoß. Sehe, wie der Kreismeister zu Boden geht.

»Hände hoch!«, höre ich Denise brüllen, der Rest geht unter im Geheul der Martinshörner. Eine Polizeistreife rast auf das Schulgelände, das unmittelbar an den Park grenzt. Reifenquietschen, Sirenenheulen, rotierendes Blaulicht. Eine zweite Polizeistreife trifft ein, dann eine dritte. Hektische Bewegung dort, wo sie zum Stehen kommen, Schemen, die sich in Position bringen.

In dem Moment, in dem das letzte Martinshorn verstummt ist, ruft Waskovic: »Bitte, Frau Schiller! So wahren Sie doch Vernunft! Es kann sich nur um ein Missverständnis …«

»Schnauze!«, brülle ich, meine Pistole auf ihn gerichtet.

»Keine Bewegung, oder ich schieße!«, brüllt eine weibliche Stimme unmittelbar hinter mir.

»Nicht schießen!«, schreit Pavel.

»Waffe weg!«

Langsam, sehr langsam lege ich die PB ins Gras, hebe die Hände über den Kopf und drehe mich um. Vor mir steht eine junge Polizistin, mit erhobener Dienstwaffe und versteinertem Gesicht, zu allem bereit. Sie muss durch die Unterführung gekommen sein, genau wie ich.

Sekunden später klicken Handschellen, und ich werde abgeführt. Aus dem Augenwinkel sehe ich, dass Polizisten die junge Mutter mit dem Kinderwagen abgeschirmt haben und den Opa mit seinem Rollator aus der Gefahrenzone lotsen.

Das Spiel ist aus.

32

Wenn wir bedenken, dass wir alle verrückt sind, ist das Leben erklärt.

Mark Twain

Was folgt, ist so langweilig und zugleich enervierend, dass ich kein Wort mehr darüber verlieren mag. Da der begründete Verdacht besteht, dass ich Müller getötet habe – noch dazu aus niedrigen Beweggründen –, ist eine vorläufige Freilassung auf Kaution nicht drin, und das bedeutet: U-Haft.

Immerhin gelingt es meiner Anwältin, eine sofortige Beschlagnahmung von Waskovics Rechner durchzusetzen, doch es dauert drei Tage, bis sie sämtliche Details des Geschehens erfasst hat. Ungleich länger braucht die Polizei. Nicht, weil sie weniger schnell von Begriff wäre, sondern weil sie alles überprüfen muss. Bis die Einzelheiten geklärt sind, werden Monate vergehen. Endlose Verhöre, endlose Erklärungen, endlose Wiederholungen. Sie untersuchen noch einmal Müllers Haus und Müllers Wagen. Sie ziehen Müller aus dem Teich. Sie arbeiten sich in die Finessen des Holzhandels ein und suchen nach Galina, tot oder lebendig. Sie hören Handyaufzeichnungen ab und checken, ob es wirklich Stefan Salzmann war, der mit mir gesprochen hat. Sie überprüfen Personen, Alibis, Tathergänge. Sie setzen Ferdinand Kleefuß fest, den Sprintkreismeister, dem ich einen glatten Oberschenkeldurchschuss verpasst habe – für eine Anfängerin gar nicht mal schlecht.

Sein Vorstrafenregister ist länger als eine Rolle Klopapier, meint Herbert. Schwere Körperverletzung, Diebstahl, räuberische Erpressung. Und das Schönste ist, dass er auf der heißen Liste steht. Auf Waskovics Liste. »Dem brennt der Arsch!«, versucht Herbert mich aufzumuntern, und Aufmunterung habe ich dringend nötig.

Ich mag gar nicht darüber nachdenken, wie viele Stunden Herbert bereits an dem Fall drangesessen hat, für ein Honorar, das ausschließlich von seiner Rentenkasse beglichen wird. Weil er gerade nichts Besseres zu tun hat, wie er meint. Und weil er mein Freund ist.

Herbert zieht im Hintergrund die Fäden und gibt seinen Exkollegen den ein oder anderen Tipp. Zum Beispiel ist ihm aufgefallen, dass die von Müller angeblich begangenen Unterschlagungen, die Waskovic veranlassten, Anzeige gegen ihn zu erstatten, sich auf dessen geheimer Liste finden. Es handelt sich um jene auf ein Konto in Sri Lanka transferierten Summen, von denen immer wieder Steine gekauft worden waren – vor allem für Mr. Noh, und zwar mit Waskovics Wissen.

»Sri Lanka ist in Sachen Geldgeschäfte die neue Schweiz, wusstest du das nicht?«, fragt Herbert mich während seines Besuchs.

»Nein, das wusste ich nicht.« Ich wusste auch nicht, dass sich auf der geheimen Liste Sonderzahlungen in nicht unbeträchtlichem Ausmaß an Müller, Salzmann, Kemper und Kleefuß finden, Zahlungen, die nicht über die Bücher liefen.

Müller ist tot, Salzmann über alle Berge, Kleefuß inhaftiert und nicht gerade die beste Visitenkarte für Waskovics Treiben. Bleibt Salatohr-Ernie. Das Foto, auf dem er mich mit seiner eigenartigen Waffe bedroht.

Aus Angst, dass er seinen Vorruhestand womöglich nicht mehr zu Lebzeiten antreten kann und seine Frau sich allein mit ihren Schmetterlingen vergnügt, packt er schließlich über seine Abhörmethoden aus. Es heißt, seine kluge Gattin wolle sich das Verfahren zum Patent anmelden lassen, erzählt mir Markus, der es von Herbert gehört hat, und ich denke, er hat noch einiges mehr von Herbert zu hören bekommen.

Markus bringt mir Schokolinsen mit. Er hegt weiterhin Scheidungsgedanken, hofft jedoch trotzdem, dass ich bald nach Hause komme. Wir reden über Yannick, über das Wetter. Ihm seien kurzfristig Zweifel gekommen, als Claudia, die Kita-Leiterin, ihm ausgerichtet habe, man habe mir mein Handy und die Schlüssel gestohlen, gesteht Markus schließlich ein. Doch die Fotos von mir und Müller hätten letztendlich mehr Gewicht gehabt; die Gewissheit, belogen und betrogen worden zu sein. Mal wieder.

»Photoshop«, sage ich nur. »Als Grafiker hätte ich dich für schlauer gehalten.«

Drei Tage, nachdem ich sie tot auffand, entdeckt man Galina in einem unrestaurierten, kaum zugänglichen Schacht in der ehemaligen Erzgrube. Abgelegt wie einen Sack Müll.

Vor ihrem Tod hat sie einen Brief verfasst, für den ich ihr immer dankbar sein werde. Ohne ihn würde es vermutlich noch lange dauern, bis man mich auf freien Fuß setzte. Und wieder ist Pavel der Überbringer.

An die Polizei,

im Falle meines Ablebens möchte ich, Galina Waskovic, mitteilen, dass ich Frau Johanna Schiller von der Kompetenzagentur Schiller in Siegburg den Auftrag erteilt habe, meinen Ehemann Bert Waskovic zu beschatten, vorgeblich wegen Untreue. Ich ahnte schon lange, dass er an unsauberen Geschäften beteiligt war. Von Frau Schiller erhoffte ich mir nähere Erkenntnisse darüber, vor allem auch was die Rolle einer gewissen Vanessa Behrendt betrifft. Frau Schiller habe ich dieses Anliegen allerdings nicht mitgeteilt. Das war ein Fehler.

Frau Schiller hat ihre Aufgabe gewissenhaft ausgeführt und dabei tatsächlich herausgefunden, dass mein Mann möglicherweise strafbare Handlungen begeht. Sie hat mir dies mitgeteilt und mich gewarnt, dass mein Mann mir etwas antun könnte. Sie wollte dies zur Anzeige bringen und äußerte außerdem die Befürchtung, selbst in die

Angelegenheit hineingezogen zu werden und sich damit Gefahren auszusetzen. Ich habe ihre Warnungen ignoriert beziehungsweise ihre Erkenntnisse bestritten und ihr den Auftrag entzogen. Auch das war ein schwerer Fehler. Frau Schiller hatte recht mit allem. Es tut mir unendlich leid, dass ich sie in Schwierigkeiten gebracht habe. Ihr wurde von meinem Mann der Mord an seinem Mitarbeiter Thomas Müller angehängt, den sie selbstverständlich nicht begangen hat. Schuld ist allein mein Mann, Bert Waskovic, und ich hege den begründeten Verdacht, dass er sie erpresst, nötigt und sie und ihre Familie mit dem Tod bedroht. Auch mir hat er den Tod angedroht, sollte ich mich in seine Angelegenheiten einmischen.

Wenn Sie diese Zeilen lesen, hat er seine Drohung wahr gemacht. Mein dringlicher Wunsch ist, dass er dafür zur Rechenschaft gezogen wird.

Diesen Brief übergebe ich zu treuen Händen meinem jungen Freund Pavel Nowak, dem zuverlässigsten und vertrauenswürdigsten Menschen, den ich kenne.

Galina Waskovic, geborene Shkarupa

Meine Anwältin hat mir eine Kopie des Schreibens ausgehändigt, nachdem ein Grafologe dessen Originalität zweifelsfrei festgestellt hat.

»Na also«, sage ich zu Kriminalhauptkommissar Riedel von der Bonner Kripo, den ich in der letzten Zeit öfter zu sehen bekommen habe als irgendjemanden sonst. Eine durchaus angenehme Person – unter anderen Umständen.

»Warum sonst hätte ich Thomas Müller, mit dessen Tod ich nichts zu tun habe, irgendwo in einem Dorfteich versenken sollen, bitte schön? Nur weil ihn mir jemand in den Kofferraum legt und behauptet, ich hätte ihn umgebracht? Das wäre doch komplett verrückt! Nein, zum Kuckuck, es war so, wie ich gesagt habe: Waskovic hat mich dazu gezwungen. Er hat gedroht, mich und meine Familie zu töten, wenn ich Müller nicht wegschaffe. Als Warnung hat er mein Haus anzünden lassen. Und anschließend hat er mir mitgeteilt, wo ich Müller hinbringen sollte. Ich kannte die Stelle vorher nicht. Ich bin zuvor nie in Altwindeck gewesen.«

Am selben Tag komme ich frei.

Obwohl sich Polizei und Staatsanwaltschaft bislang noch ziemlich schwer mit der Geschichte tun, habe ich die Zusammenhänge inzwischen recht gut durchschaut. Alles begann, als Waskovic der Verdacht kam, dass Müller ihn betrog – und Salzmann davon wusste. Dem konnte Waskovic nicht tatenlos zusehen, doch ihm war klar: Würde er den beiden mit Sanktionen drohen, machte er sich erpressbar. Womöglich hatte Müller bereits die ein oder andere Anspielung in dieser Richtung fallen lassen – man wird es nicht mehr erfahren. Für Waskovic standen die Zeichen auf Sturm: Auch seiner Frau Galina traute er nicht länger über den Weg. Er ahnte, dass sie ihn verlassen wollte, es war jedoch undenkbar für ihn, sie gehen zu lassen, nicht in Anstand und Würde – und erst recht nicht mit einem beträchtlichen Teil seines Vermögens in der Tasche. So begann er, zunächst wohl eher sporadisch, ihr auf die Finger zu schauen. Er spionierte ihr nach und entdeckte, dass Galina mich ins Boot geholt hatte. Daraufhin setzte er den Kreismeister auf mich an, der wiederum in Erfahrung brachte, dass ich irgendwie mit Müller verbandelt war. Und Waskovic zog die falschen Schlüsse daraus. Er vermutete, wir vier könnten unter einer Decke stecken: Müller und Salzmann, Galina und ich. Eine Verschwörung, die ihn in den Abgrund ziehen konnte. Da half aus seiner Sicht nur eines: schnell und hart zurückzuschlagen. Müller und Salzmann sollten sterben, und zwar angeblich durch meine Hand. Er wird sich gedacht haben, dass Polizisten und Privatschnüffler die besten Kriminellen abgeben, da sie gut in die Materie eingearbeitet sind. Außerdem wusste Waskovic inzwischen von meinen Schulden, von meinem halbsoliden Lebenswandel, von der Sache mit Müller: Es passte alles so schön. Und er lieferte mir gleich ein passendes Mordmotiv, indem er mir die Steine unterjubelte. Sicher ist sicher. Inzwischen war allerdings Galina auf den Plan getreten, die ihn erpressen wollte – mit dem Wissen, das sie durch mich gewonnen hatte. Zwar hatte Waskovic angesichts des Ernstes der Lage inzwischen Salatohr-Ernie auf sie angesetzt, doch die Situation war längst außer Kontrolle geraten: Ich war eifriger gewesen, als er gedacht hatte, und sie hatte nicht lange gezögert, ihn von ihrem Erkenntnisgewinn zu unterrichten. Als Galina jedoch klar wurde, was sie angerichtet hatte, kam das schlechte Gewissen. Und die Reue. Sie drohte Waskovics dicht gesponnenes Lügengespinst zu zerreißen, sodass ihm nichts anderes übrig blieb, als auch seine Frau aus dem Weg zu räumen. Was ihm vermutlich leichter gefallen war, als sie gehen zu lassen. Einen Sündenbock für seine Schandtaten hatte er ohnehin bereits gefunden, nämlich mich. Doch wie formulierte der englische Dichter Yeats einmal so treffend? ›Überheblichkeit ist der sicherste Weg zum Scheitern.‹

33

Die Wahrheit kommt mit wenigen Worten aus.

Laotse

Vor einer Stunde wurde Galina beerdigt. Ihre Familie hat die Trauergäste anschließend in ein Café hoch über Eitorf geladen, einen ehemaligen Kuhstall mit Eichenparkett und Aussicht auf Wald und Wiesen.

Ich sitze an einem kleinen Tisch in der Ecke, zusammen mit Pavel, der ununterbrochen in seiner Kaffeetasse rührt. Vom vielen Weinen ist sein schwarzes Augen-Make-up verschmiert. Als ich es ihm sage, hört er auf zu rühren, und wischt sich mit den Fingerspitzen um die Augenlidern herum.

»Gut so?«

»Perfekt«, antworte ich. »Ich wollte mich noch einmal bei dir bedanken, Pavel.«

»Das haben Sie jetzt schon mindestens zehn Mal getan.«

»Trotzdem. Auch dafür, dass du den Brief abgegeben hast.«

Pavel winkt ab.

»Hey, jetzt mal nicht so bescheiden!« Ich knuffe ihm gegen den Arm. »Wenn der Brief nicht gewesen wäre, säße ich wahrscheinlich immer noch in U-Haft. Dieses Schreiben hat die Angelegenheit doch sehr vereinfacht, muss ich sagen. Gott sei Dank haben sie nicht daran gezweifelt, dass es ihre Handschrift war.« Ich trinke einen Schluck

Tee und nehme mir noch eine belegte Brötchenhälfte. »Wusstest du eigentlich, was drin steht? In dem Brief, meine ich?«

»Nein!« Pavel schüttelt entrüstet den Kopf. »Er war doch versiegelt.«

Ich lege das Brötchen auf meinen Teller und krame einen zusammengefalteten Bogen Papier aus meiner Handtasche. »Hier«, sage ich. »Ich möchte, dass du ihn liest. Galina hätte nichts dagegen, da bin ich mir sicher. Allein schon wegen der letzten Zeile.«

Pavel blickt auf das Blatt Papier, sieht mich dann fragend an.

»Ist nur eine Kopie«, beruhige ich ihn. »Meine Anwältin hat darum gebeten. Für unsere Unterlagen.«

Er nickt. Nachdem er die Zeilen gelesen hat, schweigen wir eine Weile.

»Eins verstehe ich allerdings immer noch nicht«, sage ich schließlich und schaue ihn an. »Warum hat sie dich mit reingezogen? Ich meine, sie hat dich doch bereits mit dem ersten Brief losgeschickt, mit dieser Nachricht an mich. Was riskant genug war. Sie konnte schließlich nicht wissen, ob die Sache gut gehen würde, ob Waskovic mich nicht längst erwischt hatte. Und was geschehen würde, wenn du plötzlich auf der Bildfläche auftauchst.«

»Ich habe Ihnen doch nur ein Schreiben in die Hand gedrückt«, wiegelt Pavel ab.

»Sicher«, stimme ich ihm zu, obwohl er unter den Tisch fallen lässt, dass er einiges mehr getan hat, um seine Aufgabe zu erfüllen. Immerhin hat er meinen Wagen gekapert und sich wie eine Klette an mich gehängt. »Aber damit warst du im Rennen. Galina konnte nicht ausschließen, dass Waskovic dich ins Visier nehmen würde. Warum hat sie dir dann auch noch diesen zweiten Brief aufs Auge gedrückt?«

»Es war allein meine Entscheidung, ihn anzunehmen«, widerspricht Pavel gereizt.

»Eine Entscheidung kann man doch eigentlich nur treffen, wenn einem klar ist, worum es geht, oder etwa nicht? Ich weiß, über Tote soll man nicht schlecht reden – aber sie hat dir damit ordentlich was aufgehalst.«

Pavel guckt noch finsterer drein, doch ich kann mich nicht bremsen.

»Sie hätte dieses Schreiben auch einfach einem Anwalt oder Notar anvertrauen können, wie ein Testament, und in gewissem Sinne war es das ja.« Ich schaue ihn nachdenklich an.

Er erwidert meinen Blick, sagt jedoch nichts. Jetzt sieht er zu dem dösenden Labrador hinüber, der unter dem Tisch nebenan liegt, schaut schließlich erneut mich an. Sein Gesichtsausdruck hat sich verändert, ich kann ihn allerdings nicht recht deuten. Eine Mischung aus Stolz und schlechtem Gewissen, würde ich sagen, sofern diese Gefühlslage auch nur annähernd zu unserem Thema passen würde. Stolz und schlechtes Gewissen …

Ich forsche weiter im Gesicht meines jungen Freundes, einem Gesicht, an dem man sich festsehen kann: diese ungewöhnliche, sanfte Schönheit, die harmonischen, mädchenhaften Züge. Doch dahinter verbergen sich ein eiserner Wille und eine gehörige Portion Draufgängertum, wie ich jetzt erkenne. Sein herausragendster Wesenszug aber ist die Treue. Treue, die über den Tod hinausgeht. Und plötzlich habe ich eine Eingebung, so stark, dass ich die Augen aufreiße und mir der Mund offen stehen bleibt: Pavel kannte die ganze Geschichte bereits, auch wenn er das immer wieder geleugnet hat. Galina hatte ihm alles erzählt. Er wusste, was sie wusste – und was sie dachte, wie sie sich fühlte. Der Verfasser des Briefes war *er*. Er schrieb ihn, nachdem er von mir erfahren hatte, dass Galina tot war. Und er brachte ihn zur Polizei, nachdem bekannt geworden war, dass man sie gefunden hatte. Während ich in U-Haft saß.

Dieser Brief ist eine Fälschung, und zugleich ist er es auch nicht, denke ich mit klopfendem Herzen. Er ist eine Art Geständnis, das Galina nicht mehr ablegen, eine Willenserklärung, die sie nicht mehr formulieren, eine Entschuldigung, die sie nicht mehr aussprechen konnte. Und ich weiß: Pavel hat es für sie getan, für seine beste Freundin. Und für mich. Doch er hat noch mehr getan. Ich denke an den ausgefüllten Fragebogen, den Galina mir damals zukommen ließ. An mein Lob für ihre schöne Handschrift. An ihren ersten Brief, den Pavel mir in Freudenberg übergab. »Du warst das«, flüstere ich. »Du hast für sie geschrieben, stimmt's? Deshalb hat der Grafologe keine Abweichungen festgestellt.«

Pavel blickt zu Boden. »Sie hat sich schwergetan mit dem Schreiben, vor allem auf Deutsch«, bekennt er schließlich. »Aber sie wusste das immer sehr gut zu verbergen, sogar vor ihrem Mann. Und sie hatte ja mich.«

Ich denke lange über seine Wort nach, und er beobachtet mich verstohlen. Schließlich muss ich lächeln.

»Kennst du eigentlich das Recklinghäuser Lehrinstitut für private Ermittlungen?«

Er schüttelt den Kopf.

»Die beste Detektivschule Europas«, erkläre ich und sehe sofort, dass ich seine Neugier geweckt habe. »Einen wie dich könnten sie gut brauchen.« Ich zwinkere ihm zu, und nun lächelt auch er. Ein Lächeln, das langsam über die Trauer siegt. Ein befreites, stolzes, wunderschönes Lächeln.

»Es hat schon wieder eine angerufen«, ruft Markus, als ich nach Hause komme. Er hat den Telefondienst von seinem Arbeitszimmer aus übernommen, weil mein Büro noch nicht wiederhergestellt ist.

»Was wollte sie?«, frage ich, während ich meinen Beerdigungsmantel auf einen Bügel hänge.

»Sie sagt, ihr Mann wäre verschwunden.«

Ich steige über matschverschmierte Kinderstiefel und betrete die Küche.

»Hast du heute wieder einen umgenietet?«, begrüßt mich Yannick, der am Esstisch sitzt und malt, neuerdings flankiert von einem neongrünen, einäugigen Zyklopen, der das Rülpsmonster noch in den Schatten stellt.

»Heute ausnahmsweise nicht.« Ich drücke meinem Sohn einen Kuss aufs Haar. Markus steht am Herd und kämpft mit einer Dose Ravioli.

»War sie bei der Polizei?«, frage ich ihn.

»Die nimmt an, er wäre mit seiner Freundin durchgebrannt. Aber daran glaubt die Frau nicht.«

»Daran glauben sie nie«, sage ich und verschwinde in der Speisekammer, um die Packung Schokoladenkekse zu holen, die ich dort gestern verstaut habe.

»Sie sagt, diese Freundin ihres Mannes käme täglich zu ihr, um sich zu erkundigen, ob er wieder aufgetaucht sei.«

»Oh!« Keine Kekse mehr da.

»Du wärst doch Spezialistin für verschwundene Menschen, meint sie. Man hätte so viel von dir in der Zeitung gelesen. Ob du den Fall übernehmen würdest?«

Spezialistin! Spezialistin für Umweltsäue, Babyaffentöter, Gattinnenmörder vielleicht – und für Gangster mit Herz. Spezialistin für Kofferraum-, Teich- und Grubenbestattungen, denke ich. Nur gut, dass die Öffentlichkeit es ausschließlich meiner kriminalistischen Spürnase zuschreibt, der Polizei die entscheidenden Hinweise zum Verbleib von Thomas Müller und Galina Waskovic gegeben zu haben. »Wo sind die Kekse?«

»Ich habe gesagt, du hättest keine Zeit, weil du gerade eine Fortbildungsreihe fürs BKA konzipierst«, antwortet Markus laut, während er in seinen Ravioli rührt.

»Nein, das hast du nicht«, flüstere ich und beiße ihm ins Ohrläppchen.

›Spezialistin für verschwundene Menschen‹ – klingt doch gut. ›Spezialistin‹ klingt immer gut. Ich werde mir ein Büro in der Innenstadt anmieten, beschließe ich, direkt in der Holzgasse. Heißt es nicht, man soll Beruf und Privatleben trennen?

ENDE

DANKSAGUNG

Ich danke meinem Mann Lothar für die vielen produktiven Diskussionen und meiner Lektorin Katja Ernst für ihren Scharfblick. Herzlichen Dank auch all jenen, die mich mit Ihrem Fachwissen unterstützt und mir Ihre Zeit und Aufmerksamkeit geschenkt haben.

Michaela Küpper

Weitere Titel unseres Programms finden Sie auf den folgenden Seiten und im Internet: www.gmeiner-verlag.de

Sabine Klewe
Schwanenlied
978-3-8392-1428-2

»Sabine Klewe schreibt mit leichter Hand, in flüssigen Worten, geht mit uns durchs vertraute Düsseldorf von einem Schauplatz zum anderen.«
Rheinische Post

Die Fotografin Katrin Sandmann stößt im Elternhaus ihres Lebensgefährten auf einen geheimen Raum – und auf eine Mumie. Wer ist die unbekannte junge Frau und weshalb hat niemand sie vermisst? Was haben die Kinderbücher auf dem Nachttisch in der geheimen Kammer zu bedeuten?

Katrin, die selbst gerade in einer schwierigen Situation steckt, begibt sich auf Spurensuche. Doch irgendjemand scheint ein starkes Interesse daran zu haben, ihre Ermittlungen zu verhindern …

GMEINER

Wir machen's spannend